KB021258

JANUS

김연정 장편소설

매직하우스

초판 1쇄 인쇄 2014년 5월 10일
초판 1쇄 발행 2014년 5월 20일

지은이 김연정
편 집 윤혜영
디자인 로앤오더
펴낸이 백승대
펴낸곳 매직하우스

출판등록 2007년 9월 27일 제313-2007-000193
주 소 서울시 마포구 월드컵북로 260, 31동 1011호(성산동, 시영아파트)
전 화 02) 323-8921
팩 스 02) 323-8920
이 메 일 magicsina@naver.com
I S B N 978-89-93342-34-5

책값은 표지 뒤쪽에 있습니다.
파본은 본사와 구입하신 서점에서 교환해드립니다.

김연정 장편소설

매직하우스

차 례

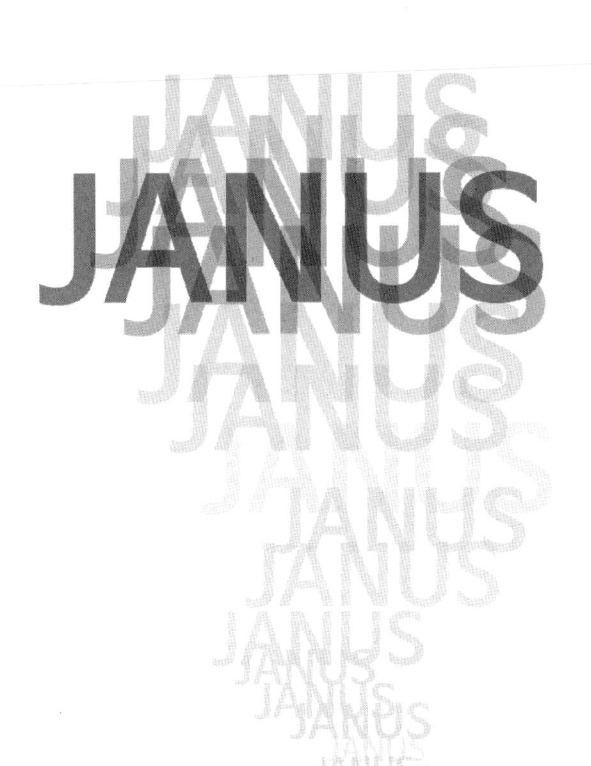

Janus

로마 신화에 나오는 두 얼굴을 가진 신.
성과 집의 문을 지키며 전쟁과 평화를 상징한다.
인간의 양면성을 상징하기도 한다.

프롤로그

황민우라는 아이가 있다. 싸이가 자신의 표현대로 '북미 산업전선'에서 열심히 말춤을 추고 있을 때, 싸이를 섭외할 수 없었던 국내 방송사들은 리틀 싸이 황민우와 함께 말춤을 추며 즐거워했다. 황민우, 녀석은 다문화 가정의 아이였다. 한국인 아빠와 베트남 엄마 사이에서 태어난 아이 말이다. 엄마가 베트남 사람이란 사실이 왜 잘못인지, 이유도 모른 채 친구들로부터 놀림을 받았다고 말하는 녀석의 얼굴은 아픈 상처를 가진 아이답지 않게 씩씩했다. 당당한 얼굴로 카메라 앞에서 춤을 췄고, 똑 부러진 말솜씨에, 쇼맨십까지 탁월해서 녀석은 어느새 싸이보다 더 잘난 꼬마가 되어 있었다.

리틀 싸이 황민우, 우리가 만난 녀석은 황민우가 되고 싶다고 했다. 황민우처럼 유명한 인물이 되겠다는 게 아니라 황민우처럼 엄마가 베트남 사람이어도 당당한 모습으로 사람들 앞에 나서고 싶다는 것이다. 늘 미소로 화답하는 녀석, 우리는 녀석을 볼 때마다 가슴 한 구석이 뜨거웠다.

흔히 독거노인이라 부르는, 넓은 방 한 칸에 저 홀로 살아가는 할아버지가 있다. 아무도 없는 방에 틀어박혀 외로움으로 몸서리를 치고, 먼저 떠나버린 짝꿍이 그리워 밤마다 소리 없이 눈물을 흘리는 할아버지, 오래 전 베트남 전쟁에 참전하여 죽음을 무릅쓰고 전장을 누볐다는 이야기를 할 때면 가슴 속에 남은 전우의 장렬한 죽음이 떠오르는지 씁쓸하게 웃는 입가의 미소가 우릴 아프게 했다. 전우를 잃고, 아내를 잃고, 자식은 아비의 품을 떠나 사느라 벌써 오래 전부터 외로움과 친구가 되어 있었지만 우리와 만나는 동안엔 언제 그랬느냐는 듯 아직도 가지런한 치아를 새하얗게 드러내며 웃어주는 할아버지였다. 우리에게 그는 지금까지 만나온 사람 중에 가장 아름다운 사람이었다. 거친 풍파에 휩쓸려 처참하게 찌들고 무참하게 얼룩진 세상에서 유일하게 초록빛 아름다움을 간직한 사람인 것만 같았다. 천사보다 아름다운 남자, 우리는 그를 진심으로 존경했다.

우리는 배우고 싶었다. 첫 단추부터 잘못 꿰인 세상의 상처를 지금이라도 바로 잡으려면, 후손들에게 지금보다 더 멋진 대한민국을 물려주기 위해서라도 우리는 많은 것을 보고 듣고 느껴야만 했다. 그것이 우리가 존재하는 이유였다.

벗,

우리는 어른이 되고 싶었을 뿐이다.

01

코리안 드림

인천광역시 남동구 고잔동의 공장지대, 보기만 해도 아찔할 만큼 거대한 어느 공장 건물 주변으로 사람의 키를 훌쩍 뛰어넘는 철조망이 둘러져 있다. 철조망? 철조망이라니? 최전방 휴전선도 아니고 수도권 한복판에 웬 철조망일까? 궁금증이 일었지만 의문은 금세 풀릴만한 것이었다.

"야, 이 짐승만도 못한 공장주인 놈아! 당장 나와라!"

피켓을 흔드는 시위대의 고함소리, 오전에 그랬듯 철조망 주변을 에워싼 시위대는 오후가 되어도 그 자리를 떠나지 않은 채였다.

"외국인 노동자를 노예 부리듯 학대하는 이 나쁜 놈아!"

메가폰을 손에 든 남자의 걸걸한 목소리가 다시 튀어나왔다. 그러나 공장은 반응 없이 조용하다. 도대체 안에선 무슨 꿍꿍이를 벌이고 있는 걸까. 이곳 사장이란 놈은 쌓아놓은 돈다발을 그냥 두고 갈 사람이 아닌데 말이다.

"우리가 철조망을 자르고 들어갈 수는 없는 거예요?"

"경찰이 오는 중이니 기다려야 해요. 그냥 들어가면 무단침입이라고 사장이 시비를 걸어올지 몰라요."

신음처럼 이어지는 욕설, 일부 노동자들의 기숙사로 보이는 조립식 가건물이 공장 앞마당에 버려진 듯 덩그러니 놓여 있고, 그 안에 많은 외국인 노동자들이 오도 가도 못한 채 인질처럼 붙잡혀 있을 게 뻔하지만 눈앞을 가로막은 철조망 때문에 가까이 갈 수 없다. 외부인 접근금지, 누구도 만나고 싶지 않은 공장주의 의지가 분명하다.

"거기서 무슨 일이 벌어지는지 다 알고 있다! 악덕 사장은 물러가라!"

"물러가라! 물러가라!"

"불쌍한 외국인 노동자들 밤새 잠도 안 재우고 일시키는 미친놈아! 당장 안 나와!"

메가폰을 잡지 않은 누군가 소리쳤다. 외국인 노동자 보호단체에서 대표로 나온 안기석이다. 도저히 못 견디겠다는 듯 주변에 서 있던 사람들이 너도 나도 악다구니를 쓰기 시작했다.

"그 사람들 라면만 먹는다며! 국물에 밥이라도 말아 먹이면 말도 안 해!"

"야, 이 미친 새끼야! 당장 안 나와! 경찰이 오고 있어! 잡혀갈 때 잡혀가더라도 그 불쌍한 사람들은 풀어주고 가라, 이 개새끼야!"

대번에 욕설을 퍼붓는 인권단체의 여직원, 하지만 악덕 사장은 이번에도 묵묵부답이다. 그때, 지금껏 조용하던 컨테이너 박스 안에서 누군가의 목소리가 들려왔다. 고개를 돌리니 환풍기를 뜯어낸 작은 구멍으로 시커먼 손 하나가 나와 흔드는 게 보였다. 구조요청, 저 컨테이너 박스는 분명히 바깥에서 자물쇠로 잠가 놓았을 거다.

"경찰이다!"

누군가 소리쳤다. 군중들 사이에서 태훈의 캠코더가 줄지어 달려오는 차량들에게 관심을 집중한다. 순찰차를 필두로 지역 경찰서의 이름이 대문짝만하게 적힌 승합차와 작은 소방차 한 대, 구급차 두 대가 들어서고 있었다.

"비켜요! 물러나세요!"

제복을 입은 경찰관이 달려와 시위 중인 무리를 가로막으며 소리쳤다. 태훈의 캠코더는 이제 철조망으로 몰려든 형사들과 소방대원들의 하는 모양새를 가만히 주시한다. 캠코더 액정 속에서 소방대원이 절단기로 손쉽게 철조망을 절단 내고, 제멋대로 널브러진 철조망 조각을 사뿐히 즈려밟으며 형사들이 우르르 공장 안으로 뛰어들었다.

"실례합니다. 저희도 안에 들어갈 수 있을까요?"

"…?"

흥분한 군중들을 막아서느라 진땀을 빼는 경찰관에게 김 기자가 물었다. 김 기자를 위 아래로 쏘아보는 경찰관, '당신 뭐야?'라며 소리치고 싶은 표정이다.

"기잡니다. 취재에 협조 좀 해주시죠?"

"나 참 이거…!"

한 순간에 난처한 얼굴이 되고 마는 그, 상대가 기자여서가 아니다. 코끝까지 들이대는 캠코더하며, 시위대랍시고 모여 있는 대부분의 사람들이 시민단체와 인권단체의 인사들이라 협조를 하지 않으려야 하지 않을 수 없다. 그들로부터 전해오는 무언의 압박은 오늘 사건의 주범인 공장 사장에게 청탁성 뇌물을 받아먹었다가 꼬리가 밟혀 현재 정직 처분을 받은 몇몇 지역 경찰들을 떠오르게 한다.

"이 사람들 모두 시민단체입니까?"

"그렇습니다. 인권단체, 외국인 노동자 협회, 그리고…."

"취재팀은 허용하겠지만 시위대 모두가 들어갈 수는 없어요. 대표로 한

명만….”

태훈에게서 캠코더를 받아든 안기석이 김 기자를 따라 공장 부지로 들어선다. 소방대원의 일은 아직 끝나지 않고 있었다. 컨테이너 박스에 갇혀 구조요청을 하던 근로자의 안전 때문이다. 이중으로 잠가놓은 튼튼한 자물쇠가 맥없이 허물어지는 바로 그때,

“어! 거기 서!”

대기하고 있던 출입국 사무소의 직원들이 벌컥 소리쳤다. 문이 열리자마자 군중 사이를 뚫고 도망치는 네 명의 사내, 더 따져볼 필요도 없이 그들은 이 나라에 불법으로 체류했다가 역시나 온갖 불법적인 일을 서슴없이 저지른 이 공장의 사장을 만나 고초를 겪어온 외국인 노동자들일 것이다.

“젠장…!”

벌써 멀리까지 뛰어간 그들과 어떻게든 그들을 잡아야 하는 출입국 사무소 직원들의 숨바꼭질이 벌어졌다. 인터뷰 기회를 놓쳐버린 김 기자의 입에서 욕설이 한 아름 튀어나왔다.

“안쪽으로 들어가지?”

캠코더를 쥐지 않은 손으로 안기석이 김 기자를 끌어당겼다. 돌아보니 취재 카메라는 이미 형사들을 따라 공장으로 들어서는 중이었다.

“으으, 냄새….”

오만상을 찌푸리며 김 기자가 제 코를 틀어막았다. 어두운 공장을 가득 채운 이 냄새, 마치 재래식 화장실에 들어온 기분이다. 짝퉁 명품 가방을 대량으로 생산한다더니 비료로 가방을 만드는 모양이다.

“저쪽입니다!”

한 형사가 소리쳤다. 모두의 시선이 어둠 속으로 향하고, 취재 카메라에 달린 조명 기구가 불을 밝혔을 때, 모두는 ‘아!’하며 탄식했다. 전쟁 통에 가

족을 잃은 거지들의 소굴이라고 해야 할까? 아니면 그 옛날의 서울역 한복판을 돌아다니는 앵벌이 아이들의 그것? 기숙사 건물이 따로 존재하는데도 그들이 지내는 이곳은 작업장과 취사장이 구분되어 있지 않아 위생 상태가 엉망이었다. 또한 아무렇게나 널려있는 담요와 이불의 상태 역시 보는 이의 눈살을 찌푸리게 했다. 심지어 남녀 구분이 되지 않은 이부자리, 아무래도 밤이면 모두 한 자리에서 한 이불을 덮고 잤던 모양이다.

"이게 돼지우리지, 어떻게 이럴 수가…!"

먹다 남은 컵라면 찌꺼기와 제대로 처리하지 못한 생리대가 제멋대로 굴러다니는 광경에 누군가 중얼거렸다. 따라 들어온 구급대원들이 아까부터 구석에 처박혀 눈치만 살피는 그들에게 손을 내밀어본다. 순순히 그 손을 잡고 일어서는 사람이 있는가 하면 공장 바깥에서 일어났던 순간처럼 후다닥 도망치는 사람도 있다. 출입국 사무소의 직원들이 버티고 있으니 멀리 가지는 못할 거였다.

"이쪽입니다!"

형사들이 작은 문을 찾아냈다. 아니, 개구멍이라고 불러야 할 만큼 작은 쪽문이다. 자물쇠는 없었으나 철컥거리기만 할 뿐 열리지 않는 게 안으로 잠긴 모양이었다.

"쾅!"

소방대원의 망치가 힘껏 손잡이를 내려치고, 문이 열리는 순간 형사들이 '우와!'하고 탄성을 질렀다. 난장판이나 다름없었던 공장과 전혀 다른 세상이 거기에 펼쳐져 있었다.

"대단하구먼."

한가득 쌓인 가방들을 보고 늙은 형사가 혀를 찼다. 채 치우지 못한 침대와 옷장, 예전에 이곳은 외국인 노동자들이 머물던 기숙사였던가 보다. 기숙사의 주인들을 작업장인지 취사장인지 잠자리인지 구분되지 않은 곳에 밀어 넣고 사장은 이 기숙사를 대량으로 찍어낸 짝퉁 명품 가방을 보관하는 장소로 쓰고 있던 거였다.

"야, 이 개새끼야!"

어느 형사가 버럭 고함을 내질렀다. 커다란 짐 가방을 등에 짊어지고 아무도 몰랐던 비상문을 통해 도주하려던 공장 주인이 매서운 형사들의 레이더에 딱 걸려든 것이다.

"짝퉁 명품 가방 제조 및 밀수출 혐의, 외국인 노동자 고용법 위반 혐의, 근로자 상습 폭행 혐의로 긴급 체포합니다. 당신은 묵비권을 행사할 수 있고, 법정에서 불리한 진술을…."

그러나 취재팀의 카메라는 남자의 가방만 들여다 볼 따름이다. 오늘 저녁 뉴스가 끝나면 시청자들은 이 가방 속의 현금을 한 번이라도 만져봤으면 좋겠다는 글을 인터넷 게시판에 올려놓을 것이다.

「다음 뉴스입니다. 수십억대의 짝퉁 명품 가방을 제조해온 업자가 경찰에 붙잡혔습니다.」

"야, 나온다, 나온다!"

소주잔을 기울이던 안기석이 깜짝 놀라 소리쳤다. 막창구이를 주 메뉴로 삼는 이 식당의 벽걸이 TV 속에서 김 기자가 열심히 떠드는 중이었다.

「인천의 한 공장, 이곳은 원래 레미콘을 제조하던 공장이었습니다.」

「악덕업주는 물러가라! 물러가라!」

「외국인 노동자는 노예가 아니다!」

시위대와 함께 고함을 지르는 안기석의 얼굴이 화면에 비춰진다.

술자리에 모인 태훈과 선우, 김 기자가 실물보다 크게 나온 그의 얼굴을 보며 키득키득 웃음을 터뜨리고, 친구들의 반응이 영 못마땅한 안기석은 연신 소주를 들이켰다.

「짝퉁 명품 가방을 제조하는 공장이 있다는 제보가 인근 지구대에 접수된 건 그제 저녁 일곱 시 경, 제보자는 이 공장의 직원 파키스탄 출신 노동자였습니다.」

「웬 얼굴이 시커먼 남자가 어설픈 우리말로 뭐라고 떠드는 거예요. 그래서 일단 신분증부터 내놓으라고 했죠.」

「외국인 등록증 말인가요?」

「예, 그거요.」

모자이크 처리 된 경찰관, 징계처분을 받았다는 동료들과 근무했지만 애써 사건과 관계없어 보이고 싶은 눈치에 옆 자리에서 소주잔을 기울이던 노인들이 혀를 끌끌 차댔다.

「남자가 불법 체류자 신분임을 확인한 경찰은 그의 잘못만을 추궁하느라 인근 공장지대에서 무슨 일이 벌어지는지 관심을 두지 않았습니다. 지역 경찰서로 인계된 이 외국인 노동자, 지구대로 찾아간 경위를 묻는 형사들에게 그제야 제대로 된 사건을 설명할 수 있었습니다.」

화면은 아까 그 우직하게 서 있던 공장 부지를 보여주고, 김 기자의 목소리도 다시 이어졌다.

「짝퉁 명품 가방을 제조하던 공장입니다. 관할 지구대의 경찰들은 이미 여러 번 주민의 신고를 받고 출동한 적이 있다는 진술을 했는데요. 그때마다 공장주로부터 금품 및 향응을 접대 받았으며, 무려 3년이나 운영되는 동안 20여 명의 외국인 노동자들이 근로자로서의 기본적인 대우도 받지 못한 채 밤낮없이 일해 왔다고 합니다. 경찰 발표에 따르면 공장주 모 씨가 짝퉁 명품 가방을 제조하여 벌어들인 금액이 무려 수십 억 원에 달하지만 이들 외국인 노동자의 급여는 3개월째 밀려있었고, 급여를 달라며 아우성치는 노동자들에게 폭행까지 일삼았다고….」

김 기자의 보도는 현장에서 붙잡힌 공장주를 경찰이 어떻게 처리할지, 그리고 20여 명의 외국인 노동자들이 앞으로 어떻게 처리될지 관심이 모아지고 있다는 말로 끝을 맺었다.

"경찰에 제일 먼저 찾아갔던 사람도 불법 체류자라고 했지?

태훈의 물음에 김 기자가 막창을 집어먹으며 끄덕였다.

"그래, 맞아. 그 사람뿐만 아니라 공장에서 일하던 스무 명 중에 반 이상이 불법 체류자였어. 예전 공장주가 버리고 간 사람들이지."

"예전이라면 레미콘 제조하던 당시를 말하는 거야?"

식당 주인이 참이슬 두 병을 더 가져왔다. 비어버린 술잔들에 차례로 소주를 따르는 김 기자의 표정이 자못 심각하다.

"요즘 건설업계가 불황이잖아. 예전 공장주가 공장을 버리고 야반도주할 정도면 말 다한 거지. 그렇게 남은 폐 공장에 들어가서 일을 꾸민 건가봐."

"그럼 거기서 일하던 사람들은?"

초롱초롱한 안기석의 눈빛을 보고 김 기자가 픽 웃었다. 그의 관심은 오로지 외국인 노동자 문제뿐이라는 걸 김 기자도 잘 알고 있다.

"대부분 공장주가 직접 고용한 사람들이래. 예전 공장주와 일했던 사람도 있었나봐. 들리는 얘기로는 야반도주한 사장이 지금의 사장과 가까운 사이여서 물건 다루듯 인수인계했다는 얘기도 있고…. 소문일 뿐이야. 확실하지는 않아."

"그 사람들 전부 경찰서에 있어?"

"그 사람들이라니? 누구?"

"외국인 노동자들 말이야. 출입국 사무소 사람들이 몇 명 잡아가는 걸 봤거든."

"일단 사건과 관련되어 있는 사람들이라 조사를 받으려면 당분간 경찰서 신세를 져야할걸?"

"그러면 그동안 출입국 사무소 사람들이 감시하고 있을까?"

"신분상 아무래도 그렇겠지. 내국인이 아니어서 조사과정도 복잡할 거고…."

"불법체류자라 결국 이 나라에서 쫓겨날 거야."

"왜? 네가 구제해 주려고?"

비아냥거리는 김 기자의 목소리에 조용히 술만 마시던 태훈이 피식 웃음을 터뜨렸다. 선우는 아까부터 캠코더 영상만 들여다보느라 이들에게 관심이 없는 눈치다.

"당연하잖아. 그 불쌍한 사람들을 누가 챙겨주겠어?"

"지금 그 사람들 경찰서 유치장에 있다고 들었어. 네가 뭘 어쩌려고 그래?"

"유치장? 유치장이라니? 그 사람들이 무슨 죄를 지었다고 유치장에 가둬놨다는 거야?"

"야, 왜 흥분하고 그래? 불법 체류자 신분인 사람들이야. 당연히 조사를 받아야지."

안기석의 입이 쩌억 벌어졌다. 그는 외국인 노동자의 인권을 위해 일하는 사람, 지금 한국 사회 최대 화두로 자리 잡은 외국인 노동자들의 처우와 관계된 문제라면 지금처럼 흥분해서 어쩔 줄을 몰라 한다.

"너, 기자라는 놈이 어떻게 그럴 수 있어?"

"내가 뭘?"

"어려움에 처한 이웃을 살피고 도움이 필요하면 사회에 알리는 게 기자가 할 일이잖아. 왜 그렇게 매정한 소리만 골라 하니?"

막창을 질겅거리던 김 기자의 입술이 비틀어졌다.

"이 새끼가 웃기고 있네."

"뭐, 이 새끼야?"

캠코더 액정만 들여다보던 선우의 시선이 처음으로 둘에게 향했다. 험악해진 분위기에 말다툼이 일어날 것 같다고 느낀 옆자리의 노인들이 슬금슬금 일어서고 있었다.

"너, 전에 했던 얘기 또 하려는 거 보니까 취했구나?"

"아니야, 나 안 취했어."

"안 취하긴 뭐가 안 취해? 외국인 노동자들 인권이 어쩌고, 고용허가제가 어쩌고 할 거면 그만둬. 듣기 싫으니까."

"듣기 싫다고? 야, 너야말로 웃기는 놈이다. 명색이 사회부 기자라면서 나라에서 일어나는 문제에 당연히 관심을…."

"듣기 싫다고 했잖아!"

더 참지 못하고 김 기자가 벌컥 소리쳤다. 식당 주인이 졸다가 기겁을 하고 놀라 이쪽을 쳐다보고, 큰 싸움으로 이어질 것 같았는지 태훈이 두 사람 사이로 끼어들었다.

"야, 왜들 이래? 너희는 만나기만 하면 싸우더라?"

"아, 지랄 같네, 이 새끼…."

"만만치 않아, 새끼야"

"그만 하라고, 이 새끼들아! 식당 전세 냈어?"

그제야 모두의 시선이 주변에 앉은 손님들에게 향한다. 시끄럽게 떠드는 건 그들뿐이었다.

"소리 질러서 미안하다. 죄송합니다, 아저씨!"

김 기자가 카운터에 앉아있는 식당 주인에게 꾸벅 인사해 보인다. 나이 지긋한 식당 주인은 '저 녀석들이….'하며 야단치고 싶은 표정이었다.

"네가 무슨 말을 하고 싶은 건지 잘 알아. 넌 항상 그 사람들의 입장을 생각하고, 그 사람들을 위해 사는 놈이야."

"흥, 잘 아네?"

"그런데 아무리 그래도 그렇지, 매정하다니? 넌 친구보다 외국인이 우선이냐? 이걸 확…!"

쥐어박을 듯 김 기자가 주먹을 치켜세웠다. 취한 건지 때리려는 주먹이나 막으려는 주먹 모두 움직임이 느리다.

"난 우리나라 사람들을 이해할 수가 없어. 자기네 나라에서 먹고 살기 어려우니까 우리나라에 온 거잖아. 코리안 드림 말이야, 코리안 드림! 그런 사람들을 살갑게 대해주지는 못할망정 짐승취급이나 하고 있으니 내가 열 받지 않겠어?"

"전에도 얘기했지만 난 중립의 위치에 있어야 할 기자야. 양쪽의 이야기를 모두 들어보고 타협점을 찾을 수 있도록 결정하는 역할을 하는 사람이지. 사회부 기자란 바로 그런 일을 한다고."

"그래서?"

"내가 보기에 넌 항상 네 기준으로만 생각하고 행동해. 그래서 듣기 싫다는 거야."

"내 기준이라니? 내가 뭘 어쨌다고?"

"너의 입장이 있다면 상대방의 입장도 있는 거야. 무조건 네 말이 맞을 수는 없어. 특히 사회적 이슈가 된 문제에 대해선 말이야."

"그래서 하고 싶은 말이 뭐야?"

"너는 하고 싶은 말이 뭐니?"

"뭐라고?"

되묻는 김 기자의 목소리, 안기석은 순간 그가 무슨 말장난이라도 벌이는 줄 알았다. 하지만 표정은 그게 아니다. 이 녀석은 진지한 대화를 나누고 싶을 때면 늘 이런 표정을 지으니까….

"그래, 내가 무슨 말을 해볼까?"

"외국인 노동자, 다문화 정책. 그 사람들을 대표해서 말해봐. 내가 너를 반대하는 사람들의 입장이 되어줄게."

"싸우자는 거냐?"

"토론이지. 우린 옛날부터 이런 거 좋아했잖아."

안기석의 입술이 비틀어지고, 김 기자도 마찬가지였다. 학창시절, 둘은 토론에 일가견이 있었다. 말주변이 좋아서 주먹싸움으로 변질되지 않는 이상 절대 이길 수 없는 강적들이었다. 오랜만에 만나는 말싸움 고수들의 한 판이라니, 기대된다.

"나 먼저 얘기할게. 기자로서의 생각이 아니라 널 반대하는 사람들의 생각이라는 걸 염두에 두고."

"그래."

김 기자가 술잔의 내용물을 입에 털어 넣었다. 이제 시작인가보다.

"그 사람들 때문에 우리나라 실업률이 장난 아니야. 혹시 동의해?"

"아니, 전혀. 외국인들이 하는 일은 대부분 3D 업종이야. 우리나라 사람들은 그런 거 싫어하잖아. 위험하고, 더럽고, 어려운 거."

"우리나라 사람들이 3D 업종에 종사하기 싫어한다고? 정말 그럴까? 모두 배부르지 않아. 전 국민이 부자는 아니라고. 살아남기 위해서라면 무슨 일이든 해야 할 판이야."

"지금이 무슨 새마을운동하던 시대야? 우린 옛날과 달라. 우리나라에 와서 일하는 사람들, 전부 못 먹고 못 사는 사람들이야. 어쩌다 한두 번 양보 해주면 안 돼?"

"양보? 선진국 수준의 사람들과 그렇지 않은 동남아 사람들이 일자리를 갖고 싸우면 임금 하락 현상이 일어나게 돼. 이걸 경제학에서는 수요와 공급의 원리라고 하지. 물가는 계속 오르지. 월급은 안 오르지. 누가 일을 하고 싶어 하겠어?"

답답한 얼굴로 두 사람이 각자의 잔에 스스로 술을 채웠다.

"너도 기억하지? 네 제보 덕분에 외국인 노동자들 착취하는 어느 기업 사장 고발한 거."

"그래, 기억해. 그 새끼도 진짜 나쁜 새끼야."

한 2년 쯤 전의 일인가보다. 머리핀을 만드는 공장에서 일하던 외국인 노동자들의 인권을 보장해 달라고 외치던 안기석의 목소리가 김 기자의 도움으로 세상에 알려진 게 말이다. 그 공장 사장은 말끝마다 욕설을 퍼부었다고 한다. 도망갈지 모른다며 여권을 압수한 건 말할 것도 없거니와 제 때에 월급을 주지 않았고, 어쩌다 월급을 지급하는 날엔 식사비와 기숙사비 명목으로 떼먹기가 일쑤였다.

"내가 네 제보를 들어준 건 공장 사장이 저지른 짓을 고발하기 위해서였지, 그 사람들 불쌍하다는 얘기를 하려던 게 아니었어."

"그 사람들을 동정해달라는 게 아니야. 그냥 일만 하게 해달라는 거라고. 일을 해야 가족들도 먹고 살지."

"환율을 따져볼까? 우리나라에서 받는 한 달 치 월급만으로 동남아에 가면 몇 개월을 먹고 살 수 있어. 인격적 모독을 당하든, 손가락이 잘려나가든 몇 년 고생해서 자기 나라로 돌아가면 갑부로 살 수 있다고. 그런데 우리나라 국민은 그게 아니잖아. 몇 십 년을 모아도 집 한 채 살 수 없어. 무슨 외국인 노동자 정책이라는 게 자국 국민을 다 죽이고 있으니 그게 문제라는 거지. 우리가 낸 세금으로 외국인 노동자 먹여 살린다는 게 말이 돼? 병원 갈 돈이 없어서 치료도 못 받는 사람이 널렸는데, 그 사람들은 우리가 낸 세금으로 의료해택 받고, 실업급여까지 다 받아먹는다면 누가 좋아하겠어?"

"그렇게 먹고 살기 어렵다는 우리 국민한테 그 사람들은 인격적 모욕을 당하면서도 꾹 참고 일해. 기계에 손가락이 한두 개씩 잘려나가도 산재처리는커녕 나 몰라라 하다가 쫓아내버리기도 하는 사업체도 많다고. 말끝마다 욕설에 일 제대로 못하면 때리기도 하는 사업체가 많다니까! 인권문제라고 생각해본 적 없어?"

"그 사람들이 들어오면서 다문화라는 게 생겼지."

"다문화! 그거 정말 중요해!"

"중요하다고? 자국 문화 말살시키는 다문화가 중요하다고?"

"말살이라니? 다 같이 어우러져 살아가자는 거야. 그건 절대 동의할 수 없어."

"로마에 가면 로마법을 따르라고 했어. 우리도 우리 나름의 법이 있고 문화가 있어. 우리나라에서 살려면 우리한테 맞춰 살아야 하지 않을까?"

"그 사람들은 지금까지 살면서 추구해온 자기 나름의 생활 방식이 있어. 그걸 무시하라는 거야?"

"그럼 우리가 그 사람들에게 맞춰야 해? 우리 문화, 우리 습성들을 모두 버리고?"

"단일민족에 대해 말하고 싶은가본데, 그거 인종차별이야. 남은 조금도 생각해주지 않고 우리 입장만 따지고 드는 이기적인 생각이라고."

"우리 고유의 민족성까지 버리라는 거야? 유럽 애들이 왜 다문화 실패론을 들먹이겠어?"

다문화 정책에 실패한 영국과 프랑스, 독일은 모두 한 목소리로 말했다. 한 나라의 정체성은 고려하지 않은 채 그들의 정체성에만 귀를 기울였다고. 다시 얘기하자면 국가 안에서 전혀 다른 커뮤니티가 성장하여 결국 국가의 근본을 흔들었다는 것이다. 문화의 다양성은 인정하지만 그것이 나라의 기틀마저 뒤흔들어버림으로 하여 사회적인 문제로 야기되었다는 게 그들의 입장인 거다. 하지만 그렇다고 해서 살기 위해 불법 체류도 불사하는 외국인 노동자들의 딱한 사정을 그냥 보아 넘길 수도 없는 노릇이다. 태생부터 잘못된 외국인 노동자 복지정책, 도대체 이 일을 어떻게 해결해야 좋을까.

"야, 이제 그만해. 했던 얘기 또 하고, 또 하고, 지겹지도 않니? 우리가 말싸움을 한다고 해결될 일이 아니야."

둘 사이로 끼어들어 태훈이 소리쳤다. 이건 아무리 생각해도 답도 없고 끝도 없는 싸움이다.

"그럼 너는 어떻게 생각해?"

"뭐?"

"늘 옳은 방향만 추구하는 시민단체의 입장을 얘기해보라고."

시끄러워서 끼어들었을 뿐인데, 도리어 태훈에게 불똥이 튀었다. 단박에 난처한 표정이 그려지는 그의 얼굴을 보고 선우가 응원이라도 하듯 어깨를 툭툭 건드려준다.

"글쎄 나는…."

"글쎄라니? 뭐가 글쎄야? 시민단체 벗이 글쎄라는 말밖에 할 줄 몰라?"

"말꼬리 잡고 늘어지는 걸 보니 안기석, 너 제대로 취했구나?"

"내가 취했다고? 정말?"

"그래, 이 새끼야."

술에 취해 초점도 맞지 않는 눈으로 마주 보며 두 사람이 키득거리고, 태훈은 말없이 술을 따라주는 선우의 손을 물끄러미 내려다보았다. 어떻게 대답해야 좋을까. 술독에 빠진 이 녀석들에게 밉보였다간 처음부터 다시 떠들어야 할지 모른다.

"너희도 알잖아. 우리 벗은 외국인 노동자뿐만이 아니라 세상의 모든 약자들의 위해 존재하는 시민단체야. 그럼 우리가 누구의 편을 들어야겠어?"

"그래! 그렇지!"

자신과 같은 입장이라고 생각한 안기석이 환호하듯 소리치고, 김 기자는 입술만 비쭉거렸다.

"야, 구체적으로 설명할 수는 없어? 넌 꼭 그렇게 빠져나가려고 하더라?"

"내가 그랬나?"

하며 술잔을 비우는 태훈, 그 간단한 답변이 과연 최선이었을까? 그러나 선우는 늘 그랬듯 말없이 술만 들이킬 따름이었다.

하얗다. 현관문을 열자마자 태훈이 그렇게 중얼거렸다. 오늘은 집밖에 나가지 않을 거라던 형은 온데 간데 보이지 않고, 집안은 모든 불을 다 켜놓은 채로 방치되어 있었다. 어제 오후에 갈아 끼웠던 부엌과 거실 형광등의 끝내주는 성능 덕분에 마치 사후세계로 떨어진 듯 하얗기만 했다.

"머리 아파…."

신발장에 구두를 밀어 넣고 돌아서며 태훈은 제 머리를 싸쥐었다. 술기운이 돌아서일까? 이름난 유원지의 보기에도 괴상한 놀이기구에 몸을 실은 양 복잡하고 어지럽다. 집에 누군가 있는 것 같으면서도 텅 비어버린 바보 같은 느낌, 온통 순결한 백색이 내 온몸을 휘감은 괴이한 느낌이라니, 거참 희한하기도 하지. 술은 그렇게 많이 먹지도 않았는데, 계절의 향기에 취해버린 소녀처럼 감상적으로 변한 이유를 도무지 알 수가 없다. 아마 오늘 겪은 사건으로 울적해진 탓일 거다. 제 욕심을 채우기 위해 죄 없는 사람들을 괴롭힌 사건. 어렸을 때 읽었던 동화의 마지막 순간처럼 나쁜 사람은 벌을 받고, 착한 사람은 상을 받는다는 뻔하디 뻔한 어린이들만의 순수한 세상인 듯 오늘의 사건은 그렇게 마무리 되었다.

"흥, 재미없어…."

피곤한 눈을 비비적거리며 태훈이 들릴 듯 말 듯 중얼거렸다. 벗이라는 시민단체를 설립한지 벌써 몇 년이 지났지만 우리가 꿈꾸던 세상은 아직 꿈으로만 남아있다. 모두 함께 친구 되어 행복하게 살자는 그 원대한 꿈, 아침마다 알람소리에 놀라 깨어나면 사라지는 달콤하고 화려한 꿈. 오늘처럼 어느 한쪽으로 시선이 몰릴 수밖에 없는 일방적인 싸움 때문에 항상 물거품이 되고 만다. 그렇지 않은 사람도 있을 텐데…. 어딘가에 마음씨 좋은 사장님과 그를 닮은 근로자의 아름다운 회사가 분명 있을 거다. 안기석, 그 녀석이 찾아내지 못했을 뿐이다.

"답답해…."

점퍼를 벗어던지며 또 그가 중얼거렸다. 오늘 같은 일이 벌어질 때마다 속이 터지도록 답답했다. 믿었던 도끼에 발등을 찍힌 기분이랄까? 어렸을 때 즐겨 부르던 동요의 일부 가사처럼 우리나라 좋은 나라, 그래서 늘 우리나라 사람은 착하고 바른 마음씨만 가졌을 거라고 생각했다. 그 좋은 우리나라에 돈을 벌러 온 사람들 앞에서는 예쁘고 아름답던 나라가 나쁜 나라가 되고, 그토록 착하고 멋지게만 보이던 사람이 영화 속 반지에 마음을 빼앗겼다가 끔찍한 죽음을 맞이해버린 괴 생명체 같은 심보를 드러내다니….

"후우…!"

지진이라도 일으킬 듯 깊고 깊은 한숨 소리, 우린 정말 우리만의 길을 찾을 수 없는 걸까? 결국 우리도 서구 유럽이 지나간 흙탕길을 답습하듯 그대로 밟게 되는 걸까? 정말 답은 없을까? 모두 함께 잘 살아보자고 내민 손길이 결국 모두를 죽이는 비수로 변하게 될까? 그저 평범하게 살고 싶었을 뿐이다. 나의 평범하고 평화로운 삶을 위해 다른 이의 치열한 삶을 무너뜨려야 하다니…! 내가 살기 위해 남을 죽여야 한다는 생각, 내가 쓰러지지 않으려면 남을 쓰러뜨려야 한다는 지난한 전쟁의 논리가 삶 속에서도 작용한다는 걸 지금에야 느낀다. 삶은 전쟁이나 다름없다던 누군가의 우스갯소리가 단순히 배꼽 잡고 웃어넘길 코미디로 치부할 수만은 없다는 거다.

「이민자들은 이 땅에서 나가라!」

「이 나라는 이민자들이 세운 나라예요!」

얼마 전 TV 채널을 돌리다가 우연히 보게 된 어느 미국 드라마에서 길을 지나던 행인이 시위대와 말싸움을 벌이고 있었다. 제목도 기억나지 않거니와 평소에도 잘 보지 않았던 그 드라마는 시청자들에게 무슨 말을 하고 싶었던 걸까. 이민자들로 구성된 나라에서조차 이민자는 나가라고 소리치는 아이러니, 각기 다른 나라에서 각기 다른 얼굴의 사람들이 각기 다른 개성과 문화를 싸들고 원주민의 신성한 땅으로 밀고 들어가 새로이 만든 나라, 그래서 나라 이름도 미합중국(美合衆國, United States of America)이다. 그렇게 200년이 넘도록 사는 동안 과거를 잊기라도 한 건지 이제는 자기네가 진짜 원주민인 듯 으스대며 이민자는 나가라고 소리치는 꼴이라니, 우습기 짝이 없지만 그게 미국의 현실이다. 김 기자가 기자랍시고 아는 척을 하느라 예로 들었던 독일과 영국, 프랑스의 경우처럼 미국의 사회가 그런 꼴을 겪는 중이었던가 보다. 그렇다면 한국 사회가 오래 전부터 추진한 그들과 함께 살자는 정책도 결국 그렇게 될까? 알다가도 모를 논제이고, 모두가 동의하지 않는 정책이라면 좀 더 생각해 보아야 할 것이다.

"…?"

냉장고를 열어보니 물과 오렌지 주스가 보였다. 짜장면과 짬뽕 중에 무얼 먹을지 고민하는 사람처럼 물을 먹을지 오렌지 주스를 먹을지 제 손을 이리저리 움직이던 태훈은 두 가지 모두를 선택했다.

"아으, 무슨 맛이 이래?"

술기운을 빌어 용감하게 도전했지만 결과는 참패, 술에 취했어도 미각은 변하지 않은 모양이다. 오렌지 주스와 생수를 연달아 마신 혀끝의 느낌이란 마치 양치 후에 먹는 귤 같은 맛이었다. 맨 정신임에도 술에 취한 상태나 다름없는 세상과 맞선 오늘, 입안에서 맴도는 물과 오렌지 주스의 향연처럼 씁쓸하기만 하다.

「쾅!」

"…?"

조용하던 집안에 요란한 소리가 튀었다. 어찌나 소리가 컸던지 피곤에 절어있던 눈꺼풀이 단박에 밀려 올라가는 기분이다.

「쾅! 콰쾅! 타다다다…!」

"무슨 소리지?"

콩이라도 볶듯 귀를 거슬리게 하는 소리, 태훈의 걸음이 멈춘 곳은 다름 아닌 형의 방이었다.

"형!"

문을 열자마자 태훈은 떡 벌어진 제 입을 다물지 못했다. 도대체 언제부터였는지 태진은 방에 틀어박혀 게임에 몰두한 채였다. 제목도 알 수 없는 컴퓨터 게임, 총과 칼을 번갈아 들고 상대 진영의 적들을 찾아가 잔인하게 죽이는 게임. 사상자가 많을수록 진급속도가 빨라지는 게임 속의 캐릭터, 형의 용감한 캐릭터는 한 며칠 태훈이 관심 갖지 않은 사이에 역전의 용사가 되어 있었다.

「콰콰쾅!」

"으악! 에이, 씨발!"

상대가 근거리에서 내던진 수류탄에 형의 캐릭터가 즉사했다. 아까 부엌에서 들었던 요란한 소리는 수류탄이 터지는 소리였던 거다.

"형! 또 게임해?"

게임 캐릭터의 활약으로 그간 모아놓은 게임 머니가 꽤 많았던 모양이다. 캐릭터에게 입힐 군복과 성능 좋은 총을 구매하던 태진이 태훈의 목소리에 그제야 고개를 돌렸다.

"응? 어디 가?"

"어디 가냐고? 무슨 소릴 하는 거야? 퇴근하고 오는 길인데."

"그래? 지금이 몇 시지?"

벽시계를 돌아보니 딱 새벽 1시 30분이었다. 하지만 그러거나 말거나 태진의 시선은 다시 모니터로 돌아와 붙박인다. 가만히 생각해 보니 형은 어제 이 시간에도 게임을 하고 있었던 것 같다. 그러니까 꼬박 하루가 지나도록 캐릭터의 움직임만 주시하고 있었던 거다.

"형, 그만 하고 자. 피곤하지도 않아?"

「타앙!」

멋모르고 얼쩡거리던 상대 캐릭터의 머리를 조준 사격, 게임 용어로 '헤드 샷'이라고 한다던가? 맥없이 넘어가는 적의 꼴이 그렇게나 재미있는지 태진은 키득키득 웃어대며 곁에 놓아둔 캔 콜라를 들이켰다.

"쓰레기나 치워가면서 해. 이게 사람 사는 방이야? 쓰레기장이지!"

아침에, 출근 시간이었지만 엉망진창이던 형의 방을 도저히 두고 볼 수가 없어 대청소를 한 기억이 떠오른다. 빗자루 질을 하고, 걸레까지 빨아다 반짝반짝 닦아놓았는데, 하루 만에 이따위로 변해버리다니…! 컵라면을 먹고 난 찌꺼기, 끈적끈적하게 눌어붙은 방바닥의 모양새로 보아 음료수를 쏟고 닦지 않은 게 분명하다. 게다가 과자는 얼마나 먹어댔는지 과대 포장된 종이 상자가 여기저기에 널려 있었다. 폐지를 주워다 파는 동네 할머니에게 주면 좋아할 것 같다.

"형, 이제 그만해."

한숨 쉬듯 태훈이 중얼거렸다. 더러운 폐인의 방, 문득 낮에 찾아갔던 짝퉁 명품 가방 공장이 떠올랐다. 의미가 어떻든 둘 다 사람이 지낼만한 곳은 아니다.

「쾅! 콰콰쾅!」

"형! 그만 하라니까!"

"시끄러워!"

모니터에서 시선도 떼지 않은 채 태진이 고함을 질렀다. 그리고 이어지는 걸쭉한 욕설, 잔소리를 퍼부었던 태훈에게 하는 말인지 매복하던 상대에게 습격을 받아서인지 구분할 수 없다.

"아니면 소리라도 줄여. 옆집에서 항의 들어오겠다."

"에이, 씨발! 이런 개 같은 새끼가…!"

마우스를 내던지며 태진이 소리쳤다. 화면 오른쪽에 태훈이 다른 게이머와 주고받은 대화가 남아있었다. 욕설로 시작하여 욕설로 마무리된 그들의 대화, 당사자가 아님에도 눈살을 찌푸리게 했다.

"먼저 자. 난 좀 있다 잘 거야."

"또 하게?"

다시 무슨 말인가를 하려던 태훈이 도로 입을 다물었다. 스피커의 볼륨을 올리는 태진, 방안을 쩌렁쩌렁 울리는 음악소리 때문에 오만상이 다 일그러졌지만 그는 욕설을 퍼붓던 아까와 달리 평화로운 표정이었다. 아파트에서 이러고도 지금껏 이웃의 신고가 들어오지 않은 걸 보면 참 신기하다.

"탁!"

들으라는 듯 방문을 일부러 과격하게 닫았지만 태진은 아무런 반응도 없다. 터져버린 듯 쩌렁쩌렁 울리는 스피커 소리에 묻혀서다.

"왜 저러고 사는지 몰라!"

그러나 이번에도 태진은 대꾸하지 않는다. 다시 이어지는 요란한 웃음소리, 거실과 부엌의 형광등 스위치를 내리고 방으로 들어가 문을 닫는 동안에도 멈출 생각이 없어 보인다. 서울대 법대를 꿈꾸던 우리 형, 전국 석사 1, 2위의 뺨을 후려갈기고도 남을 만큼 공부를 잘해서 태훈에겐 아이언맨이나 다름없는 영웅이었단 말이다. 하지만 멀쩡한 사람이 망가지는 건 역시 한순간인가보다.

「경찰서에 구금되어 있던 외국인 노동자, 유치장 안에서 자살 기도.」

"뭐? 이게 무슨 소리야?"

옷을 갈아입으며 아이패드 모니터를 들여다보던 태훈이 저도 모르게 빽 소리쳤다. 인터넷 포털 사이트 메인 페이지에 걸린 기사가 사람을 하도 기막히게 해서 술이 다 깰 지경이다

「인천 짝퉁 명품 가방 공장에서 붙잡힌 외국인 노동자 A씨가 유치장 안에서 목을 매달고 자살을 시도하다 주변 동료들에 의해 미수로 그쳤다. A씨는 현재 병원에서 안정을 취하고 있으며, 경찰은 A씨가 사건 조사를 받는 와중에도 자신의 나라로 돌아가고 싶지 않다며 내내 하소연했는데, 조사 결과 A씨는 신분 세탁으로 한국에 들어온 불법 체류자였다고….」

"씨발…."

다시 머리가 아파온다. 아예 깨져버린 듯 욱신욱신 쑤셔서 욕이라도 퍼붓

지 않으면 견디기 힘들 지경이다. 병원에 있다던 외국인 노동자에게 무슨 일이 벌어진 건지, 더 읽어보지 않아도 알 수 있을 것 같다. 그는 아마 그냥 내버려두었다간 굶어죽기 십상인 가족을 구하기 위해 한국으로 온 사람일 거다. 온갖 수모를 겪으며 착실하게 일을 하고 돈을 모아 조국의 가족에게 생활비로 보내주었을 거다. 가족의 삶을 유지하기 위해 그는 애초부터 관광 비자로 들어와 눌러앉는 방법을 써서 그대로 체류하게 되었을 것이다. 산업 연수생으로 정당하게 법을 지켰더라도 체류기간이 만료되면 신분은 마찬가지가 된다. 한국에선 당연히 법에 어긋나는 행동이므로 적발되면 당장에 추방이고, 대부분의 불법 체류 외국인 노동자들이 그렇듯 선택은 딱 한 가지였을 것이다. 불법으로 행한 모든 일들이 들통 나 강제 출국 당한 뒤 신분을 세탁하여 다시 한국으로 돌아오는 거다. 이런 식으로 신분을 세탁하여 재입국했다가 적발된 외국인 노동자가 한해에 4천 명 가량이고, 점점 늘어나는 추세라고 한다. 외국인 바이오 정보 확인 시스템(FBIS)이라고 해서 신분 세탁을 방지할 목적으로 해당 외국인의 얼굴, 지문 등 신체 정보를 저장한 뒤 입국자와 대조하는 장치가 2012년 1월에 만들어졌다. 출입국 관리소 사람들이 바보가 아닌 이상에야 적발될 것이 뻔한데도 그들은 무슨 짓이든 했다. 한국행 비행기는 가족 모두를 먹여 살릴 구세주나 다름없으니까 말이다.

「저 사람들, 그 정도로 힘든가? 한국 아니면 돈 벌 곳이 없는 거야?」

「산업연수생 제도, 고용허가제, 외국인 노동자 정책, 외국인 근로자 고용법…. 대책 없이 들어오는 사람들 때문에 법이 참 많이도 생겼네요.」

「사정은 알겠는데 그래도 법은 지켜야지. 외국인을 위해 우리의 법이 개정되어야 하다니, 웃기지 않아?」

「한국이 잘 사니까 들어와서 일하는 거잖아요. 그래도 함께 살자고 그러는 건데 기특하다고는 못할망정 비난만 하다니, 너무 하잖아요!」

기사가 올라온 지 채 몇 분도 지나지 않았는데 우르르 몰려든 댓글들로 북적북적 정신이 없었다. 밑도 끝도 없이 적어놓은 악성 댓글하며, 진지하게 제 마음을 적어놓은 사람까지 안기석과 김 기자의 맞장 토론에서처럼 했던 얘기 또 하고, 이미 한 이야기 다시 늘어놓는 식이었다. 이 모두가 물밀듯이 밀려드는 외국인 노동자 정책에 찬성하거나 반대하는 의견들인 거다. 모두 함께 친구가 되자는 슬로건을 내세워 창립한 시민단체, 작지만 거창한 뜻을 품은 단체의 대표로서 그래도 저들의 편을 들어주어야 했지만 어쩐 일인지 쉽게 끼어들 수가 없다. 각자의 이야기들을 들어보면 모두 맞는다고 할 수 없고, 모두 틀렸다고도 할 수 없으니 난감할 따름이다.

"그럼 태진이 형은…?"

문득 아직도 제 방에서 게임 삼매경에 빠져 있는 태진이 떠올랐다. 김 기자가 안기석에게 했던 말대로 수요와 공급의 원리, 그래서 취업을 포기한 젊은 세대가 늘어나고 있다고…! 정말 원인이 외국인 노동자들의 무분별한 유입 탓일까? 정말 그들만의 잘못이란 말일까? 그래서 우리 형이 게임에 중독되어 저러고 있다는 건가?

"아니야, 말도 안 돼!"

도리질을 치며 태훈이 아이패드의 전원을 꺼버렸다. 그리고 침대에 누워 태진이 타락한 원인을 따져 보았다. 이들 정책과 관계없을 거라며 애써 고개를 흔드는 태훈, 그 와중에도 태진은 게임을 멈추지 않고 있었다.

베트남이라는 나라가 있다. 왜인지 모르게 낯설지 않은 이 나라의 정식 명칭은 베트남 사회주의 공화국, 동남아시아에 있는 공산주의 국가이다. 세계지도를 펼쳐놓고 찾아보면 베트남은 우리나라에서 그리 멀지 않은 곳에 있다. 인천공항에서 그들의 수도 하노이까지 네 시간 이십 분이면 갈 수 있는,

거리상으로 가까운 편에 속하는 나라다. 인도차이나반도 맨 오른쪽에 붙어있는 나라 베트남, 인도차이나가 인도인지 차이나인지 아니면 제3의 나라인지 전혀 모르는 사람들이 있으므로 그들을 위해 딱 한 마디만 해보겠다.

인도차이나는 인도와 중국만큼의 차이가 있다. 무슨 뜻인지 모르겠다며 고개를 갸우뚱거리는 사람이 있다면 한껏 비웃어주자. 이 수준 높은 말장난을 말장난인지 진담인지 구분하지도 못하다니, 역시 한국 사람에겐 주입식 교육이 제일인가보다. 하지만 이제는 달라져야 할 텐데, 미래의 꿈나무들이 입시 때문에 스트레스를 받지 않으려면 달라지는 게 옳을 것이다. 인도차이나반도란 역시 인도와 차이나만큼의 차이가 있다. 농담이 아니다. 구체적으로 설명해서 인도차이나반도는 인도와 중국 사이에 있는 지역, 그러니까 베트남을 포함하여 라오스, 미얀마, 캄보디아, 말레이시아, 필리핀, 인도네시아가 위치한 지역을 말한다. 이 인도차이나는 인도의 동쪽, 중국의 남쪽에 있으며, 인도양의 안다만 해(Andaman Sea)가 미얀마와 가깝고, 중국의 하이난다오(海南島)가 남중국해에서 베트남과 통킹만으로 연결된다. 즉 아시아 대륙 남동쪽에 위치한 동남아시아 반도를 인도차이나반도라고 한다.

자, 그렇다면 인도차이나반도에서 베트남을 제대로 찾아보자. 라오스와 캄보디아의 이웃나라, 지도 속의 베트남은 늘씬한 용 한 마리가 승천할 듯 맹위를 떨치는 모습이다. 게다가 모든 여자들이 부러워하는 S라인이기까지 하다. 동남아시아 반도에 있는 모든 나라들이 그렇지만 베트남도 무지하게 더운 나라이다. 수도 하노이의 최고 기온이 6월에 33도, 역대 최고 기온이 42도였으며, 최저 기온은 우리의 초봄 날씨에 불과한 6도에서 12도 정도이다. 우기엔 비가 한 번 오기 시작하면 미친 듯 쏟아지며, 일부 지역에선 홍수가 흔한 일이라고 말할 정도이다.

기원전 2천 년 전부터 논농사를 기반으로 국가 형태가 만들어졌다는 나라, 청동기시대의 선조들로부터 그들의 역사는 시작되었다. 당연한 애기겠지만 우리의 지난날들처럼 베트남에게도 오랜 역사와 전통이 있고, 그들 특유의 민족성이 있다. 흔히 한 나라의 역사는 전쟁의 역사라고도 한다. 누구도 아닌 베트남의 역사가 바로 그러하다. 끊이지 않았던 수많은 전쟁에서 살아남은 나라, 강대국의 핍박 속에서도 나라를 지키겠다는 강인한 의지와 애국심으로 똘똘 뭉쳐 버텨온 나라, 하나둘씩 따져보자면 베트남의 역사는 우리와 닮은 구석이 꽤 많다. 지리상 중국에 가깝다는 이유부터가 그러하다. 한자 문화권이어서 한자를 접하는 순간이 어색하지 않고, 그들과의 전쟁은 숙명이었다.

우선 우리의 역사를 돌아보자. 고대 국가에서부터 조선시대까지 우리는 중국의 영향에서 하루도 벗어날 날이 없었다. 간혹 유명한 인물이 등장하여 우리 땅을 침범한 적들을 몰아내고 위대한 영웅으로 칭송받았다지만 대부분의 약소민족이 그러하듯 중국이라는 강대국과의 싸움에서 참패하여 망국으로 치달은 경우가 꽤 많았다. 어떤 전쟁이든 승리자가 있다면 패자가 있기 마련이고, 패자는 승리자의 손아귀에 사로잡혀 역사를 날조 당한다. 그리고 애초부터 존재하지 않았던, 마치 상상속의 나라였던 양 치부당하는 게 다음 순서일 것이다. 모든 역사는 승리자에 의해 쓰인다는 그 당연한 진리를 따져본다면 아마 우리가 알지 못했던 어느 날, 역사서에 채 쓰이기도 전에 전혀 생각지도 못했던 형태의 나라가 갑자기 나타나 갑자기 사라졌던 적도 있었을지 모른다.

중국을 중심으로 아시아의 모든 땅은 그렇게 살다 그렇게 죽어갔던 거다. 지금에 이르러 모두가 생각하듯 거대한 군사대국이 이빨을 드러내고 으르렁거리며 다가온다면 대부분의 약소민족들은 꽁무니를 빼고 도망치거나 그들 앞에 부복하여 살려주기를 간청할 수밖에 없었을 것이다. 이 당연한 역사를 돌아보았을 때 베트남은 아무리 생각해도 귀신같은 나라다. 주변의 약소민족들처럼 중국에 의해 좌우될 수밖에 없는 운명이었다고는 하지만 그러나 단 한 차례도 그들에게 패한 적이 없을 만큼 무서운 나라였다. 물론 베트남이라는 나라가 어느 날 갑자기 하늘에서 뚝 떨어진 건 아니다. 남들처럼 똑같이 중국의 황제에게 조공을 바쳤다지만 그렇다고 평화를 구걸하지는 않았다. 영토야욕에 사로잡힌 못된 심보를 드러낼 때에야 비로소 맞서 싸웠을 뿐이다. 아무리 그래도 거대 국가와 맞장 뜰 생각을 하다니, 중국의 눈으로 보기에 수많은 약소민족 중의 하나일 뿐인 베트남은 그저 시시하기 짝이 없는 상대였을 거다.

기원전 111년, 베트남은 중국 한(漢)나라의 식민지가 되었다. 잠시 우리의 역사를 살펴보자. 고구려에 의해 멸족할 때까지 한나라는 고조선을 침공하여 400년이나 식민 지배를 하였다. 그런데 베트남은 정도가 심하다. 서기 939년, 중국 대륙에 모여 살던 크고 작은 여러 나라들이 서로 죽고 죽이는 혼란에 빠졌을 때, 반란을 일으켜 그제야 독립을 이루었다. 한나라의 통치를 받은 지 무려 천 년의 세월이 흐른 뒤였다. 그뿐이 아니다. 13세기, 길지도 않은 백 년 동안 원(元)나라가 베트남을 세 번이나 침공했다. 참전했던 원나라의 군사는 모두 합쳐 83만 명, 백만에 가까운 군사가 기껏해야 20만 명도 되지 않는 약소국 베트남을 침공했지만 이기지 못했다. 과연 작은 고추가 맵다는 진리를 몸소 보여준 베트남이 대단한 걸까? 아니면 약소국이라고 그들을 우습게 알았던 강대국 원나라의 오만의 결과일까?

원나라에 맞선 베트남의 항전은 비슷한 시기에 고려가 침략당한 역사와 비교된다. 원나라 군사들이 나타나자 임금은 강화도로 도망쳤고, 왕실은 내정간섭으로 불안했으며, 왕자는 볼모로 잡혀가 변발을 당하더니, 적국의 공주와 강제로 결혼까지 했다. 그 비참하기 짝이 없던 우리의 역사를 베트남이 본다면 뭐라고 할까? 물밀듯이 밀고 들어온 강대국 원나라에 맞서 승리를 쟁취한 베트남, 그 후로도 송(宋)나라와 명(明)나라, 청(淸)나라가 그들의 기름진 땅을 위협하고, 바로 옆에 붙어있는 캄보디아의 앙코르와트 제국까지도 싸움을 걸어왔지만 번번이 베트남에게 패하여 물러갔다.

침략 당하여 나라를 빼앗길지라도 지배국에게 끝없이 저항하여 결국 독립을 이루고야 마는 베트남, 나라를 지키기 위해 필사적으로 싸우는 그들의 역사는 프랑스와의 싸움에서도 이어진다. 19세기 말, 유럽 열강이 아시아 대륙의 약소국들을 야금야금 식민지로 삼고, 좀 더 제 덩치를 부풀리기 위해 서로의 식민 국가들을 뺐고 빼앗기는 눈치 싸움이 벌어지던 바로 그 시기였다. 반도 땅에 살아 숨 쉬던 조선의 명운이 다해가는 시기이기도 하다.

끊이지 않았던 중국의 위협으로부터 벗어나 기어이 독립을 이루고, 응우옌(阮, Nguyen) 왕조가 지배하던 베트남에 프랑스가 찾아왔다. 프랑스 선교사들이 전파한 기독교는 누구보다 조상을 섬기고 조상에 대한 예를 중시하는 베트남에게 도무지 이해할 수 없는 종교였을 것이다. 조선의 흥선대원군처럼 베트남도 쇄국정책으로 프랑스의 앞을 막았다. 선교사를 탄압하고 대책 없이 유입되는 낯선 종교를 배척했다. 서울 합정동에 절두산(切頭山)이란 곳이 있다. 1866년 병인박해(丙寅迫害) 때 흥선대원군이 천주교 신자들을 처형한 곳이다. 베트남의 경우를 살펴보자. 단호한 응징, 선교사와 신도들을 탄압하여 약 2만 명이 죽었다. 베트남을 프랑스는 이해할 수 없었을 것이다. 바로 피의 복수극이 이어졌다. 두 나라 함선의 전투, 프랑스는 목적을 이루기 위해 무슨 짓이든 했다.

다른 유럽의 열강들이 그랬듯 아시아에 자기들의 세력을 넓혀야만 했다. 제 힘을 키우기 위해 약소국을 침략하다니, 주권을 강탈하고 그들의 문화와 전통을 무시한 채 지배국의 문화만이 옳다고 가르치려 들었던 역사를 그들은 부끄러워해야 할 것이다. 프랑스는 발 빠르게 움직였다. 당시 북부와 중부, 남부 세 군데의 지역으로 나뉘어 편 가르기 싸움을 하던 베트남의 모습은 프랑스에겐 호재였을 것이다. 보호조약을 체결하자마자 그들은 프랑스령 인도차이나 총독부를 세웠다. 조선을 포함하여 대부분의 식민 국가들이 그랬듯 베트남도 프랑스로부터 경제수탈, 전통문화 파괴 등의 폭압에 굴복당하는 아픔을 겪어야만 했다. 식민지 국가의 비애, 베트남에 더 이상 주권은 없었다. 아시아의 모든 식민 국가들처럼 지배국의 일방적인 힘에 무릎 꿇어야 했다. 그러나 이는 제1차 인도차이나전쟁이라고 불리는 첫 번째 베트남 전쟁의 서막에 불과했다.

무궁한 역사와 전통을 자랑하는 그들, 뛰어난 민족성으로 대륙의 영토 침탈 야욕에 굴하지 않고 맞서 싸운 대담무쌍한 그들, 그 어떤 위협에도 좌절하지 않고 나라를 지켜낸 자부심으로 살아온 베트남의 민중들은 참을 수 없었을 것이다. 프랑스의 막강한 힘으로부터 벗어나 자주독립을 외쳐야만 했을 것이다. 도저히 용서할 수 없는 건방진 서양 코쟁이들로부터 빼앗긴 나라를 되찾아야만 했을 것이다. 그리고 나타난 한 남자, 인도차이나 공산당을 창당하여 베트남 민족을 세계열강으로부터 지켜낸 바로 그 남자. 드디어 그 이름도 유명한 호치민이 등장했다.

02. 호치민의 나라

부천의 한 초등학교, 수업이 끝나고도 한참이 지났지만 아이들은 아직 집에 갈 생각이 없다. 드넓은 운동장을 이리저리 뛰어다니며 축구 시합에 빠진 녀석들, 가방과 겉옷까지 벗어 던지고 몸싸움을 벌이는 모양새가 어른들 못지않게 제법 진지하다. 벌써 몇몇은 모래밭을 뒹굴었나보다. 흙 범벅이 되어버린 바지는 그나마 세탁기가 빨아준다지만 구멍이 나버린 티셔츠는 아무래도 버려야할 것 같다. 저 꼴을 하고 집에 가면 또 엄마한테 혼날 텐데, 하지만 지금은 그게 문제가 아니다. 공을 빼앗기 위해 달려드는 녀석의 기똥찬 태클 솜씨를 보라! 저보다 머리 하나만큼 더 큰 골키퍼의 덩치가 무섭지도 않은지 골대를 향해 전력 질주하여 눈앞을 가로막는 수비수 두 명을 제치고 온 힘을 다해 불꽃 슛!

"와아아!"

골을 넣은 아이가 포효하듯 함성을 질러댄다. 어디서 본 건 있는지 웃통을 반쯤 걷어 올려 머리에 뒤집어쓰고 정신없이 운동장을 내달린다. 주변의 아이들이 쫓아와 결승골을 넣은 아이의 어깨 위로 뛰어오르지만 아직 세리

머니를 끝내지 못한 아이는 도망치느라 바쁘다.

"우리가 이겼어! 떡볶이 사줘!"

게임에서 이긴 아이들이 소리쳤다. 2대1, 옷만 망가뜨리고 패한 아이들은 입술을 실룩거리며 주머니를 뒤져본다. 모인 돈으로 떡볶이와 닭 강정을 사 먹고 피시방에서 게임을 하면 알맞을 것 같다. 컴퓨터로 즐기는 축구 게임이라면 승부해볼만하다.

"야, 저것 좀 봐."

"…?"

수돗가에서 얼굴을 씻던 한 아이가 친구에게 턱짓을 한다. 화단으로 꾸며 놓은 운동장 한 구석에 누군가 쪼그리고 앉아 있었다. 무슨 생각을 한 건지 서로 마주보며 킬킬거리는 아이들, 홀로 이쪽을 구경하는 녀석과 재미있게 놀아줄 생각이다.

"어이, 윤지석! 거기서 뭐하니?"

"…?"

녀석이 풍선껌을 질겅거리며 물었다. 덩치도 큰데다 두 손마저 주머니에 박아 넣은 채 건들거리니 중학생 형처럼 무섭기만 하다.

"거기서 뭐 하냐고? 내 말 안 들려?"

"그, 그냥…."

쭈뼛거리며 일어서는 지석이의 손을 보고 아이들이 또 키득거린다. 축구 놀이에 빠졌던 녀석들만큼이나 지석이의 손가락도 지저분하다. 혼자 흙장난을 하고 놀았던 모양이다.

"야, 이 새끼 지금 불쌍하게 보이고 싶은가봐."

"지랄하고 앉아있네. 그러고 있으면 누가 놀아준대, 이 병신 새끼야?"

어른도 쉽지 않은 욕설을 아무렇지 않게 내뱉는 이 초딩의 입방정을 보라! 이번엔 녀석의 운동화가 지석이의 다리를 걷어찼다. 도망이라도 가면 좋으련만, 지석이는 주변으로 모인 아이들의 눈치를 살피느라 아무 생각도 못하는 표정이다.

"퍼억!"

아이들 틈에서 공이 날아와 지석이의 머리를 때렸다. 아까 그 먼지 구덩이에서 굴러다니느라 더러워진 축구공이다.

"야, 머리에 흙 묻었어. 털어줄까?"

한 녀석에 다가와 지석이의 머리로 손을 내밀었다. 툭툭, 흙을 털어주던 녀석의 손힘이 세지더니, 급기야 철썩철썩 따귀를 때리기 시작했다.

"그만해!"

참지 못하고 지석이가 소리쳤다. 그러나 기어들어가는 목소리, 눈치만 흘끔거리는 지석이의 표정을 보고 아이들이 또 키득거렸다.

"그만해? 뭘 그만해?"

"그만 때려! 아프단 말이야!"

"계속 때릴 거면 어떡할래?"

"퍼억!"

다시 공이 날아와 지석이의 얼굴을 강타한다. 흙 묻은 얼굴이 붉게 달아오르지만 지석이는 울지 못한다. 녀석들은 지석이가 울면 더 심하게 놀려댈 것이었다.

"야, 너희 엄마 베트남 사람이지? 너 베트남 가봤어?"

"……."

"야, 사람이 말을 하면 대답을 해야 할 거 아냐? 우리 말 몰라? 베트남 말로 해줄까? 꽐라 꽐라 뽕꽐라~!"

"하하하하!"

정체불명의 엉터리 외국어로 녀석이 소리치자 가만히 듣고만 있던 아이들이 까르르 웃어댄다. 지석이는 웃지 못한다. 입을 열었다간 웃음 대신 울음이 튀어나올 것 같아서다.

"야, 베트남이 어디에 있는 나라야?"

"몰라. 지구 바깥에 있나? 화성?"

"우리 아빠가 그러는데, 베트남은 엄청 못 사는 나라래."

"왜?"

"몰라. 그래서 우리나라에 돈 벌러 오는 사람이 많대."

"배고파서 오는 게 아니고?"

"돈을 벌어야 밥을 사 먹지, 멍청한 새끼야. 안 그래, 베트남?"

다시 아이들의 시선이 지석이에게로 향한다. 두려웠지만 지석이는 한 발자국도 움직일 수 없다. 이대로 도망쳤다가는 지난번처럼 우르르 몰려와 자근자근 밟아댈 것이었다.

"야, 너희 엄마도 한국에 돈 벌러 왔어?"

"……."

"너희 아빠는 한국 사람이지? 아빠한테 애교 부려서 돈 버는 거야?"

"야, 애교를 아빠한테 부리는 게 아니지."

"그럼 뭔데?"

"모르는 남자한테 해야 돈을 많이 주는 거야."

"왜?"

"그것도 모르니, 병신아? 애교를 많이 부릴수록 팁을 많이 주잖아. 그래서 술도 많이 먹어야 해."

"그런 거야? 야, 베트남, 너희 엄마 술 잘 먹어?"

하마터면 지석이는 울음을 터뜨릴 뻔 했다. 지석이는 아빠가 없다. 오래 전에 돌아가신 아버지를 대신해서 엄마가 지석이를 키우고 있다. 생활비가 필요한 건 맞지만 그렇다고 엄마가 술집에 나가지는 않는다. 엄마는 가구 공장에서 일하는 직원이란 말이다.

"야, 이 새끼 운다. 눈물 좀 봐."

"이거 웃기는 새끼네? 남자는 우는 게 아니라는 말도 몰라? 베트남엔 그런 말 없어?"

눈물이 그렁그렁 매달린 지석이의 머리를 붙들고 흔드는 아이들, 하지만 지석이는 그래도 참는다. 한두 번 겪는 일이 아니기 때문에 대꾸하지 않고 가만히 있으면 금방 괜찮아질 거라는 걸 잘 알고 있어서다.

"야! 비켜봐!"

"…?"

누군가 소리쳤다. 구경하던 아이들이 두 패로 갈려 길을 터주고, 어디선가 마대자루를 들고 한 녀석이 다가왔다.

"야, 얼굴에 흙이 묻었는데 왜 아무도 안 닦아주는 거야? 정의의 용사가 나가신다! 길을 비켜라! 이야압!"

더러운 걸레가 지석이의 얼굴로 처박혔다. 배꼽잡고 웃는 아이들 틈에서 지석이가 비명을 질렀다.

"이러지마! 그만해!"

"이러지 마아~그만해애~이러고 있다. 야, 세수하는 건데 싫어, 이 병신 새끼야!"

"와! 얼굴이 깨끗해졌네! 깨끗하게! 맑게! 자신 있게!"

숨넘어갈 듯 깔깔거리는 아이들, 하지만 마대자루에 숨은 지석이는 비명만 지를 따름이다. 아이들의 손과 발이 서럽게 우는 지석이의 머리를 때리고, 배를 때리고, 다리를 때린다. 녀석들은 지금 축구 시합에서 지고 난 화풀이를 이런 식으로 하는 거였다.

"응? 뭐야?"

그때, 마대자루 아이가 벌컥 소리쳤다. 누군가 그의 어깨를 세차게 붙잡은 것이다.

"뭐냐니? 죄 없는 애한테 시비 거는 너는 뭐니?"

무섭게 노려보는 어른의 목소리에 녀석은 순간 사색이 되고 만다.

"놔요! 놓으란 말이에요!"

어깨를 붙잡은 손을 뿌리치며 바락바락 대드는 녀석, 꽁무니를 빼고 슬금슬금 뒷걸음질 치던 아이들이 마대자루 녀석의 반항에 힘을 얻은 모양이다. 겁도 없이 너도 나도 다가들어 위아래로 쏘아보는 거였다.

"아저씨가 뭔데 이래라 저래라 예요?"

"이런 개념 없는 초딩들이 있나! 왜 친구를 괴롭혀? 사이좋게 놀아야지!"

"친구 아니에요! 이 새끼는 베트남에서 왔단 말이에요!"

"베트남에서 온 사람하고는 친구하면 안 된대? 누가 그래? 너희 선생님이? 엄마가? 아빠가?"

"……."

대꾸할 말을 찾지 못한 아이가 도와달라는 듯 주변의 친구들에게 눈짓을 하지만 할 말이 없기는 녀석들도 마찬가지다.

"왜 지석이를 괴롭히는 거야? 지석이가 축구공이니?"

"……."

"또 한 번만 지석이 괴롭혀봐! 그냥 안 둘 테니까! 알았어?"

"……."

"왜 대답이 없어? 알겠느냐고?"

"에이, 씨발…!"

순간, 태훈의 눈이 커졌다. 어떻게 나이 어린 아이의 입에서 이런 험악한 욕설이 튀어나올 수 있을까? 하긴, 요즘 아이들에게서 순수성을 찾아 해맨 내가 잘못이지. 요즈음의 아이들은 어른들의 옛 모습과 전혀 다르다. 제 기분에만 휘둘려 사는 아이들, 이러니까 개념을 상실한 채 무턱대고 덤벼드는 모든 인간들을 가리켜 '초딩'이라고 하는 거다.

"야, 너 방금 뭐라고 했니?"

"못 들었어요? 씨발이라고 했잖아요! 씨발!"

"저, 저게…!"

"아, 씨발! 졸라 재수 없게 걸렸네! 야! 가자!"

담배에 찌든 양아치를 흉내 내듯 운동장에 침을 탁 내뱉으며 녀석들이 돌아섰다. 기가 막히지만 이쯤에서 그만 두자. 인터넷 세상이든 현실 세계든 저런 꼬마들과 싸워봤자 손해를 보는 건 어른뿐이다.

"지석아, 괜찮니?"

"응…."

더러워진 얼굴로 끄덕이는 지석이에게서 다시 눈물 한 방울이 툭 떨어졌다.

"안 되겠다. 씻어야겠어."

수돗가로 다가가 태훈이 지석이의 얼굴을 씻겼다. 어찌나 녀석들이 장난을 심하게 했는지 온 몸이 엉망이었다.

"쟤들이 매일 놀려?"

"응, 엄마가 베트남 사람이라고…."

"엄마가 베트남 사람인 게 뭐 어때서?"

"몰라…."

겨우 진정해가던 지석이가 또 울먹이기 시작한다. 아무래도 녀석은 이미 한참 전부터 이런 식의 놀림을 받아온 것 같았다.

"형아, 우리나라에서는 엄마가 베트남 사람이면 안 되는 거야?"

"아니야, 그렇지 않아."

"그런데 쟤들은 왜 저래?"

"저놈들은 억지를 부리는 거야. 너무 마음에 담아두지 마."

하며 태훈이 손가락으로 녀석의 볼을 쿡 찔렀다. 볼우물이 들어간 얼굴로 웃는 지석이, 어깨 위로 녀석을 들어 올려 목마를 태우고 태훈은 한 팔에 책가방까지 들쳐 맸다.

"형아, 나 배고파."

"배고파? 집에 가서 밥 먹을까? 뭐 먹고 싶어?"

"김치볶음밥!"

"그래, 형아가 김치볶음밥 맛있게 만들어줄게."

"와! 형아 최고!"

태훈의 머리를 땅땅 때리며 좋아하는 녀석, 눈물 가득하던 그 얼굴이 단박에 환해졌다. 태훈이 지석이와 알고 지낸 건 꽤 오래전부터였다. 벗과 자매결연을 한 가구공장 직원의 자식인데, 어찌나 귀여웠던지 첫눈에 홀딱 빠져버렸다. 그 후 태훈은 지석이의 엄마가 공장에서 일하는 낮 시간에 종종 집으로 찾아와 녀석과 놀아주곤 했다. 그런데 오늘은 학교가 이미 끝났을 시간인데도 지석이가 보이지 않아 직접 찾아다녔다가가 그런 말도 안 되는 광경을 목격한 것이다. 요즈음 대부분의 초등학교에서는 다문화 가정의 아이들과 친구 되기, 또는 그들의 문화를 배우고 체험하는 프로그램을 운영하고 있다. 그런데도 불구하고 우리와 다르다는 이유로 다문화 가정의 아이들이 놀림감이 되어야 하다니, 앞 뒤 맞지 않는 어른들의 이중적인 태도가 아이들에게까지 영향을 끼쳤다고밖에 설명할 수 없다. 이건 지석이를 괴롭히는 아이들의 문제만은 아니라는 거다.

"형아, 호치민이 누구인지 알아?"

"호치민?"

태훈의 김치볶음밥이 제 입엔 좀 매웠던가보다. 물 한 컵을 다급하게 후다닥 들이켜고 지석이가 물었다.

"호치민은 엄마 나라의 주석이었대. 대통령 같은 건가봐."

"그래?"

지석이의 시선이 머문 곳에 호치민의 초상화가 액자로 걸려있다. 실물과 비슷하게 그려놓은 솜씨가 제법이다.

"지석이가 그린 거야?"

"응, 미술 시간에 그린 건데, 잘했다고 선생님이 칭찬해주셨어."

호치민, 동네를 거닐다 우연히 만나면 친근하게 인사 한 마디 나누고 싶은 인상이다. 지석이가 그린 호치민의 얼굴은 왠지 모르게 웃음을 머금게 만드는 마력이 숨어있었다.

"형아, 엄마가 그러는데, 옛날에 아빠가 엄마한테 호치민이 되고 싶다고 했대."

"그게 무슨 말이야?"

"엄마만의 호치민, 왜냐하면 베트남 사람들은 모두 호치민을 좋아하니까."

"아하!"

뒤늦게 뜻을 알아챈 태훈이 손뼉을 치며 소리쳤다. 당신만의 호치민이 되고 싶어요. 베트남 사람이라면 누구든지 사랑해마지 않는 호치민의 이름으로 연인의 마음을 끌어안으려는 남자의 고백이었던 거다. 지금은 죽고 없는 사람이지만 태훈이 기억하는 지석이의 아빠는 생전에 참 낭만적인 사람이었다. 아무 조건 없이 가족을 사랑하는 남자, 지석이가 그린 또 다른 그림에서 그는 아내와 아들의 손을 나란히 그러쥔 채 방긋 웃고 있었다.

"…?"

설거지를 끝낸 뒤 방으로 돌아왔는데, 지석이는 어느새 잠이 들어 있었다. 모든 초딩들의 대통령이라던 뽀로로를 끌어안고 자는 녀석의 평온한 얼굴이 너무나 귀여워 태훈은 하마터면 깨물어버릴 뻔 했다.

"어떡하지…?"

스마트폰에 박힌 시간을 들여다보며 태훈이 중얼거렸다. 이제 가야 할 시간인데, 곤히 잠든 이 녀석을 혼자 두고 갈 수는 없다. 깰 때까지 기다리거나 엄마가 퇴근해서 올 때까지 기다려야 한다.

"에라, 모르겠다."

지석이의 머리에 베개를 받쳐주고 태훈은 장롱에서 베개 하나를 더 꺼냈다. 오후에 안기석과 만날 약속이 있지만 잠깐 게으름을 피운다고 큰일이 나지는 않을 거다. 그리고 태훈은 벽에 매달린 지석이의 호치민을 바라보다가 웃으며 잠들었다.

호치민의 초상화를 볼 때마다 도무지 이해할 수 없는 점 한 가지가 눈에 띈다. 모든 베트남 민중들이 존경하고 사랑해마지 않는다는 그들의 전설, 도저히 빠져나올 수 없을 것만 같은 기나긴 전쟁의 소용돌이 속에서 베트남을 구해낸 아름다운 영웅. 하지만 초상화 속의 호치민은 초라한 늙은이에 지나지 않았다. 피죽도 못 얻어먹은 건가 싶을 정도로 말라빠진 몸집에, 혹시 병이라도 들지 않았을까 의구심마저 들게 할 만큼 기운 없는 표정. 그 어떤 자료를 뒤져봐도 호치민은 항상 그렇게 메마르고 나약한 모습이었다. 나라를 비극에서 구했다는 지도자가 이렇게 동정심을 불러일으킬 만큼 가녀린 모습을 하고 있다니, 어째서 베트남 사람들은 이토록 나약하게만 보이는 노인에게 의지했던 걸까? 혹시 그에게 아무도 모르는 초능력이라도 있었던 건 아닐까? 도대체 그의 어떤 힘이 위태로운 제 나라를 구하게 했을까? 물론 겉모습이 그 사람의 전부는 아니다. 대의를 위해서라면 그가 여자여도 관계없고, 몸이 불편한 사람이어도 관계없다. 그러나 궁금한 건 그렇게 가녀린 몸으로 한 나라의 지도자가 될 수 있었던 그의 의지와 신념이 과연 무엇이었으며, 도대체 무엇을 위해 그가 베트남의 위대한 인물이 되었던 것인가 하는 점이다.

우선 한반도를 살아가던 두 체제의 인물들로 예를 들어보자. 비록 반쪽짜리였으나 그 반쪽짜리나마 민주주의 국가로서의 길을 나름대로 닦아놓은 역대 대통령들의 초상화를 보면 잘 먹어서 기름진 얼굴에 풍채 또한 좋았다. 듬직한 몸집으로만 따지겠다면 북한은 우리보다 더 하다. 두 말할 필요 없이 돼지 중의 돼지인지라 온갖 성인병을 달고 사는 인간들이 아니던가. 또한 이들의 업적은 죽은 뒤에도 자꾸 늘어나서 누구는 지푸라기 하나로 깊은 강을 건넜다 하고, 누구는 신령스런 산의 기운을 받았다는 등의 헛소리를 늘어놓아 듣는 사람을 민망하게 한다. 그래도 그 친구들은 있는 업적 없는 업적 다 그러모아 부풀리기라도 했지. 우리는 제 나라 지도자의 업적을 두고 잘 한 건지 잘못한 건지 몇 십 년이 지나도록 싸우고만 있다. 윗동네나 아랫동네나 하는 짓들이 모두 똑같아서 남들에게 보여주기가 창피할 지경이다. 그렇지만 베트남은 다르다. 업적을 부풀리지도, 그렇다고 신을 능가하는 영웅적인 서시시를 만들지도 않았다. 또한 우리처럼 잘했네, 잘못했네 하며 무슨 대단한 역사 평가자라도 되듯 말싸움을 하지도 않는다. 베트남은 그저 있는 그대로를 보여준다.

자, 그렇다면 호치민의 지난날을 둘러보자. 19세기 후반, 프랑스는 결국 무력으로 베트남을 포함하여 캄보디아와 라오스까지 식민지로 만들었다. 인도차이나반도의 세 지역이 프랑스의 손아귀로 떨어진 것이다. 응우옌 왕조는 마치 꼭두각시 인형처럼 프랑스에게 휘둘려야만 했다. 조선왕조가 일본의 손에 놓여 이리 채이고 저리 채이던 시절처럼 베트남도 프랑스의 압력으로 위태롭기만 했다. 프랑스는 끝내 베트남을 굴복시켰다. 응우옌 왕조가 독립된 하나의 나라로서 베트남을 지배한 건 단 140년의 세월뿐이었다. 프랑스에게 모든 것을 내주어야 했던 그들의 마지막은 한반도의 조선왕조가 건국 518년 만에 처참한 꼴로 무너지던 모습과 꼭 닮아있었다. 대책 없이 흘러내린 눈물, 강자만이 군림할 수 있었던 그 무정한 세월 속에서 아무도 약소국의 고통을 알아주지 않았다. 그렇게 식민지 국가를 지배하는 세력이 있다면 그들의 영향으로부터 벗어나기 위해 위험을 무릅쓰고 목숨 바쳐 저항하는 애국지사가 있기 마련이다.

호치민은 프랑스로부터 독립을 갈망하던 베트남의 자랑스러운 애국지사였던 거다. 그런데 베트남에는 호치민보다 좀 더 앞서 프랑스에 저항하던 사람이 있었다. 응오딘지엠, 한국식 발음으로 고딘디엠이라는 사람이다. 나중의 일이 되겠지만 그는 후에 공산당 호치민의 군대와 맞서 싸우는 남베트남의 대통령이 된다. 친인척을 국가 요직에 앉혀 놓고 무자비한 독재정치를 일삼다가 부하들에 의해 암살되는 사람이기도 하다. 두 사람 모두 베트남 민족을 프랑스로부터 독립시키기 위해 투쟁하는 사람들이지만 한 가지 다른 점이 있었다. 호치민은 소련의 레닌이 내세운 공산주의 혁명 정책에 자극받아 그러한 방식으로 베트남을 이끌어가려던 사람이지만 응오딘지엠은 미국의 도움을 받아 베트남을 자본주의 국가로 성장시키고 싶은 사람이었다. 외세의 영향에서 벗어나 민족적 자부심으로 베트남을 이끌어가려던 호치민과 스스로의 힘보다 세계 최강대국 미국의 어깨에 기대려는 응오딘지엠의 차이는 누가 봐도 분명했다.

미국의 지지를 받으며 응오딘지엠이 자본주의 신봉자로서 입지를 굳혀갈 때 호치민은 반대로 소련의 신임을 얻었다. 그들의 충고대로 인도차이나 공산당(PCI-Indochinese Communist Party)을 설립하여 활동한 인물이다.

일본으로부터 벗어나고 싶었던 조선 독립 운동가들의 의롭지만 처참했던 인생처럼 호치민도 프랑스의 탄압에 죽을 뻔했던 적이 한두 번이 아니었다. 호치민은 분명 베트남의 공산혁명을 주도한 인물이다. 우리나라에선 공산주의자라는 이유로 그를 거부하는 사람이 많은 것 같다. 이 글을 보고 무언가 마음에 들지 않는 사람이 있다면 그는 분명 내게 빨갱이라며 비난하고 나설 것이다. 충분히 이해할 수 있다. 우리는 공산주의 국가라면 북한만 떠올리고 진저리를 치게 되는데, 이쯤에서 확실하게 못박아두어야 할 문제 한 가지가 있다. 호치민의 공산주의는 민족주의를 바탕으로 했다. 프랑스라는 강대국에게서 벗어나기 위해 공산주의를 선택했을 뿐이다. 공산주의 혁명만이 비참하게 살아가는 제 나라의 백성들을 구할 수 있을 거라고 믿은 것이다. 그러니 이 자리에서만큼은 자본주의와 공산주의의 정의를 따지지 말자. 호치민에게 체제란 그저 살기 위해 선택한 최선의 방법이었으므로…. 베트남을 외세로부터 독립시키기 위해 제 한 몸을 불살랐던 호치민의 본명은 인터넷을 찾아보면 응우옌 씬꿍(Nguyen Sinh Cung), 또는 응우옌 아이꾸옥(Nguyen Ai Quoc) 등등 우리로서는 발음하기 힘든 여러 가지 이름들이 나온다. 필명이든 가명이든 그런 건 중요하지 않다. 빛을 주는 사람(胡志明), 베트남 민중들에게 호치민은 그런 사람이었다. 북한이 자기네 지도자를 표현할 때처럼 위대하신 영도자라는 둥, 장군님이 축지법을 쓰신다는 둥의 헛소리를 남발하지도 않는다. 박호(Bac Ho), 우리말로 '호 아저씨', '큰아버지 호'라며 친근하고 단순하게 표현한다. 나라를 위기에서 구해낸 민족의 영웅일지라도 그의 업적을 추켜세우는 것이 아닌 모두가 사랑해마지 않는 사람으로서 친근하게 다가가는 것이다. 베트남의 애국지사 호치민, 그러나 홀로 싸우지는 않았다. 그에겐 신념을 믿고 아픔마저 함께 나눌 든든한 버팀목이 두 사람이나 있었으니, 결코 간단할 수 없는 역사이지만 그래도 억지를 부려 간단명료하게 그들의 정체를 알아보자. 보응우엔지압, 한국식 발음으로 보구엔지아프라고 부르는 이 남자는 뒤에 다시 거론되겠지만 제1차 인도차이나전쟁 뿐 아니라 미국과 맞붙었던 제2차 인도차이나전쟁까지 승리로 이끈 주역이다. 전략 전술과 게릴라 활동에 특출한 능력을 갖추어 호치민이 아끼는 인물이다. 그리고 팜반동, 프랑스에 반대하여 하노이에서 민족주의 정치 활동을 하다 신변이 불안해졌을 때 중국에서 호치민을 만나 인도차이나 공산당을 창당했다. 나중의 이야기가 되겠지만 전쟁으로 분단된 나라가 통일된 후에도 호치민의 신임을 얻어 수상 직을 역임했다.

그렇다면 이제 프랑스와의 전쟁에서 그들이 어떻게 승리했는지 알아보자. 베트남독립동맹, 베트남 식 발음으로 비엣남독랍동민, 줄여서 비엣민, 다시 우리말로 베트민(Viet Minh)이라고 부르는 단체가 있다. 프랑스에 맞서기 위해 호치민이 만든 베트남의 독립투쟁 조직으로, 보응우엔지압의 지휘 하에 게릴라 전술을 펼쳤다. 제2차 세계대전 당시 독일 만만치 않은 최악의 민폐를 끼쳐 여전히 아시아 국가들로부터 손가락질을 받는 일본, 아시아 대륙을 점령하기 위해 진군하다 베트남의 땅까지 들이닥쳤지만 그때도 베트민은 저항했다. 그들이 호치민의 나라에 머무른 건 미국이 내던진 원자폭탄에 백기를 흔들 때까지 단 5년뿐이었다. 일본이 패망하고 베트남에서 물러갔을 때, 호치민의 베트민은 국민들에게 베트남 민주 공화국의 독립을 알렸다. 맞장을 뜨자는 선전포고였으니 프랑스는 당연히 가만히 있지 않았을 것이다. 프랑스 해군의 함포 사격으로 많은 사람들이 죽었는데, 그것이 두 나라 사이에 벌어진 전쟁의 시작이었다. 하노이에서 서쪽으로 한참 떨어진 곳에 디엔비엔푸(Dien Bien Phu)라는 마을이 있다. 베트남 지도를 놓고 살펴보면 라오스와 국경이 맞닿아 있는 북부 끝자락의 소도시이다. 보응우엔지압이 이끄는 베트민 부대가 프랑스와의 격렬한 전투에서 결국 독립을 쟁취한, 베트남에게는 역사적으로 아주 중요한 곳이다. 베트민의 보급로를 차단하려는 프랑스의 디엔비엔푸 점령은 언뜻 프랑스에게 유리한 전쟁처럼 보이게 했다. 전쟁 물자를 보급받기 위해 반드시 가야만 했던 라오스, 그곳으로 통하는 길을 막아선 프랑스의 군대를 보고도 보응우엔지압은 물러서지 않았다. 대포를 쏘아 맞불을 놓으며 정면으로 다가드는 그들의 당찬 발걸음에 프랑스는 적잖이 놀란 모양이었다. 그때 프랑스에게는 미국이 필요했을 것이다. 베트남과의 전쟁에 필요한 대부분의 경비를 제공하던 그들은 프랑스가 보기에 아주 좋은 전우였다. 베트남이 공산주의자들에게 넘어가면 미국이 위험해질 거라며 프랑스가 옆구리를 쿡쿡 찔러댔지만 그때 미국은 전혀 다른 생각을 하고 있었나보다. 한국전쟁에 개입했다가 북한을 지원한 공산주의자들로부터 당했던 순간을 기억하는 그들에게 디엔비엔푸 전투의 개입은 아무 이득도 볼 수 없는 싸움이었다. 미국의 무관심은 프랑스를 기운 빠지게 만들었을 거다. 게다가 험준한 산악 지형을 이용한 베트민 군의 게릴라 전술, 민족적 자긍심으로 똘똘 뭉친 베트남 주민들이 스스로 나서서 모든 전쟁 물자를 날라다 주기까지 하니 프랑스는 당해낼 재간이 없었다. 전쟁에서 승리한 건 바로 베트남이었다. 프랑스는 물러가면서 베트남에게 독립을 약속했다. 꿈에도 그리던 독립이 드디어 찾아온 거였다. 그리고 베트남 사람들은 이제 자신들만의 낙원에서 행복하게 살아갈 수 있을 거라고 철석같이 믿었다. 믿음은 당연했고, 호치민의 눈물은 가슴을 뜨겁게 만들었다. 그렇게 모든 베트남 민중들은 서로 얼싸안으며 독립을 기뻐했다. 그리고 행복할 줄 알았다. 그들의 공산혁명을 반대하는 미국이 끼어들기 전까지는.

수능시험이 딱 1년밖에 남지 않은 아이들의 교실은 여전히 조용하다. 어제도 밤늦게까지 공부했을 텐데, 피곤한 눈으로 수업에 집중하는 저 표정들은 입시만을 위해 사는 로봇 같아서 마냥 보고 있기가 안쓰러웠다.

"너희의 생각을 들어보자. 자본주의가 뭘까? 얘기해 볼 사람?"

진희가 물었지만 아이들은 아직 입을 열지 않은 채다. 이쪽저쪽으로 눈을 굴리는 걸로 보아 알고 있으면서도 어떻게 대답해야 할지 망설이는 기색이었다.

"어렵니? 간단하게 생각해보면 금방 답이 나올 텐데?"

"돈이요!"

누군가 손을 들고 소리쳤다. 또래보다 키가 큰 여자 아이였는데, 아니나 다를까. 얼마 전 담임선생님에게 모델이 되고 싶다는 말을 했더란다.

"돈? 그래, 돈이지. 자본주의는 돈 때문에 생긴 거야. 좀 더 자세하게 설명해보지 않을래?"

여섯 명씩 다섯 개의 조가 한 교실에 모여 있었지만 다들 서로 눈치만 살필 뿐 대답하려 들지는 않았다.

"자주 접하는 말이지만 막상 설명하려니까 어렵지? 국어사전을 찾아볼까?"

진희의 손가락이 스마트폰을 열어 인터넷에 접속한다. 몇몇 아이들도 그녀를 따라 제 스마트폰을 꺼내들고 있다. 하지만 저 녀석들은 아마 엉뚱한 짓만 골라 할 생각일 거다.

"생산수단을 가진 자본가가 생산 활동으로 이익을 추구하는 경제 구조라고 되어 있네? 너무 어려운 설명이지?"

아직 스마트폰을 만지작거리는 아이들에게 진희가 손짓했다. 무슨 재미난 어플이라도 다운받았는지 진희의 눈치를 살피며 키득거리고 있다. 하지만 오래 가지 않아 스마트폰은 서랍 속으로 처박힌다. 수능시험이 일 년밖에 남지 않은 시점이고, 지금은 내신 성적에 반영될 중요한 토론수업 시간이다.

"그럼 다른 질문을 해볼게. 자본주의의 반대는 뭘까?"

"공산주의요!"

"공산주의?"

"북한이요! 북한이 우리와 반대예요!"

"왜 그렇게 생각해?"

고개를 갸우뚱거리며 진희가 웃었고, 긍정인지 부정인지 구분할 수 없는 그녀의 반응을 어떻게 받아들여야 할지 몰라 아이들은 다시 입을 다물었다.

"그럼 얘기해보자. 북한은 우리와 어떤 점이 다를까?"

"우리나라는 선거를 해요!"

"그건 자본주의에 대한 설명이 아닌데? 하지만 괜찮아. 생각나는 대로 얘기해봐."

"우리는 5년마다 대통령 선거를 하고요. 국회의원 선거는 4년마다 있어요. 그런데 북한은 그렇지 않아요. 한 사람이 독재정치를 하잖아요."

진희가 웃으며 끄덕였다. 원하던 대답은 아니지만 남북 간의 정치 형태에 대해서는 간단하게나마 잘 아는 것 같다.

"그래, 맞아. 우리는 전혀 다른 두 가지의 방식으로 살고 있어. 그렇다면 민주주의는 뭘까? 설명해 볼 사람?"

"……."

갈수록 태산이라는 표정의 아이들을 보고 진희가 픽 웃었다. 구석 자리에서는 한숨 소리까지 들려오고 있다.

"민주주의란 국민 스스로에게 권력과 권리가 주어지고, 또 그걸 행사할 수 있는 정치 형태를 말해. 우리나라 헌법 제1조 2항에는 '대한민국의 주권은 국민에게 있고, 모든 권력은 국민으로부터 나온다.'라고 되어 있어."

"그럼 대통령은요? 권력은 대통령이 갖는 거 아닌가요?"

"대통령은 국민을 대표하는 사람이야. 국민이 아무렇게나 권력을 휘두를 수 없으니 대표자를 뽑는 거지. 대통령과 정치인을 제외한 일반 국민들도 간접적으로는 모든 정치 활동에 참여할 자격이 있어. 그게 가능한 나라를 민주주의 국가라고 하는 거야. 그럼 민주주의의 반대를 뭐라고 할까?"

"공산주의요!"

"공산주의? 아까 자본주의의 반대를 공산주의라고 말한 사람이 누구더라?"

"아…!"

난처한 얼굴로 녀석이 슬그머니 손을 내렸다. 친구들의 눈치를 살피며 입술을 실룩이는 녀석을 보고 진희가 또 웃었다.

"잘 들어봐. 공산주의는 모든 사람들이 재산을 갖지 않고 계급 없이 평등하게 살자는 생각으로 만들어졌어."

"무슨 말인지 모르겠어요."

"어렵지? 빈익빈 부익부라는 말이 있어. 무슨 뜻일까?"

"가난이나 부가 대물림되는 거요."

"그래, 맞아. 가난할수록 더 가난해져서 자식들에게까지 영향을 미치고, 마찬가지로 부자일수록 자식들까지 부자로 살아가게 돼. 그러한 자본주의가 너무 불공평하다고 생각한 사람들에 의해 공산주의가 만들어진 거야. 하지만 민주주의는 정치의 한 형태이기 때문에 공산주의의 반대라고 딱 잘라 말할 수 없어."

돈이 없어도 모두 평등하게 살 수 있다는 생각과 자본가 계급이 필요에 의해 노동력을 사서 이익을 얻는다는 시장 경제 체제 구조의 차이이기 때문에 공산주의의 반대는 민주주의가 아니라 차라리 자본주의라고 해야 옳다. 복잡하고 어려운 설명이지만 다행히 아이들의 눈빛은 초롱초롱하다. 물론 모두 똑같지는 않겠지만.

"거기, 누워있는 사람 누구니?"

아이들의 시선이 창가 구석으로 우르르 몰려든다. 덕분에 수업이 중단되었는데도 녀석은 아직 모르나 보다. 책상에 드러누운 채 아무런 반응이 없다. 깊이 잠든 모양이다.

"얘, 일어나! 집이 가서 자!"

"……."

"일어나라니까! 아이유가 왔어!"

"…?"

한참 만에 깨어난 녀석이 비몽사몽 고개를 들어올렸다. 눈자위가 붉게 물든 걸로 봐서는 밤새도록 공부를 해서인지, 밤새도록 아이유가 출연한 드라마를 봐서인지 알 수 없다.

"자본주의의 반대는 공산주의야. 그럼 민주주의의 반대는 뭘까?"

"……."

"얘, 너 눈 뜨고 자니? 아이유로도 소용없어?"

기운 없이 드러눕는 녀석을 보고 아이들이 웃음을 터뜨렸다.

"너, 어젯밤에 뭐했니?"

"하며 진희가 다시 녀석의 어깨를 붙잡았고, 녀석은 신경질적으로 마른세수를 해댄다.

"공부했어요! 피곤해요!"

"그래? 그럼 방금 선생님이 했던 질문에 대답해봐."

"방금 뭐라고 했는데요?"

"민주주의의 반대는?"

"제가 그런 것도 모를 것 같아요? 사회주의잖아요!"

"와아…!"

맞았다고 생각한 아이들에게서 탄성이 들려오고, 녀석은 졸린 눈을 껌뻑거리며 기운 없이 턱을 손에 괸다.

"미안하지만 틀렸어. 방금 '와!'라고 소리친 사람들도 반성해야 해."

"선생님, 아이유는 어디에 있어요?"

"여기 있잖니?"

진희가 제 얼굴을 가리켰다. 흘기듯 노려보는 녀석의 어깨를 두드리고 교탁으로 돌아가는 그녀, 뒤에서 녀석의 고개가 또 푹 꺾이지만 진희는 더 이상 신경 쓰지 않을 생각이다.

"민주주의의 반대가 사회주의라고? 그럼 사회주의가 뭘까?"

"……."

선생님의 묵인 아닌 묵인으로 녀석은 이제 아예 고개를 파묻은 채 잠이 들었다. 아이들은 수능시험이 다가오거나 말거나 발등에 불이 떨어져도 속 편하게 잠만 자는 녀석이 부러운 얼굴이지만 그뿐이다. 수업시간은 아직 끝나지 않았다.

"쉽게 설명해보자. 사회주의는 공산주의이기도 해. 사전을 찾아보면 자본주의의 원리를 반대하고, 생산수단 및 재산을 공유하여 공산주의 사회를 이룩하려는 정치 운동이래."

"아, 이제 알겠어요. 개인 소유물을 허락하지 않는다는 거죠?"

"그래, 맞아. 필요한 게 있으면 국가가 알아서 해주겠다는 거야."

"내가 뭘 원하는지 국가가 어떻게 알아요? 일일이 다 얘기해야 하나요?"

"선생님이 하고 싶은 말도 그 말이야. 자본주의 국가에서만 살아서인지는 모르겠지만 나 역시도 그걸 이해할 수 없어."

네가 뭘 원하는지 국가는 알고 있다. 무엇이든 국가가 알아서 해줄 테니 더 이상 왈가왈부하지 말라. 주는 대로 받아먹고 다음 배급 때까지 기다려라. 아, 좋아하는 게 있어? 먹고 싶고, 입고 싶은 게 있다고? 너에겐 선택의 기회가 없어. 주는 대로 받아. 그리고 국가를 위해 무엇을 해야 할지 생각하라. 그게 바로 사회주의이다.

"너희 혹시 개인주의란 말 들어봤니?"

"아! 그럼 반대는 전체주의예요!"

"와, 잘 아네? 그런데 말이야. 혹시나 해서 하는 말인데, 개인주의는 이기주의와 달라. 개인주의는 각자의 존엄성을 존중해주면서 자유와 평등을 추구해. 하지만 이기주의는 나밖에 모르는 거야. 헷갈리면 안 돼."

"그럼 전체주의는요? 전체를 위해 산다, 뭐 그런 건가요?"

"바로 그거야. 집단주의라고도 하는데, 전체의 행복을 위해 개인의 사정은 무시하겠다는 거지."

아이들이 노트에 진희의 설명을 필기하고 있다. 각자 비슷하면서도 다른 이야기가 쓰일 거다. 특별한 이유가 아니면 분필 사용을 하지 않는 그녀의 수업 방식이 불편할 텐데도 아이들은 잘 따라주고 있었다.

"자, 여기까지 설명했으니 다시 아까의 질문으로 돌아가 보자. 민주주의의 반대는?"

"……."

"아까 누가 한 번 얘기했는데? 독재, 몰라?"

"아!"

"사실 공산주의 국가는 대부분 일당 독재 체제의 형태로 운영되고 있어. 그래서 사람들이 민주주의의 반대를 공산주의라고 하는 거야."

"그럼 북한이 맞네요?

"그렇지?"

진희가 웃었고, 아이들이 따라 웃었다. 역시 북한은 우리에게서 뗄려야 뗄 수 없는 애증의 관계인가보다.

"그래, 결국 또 북한이구나. 맞아. 북한은 우리와 전혀 반대의 모습을 하고 있어. 그렇다면 남과 북 우리가 왜 이렇게 서로 다른 얼굴을 갖게 됐는지 얘기해 볼 사람?"

"……."

"애, 더 자지 않고 왜 일어났니?"

다시 수업이 중단되었다. 꿈에서도 아이유만 찾았을 녀석이 웬일인지 눈을 비비고 자리에서 일어나 의자 등받이에 걸어놓은 겉옷을 걸쳐 입는 것이다. 못 말리는 녀석, 하지만 진희는 녀석이 무슨 짓을 하던 신경 쓰지 않는다.

"20세기는 냉전의 시대였지. 자본주의와 공산주의의 싸움 때문이야. 대표적으로 어떤 나라들이 전쟁을 주도했을까?"

"미국이요!"

"그래, 미국. 그리고 또 어디…?"

채 말이 끝나지도 않았는데, 종이 울렸다. 수업이 끝나자마자 교실 바깥은 순식간에 어수선해지고, 교실도 난장판이 되어버렸다.

"야! 매점 갈 사람!"

"나! 라면 사줘!"

"나도! 짜파구리!"

"그건 집에 가서 먹어! 컵라면 먹자!"

구석에서 졸던 아이들을 깨워 매점으로 직행하는 녀석, 피곤하다더니 순 꾀병이었던가 보다.

"그래, 미국과 러시아의 이야기는 다음 시간에 하자."

선생님이 교실에서 나가든 말든 아이들은 관심이 없다. 아무리 점심시간이라지만 이건 너무한다. 그래, 종이 울릴 때까지 수업을 끝내지 않은 나에게도 잘못이 있지만 그렇다고 선생님을 투명인간 취급하는 건 정도가 심하다. 계약직 시간제 강사라는 사실을 아이들도 알아서일까? 대놓고 무시당하는 기분이다.

"야, 뭐 그런 걸 갖고 우울해하니?"

깔깔거리고 웃으며 은주가 소리쳤다. 아이들과 선생님들이 뒤엉켜 시끄럽고 복잡한 식당에 은주의 목소리가 쩌렁쩌렁 울렸다.

"때려주고 싶을 만큼 화가 나겠지만 참아야 해. 참는 자에게 복이 있나니, 우리같은 계약직 근무자에게 무슨 힘이 있겠어?"

"하긴 그렇지."

좋아하는 김치볶음밥이 주 메뉴로 나왔지만 입맛이 없다. 아이들의 행동이 못마땅해서가 아니라 그런 아이들을 휘어잡지 못한 자신이 한심스러워서다.

"내신 성적에 반영될 중요한 토론수업을 잠으로 보내다니, 걔들은 결국 후회하게 될 거야. 뒤늦게 찾아와서 '아이고! 선생님! 잘못했어요!' 할걸. 그러니까 너 좋아하는 김치볶음밥 푹푹 퍼서 먹어. 먹다 체하지 말고."

진희가 저도 모르게 까르르 웃음을 터뜨렸다. 그 긴 말을 속사포처럼 한방에 토해 내다니, 대단하다.

"재미있니? 난 네가 더 재미있어. 우울해할 땐 언제고 미친 여자처럼 웃고 있잖아. 애, 뭘 봐? 웃는 거 처음 보니?"

옆자리에 앉아 밥을 먹던 여학생들에게서도 웃음이 터졌다. 방송인 노홍철의 빰을 후려치고도 남을 만큼 빠른 말솜씨에 목소리는 헬륨가스를 집어먹은 것 같아서 은주와 대화하면 아무리 진지한 이야기라도 웃음이 터지고야 만다. 어렸을 땐 특이한 목소리 탓에 성우를 할까 했더라는 그녀, 진희와 함께 이 학교의 시간제 강사로 일하는 그녀의 별명은 '여자노홍철' 이다. 장난 좀 친다는 아이들 사이에서 만들어져 이제는 벗에서도 유명인사가 되었다. 은주를 태훈과 선우에게 소개한 건 다름 아닌 진희이다. 그게 벌써 2년 전의 일인 것 같다. 모두를 위해 함께 살자는 벗의 슬로건이 마음에 들었는지 은주는 지금까지도 벗에서의 활동을 즐거워하고 있다. 요양원이나 보육원 등의 복지시설에 회원들을 이끌고 찾아가 적극적인 봉사활동을 하는가 하면, 홈페이지 게시판에 올라오는 회원들의 모든 글에 일일이 답을 달아주거나 벗의 일상생활 또는 스케줄을 게시하는 등 열정을 보이고 있다. 얼마 전부터 홈페이지에는 아예 은주의 전용 게시판이 만들어져 세상사의 옳고 그름을 따지기 좋아하는 그녀가 즐겨 글을 올리는 공간이 되었다. 그중 진희가 제일 마음에 들어 하는 그녀의 글은 바로 지난 달 초에 올린 '흥부전의 불편한 진실'이다. 이 글은 진희가 기분 전환으로 읽는 글이기도 하다.

「흥부와 놀부의 이야기는 우리나라 사람이라면 누구든지 알고 있는 전래동화이다. 가난하지만 성실하게 살다 제비의 도움으로 행복한 삶을 살게 되는 흥부와 부자이지만 욕심이 너무 많아 벌을 받는다는 놀부의 이야기를 가만히 보면 한 편의 파란만장 인생 역전 드라마가 아닐 수 없다. 그런데 우리는 여기서 곰곰이 따져봐야 할 문제를 발견하게 된다. 우선 흥부와 놀부는 조선시대 사람이다. 조선 후기의 판소리계 소설이라고 밝혀진 바 있으니 필자를 의심하지는 말사. 그렇다면 조선시대는 어떤 시대인가. 조선은 한마디로 신분제 사회였다. 다시 말해 부모가 양반이면 아무리 못난 자식이어도 양반이고, 부모가 상놈이면 아무리 잘난 자식이어도 상놈의 신세를 면하지 못한다. 그렇다면 이들 이야기의 의미는 무엇일까? 바로 권선징악, 선을 권하고 악을 응징한다는 뜻으로, 우리는 지금까지 가난하지만 착하고 바르게 살아온 흥부를 있는 모성애 없는 모성애 모두 쓸어 모아 품어주었다. 놀부는 어떠한가. 제비 다리를 일부러 부러뜨렸듯 그의 다리를 조각조각 부러뜨려주고 싶었을 것이다. 지금껏 아기 공룡 둘리를 사랑하고 고길동을 원망하신 여러분은 그동안 참 순수하게 살아왔다. 이제는 순수성을 버리고 현실로 나아갈 때임을 명심하자. 자, 아까도 말했듯 조선시대는 신분제 사회이다. 부모의 신분이 자식의 미래를 결정해주는 사회였다. 그런데 이 형제의 집안은 아무리 봐도 이상하다. 형 놀부는 으리으리한 기와집에 사는 부자이고, 동생 흥부는 가난한 와중에 자식새끼는 아홉 마리나 키우는 힘만 좋은 거지이다. 도대체 어찌된 일인가. 어떻게 신분제 사회인 조선에서 친형제가 완전히 반대의 형편에 처한 것일까. 이들의 상황을 크게 세 가지로 유추해볼 수 있다. 첫째, 원래 가난한 집안이었으나 자식들의 노력으로 부자가 되었다. 둘째, 원래 부유한 집안이었으나 자식들이 가산을 말아먹었다. 셋째, 두 사람은 친형제가 아니다. 아, 세 번째는 끔찍하다. 이 무슨 막장 드라마인가. 쓸데없는 출생의 비밀 이야기 따위는 한류를 좋아하는 외국인들도 외면하니 이만 접어두고, 앞선 두 가지의 예로 설명해보자. 조선시대는 가끔, 아주 가끔 불변의 신분이 변하는 경우가 있다. 노비였던 장영실이 세종대왕의 눈에 들만큼 뛰어난 능력을 발휘하여 정3품까지 오른 경우이다. 첫 번째 예의 경우, 장영실처럼 노비였거나 노비가 아니더라도 찢어지게 가난한 집안의 부모에게서 태어난 자식들이 어떤 특별한 계기로 신분 상승을 한 거라고 생각해보자. 그렇다면 놀부는 각고의 노력 끝에 부잣집 대감님이 되었다는 뜻이다. 그럼 놀부가 뼛골 빠지게 고생해서 부자가 되는 동안 흥부는 과연 무얼 했을까? 두 번째의 예는 앞서 얘기한 바와 같이 첫 번째와 반대이다. 원래 부유한 집안이었으나 자식들에 의해 가난해졌을 가능성 말이다. 동화의 내용을 뒤져보면 형제와 그들의 가족만 등장할 뿐 형제의 부모는 나오지 않는다. 그렇다면 이들의 부모는 이미 이 세상 사람들이 아닐 것이라고 추측할 수 있겠다. 부유한 집안을 이끌던 부모는 죽으면서 자식들에게 막대한 유산을 남겼을 것이다. 그런데 놀부는 여전히 부유하고 흥부는 가난하다. 부모가 형에게만 유산을 물려주었을까? 세 번째의 예처럼 형제 중 한 사람에게만 사랑을 주는 막장 가족이었을까? 그래서 놀부 마누라가 밥풀이 붙은 주걱으로 제 남편의 동생인 흥부의 따귀를 때렸단 말인가? 아니면 흥부가 홍길동이가 그랬던 것처럼 아버지를 아버지라고 부르지 못했기 때문일까? 부모의 유산을 제대로 활용해 여전히 부유하게 살아가는 놀부와 반대로 흥부는 유산이 있었을 것임에도 불구하고 거지로 전락했으며, 다시 일어서려는 노력은커녕 형에게 밥을 얻어먹는 것도 모자라 제비가 날아와 도와줄 때까지 스스로를 방치하고 있었다. 이상의 예를 모두 따져 보았을 때 잘못은 누구에게 있을까. 언제까지 흥부가 불쌍하다며 동정해줄 것인가. 권선징악 따위는 이제 집어치우자. 필자가 못됐다고 말하기 전에 현실을 마주하며 앞으로 어떻게 해야 영악한 삶을 살 수 있을지 생각해 보자. 인간의 삶에서 순수함이란 어린 시절에만 필요할 뿐이고, 순수함을 잃는 순간 당신은 어른이 되었음을 깨달아야 할 것이다. 벗, 우리는 어른이 되고 싶은 당신에게 좋은 친구가 되어줄 것이다.」

"아저씨! 여기에 세워주세요!"

다급한 태훈의 목소리에 택시가 횡단보도를 코앞에 두고 멈춰 섰다.

"아, 큰일 났네!"

복잡하게 서 있는 공장지대를 향해 뛰는 태훈, 선우와 함께 안기석을 만나기로 약속한 시간이 벌써 한 시간이나 지나버렸다. 안기석이 일하는 회사의 사보에 쓰일 표지 모델로 섭외하기 위해 이 지역 청바지 공장의 스리랑카 출신 노동자를 만날 계획이었단 말이다. 잠귀신이 붙었는지 맛있게 자는 그를 깨운 건 다름 아닌 지석이의 엄마였다. 이리 뒹굴 저리 뒹굴 한 방에 뒤엉켜 자는 모습이 재미있었는지 키득거리는 그녀의 웃음소리에 놀라 태훈은 일어나자마자 지석이에게 인사도 하는 둥 마는 둥 바깥으로 뛰쳐나갔다. 그리고 총알택시를 잡아 타 이제야 도착한 거다.

"뭐야? 스친소?"

막 지나쳐 가던 까만 중고 승합차 옆구리에 스리랑카의 국기가 그려져 있다. 빨간 바탕에 칼을 치켜 든 황금빛 사자, 네 귀퉁이마다 하나씩 박힌 보리수 잎사귀, 초록과 주황색 띠가 나란히 붙어있는 저 그림은 바로 스리랑카의 국기 사자기(Lion Flag)이다. 19세기까지 영국의 식민지였다는 나라, 그들로부터 독립하기 위해 맞서 싸우던 시절 사용한 그들의 멋진 국기 옆에 한글로 '스친소-스리랑카 친구를 소개합니다'라는 문구가 적혀있다. 스친소, 유명 영화와 TV 프로그램의 제목을 패러디한, '외국인 노동자를 사랑하는 모임'의 약자로 창의력이라곤 제로에 가까운 안기석의 회사 '외사모'만큼이나 재미없는 이름이다. 사자가 서식하지 않는 나라이지만 사자만큼이나 용맹성을 상징한다는 그들을 위해 만들어진 시민단체로, 벗과는 어쩌다 가끔 마주치는 사이였다.

"이 사람들도 사보를 만드나? 여기는 어쩐 일이지?"

청바지 공장 입구에 들어섰을 때 제일 먼저 태훈이 본 건 두 사람의 근로자였다. 역시 외국인 노동자들이었는데, 무슨 대화를 주고받는지 심각한 표정이었다.

"…?"

공장 앞마당에 안기석의 차가 보였다. 이미 오래 전에 단종 된 새빨간 세피아. 그런데 옆에는 경찰차도 서 있었다.

"경찰이 무슨 일이지? 여긴 이제 불법 체류자가 없을 텐데?"

얼마 전 김 기자가 이 공장에서 일하는 스리랑카 노동자를 취재한 일이 있었다. 횡단보도 위에서 오도 가도 못하는 할머니를 도왔다며, 누군가 그 모습을 동영상으로 찍어 인터넷에 게시했는데, 이후 지역사회에서 선행상을 수여할 만큼 화제가 되었다. 동영상을 첨부하며 세상에 알려달라는 이메일을 김 기자에게 보내 일본에서의 휴가도 반납하게 만들었으니 스친소의 호들갑도 알아주어야 한다.

「아이고! 자식새끼보다 낫다니까!」

제 모습이 담긴 동영상을 보자마자 할머니는 그렇게 소리쳤다. 건강 상태가 좋지 않아 마냥 느리게만 걷던 노인, 신호에 걸려 이도 저도 못하게 되었을 때 스리랑카 국적의 노동자가 세차게 달리는 자동차 사이로 뛰어들어 할머니를 안전하게 길 건너까지 모셔다 드렸다. 김 기자와의 인터뷰에서 할머니는 멍하게 보고만 있던 우리나라 사람들과 비교하며 칭찬을 아끼지 않았다. 김 기자가 알아본 결과 그는 이 공장에서 유일한 불법체류자였는데, 이번 일로 관계기관에서 정식 등록증을 발급해주었다고 한다. 근 한 달가량 매일같이 몰려든 사람들의 따뜻한 시선에 공장이 제대로 돌아가지 않는다며 공장주가 즐거운 비명을 지르더란다. 이곳에서 만든 청바지가 불티나게 팔려 공장 매출까지 껑충 뛰었기 때문이다. 그렇게 한 달이 지나는 동안 이 외국인은 유명인사가 되었다. 외사모의 사보 표지 모델로 섭외하고, 시끄럽던 한 달을 보낸 뒤 평범한 일상으로 돌아온 그의 근황도 알아볼 겸 안기석이 선우와 태훈을 이 공장에 부른 것이다. 하지만 경찰까지 부를 필요는 없을 텐데…. 단순히 경찰차의 존재를 의아해하는 게 아니다. 바깥엔 스친소의 중고차가 마치 대치하듯 서 있고, 안기석의 차마저 그들 사이에 들어와 있는 모양새가 무슨 일이 벌어진 것처럼 보여서 불안하기만 했다.

"…?"

사무실 문을 열었을 때 제일 먼저 눈이 마주친 사람은 선우였다. 무표정한 얼굴의 선우, 이쪽을 보고도 표정의 변화가 없는 게 아무래도 태훈의 한 시간짜리 지각 때문만은 아닌 것 같다.

"뭐야? 왜 이래?"

선우의 곁으로 다가서는 동안 태훈은 한꺼번에 많은 사람들을 보았다. 머리털이 반쯤 벗겨진 공장주, 얼굴이 시커먼 외국인 노동자, 제복 차림의 경찰 한 명이 그의 곁에 서 있고, 중고차 옆구리에서 본 스리랑카의 사자기가 인쇄된 옷을 입은 남녀 직원 한 쌍이 심각한 얼굴로 서 있었으며, 안기석은 또 다른 경찰과 눈싸움을 벌이는 중이다. 비좁은 사무실에 아홉 명이 들어와 있으니 시장통인 양 북적거려서 숨 쉬기가 곤란할 지경이었다. 역시 무슨 일이 있긴 있었나보다.

"도무지 이해할 수가 없습니다. 외국인이라서 못 미더우신가요? 선행으로 정식 등록증을 발급받은 사람이라고요."

"지난번엔 선행을 했지만 이번에는 악행을 저질렀어요. 아무리 믿을 만한 사람이어도 잘못을 했으면 당연히 조사를 받아야죠."

"체포 영장도 가져오지 않고 무조건 잡아가겠다는 겁니까? 이건 인권 유린입니다!"

"그걸 말이라고 하십니까? 피해자의 진술과 증거물이 있어요. 그걸로 충분합니다!"

"그럼 증거물을 가져오세요!"

"피해자를 여기로 출석시킬까요? 그리고 우리는 영장이 발부될 때까지 기다릴 수 없었습니다. 도주 우려가 있어서 긴급 체포해야 하기 때문입니다!"

안기석과 경찰의 목소리가 갈수록 커지고 있다. 삭막해진 분위기 속에서 공장주가 문득 담배 한 개비를 꺼내 물었다. 스친소의 여직원이 힐끔 그를 쳐다보고, 눈치가 보였던지 사장은 담배를 도로 주머니에 쑤셔넣었다. '사무실 내 금연'이라는 문구가 눈에 들어온 건 한참이나 지나서였다.

"도주 우려가 있다고요? 어딜 봐서요? 이 사람은 외국인입니다. 지리도 모르는 우리나라의 어디로 도주한다는 겁니까?"

"그럼 우리나라에 대해 잘 몰라서 길 가던 여성을 성폭행한 겁니까?"

"여보세요, 경찰 아저씨! 지금 이 상황에서 물적 증거도 내놓지 않고 그렇게 말하면 되겠어요? 사실이 아닌데 사실인 것처럼 매도하지 마세요!"

벌컥 소리친 사람은 스친소의 남자 직원이다. 제 가슴 앞에 팔짱을 끼운 채 공장주가 깊은 한숨을 몰아쉬고, 여기에 모인 사람들이 옥신각신 다투게 된 원인을 제공한 스리랑카 출신 노동자는 그저 눈치만 살필 따름이었다.

"야, 왜 그러는 거야?"

태훈이 선우에게 귀엣말을 했다. 무표정하던 선우의 한쪽 입술이 비틀어지고 있다.

"길 가던 여고생을 성폭행했대."

"뭐? 말도 안 돼."

"정말이야. 여고생이 경찰에 신고했는데, 인근 건물에 CCTV가 있어서 바로 확인했대."

CCTV 화면에 비춰진 그의 얼굴을 경찰은 단번에 알아보았을 것이다. 한 달 사이에 선과 악을 모두 보여준 그를 긴급 체포하기 위해 달려온 경찰,

하지만 난데없이 들이닥친 시민단체가 그들로서는 당황스러웠을 거다.

"하나만 물어봅시다. 안기석 씨는 이 공장에 볼 일이 있었다지만 스친소는 사건을 어떻게 알고 온 겁니까?"

"제보자가 있었습니다. 저희 스친소 회원이 거기에 있었어요."

"그럼 그 분은 목격자로군요. 길거리에서 성폭행을 저지르는 걸 봤다는 뜻인데, 물적 증거요? 당신들 스스로 제보자가 있었다고 얘기해놓고 증거를 대라고요?"

"도대체 왜 이 사람을 감싸주는 겁니까?"

"이 사람은 우리가 보호해야 할 힘없는 외국인 노동자이니까요."

"범죄를 저지른 사람입니다. 범죄보다 인권이 우선이라는 겁니까? 피해자의 인권은 어쩌고요?"

"그러게 체포 영장을 가져오라고 했잖아요!"

잡아먹을 듯 안기석이 소리치고, 같은 말을 반복하게 되어버린 경찰은 기가 막힌 표정이었다.

"답답한 사람이군요. 저희는 영장이 없지만 증거물과 피해자를 확보해 놓았다고 분명히 말씀 드렸습니다. 계속 이러시면 범죄자 은닉, 공무 집행 방해 혐의로 체포하겠습니다."

"뭐, 뭐라고요?"

경찰이 수갑을 꺼내들었다. 안기석은 반항했고, 말리려고 끼어드는 사람까지 있어서 사무실은 난장판이 되고 말았다.

"왜 나를 체포하겠다는 겁니까?"

"아까 못 들었습니까? 범죄자 은닉에 공무 집행 방해로…."

"이봐요, 경찰 아저씨! 외국인 노동자라고요! 이 불쌍한 사람이 뭘 안다고…."

"그럼 불쌍한 사람에겐 면죄부를 주어야 합니까?"

안기석은 더 이상 대꾸하지 못했다. 경찰차에 짐짝처럼 실리는 외국인과 안기석, 그리고 스친소가 스리랑카 말을 통역해주기 위해 따라나섰다. 공장 주마저 담배를 입에 문 채 나가버리자 연고도 없는 남의 회사 사무실엔 태훈과 선우만이 남게 되었다.

"태훈아, 이게 말이 된다고 생각하니?"

"…."

"지금 기석이는 법대로 하겠다는 생각인 것 같아. 아까 경찰이 오기 전에 나한테 그러더라. 없었던 일로 무마해야겠다고."

"그럼 피해자는 어쩌고?"

"내 말이 그 말이야. 기석이 이 새끼, 인권 문제를 따지고 있잖아. 연고도 없는 외국인 노동자에게 도주 우려라니, 그래서 기석이가 펄쩍 뛰는 거야."

"피해자가 있고, 증거물이 있고, 목격자까지 있는 마당에 이러면 안 되는데…."

"아으! 이 새끼는 정말!"

제 머리를 벅벅 긁어대며 선우가 자리에서 일어났다. 법조차도 무시되는 나라, 도대체 어쩌다 우리의 법이 이런 지경에까지 이른 걸까? 왜 우리의 존재는 무시되고 그들의 존재만 우대받는 세상으로 변한 건지, 기가 막혀서 말도 안 나온다. 한 달 사이에 두 가지의 모습을 보여준 사건 당사자는 정작 아무 말도 하지 않는데, 우리끼리만 동상이몽으로 싸우고 있으니 우습기 짝이 없다.

"아무래도 생각 좀 해봐야겠어."

"무슨 생각?"

"앞으로 벗이 해야 할 일 말이야. 기석이네처럼 무조건 외국인 노동자를 존중해줘야 하는지…. 이건 아닌 것 같아."

"우리는 원래 중간자 입장에서 활동하기 위해 만든 단체잖아."

"변질된 거야. 제자리로 돌아가야 해."

공장 바깥으로 나와보니 유난히 화창한 하늘이 두 사람을 반기고 있다. 깊은 한숨을 내어쉬는 선우, 다시 제 머리를 벅벅 긁어댄다. 이미 벌여놓은 일들이 있고, 앞으로 추진해야 할 일들이 있어서 갑자기 바꾸지는 못할 것이다. 게다가 우리 벗은 외국인 노동자들에 대해서만 관여하는 단체가 아니어서 문제가 보인다면 노선을 조금 수정하면 될 일이다. 아마도 선우는 오늘의 사건이 너무나 안타까웠기에 해본 말일 거다.

"답답하네."

응원하듯 태훈이 중얼거리는 선우의 어깨를 두드려준다. 그러다 문득 태훈은 벗이 가는 길을 수정할 때 지석이와의 친구 사이를 유지하지 못하면 어떻게 될지 고민해 보았다.

03. 냉전의 시대

남북분단, 그때 바로 그 순간 우리의 의지와 관계없이 허리가 갈라졌다. 사람은 허리에 문제가 생기면 움직일 수 없을 정도의 통증을 겪게 되며, 심하면 하반신 마비까지 유발한다. 특히 남자에게는 2세의 생산 작업에 치명적일 수 있어 예로부터 '남자는 허리가 생명'이란 우스개 아닌 우스갯소리까지 나올 정도이다. 사람에게 중요한 허리가 갈렸으니 그 시절 민족의 고통은 이루 말 할 수 없을 것이다. 눈물로 한숨짓고, 너무나 괴로워서 몸부림쳤지만 누구도 약소민족의 설움을 알아주지 않았다. 서로 각자의 입장만 추구하던 강대국의 이념대립에 휘말리더니 결국 내전으로 이어졌다. 미국의 손끝에 매달린 남한과 소련의 바짓가랑이를 붙잡은 북한이 3년 동안 미친 듯 싸웠지만 전쟁은 끝나지 않은 채 휴전상태로 남았다. 다시 얘기해서 우리는 아직 전쟁 중이라는 뜻이다. 누구의 잘못일까. 세상 물정 모르는 약소국의 잘못인가. 아니면 그 힘없는 나라의 겨드랑이를 간질이며 세상이 변했으니 너희도 이제 강해져야 한다고 꼬드겼던 강대국의 잘못인가. 순박한 사람들의 터전을 하루아침에 생지옥으로 만들어야 했던 이유가 대체 무엇이란 말인가. 아픔과 슬픔, 눈물과 고통을 짊어진 채 살아가는 우리에게 사과해줄 사람들은 과연 누구란 말일까. 냉전의 시대, 자본주의와 공산주의의 의미 없는 대립은 결국 무고한 나라의 허리를 그렇게 갈라버렸다.

그런데 여기, 우리와 꼭 닮은 역사를 가진 나라가 있다. 베트남, 그들의 지난날은 정말 우리와 많은 것을 빼닮았다. 오랜 옛날 중국의 영향 아래에서 불안한 삶을 살다가, 좀 더 일찍 근대화의 길에 접어든 나라로부터 식민통치를 받더니, 죽음마저 불사한 위대한 몸짓으로 독립을 이루어 이제 겨우 살겠구나 싶은 바로 그 순간 하나의 땅이 반으로 쪼개져 한쪽은 자본주의 세력의 손에, 나머지는 공산주의 세력의 손에 놓여 휘둘리는 지경까지 베트남은 우리와 닮아 있었다. 1954년, 반도 땅에서 일어난 남북전쟁이 3년 만에 휴전되고 약 1년쯤 지났을 때, 베트남은 제네바협정으로 부산하게 돌아갔다. 북위 17도선을 기준으로 베트남 땅이 갈라져버린 것이다. 한국의 이승만 정권과 북한의 김일성 정권에게 닥쳤던 상황처럼 베트남도 남쪽은 미국과 응오딘지엠의 자본주의 세력이, 북쪽은 호치민과 소련의 공산주의 세력이 갖게 되었다. 어린 아이들의 땅따먹기 놀이도 아니고 이게 무슨 짓인가. 게다가 이것은 영국과 소련, 미국과 중국의 결정이었다. 제 나라의 일임에도 베트남은 끼어들지 못했다. 제네바 협정은 강대국의 잔치일 뿐이었다. 그런데 여기서 끝이 아니다. 남북을 갈라놓은 건 임시방편일 뿐이므로 하루 빨리 통일을 위해 준비하라고 그들은 명령했다. 위기에 빠진 한 나라를 바로 세우기 위해 마련된 제네바 협정, 하지만 분단은 베트남의 잘못이 아니었다. 잘못이 있다면 강대국의 정치놀음에 본의 아니게 끼어든 순수함일 것이다. 자본주의와 공산주의, 뜻조차 제대로 알기 어려운 이념 전쟁을 벌여놓고 피해자인 약소국에게 책임을 전가하다니, 초강대국 미국은 베트남을 잘 몰랐을 것이다. 유럽 열강에 짓밟혔던 아픔 따위는 그저 관심 밖이었을 것이다. 그들로부터 벗어나기 위해 공산주의를 선택했다는 호치민의 진심 따위는 알고 싶지 않았을 것이다. 단지 공산화라는 환상에서 그들을 벗어나게 하는 것만이 자신의 책무라고 생각했을 것이다. 베트남 영토의 반 이상을 남쪽에 일임하고 호치민의 북베트남을 비합법 정부, 즉 '괴뢰 정부'로 낙인찍어놓고 미국은 빠른 시일 내에 총 선거를 실시하여 베트남을 통일하도록 한다는 제네바 협정에 서명하지 않았다. 외세와의 독립전쟁을 치르고 식민 지배를 종결하게 된 베트남, 백성들의 마음은 모두 호치민에게 향해 있었다. 누구의 도움도 받지 않고 이제 우리끼리 잘 살아 보자며 외치는 호치민이 대세로 떠오르고 있었으니 공산주의로 물들어 가는 베트남을 그냥 내버려둘 수 없었던 거다. 베트남은 분명 호치민의 공산주의 국가로 통일될 것이었다. 미국이 내세운 도미노 이론, 한 지역이 공산화 되면 도미노 패가 줄지어 넘어지듯 주변 국가들도 공산주의에 물들 거라는 논리였다. 하지만 결과적으로 도미노 이론은 보기 좋게 틀려버렸다. 현재 동남아시아 지역의 정치 체계를 간단히 알아보자. 이후에도 계속 설명하겠지만 베트남은 현재 공산주의 국가로서 정식 국명은 '베트남 사회주의 민주 공화국'이다. 인도차이나 반도 맨 왼쪽에 자리한 미얀마는 '미얀마 연방 공화국'이란 정식 명칭을 갖고 있는데, 아웅산 수치 여사와 대립하는 나라로 잘 알려진 공산주의 군사 독재 체제이다. 베트남만큼이나 자본주의와 공산주의로 나뉘어 정신없이 돌아가던 라오스는 프랑스의 식민지에서 벗어나 지금은 '라오스 인민 민주주의 공화국'이라는 이름으로 살고 있다. 인도네시아는 대통령제 공화 정치를 하는 나라로 정식 국명도 '인도네시아 공화국'이다. 여기까지는 공산주의 국가로서 설명이 된다. 그러나 태국과 캄보디아, 말레이시아의 경우 각각 입헌군주제로 돌아가는 자본주의 국가이다. 일본처럼 국왕이 상징적으로 존재하고, 선거에 의해 선출된 수상과 총리가 특정 기간 동안 나라를 통치하는 방식으로 운영된다. 필리핀은 우리와 마찬가지로 대통령이 나라를 통치하는 자본주의 국가로서 정식 명칭은 '필리핀 공화국'이다. 우와! 여기까지 정리하는 것도 머리가 터질 지경인데, 전쟁으로 복잡한 그 와중에 도미노 이론이란 반짝이는 아이디어를 떠올린 미국에게 존경의 박수를 보낸다.

베트남을 자본주의 국가로 만들기 위해 미국이 내세운 응오딘지엠, 그는 분명 미국을 등에 업고 대통령이 되어 기세등등하게 남베트남을 지배했을 것이다. 그런데 1963년, 느닷없이 응오딘지엠이 죽었다. 누군가에 의한 암살이라고 했다. 자본주의 신봉자였고, 그래서 미국의 좋은 친구일 거라고 생각했던 그가 갑작스럽게 죽어버린 것이다. 그의 죽음에 남베트남 사람들은 환호했다. 환호라니? 나라의 지도자가 죽었는데 환호라니? 이유가 있었다. 친인척에게 국가 요직을 넘겨주고 족벌정치로서 자기들끼리 시시덕거리던 독재자, 농민에게 소중했던 토지를 개혁하기로 약속한 뒤 입을 싹 닫아버린 거짓말쟁이. 남베트남을 가톨릭 국가로 만들고 싶었던, 그래서 독경을 금지하고, 불교 신자들을 공산주의자로 싸잡아 처형할 만큼 탄압하여 승려들의 분신자살이 이어졌다. 제 몸에 불을 붙여가며 시위하는 승려들을 가리켜 '바비큐 통구이'라고 말한 건 정말 너무했다. 지도자는 그렇다고 해도 퍼스트레이디 역할을 하던 응오딘지엠 동생의 아내, 즉 제수의 입에서 나온 그 한마디는 초딩보다 개념 없는 여자로 보기에 충분할 것이었다.

국민이 어떻게 되든 말든 제 잇속만 챙기려던 응오딘지엠, 남베트남 국민들의 마음은 이미 한참 전부터 북베트남의 호치민에게 향해 있었다. 남베트남 내의 공산당 무리가 민족 해방전선, 즉 그 이름도 유명한 베트콩(Vietcong)을 만들어 응오딘지엠에게 저항하니 꼬일 대로 꼬여버린 남베트남을 미국은 그냥 내버려둘 수 없었던 것이다.

2004년, 미국에서 대통령 선거가 있던 그 해, 그러니까 조지 부시 대통령의 재선을 앞둔 그때, '화씨 911'이라는 영화가 개봉되었다. 그 영화를 본 사람들은 황당했을 것이다. 한때 미국과 친구였다던 오사마 빈 라덴이 대체 누구인가. 미국의 상징 쌍둥이 빌딩에 비행기를 꼴아 박은 장본인이 아니던가. 이 사건은 21세기 최초의 전쟁이라고 불리는 아프가니스탄 전쟁으로 이어진다. 그리고 10여년 뒤, 오사마 빈 라덴은 버락 오바마 대통령의 명령으로 파키스탄에서 사살된다. 베트남의 응오딘지엠을 얘기하다 느닷없이 오사마 빈 라덴을 떠올린다고, 삼천포로 빠지다 못해 아예 거기에 눌러앉을 작정인 거냐며 따지지 말자. 모두 피가 되고 살이 되는 이야기이니 아는 척 좀 해야겠다.

오사마 빈 라덴, 부동산 갑부의 아들이 어쩌다 그 지경으로 죽었을까? 미국과의 우정을 이야기하자면 냉전의 시대, 그러니까 소련이 공산주의를 앞세워 신성한 무슬림의 땅을 침범했던 그 시절로 거슬러 올라가야 한다. 1988년, 소련의 아프가니스탄 침공을 저지하기 위해 미국은 오사마 빈 라덴에게 막대한 자금과 책임감을 넘겨주며 소련에게 맞서도록 지시했다. 당연히 무슬림들은 침략자인 공산주의 소련과 피터지게 싸웠을 것이다. 그리고 빈 라덴의 '전사(戰士)'들은 결국 미국만큼이나 초강대국이던 소련을 아프가니스탄에서 몰아내는 데에 성공했다. 소련의 패배, '성전(聖戰)'에서 승리한 오사마 빈 라덴을 당시 사우디아라비아에선 '영웅'이라며 추켜세울 정도였다. 그런데 그 사우디아라비아와 오사마 빈 라덴은 사실 사이가 그리 좋지 않았던 모양이다. 미국의 보호를 받고 싶은 그들, 신성한 무슬림의 땅이 남의 손에 휘둘린다는 사실을 불쾌하게 여겼던 오사마 빈 라덴. 미국은 둘의 싸움을 중재하기는커녕 제 입속의 혀처럼 굴러줄 사우디아라비아의 편에 섰다. 그때 처음으로 미국과 오사마 빈 라덴의 사이가 갈라졌다고 한다.

그렇다면 오사마 빈 라덴의 입장에서 생각해보자. 그는 신성한 무슬림의 땅에 외국 군대가 들어오는 걸 달가워하지 않았을 것이다. 자본주의였든 공산주의였든 머리 아픈 이념 따위는 생각하고 싶지 않았을 것이다. 후손들에게 중동 지역을 성스러우며 아름다운 무하마드의 땅으로 남겨주고 싶었을 것이다. 그래서 소련과 싸워 승리했는데, 그 소중한 친구 무슬림이 미국과 손을 잡으니 영 탐탁지 않았을 것이다. 미국의 적이 된 건 바로 그때부터였던 것이다.

자본주의나 공산주의 이념이 그들의 역사, 그들의 신념, 그들의 민족성에 어떤 영향을 끼쳤는지, 그들이 어떠한 마음가짐으로 그것을 받아들였는지 미국은 별로 알고 싶지 않았을 것이다. 미국에게 중요한 건 자국의 이익뿐이었고, 그래서 빈 라덴과 그의 부하들에게 자금을 쥐어주며 공산주의에 맞설 것을 요구했더니 도리어 자신들에게 총부리를 겨누었다며 분노했을 것이다. 끝 모를 전쟁, 더 이상 피비린내를 맡고 싶지 않았던 탈레반이 미국에게 오사마 빈 라덴의 은신처를 넘겨주었다. 이제 오사마 빈 라덴은 죽고 없지만 그들의 싸움은 아직 끝나지 않았다. 지금도 미국과 유럽 곳곳에서 테러 사건이 벌어지고 있으니 말이다.

위키 백과에 의하면 이슬람 원리주의란 '전통과 문자적 교리 준수를 위해 이슬람 공동체의 순수성을 지키고자 하는 종교적 원리주의'라고 한다. 종교란 원래 사람이 잘 되라고 있는 거지, 못 되라고 있는 게 아닐 것이다. 그런데 아랍어에는 '원리주의' 또는 '근본주의'라는 말이 없다고 한다. 현재 이 말은 이슬람 과격 단체나 폭력 조직을 설명하는 것으로 변질되었다. 이데올로기가 종교적 갈등을 낳고, 또 갈등이 오해를 낳고, 오해가 불신을 낳으며, 다시 불신이 폭력을 키워내면서 돌이킬 수 없는 큰 사태로 격화된 건 아닐까 생각해본다. 혹시 미국은 알카에다나 탈레반 등이 벌이는 테러 행위가 외세의 영향에서 벗어나고 싶은 그들만의 몸부림일 거란 생각을 한 번이라도 해본 적이 있을까? 물론 테러 행위는 옳지 않다. 하지만 그렇게 해서라도 자존감을 지키고, 고유의 민족정신을 바로 세우고 싶었던 게 그들의 진심일지도 모른다는 걸 미국은 알고 있을까? 그들만의 성스러운 신 알라를 존중해주고, 함께 어우러져 살아가자며 손을 내밀었다면 테러 행위는 더 이상 일어나지 않았을 거란 생각, 한 번도 해본 적이 없었을까? 만일 미국이 자기들 방식의 민주주의에 집착하지 않았다면, 설령 다른 나라에 민주주의를 뿌리내리게 하더라도 그들의 민족성과 신념 등을 고려하여 움직였다면 어떻게 되었을지 생각해 본다. 그랬다면 이라크의 사담 후세인도 비참한 죽음을 맞이하지는 않았을 거다.

이라크 사람들은 후세인을 '미국에 대항한 영웅'이라고 부른다. 지금 생각하면 아닌 것 같기도 하다. 후세인의 죽음에 환호한 사람이 꽤 많았던 걸 보면. 1980년에 시작하여 무려 8년이나 끌었던 이란과 이라크의 전쟁은 사담 후세인이 선전포고도 없이 이란을 공격하는 것으로 시작한다. 그들의 싸움이 이슬람 혁명 때문이었는지, 군사적 요충지였다는 수로를 두고 벌인 국제 분쟁인지는 중요하지 않다. 중동에서의 영향력을 행사하고 싶은 미국이 이들의 싸움에 끼어들어 더 싸워보라며 부채질했다는 그 사실이 중요하다.

영국의 유명일간지 『인딘펜던트』에는 미국이 후세인을 지원한 건 전쟁 초기부터였다는 이야기가 나온다. 이라크의 막대한 군사비용과 민간 기술은 모두 미국의 주머니에서 털렸다는 뜻이다. 돈 많은 나라의 백을 믿고 후세인은 쿠웨이트까지 침략한다. 이것이 바로 그 유명한 걸프전쟁이다. 이 모든 원인은 석유에서 시작되었다. 석유가 필요한 미국은 이라크가 해달라는 대로 모두 들어주어야 했을 것이다. 그런데 이라크의 석유를 탐낸 건 미국뿐만이 아니었다. 아주 오래 전, 이라크는 영국의 식민지였다. 석유를 빼앗을 생각으로 침략한 영국, 이라크는 그들에게서 독립하기 위해 미친 듯 싸웠다. 이라크가 영국에게서 벗어난 건 식민 통치를 당한지 18년만이었다. 도대체 무슨 심보였을까? 영국은 그들의 땅을 온전하게 돌려주지 않았다. 그들 마음대로 그어놓은 국경선이 쿠웨이트와의 마찰을 불러온 것이다.

이쯤에서 영국의 민폐에 대해 한 가지만 더 알아보자. 제1차 세계대전에 참전한 영국은 중동 국가들의 지지기반이 필요했던 모양이다. 영국은 차별받으며 살아가는 유대인들만의 나라를 만들어 주겠다는 '밸푸어 선언'을 했고, 아랍인들만의 나라를 만들어주겠다며 '맥마흔 선언'도 했다. 팔레스타인과 이스라엘의 마찰은 바로 이때부터였다. 그럴듯해 보이는 이 두 가지 선언은 모두 문제가 있다. 오랜 옛날부터 뿌리 내리고 살던 팔레스타인의 땅에 이스라엘의 새로운 나라를 만들겠다는 소리였기 때문이다. 지금까지 계속되고 있는 팔레스타인과 이스라엘의 싸움은 영국에 의해 벌어진 거다. 하지만 영국은 '난 몰라, 너희끼리 알아서 해.' 이러고 있으니 민폐도 이런 민폐가 없다.

1991년에 벌어진 이라크와 쿠웨이트의 걸프전쟁도 결국 영국의 민폐 때문이었다. 전쟁에 쓰인 돈은 아마 천문학적이었을 거다. 이놈의 돈 때문에 후세인은 석유 값을 인상한다. 이 문제로 세계의 경제에 지진이 일어나고, 미국은 가만히 있지 않으면 정말 가만히 있지 않겠다며 후세인에게 경고했다. 말장난 같지만 정말이다. 미국과 후세인의 관계는 석유 때문에 꼬여버렸다. 사막의 폭풍작전, 이름 참 찰지게 잘 지었다. 걸프전쟁에 뛰어든 미국에게 후세인이 백기를 흔들어 보인 건 전쟁을 시작한지 약 한 달 반만의 일이다. 하지만 전쟁이 끝났다고 모두 끝난 건 아니다. 후세인의 이라크를 불량국가, 테러지원국으로 지정한 미국은 9·11테러 이후 북한, 이란과 함께 악의 축으로 규정해 놓았다. 그로부터 2년 뒤, 후세인은 미국에 체포되고 만다. 후세인의 체포 과정이 조작되거나 말거나 그런 건 중요하지 않다. 석유로 맺어진 한때의 친구 사담 후세인, 소련을 막기 위해 잠시 친구가 되었던 오사마 빈 라덴, 이 둘의 공통점은 모두 미국으로부터 버려진 사람들이라는 거다.

미국은 분명 자국의 이익을 위해서라면 무슨 짓이든 하는 나라다. 누군가를 철저히 이용하고, 가치가 없어지면 끝내 버리고 마는 그들의 방식, 한국에서 박정희 대통령을 총살했던 김재규가 그렇게 죽은 것도 뒤에 미국이 있었기 때문이라는 얘기가 그래서 나온 걸 테다. 하지만 그것은 확인되지 않았으니 이쯤에서 그만 두자.

자, 이제 삼천포에서 빠져 나올 시간이다. 남베트남의 응오딘지엠이 죽은 건 앞서 말한 사담 후세인과 오사마 빈 라덴의 경우처럼 미국에 이용되었다가 무너진 경우라고 볼 수 있겠다. 사실 응오딘지엠은 앞선 두 사람보다 정도가 심하지는 않을 것 같다. 외국의 건물을 폭파했다거나 이웃나라에 싸움을 걸지는 않았으니 말이다. 미국의 눈밖에 나버린 이유는 간단하다. 호치민을 견제하려고 세워놓은 꼭두각시가 제 주제도 모르고 설쳐댔기 때문이다. 남베트남의 대통령이 된지 9년 만에 응오딘지엠은 미국의 사주를 받은 군사의 쿠데타로 죽어버렸다.

사람들은 여전히 호치민을 사랑하고, 호치민은 그 순박한 촌부의 얼굴로 베트남의 대동단결을 외쳤다. 그리고 1964년, 드디어 일이 터졌다. 미국과 베트남의 해군이 서로에게 총부리를 겨눈 사건, 바로 통킹만 사건이 일어난 것이다. 작전 중이던 미국 해군을 베트남의 어뢰가 공격했다고, 하지만 이것은 미국의 자작극이었다. 호치민의 공산당을 베트남에서 몰아내기 위해 미국이 꾸민 것이다.

제2차 인도차이나 전쟁, 즉 두 번째 베트남 전쟁은 미국에 의해 벌어졌다. 베트남 사람들이 '항미전쟁'으로도 표현하는 바로 그 전쟁이었다. 그리고 미국을 도우러 나타난 나라가 있다. 빨갱이 공산주의자들을 몰아내겠노라며 눈에 불을 켜고 그 덥디 더운 전쟁터에 상륙한 아시아의 호랑이, 한국과 베트남의 잘못된 만남이 그렇게 시작되었다.

"으하아아아암!"

세상에서 가장 편한 자세로 누워 입이 찢어져라 하품하는 태훈, 눈곱을 떼어내다 말고 시원하게 기지개까지 켠다.

"으악!"

저런, 몸을 너무 심하게 뒤틀었나보다. 종아리에 경련이 일어나 저도 모르게 몸을 웅크렸다.

"일어나야 하는데…."

단단하게 뭉친 종아리 근육을 주무르며 태훈이 중얼거린다. 일이고 뭐고 세상만사 다 집어치운 게으름뱅이, 한가한 일요일처럼 보이지만 오늘은 수요일이다. 출근시간을 넘기다 못해 점심시간을 한 시간 남짓 남겨놓은 이 시간까지 태훈이 이렇게 집에서 늑장을 부리는 건 오늘 사무실에 아무도 나오지 않기 때문이다. 고등학교에서 시간제 강사로 근무하는 진희와 은주는 수업시간을 늘리겠다는 학교의 방침에 따라 일주일에 사흘씩 연말까지 수업을 병행해야 한다. 오늘이 그래서 바쁜 날이다 사무실에 들를 시간도 없이 그녀들은 여덟 시간 풀타임으로 수업하게 될 거다. 며칠 전, 빽빽하게 짜인 수업 스케줄 표를 벗의 게시판에 올리며 은주는 딱 한 마디를 덧붙였다.

「차라리 죽여라!」

선우는 벗의 회원들과 성남의 어느 요양원으로 효도 인형극을 공연하러 갔다. 사무실 옆 시청각실에서 회원들과 며칠 동안 부대끼며 지내더니 드디어 오늘 공연을 한다. 회원 중에 인형극만 전문으로 공연하는 업체가 있고, 또 이 업체가 벗에 매달 기부금을 납부하여 안면이 있는 터라 어렵지 않게 성사될 수 있었다. 공연에 쓸 짐을 챙겨야 한다며 어제 오전부터 정신없이 움직였으니 사무실을 비우는 건 그녀들과 마찬가지다. 게다가 태훈마저 나갈 일이 있다. 언덕 꼭대기 달동네에 홀로 살아가는 할아버지, 바쁘다는 핑계로 최 노인을 며칠 동안 그냥 내버려두고 있었으니 오늘은 꼭 가야한다.

10시 40분.

베개 밑에 깔린 스마트폰을 들여다보던 태훈이 또 하품을 길게 늘어놓는다. 올챙이처럼 튀어나온 배가 움직일 때마다 걸리적거리고 있다. 다이어트가 절실한 몸매다.

"너무 많이 먹어서 그런가? 졸리네…."

평소처럼 아침 일찍 일어나 어제 먹고 남은 삼겹살을 마저 구워 먹었더니 도로 잠이 쏟아진다. 이거야말로 식곤증인가보다. 어서 일어나지 않으면 오늘 해야 할 일을 놓치고 말 거다.

「쾅! 콰쾅! 두두두두두…!」

"…?"

부엌에서 물을 따라 마시던 태훈의 귀에 요란한 소리가 날아든다. 또 형이 게임을 하는 모양이다.

"형, 밥 먹었어?"

태진의 방에 들어간 태훈은 저도 모르게 한숨을 푹 내쉬었다. 입 안 가득 밥을 씹고 있는 태진의 꼴은 여전히 폐인과 다를 게 없다.

"형! 그게 무슨 밥이야?"

아침에, 삼겹살을 혼자 먹을 수 없어 태훈이 손수 음식들을 챙겨 모니터 앞에 올려놓아 주었다. 그런데 이 꼴은 도대체 무엇인가? 부엌 찬장에서 꺼내왔을 커다란 대접, 그 안에 담긴 정체불명의 비빔밥…. 삼겹살과 밥, 쌈장과 야채 등을 개밥처럼 마구잡이로 뒤섞어 놓았으니 한숨이 나오지 않을 수가 없다. 제발 게임 그만 하고 밥 좀 먹으라며 잔소리하던 시간이 여덟시였고, 지금은 열한 시가 다 되었으니 벌써 세 시간째 밥을 먹는 중인 거다. 게다가 시선은 여전히 모니터에 박힌 채여서 밥이 코로 들어가는지 입으로 들어가는지도 당최 모르겠다.

"형! 다 먹었어? 치운다!"

"내버려 둬! 먹고 있잖아!"

「쾅!」

"으악! 씨발! 야! 너 때문에 죽었잖아!"

잔뜩 흥분한 태진의 입에서 밥풀이 튀어나왔다. 이제 보니 밥풀은 모니터에도 붙어있다. 형의 캐릭터가 게임 속에서 기가 막힌 활약을 하느라 떼어낼 시간이 없었나보다.

"무슨 게임을 하는 거야?"

"너는 모르는 거."

성의 없는 대답, 하지만 태훈은 이해할 수 없다. 다시 게임을 시작하는 형의 손가락이 바쁘다. 적의 기지에 침투하여 그들이 지키는 무언가를 탈환하는 미션이 주어졌지만 아무래도 안 되겠다. 기지를 지키던 누군가 눈치채고 형을 뒤쫓아 온다. 동료도 없이 홀로 적진에 뛰어든 바람에 엄호해줄 아군이 없다. 도망가야 한다.

「타앙! 탕! 타다다다다…!」

총알이 날아와 옆에 쌓여있던 나무 상자를 부쉈다. 앞만 보고 달리는 캐릭터의 시선을 따라 화면 속 세상도 울퉁불퉁 흔들려서 상황파악이 어렵다. 그런데도 형은 익숙한 듯 다연발총이 제멋대로 볶아대는 틈을 뚫고 이리저리 여유롭게 도망간다.

「타앙!」

「으억!」

형의 캐릭터가 비명을 지르고 쓰러졌다. 아무래도 어딘가에 매복해있던 저격수의 총에 머리를 맞은 것 같다. 총소리뿐 아니라 비명 소리도 상당히 사실적이다.

"씨발, 좆같아서…!"

모니터 앞에 놓아두었던 밥그릇을 마저 비우고 태진이 다시 마우스를 잡는다.

"너 이 새끼, 내가 가만 두나 봐!"

다연발총에서 볶아대는 탄환만큼이나 태진의 입 밖으로 욕설이 우수수 쏟아지고 있다. 하지만 그러고도 속이 시원하지 않나 보다. 화면 오른쪽의 대화 창에 앞 뒤 안 맞는 문장들을 마구 써 갈기는 거다. 그런데 이상하다. 게임 내내 욕이 입에서 떨어지지 않았으면서 어쩐 일인지 대화창엔 욕설이 보이질 않는다. 절대 욕을 할 수 없게 만들어진 시스템 때문이었다. 욕설과 비슷한 단어도 쓸 수 없고, 쓰더라도 의지와 관계없이 자동으로 삭제된다. 우리나라의 게임 사이트들은 대부분 그렇게 운영되고 있다. 욕설은 금물이라며, 깨끗한 인터넷 세상을 만들자고 친절하게 안내멘트까지 날려주니 이 얼마나 아름다운가! 불만이 있을 때 튀어나오는 욕설을 막을 수야 없겠지만 그래도 어지간하면 꾹 참고 견뎌야 한다. 화병으로 죽더라도 게임 회사에겐 아무런 책임이 없다.

"이런 개새끼가…!"

"…?"

태진이 다시금 벌컥 소리치고, 제 스마트폰을 들여다보던 태훈의 시선이 대화창으로 옮아간다. 상대방은 지금 고묘히 욕설을 피해 그를 놀려대고 있다. 느려 터졌다는 둥, 돼지라는 둥, 게임을 하고 있긴 한 거냐는 둥. 태훈이 보기엔 별 거 아닌 말들인데도 태진은 자존심에 금이 가나 보다. 끝내 폭발하고 만다.

"씨발! 안 해! 좆같아서 안 한다, 이 개새끼야!"

게임 창이 꺼졌다. 시커먼 군복과 총과 칼로 중무장한 군인 캐릭터가 바글바글 그려진 이 게임 사이트의 메인 페이지로 돌아가 태진은 로그아웃한다. 이제 좀 쉬려는 모양이다.

"뭐야? 또 해?"

다른 게임 페이지가 모니터에 떠올랐다. 마치 고대 중국이나 우리나라 삼국시대에서나 볼 법한 갑옷차림의 무사, 로그인을 했더니 거대한 칼을 손에 든 무사의 비장한 얼굴이 나타난다. 방금 전투를 치르고 돌아온 듯 무사는 온 몸에 피 칠갑이 되어 있었다.

"멋있지?"

뿌듯한 표정으로 태진이 키득거렸다. 무사의 복장은 예사롭지가 않다. 빛이 번쩍번쩍 반사되는 철갑 옷에 독수리의 깃털이 달린 투구, 손에 쥔 거대한 칼은 무슨 그리스 로마 신화에 나오는 어느 이름 모를 신의 작품 같다.

"시작한지 일주일밖에 안 됐는데 벌써 50레벨까지 올렸어."

"자랑이다."

비꼬는 말투여서 기분 나쁠 법도 한데, 태진은 속 편하게 웃고만 있다. 그런 형의 모습이 태훈은 속상하다.

"형, 지겹지도 않아?"

"왜? 뭐가 지겨워? 재미있잖아."

"……."

태훈은 도로 입을 다물었다. 비현실적인 세계에서 벗어나지 못하는 폐인, 30대 중반에 접어든 이 노장 유저에게 진지한 한 마디를 해주고 싶었으나 아무래도 포기해야 하는 모양이다. 제 동생이 무슨 말을 하려는지 눈치 채기라도 한 듯 스피커의 볼륨을 최대한으로 올려버리는 거다.

"형! 소리 좀 줄여! 귀청 터지겠다!"

"네가 나가면 되잖아! 문 닫아!"

무사의 기합소리, 칼 휘두르는 소리, 장중한 배경음악까지 한꺼번에 뒤섞여 온 집안을 쩌렁쩌렁 울려댄다. 도저히 참지 못하고 태훈은 도망치듯 태진의 방에서 뛰쳐나간다.

"딩동! 딩동!"

"…?"

설거지를 하려는데, 문득 초인종이 울렸다. 그리고 태훈은 가슴이 덜컥 내려앉는 걸 느꼈다. 스피커 소리를 어떻게든 줄여야 했다. 인터폰이 고장나 모니터를 볼 수 없지만 보지 않아도 알 것 같다. 문 밖의 손님은 분명 층간 소음으로 항의하러 온 이웃집 사람일 거다.

"누구세요?"

옆집 할머니? 위층 신혼부부? 아래층 아기 엄마? 현관으로 달려가 문을 여는 동안 태훈은 누구에게 어떤 잔소리를 듣던 무조건 사과해야겠다고 생각했다.

"어? 공 여사!"

문밖에 서 있는 여자를 보고 태훈이 저도 모르게 빽 소리쳤다. 이웃집 사람들보다 더 무서운 사람이 나타났다. 대가리 컸다고 부모 곁에서 떨어져 사는 사내새끼들을 위해 반찬 보따리를 바리바리 싸들고 온 그녀, 엄마다!

"공 여사! 전화도 없이 어쩐 일이에요?"

"뭐? 공 여사가 왔어?"

「쉬익!」

「으윽!」

아이고야, 놀란 형의 무사가 괴물의 칼에 맞아 즉사했다. 이번 죽음으로 무사의 직급이 한 단계 떨어졌지만 지금은 그게 문제가 아니다. 재빨리 스피커를 눌러 끄는 태진, 게임 창도 닫을까 했지만 공 여사의 서슬 퍼런 눈빛이 그 잠깐의 시간을 허락하지 않는다. 후다닥 현관으로 튀어나오는 큰 아들과 얼어버린 듯 그 자리에 서서 꼼짝도 하지 않는 작은 아들을 공 여사가 무섭게 쳐다보고 있다.

"너희, 지금 뭐하는 거니?"

"예?"

"엄마가 무거운 짐을 들고 있으면 얼른 받아들어야지, 뭐하느냐고?"

차라리 이웃집에서 항의가 들어오는 게 더 좋았을 텐데…. 공 여사의 호통에 두 아들이 후다닥 짐 가방을 받아들었다.

"지금 시간이 몇 시인데 이러고 있어? 밥은 먹었니?"

"아, 네…."

오전에 차린 밥을 이제야 먹었지만 어쨌든 먹긴 먹었으니 아니라고 할 수는 없다.

"어머! 저게 뭐야?"

"…?"

부엌 식탁 위에 짐을 올려놓던 두 아들이 힐레벌떡 엄마가 소리치는 곳으로 달려간다. 다름 아닌 돼지우리, 바로 태진의 지저분한 방이다.

"태진이, 넌 청소도 안 하고 사니? 그 나이 먹고 할 짓이 그렇게도 없니?"

"……."

괴물들로 바글거리는 평원에 멍청히 서 있기만 하는 무사가 한심스러운 듯 눈을 흘기는 공 여사, 그간 태진에게 하고 싶었던 말을 한 방에 해치워 주니 태훈은 오늘따라 엄마가 사랑스러워 보인다. 하지만 그래도 잔소리는 끔찍하다. 음료수병과 과자 봉지, 빵 부스러기와 아무렇게나 굴러다니는 짝 잃은 나무젓가락을 집어 들며 공 여사가 정신없이 떠들어댄다.

"이게 뭐야? 넌 라면을 젓가락 한 짝으로 먹니? 쓰레기통은 폼으로 갖다 놨어? 너, 사람 새끼야, 짐승 새끼야? 이러려고 분가했어?"

끝 모르고 퍼부어대는 잔소리가 아찔한 모양이다. 태진의 멍청한 표정을 곁눈질하던 태훈이 슬금슬금 부엌으로 도망 나와 식탁 위의 짐을 풀기 시작했다.

"태훈이 어디에 있어? 야! 박태훈!"

"네! 네, 공 여사! 아, 아니, 엄마!"

"이 자식이 엄마한테 뭐라고? 공 여사? 어디서 배워먹은 말버릇이야?"

빽 소리치며 공 여사가 태훈의 등을 후려쳤다. 비명을 지르는 태훈, 하마터면 반찬 그릇을 떨어뜨릴 뻔 했다.

"너희는 둘이 살면서 이게 뭐니? 밥 먹고 설거지도 안 해? 도대체 청소를 왜 안 하는 거야? 집안 꼴 좀 봐! 거지새끼도 이렇게는 안 살 거야!"

"아, 그, 그게, 저…."

"형이나 동생이나 똑같아요, 아주! 이럴 거면 집으로 들어와!"

"에이, 엄마, 새삼스럽게 왜 그래?"

"왜? 싫어? 싫으면 장가를 가든가!"

"……."

온 집안을 헤집고 다니며 청소 견적을 내보던 공 여사, 도저히 안 되겠던가보다. 구석에서 진공청소기를 꺼내놓고 일단 설거지부터 시작한다.

"그 반찬들, 또 사무실에 가져가는 거니?"

작은 찬합에 반찬을 옮겨 담는 태훈에게 공여사가 물었다.

"하긴, 사먹는 것보다 낫지. 밥도 집에 있는 거 가져가?"

"네."

반찬 정리를 도와주는 공 여사, 태훈은 정말 해야 할 말이 아니면 아예 입을 꾹 다물 생각이다. 지금 정리중인 반찬들이 어디로 가는지 알면 또 잔소리가 튀어나올 거다. 공 여사의 잔소리는 세계 최강, 아니, 우주 최강이어서 한 번 듣고 나면 뒷목 잡고 쓰러진다.

"출근하는 거야? 오늘은 왜 이렇게 늦어?"

"그렇게 됐어. 엄마, 저 가요!"

도망치듯 태훈이 사라졌다. 이제 공 여사의 잔소리는 태진의 몫이다. 스피커 소리만 줄였을 뿐 게임은 다시 이어지고 있다.

"큰아들! 게임 그만 하고 엄마랑 얘기 좀 해"

"무슨 얘기를 또 해?"

"너, 거기 면접 본 거 어떻게 됐어?"

"……."

방바닥에 널브러진 쓰레기를 주우며 공 여사가 물었지만 태진은 대답하지 않는다. 무사가 또 죽었다. 게임에 집중할 수가 없다.

"아직 연락 안 온 거야? 3차까지 붙었잖아?"

"몰라, 나도…."

"왜 그런 건데? 학벌 좋지, 스펙 좋지, 성격도 좋고, 나 좋은데, 그 사람들은 얼마나 더 좋은 인재를 찾겠다고 그러는 거야?"

"……."

"태훈이는 너 이러는 거 알아?"

"모를 걸…."

"시민단체인지 뭔지 당장에 그만 두라고 해야지, 이거야 원…."

괴물 여러 마리가 달려드는 바람에 무사의 생명줄이 짧아졌다. 도망쳐야겠다.

"아들! 대답 좀 해보라니까! 연락이 언제 온대?"

"아직 날짜가 안 됐다니까! 몇 번을 얘기해?"

잘생긴 무사가 죽어서인지 엄마의 잔소리가 싫어서인지 태진의 목소리가 날카롭다. 쓰레기를 모두 치우고 공 여사는 진공청소기의 플러그를 꼽으며 한숨을 내쉬었다.

"아이고, 우리 잘난 아들을 어떡하면 좋으니?"

게임 사이트에서 로그아웃하는 태진, 엄마처럼 한숨을 쏟아냈지만 청소기의 소음에 묻히고 만다. 이제 세수해야 한다. 이력서를 넣은 대기업에서 오늘 2차 면접을 보기로 했다.

"그래서? 엄마 잔소리 듣기 싫어서 도망 온 거야? 내가 보고 싶어서 온 게 아니고?"

무열의 물음에 반찬을 정리하던 태훈이 배시시 웃었다.

"에이, 할아버지가 보고 싶어서 온 거죠. 엄마는 핑계고요."

"허허, 이 녀석 좀 보게…?"

장난기 가득한 얼굴로 키득거리는 태훈, 흘기듯 노려보지만 무열은 녀석이 밉지 않다. 사나흘에 한 번씩 꼬박꼬박 챙겨다주는 밑반찬하며, 심심하고 무료한 날이면 귀신같이 알고 찾아와 말동무를 해주니 혼자 사는 노인네로서는 그저 고마울 따름이다.

"할아버지, 김치 좀 드셔보세요. 전라도 김치라 맛있어요."

"그래? 어디 한 번 맛 좀 볼까?"

길쭉하게 찢긴 김치가 무열의 입안으로 쏘옥 들어선다. 맛을 음미하느라 천천히 씹는 무열의 표정을 지켜보며 태훈이 양념 묻은 제 손을 빨았다.

"맛이 괜찮구먼. 어머니 솜씨인가? 고향이 그쪽이야?"

"아뇨, 고향은 서울인데요. 할머니한테 배워서 그런지 음식만큼은 전라도 사람이에요."

"그래? 매일 밥상이 푸짐하겠구먼?"

"진수성찬이죠. 임금님 수랏상 수준이에요."

"음식 때문에 어머니가 시집살이 좀 했겠어."

태훈이 키득키득 다시 웃음을 터뜨렸다. 아닌 게 아니라 공 여사는 집안의 모든 음식을 입맛 까다로운 시집 식구들에게 맞추느라 신혼 이후 몇 년 동안 고생을 많이 했다. 재미있는 건 우리 집 식구들은 모두 서울 토박이인데, 상차림을 가르친 할머니만 유일하게 전라도 사람이라는 사실이다. 전라도 음식만 먹고 살아온 서울 사람들이라니, 다른 건 몰라도 밥상만은 부자다.

"할아버지, 이건 마늘장아찌예요. 할아버지 좋아하시는 거요."

"오냐, 오냐! 아이고! 고마워라!"

"이건 고추튀각이고요. 이건 제육볶음이에요. 냄비에 익히기만 하면 되요. 하실 수 있죠?"

"그래, 그 정도는 할 수 있을 것 같다."

무열에게 보여주느라 열어놓았던 반찬 그릇들의 뚜껑을 닫고 태훈은 이제 부엌으로 건너간다. 냉장고를 열었더니 제일 먼저 딩 빈 채로 굴러다니는 물병이 보였다. 내다버리려고 묶어놓았던 쓰레기 봉지 속에 빈 병을 밀어 넣고, 냉장고에는 새로 사온 물병들과 반찬들로 차곡차곡 채웠다.

"마른 반찬은 선반 위 칸에 있고요. 김치는 아래 칸에 놓을게요. 꼭 챙겨

드세요. 굶지 마시고요."

다리가 저리다는 핑계로 아무 것도 안 하고 종일 누워만 있을까봐 태훈은 걱정이다. 그게 벌써 두 달 전의 일이었는데, 가져다 준 음식엔 손도 대지 않고 마냥 누워 있다가 불러도 대답할 수 없는 지경에까지 이른 그를 보고 얼마나 놀랐는지 모른다.

"할아버지! 아침 식사도 거르시면 안 돼요. 삼시 세끼 꼬박꼬박 드셔야 건강해져요. 아셨죠?"

무열에게서 들려오는 잔잔한 웃음소리, 하나부터 열까지 잔소리를 해대고 있지만 그래도 싫지 않은 표정이다. 아마 사람 사는 흔적을 느껴서일 테다. 서로 살 맞대고 부대끼며 살아가던 그 옛날의 행복이 되돌아온 것만 같아서…. 짝꿍을 잃은 뒤, 체온마저 기억에서 잃어버린 그에게 따뜻한 온돌방은 아무 짝에 소용없을 거였다. 그래서 저렇게 슬피 웃는 것일 테다.

"할아버지, 밥은요? 오래 돼서 누런 밥은 드시면 안 돼요!"

이번엔 밥솥을 열어보았다. 따뜻하고 하얀 밥이 있었는데, 오늘 아침에 새로 한 듯 주걱으로 뒤적인 흔적이 눈에 띄었다.

"할아버지, 다리가 아직도 아프세요?"

방으로 돌아가 태훈이 무열의 이불을 들춰본다. 앙상하게 뼈마디만 남은 두 개의 다리가 거기에 있다. 이 다리로 그 옛날 전쟁터를 누비고 다녔다니, 믿기지 않는다.

"병원엔 다녀오셨어요?"

"으응, 괜찮아."

"아프시면 참지 말고 병원에 꼭 가세요."

"가봤자 의사가 하는 말은 뻔하지, 뭐. 약 잘 챙겨 먹어라. 무리하게 돌아다니지 마라…. 늙어서 탈 난 것뿐이야. 내 다리는 아직도 튼튼해."

가느다란 다리를 주무르는 태훈, 그의 튼실한 손을 내려다보며 무열은 또 웃었다. 전장을 누비던 그 시절, 무열의 손도 저렇게 튼실했을 것이었다.

"아드님과 연락은 자주 하세요?"

"으응? 우리 아들? 그냥 그렇지, 뭐…."

웃는 낯이지만 무열은 슬그머니 태훈의 시선을 피하고 만다. 작년까지 무열은 기초생활 보조금으로 살아왔다. 그런데 이 지역에선 올해 초부터 무슨 일인지 매달 지급되던 그 보조금이 뚝 끊겨버렸다. 부양가족이 한 명이라도 남아있는 사람들을 보조금 지급 대상에서 제외했기 때문이란다. 세상에 하나 뿐인 아들과 가끔 전화 통화를 한다고 했지만 태훈은 믿을 수 없다. 한 번도 본 적이 없고, 직접 전화 통화를 시도해도 바쁘다는 핑계를 들며 끊어버리기 일쑤여서 소식조차 전하기가 힘들었다. 이쯤 되니 그가 정말 무열의 친자식이 맞는지 의심하게 되어버렸다. 법이 바뀌었다는 이유로 그동안 관심 갖지 않았던 생활비를 이제 와서 신경써줄지 의문이다. 무열의 몸 상태가 좋아졌을 때 아들이라는 사람과 셋이 만날 자리를 마련해봐야겠다. 혹시라도 함께 살아갈 의향이 있다면 얼마든지 도와줄 것이다.

"어? 저게 뭐예요?"

방 한 구석에서 액자 하나를 발견했다. 낡은 흑백사진, 군복차림의 남자가 거기에 있었는데, 아무래도 무열의 옛 모습인 것 같다.

"으응, 월남에 파병 갔을 때 찍은 사진이야."

"와, 잘생겼네요!"

"그럼! 내가 젊었을 땐 한 인물 했어! 원빈? 장동건? 그게 얼굴이야?"

"하하하하!"

태훈이 요란하게 웃음을 터뜨렸다. 정말 무열의 젊었을 적 얼굴은 원빈보다 잘 생기고 장동건보다 멋있었다.

"정말 미남이신데요? 강남 한복판에 서 있으면 여자들이 줄을 서겠어요."

"그렇지? 여자들은 예나 지금이나 똑같은가봐. 사귀자고 줄 선 여자들이 그때도 수두룩했어."

옛 시절이 그리워서 꺼냈다는 액자를 벽에 걸어두고 두 사람은 웃었다. 비록 세월을 따라 누렇게 바래버렸지만 칼라 못지않게 멋진 사진이었다.

"아마 월남에 간지 4개월 쯤 됐을 때 찍은 사진일 거야."

"그럼 한참 전쟁 중일 때였겠군요?"

"음, 나름대로 망중한을 즐겼다고 볼 수 있지."

낡은 벽시계에서 뻐꾸기가 튀어나와 정시를 알렸다. 약 먹을 시간이란다.

"할아버지, 옛날이야기 좀 들려주세요."

약을 단숨에 털어 넣고 물을 마시는 무열, 주름진 얼굴에 더 많은 주름이 그려졌다. 입에 쓴 약이 몸에 좋다지만 이 약은 써도 너무 쓰다.

"옛날이야기? 전쟁 때 얘기?"

"네, 저희 홈페이지에 할아버지의 이야기를 연재하고 있다고 말씀드린 거, 기억하시죠? 사람들이 재미있어 해요."

"그래? 듣던 중 고마운 소리로구나!"

무열이 방긋 웃었다. 입술 사이로 오래 전에 빠진 치아의 빈자리 하나가 드러났다.

"가만 있자. 내가 어디까지 얘기했더라?"

"호치민이요. 호치민은 공산주의자가 아니라 민족주의자라고 했어요."

"그래, 맞아. 하지만 그렇다고 민족주의와 공산주의를 동일시해선 안 돼. 호치민의 경우는 많은 예 중의 하나일 뿐이야."

"예, 알고 있어요."

태훈이 고개를 끄덕였다. 얼마 전, 벗의 홈페이지에 '야누스'라는 제목으로 이야깃거리 메뉴 하나를 만들었다. 일주일에 한 차례씩 태훈이 연재하는 글인데, 모두 무열에게서 들었던 이야기를 정리해 놓은 것이다. 무열의 이야기가 끝날 때까지 태훈의 '야누스'는 계속될 것이었다.

"전역하고 한 번은 친구들과 말싸움을 한 적이 있었어. 호치민이 공산주의자다 뭐다 말이 많은 거야. 우리나라 군인들이 왜 베트콩과 싸웠겠느냐고 따진 거지."

"공산주의와 민족주의를 동급으로 생각했나 봐요?"

"우리나라 사람들은 공산당이라고 하면 바득바득 이를 가니까 어쩔 수 없지. 하지만 모든 공산국가들이 북한과 똑같지는 않아. 베트남과 비슷한 상황에 처했던 나라들을 생각해보면 그렇게 말해선 안 되는 거야."

19세기 후반부터 20세기 초반까지 지구의 모든 땅은 유럽 열강의 진출 무대였다. 다시 얘기해서 세계 어느 곳이든 식민지 역사를 갖지 않은 나라가 없다는 뜻이다. 이를테면 프랑스의 식민지는 아시아에선 베트남을 포함하여 캄보디아와 라오스 3개국이고, 중동 지역은 레바논과 시리아, 아프리카에선 알제리와 튀니지, 세네갈 등 무려 20개국이나 된다. 스페인의 손에 넘어간 나라는 아시아의 필리핀을 제외하면 쿠바, 멕시코, 아르헨티나 등등 14개의 남미 국가, 아프리카의 작은 나라 기니와 사하라까지 해당한다. 또한 영국의 식민지는 싱가포르, 말레이시아를 포함하여 아시아에만 11개국이 있고, 중동에도 이란과 이라크, 사우디아라비아 등 10개국과 유럽의 몰타, 아일랜드를 포함하여 아프리카의 케냐, 이집트, 소말리아 등 무려 22개 나라와 캐나다, 자메이카 등을 포함하여 미국까지 북 아메리카 대륙 14개국, 호주와 뉴질랜드 등의 오세아니아 대륙이 8개국이다.

"그들은 식민지 국가들에게 좀 더 인간다운 삶을 주었다고 선전해. 침략 사실을 미화하는 거지."

"맞아요. 정치나 사회의 안정에 힘썼다고 하죠. 아무 것도 갖추지 못한 미개국에서 산업혁명을 이루었다며 자화자찬하고…."

"모두 지배국의 기준에서 한 말들이야. 식민 지배를 당한 나라의 관점에서 생각해봐. 그들이 얼마나 착취를 당하고 살았겠어?"

태훈의 고개가 다시금 끄덕여진다. 멀리 갈 필요 없이 우리의 모습만 되짚어보자. 일본은 지금도 침략의 역사를 부정한다. 도대체 무슨 생각을 하고 사는 건지 간혹 인정할 때도 있는데, 그래도 한국인의 피를 끓어오르게 하는 소리를 지껄이는 건 여전하다. 침략자의 시각에서 그것은 문명의 발전이라며 우길 수 있겠으나 기준점이 달라지는 순간 착취와 탄압으로 변질된다. 민족주의는 거기에서 더욱 발전했을 것이다. 하나로 뭉쳐야 침략자의 탄압에 저항하고 맞서 싸울 수 있다는 '우리 의식'말이다. 다시 얘기해서 민족주의란 '우리'라는 공동체 의식에서 비롯된 것뿐이지, 반드시 공산주의로 발전하다고 볼 수는 없다.

"자본주의나 공산주의의 선택은 신생 독립 국가들에게 필수로 느껴졌을 거야. 냉전의 시대에 휩쓸린 탓도 있겠지만, 지배자에게 보란 듯이 잘 사는 모습을 보여줄 필요도 있었거든. 그 과정에서 베트남은 공산주의를 선택한 거야. 하지만 똑같은 상황에서 자본주의를 선택한 나라도 많아."

"그럼 우린 어땠을까요?"

잠시 생각하는 얼굴로 무열이 입을 다물었다. 오랫동안 내전을 치른 우리, 잘 사는 모습을 보여주는 것만이 그들에게 복수하는 길이었겠지만 남과 북이 갈린 이후 각자의 힘겨운 삶에 고통 받느라 상황은 좀처럼 나아지지 않았다.

"그 뭐더라? 강남스타일? 싸이 노래 말이야."

"네, 맞아요. 강남스타일, 잘 아시네요?"

"그럼! 잘 알고말고!"

이젠 제목만 들어도 웃음 짓게 만드는 그 노래, 요즈음의 가요를 알 턱이 없는 70대 노인까지 언급하는 걸 보면 확실히 싸이가 뜨긴 뜬 모양이다.

"강남스타일을 들으면 세상이 참 좋아졌다는 걸 느껴. 옛날엔 말도 못했거든."

"어떤 점에서요?"

"싸이가 노래하는 그 강남 한복판에 논밭이 있었어. 소달구지가 돌아다녔지. 압구정동? 청담동? 그런 게 어디에 있어? 압구정리(里), 청담리(里)였지."

"아, 인터넷으로 봤어요. 도저히 믿을 수 없는 광경이어서 입이 떡 벌어졌다니까요. 어떻게 그럴 수가 있죠?"

"모두 강남이 개발되지 않았을 때의 모습이니 그럴 만도 해. 지금 자네가 옛날의 모습을 믿을 수 없다고 말하는 것처럼 당시를 살았던 사람들은 몇 십 년 뒤의 강남이 그렇게 발전할 거라고 생각하지 못했을 거야."

낮에는 따사롭고 인간적이며 커피 한 잔의 여유를 부릴 만큼 품격을 따지다가 밤만 되면 심장이 뜨거워져서 미친 듯 머리카락을 흔드는 여자, 그 여자 못지않게 가슴이 뜨거워서 약인지 독인지 구분되지 않는 커피를 단숨에 삼키다가 밤이 되면 심장이 제멋대로 벌컥벌컥 춤추는 사나이. 만물의 영장이라는 인간, 낮엔 너무나 이성적이에서 무서울 지경이던 그 멀쩡한 인류를 밤이 되는 순간 야생 들짐승으로 만들어 버리는 그 강남 한복판에 옛날엔 농부가 막걸리를 원 샷하고, 논과 밭을 일구느라 태닝 기구 따위 필요 없이 자연적으로 피부가 뙤약볕에 타들어갔다. 그 뿐이 아니다. 한겨울에도 미니스커트를 입는 미친 여자들, 제 아랫도리 정액 줄어드는 줄도 모르고 다리에 딱 들러붙는 바지를 입는 바보 같은 남자들. 강남이 개발되지 않았던 60

년대, 낡은 한복에 상투 또는 비녀를 꼽고 돌아다니던 그 옛날과 비교하면 정말 말도 안 되는 광경이다.

"우리의 전쟁은 무려 3년이나 이어졌어. 우리만의 싸움이 아니라 외국의 군대까지 끌어들여야 했던 거대한 전쟁이었지. 비록 휴전으로 마무리됐지만 전쟁이 끝나고 나니 이 땅에 남은 건 아무 것도 없었어."

"처음부터 다시 시작해야 했을 텐데, 당시의 상황을 짐작할 수가 없어요."

"전쟁을 겪어본 적 없는 세대이니 그럴 만도 해. 그때 우리나라는 너무나 가난했어. 다시 일어서려면 어떻게든 돈을 벌어야 했지. 그 돈 때문에 모두 외국으로 나가야 했어."

"대강은 알아요. 사우디아라비아에 가서 일했다는 근로자들의 이야기 말이에요."

"독일로 간 사람들도 있었어. 남자는 광부로, 여자는 간호사로 일했지. 그들이 거기에서 얼마나 많은 수난을 겪었을지 생각해봐."

"상상하기도 힘들고 믿을 수도 없어요. 정말 그렇게까지 해야 했던 건가요?"

인터넷을 뒤지고 또 뒤져야 겨우 알 수 있는 어른들의 과거, 그저 평화로운 세상에서 배부르게만 살아온 우리는 세상을 얼마나 알고 있을까? 연고도 없는 이국땅에서 설움마저 잊으며 일해야 했던 우리의 노동자들, 문득 우리나라로 건너와 일하는 외국인 노동자들이 떠오른다. 그들은 우리에게 과연 무엇인가. 기계에 손가락을 잘려도 하소연할 수 없고, 악덕 사장의 눈 밖에 날까 아파도 말 한 마디 할 수 없으며, 불법체류자는 언제 다시 쫓겨날지 몰라 전전긍긍하고, 인종차별은 물론이거니와 가난한 나라에서 왔다며 무시당하고 멸시 받아도 참아야 한다. 이들은 그 옛날의 우리와 얼마나 닮아있을까?

"한강의 기적은 박정희 대통령 혼자 이룬 게 아니야. 우리 모두가 함께 이룬 거지."

"박정희 대통령에 대해 말씀해주세요. 인터넷을 찾았더니 말이 너무 많아서 정답을 모르겠어요."

"허허허…!"

무열이 웃음을 터뜨렸다. 그럴 만도 하다. 한강의 기적이라는 별명을 얻을 만큼 폐허 속에서 경제 발전을 이룩해낸 사람, 그러나 한편으로는 잔인하고 잔혹한 독재자…. 옛 시절을 모르는 후손들로서는 어른들의 전쟁만큼이나 궁금한 인물이었다.

"자네가 알고 있듯 박정희 대통령의 모습은 두 가지 모두가 옳아. 나라를 위해 헌신했던 인물이지만 동시에 속을 알 수 없는 독재자였지. 둘 중에 무엇이 진짜 모습인지는 아무도 몰라. 인간은 누구나 두 가지 모습을 갖출 수 있고, 박정희란 사람도 대통령이기 이전에 한 인간이야. 자네가 요즘 연재하고 있다는 글의 제목도 야누스라고 하지 않았나? 야누스는 전쟁을 상징하지만 한편으로는 인간의 양면성을 상징하기도 해."

"……."

인터넷 국어사전에서 새마을운동을 검색해 보면 '근면, 자조, 협동을 바탕으로 생활환경 개선과 소득 증대를 목적으로 한 범국민적인 지역 사회 개발 운동'이라고 나온다. 그렇다면 이것이 결국 한강의 기적을 만들어냈다는 걸까? 전쟁으로 모든 걸 잃고 가난하게 살아야 했던 나라를 일으켜 세우는 원동력이 되었다는 말일까? 그렇다면 그는 좋은 사람일 것이다. 나라를 위해 분연히 일어선 멋진 사람 말이다.

그런데 18대 대선을 앞두고 후보자들의 토론에서 우리는 놀라운 이야기를 듣게 된다. 일제 강점기 시절 독립군을 때려잡은 일본 장교 출신, 민주주의 국가에 걸맞지 않게 쿠데타를 일으켜 정권을 잡고, 그것으로 모자라 무려 18년 동안이나 대통령 자리에 있었던 사람. 대통령 당선에 유력했던 그의 딸 박근혜를 공격한 이정희, 그리고 들려온 이정희 방지법. 배꼽 잡고 웃어대던 그 순간이 아니었다면 우리 젊은 세대들은 영원히 아무 것도 모르는 채 살아갔을 것이다. 다시 한 번 곰곰이 따져보자. 그는 어떤 사람일까? 인터넷의 많은 이야기가 말해주듯 그를 긍정적으로 봐야 할지, 부정적으로 봐야 할지 모르겠다. 다시 자리에 드러누운 무열에게 이불을 덮어주며 태훈은 오늘 박정희 대통령에 대해 좀 더 알아봐야겠다고 생각했다.

「형아, 나 시청대첩 보고 싶어. 영상은 아직 멀었어?」

"아, 맞다!"

이모티콘으로 바글거리는 지석이의 문자메시지를 보자마자 태훈이 소리쳤다.

"내 정신 좀 봐. 완전히 잊고 있었네!"

뒷머리를 긁적이며 푸욱 한숨까지 내어 쉬는 태훈, 시청대첩이라면 2012년 10월 서울 시청 앞 광장에서 있었던 싸이의 대형 콘서트를 말하는 거다. 박원순 서울 시장의 배려로 열릴 수 있었던 공연, 누구도 감히 꿈꾸지 못한 강남스타일이란 노래 한 곡으로 세계를 정복해버린 '국제 가수' 싸이의 쾌거 말이다. 엠넷(MNET)이라는 음악채널을 통해 싸이의 해프닝 콘서트를 시청하던 중 손가락까지 걸며 했던 약속이 이제야 생각났다.

"할 일이 많은데 어떡하지…?"

최 노인이 들려준 이야기를 정리하여 야누스 게시판에 올리고, 그의 건강 상태 등을 회원들에게 전해줄 생각으로 아무도 없는 사무실에 출근한 거였다. 혹시나 시간이 남으면 박정희 대통령에 대해 좀 더 알아볼 생각이었는데…. 지석이와의 약속이 먼저였으니 다음으로 미뤄야 할 것 같다.

「조금만 기다려. 형아가 금방 만들어줄게.」

"가만 있자. 동영상을 어디에 저장했더라?"

지석이에게 문자 메시지를 보낸 태훈의 손가락이 마우스를 조작하여 컴퓨터를 뒤져 본다. 모니터 바탕화면에 폴더가 꽤 많이 깔려 있다. 폴더마다 제목을 따로 정해놓은 게 아니어서 난생 듣도 보도 못한 조류의 이름만 눈에 들어오니 어느 폴더에 영상을 저장했는지 알 길이 없다. 무려 6개월이 훌쩍 지나 뒤늦게 그 시기의 영상을 찾아내려니 머릿속에 복잡해진다. 한 자리에서 찍은 영상만으론 부족할 것 같아 인터넷에 돌아다니는 자료들과 짜깁기 할 생각이었단 말이다. 진작 만들어둘걸, 이런 바보 같은 녀석이 있나! 아랫배에 들러붙은 뱃살만큼이나 게을러져서 오늘 할 일을 내일로 미루고, 이번 주에 할 일을 다음 주로 미루다가 결국 머릿속의 계획들이 뒤죽박죽 엉켜버리는 지경에 이르렀다.

"깜빡했다고 말하면 실망하겠지? 해프닝 때엔 손가락까지 걸었는데…."

그날의 신나는 순간을 떠올리며 태훈이 키득키득 웃었다. 두 시간 가까이 진행된 싸이의 무자비한 콘서트, 정갈하게 차려 입고 고상한 척 점잔 빼며 감상하는 정도의 음악회가 아니다. 모두 함께 땀범벅이 되어 뛰고 웃고 노래하며 당장 죽어버릴 듯 미친 사람처럼 전투적으로 즐겨야 그 진가를 알 수 있는 싸이의 콘서트는 그래서 행사가 열리는 지역의 이름 뒤에 '대첩(大捷)'이라는 단어를 붙이곤 했다. 한 번 보고 나면 즐거운 잔상이 머릿속에 남아 또 가지 않고는 못 베길 만큼 중독되어 버리니, 이렇게 사람의 정신 건강을 180도로 바꿔버릴 자극제는 두 번 다시 없을 거였다. 그래서 강남스타일의 후속곡인 젠틀맨이 발표되었을 때 개최되었던 해프닝 콘서트를 방송으로 보면서 지석이와 시청대첩의 영상을 반드시 만들어주겠다고 약속했단 말이다.

"후우…!"

직접 찍어 저장해 두었던 영상과 여러 각도에서 찍힌 인터넷 상의 모든 자료들을 뒤지며 태훈은 문득 그날에 보았던 지석이의 눈물을 떠올렸다.

「형아, 아무래도 안 되겠어. 난 엄마를 지켜야 해.」

모두가 즐거워야 할 그날의 아침, 하지만 지석이의 목소리는 슬프고도 침울했다. 엄마를 지켜야 한다고? 기껏해야 여덟 살밖에 먹지 않은 녀석이 어찌 그렇게 어른스러울 수 있을까? 아빠의 사고 소식이 녀석을 그렇게 만든 모양이었다. 모두를 놀라게 만든 지석이 아빠의 뺑소니 교통사고 말이다. 벗의 직원들은 물론 홈페이지 게시판을 통해 알게 된 회원들까지 우르르 몰려와 고인의 빈소를 지켰다.

피투성이가 되어 널브러진 사람을 그냥 내버려둔 채 달아났다는 운전자, 음주운전 단속을 벌이던 경찰이 요리조리 빠져 나가는 외제차의 속력을 이기지 못해 놓쳤지만 다행히 블랙박스를 뒤져 해당 차량과 운전자의 정체를 파악했다. 눈물범벅이 되어버린 그녀, 많은 도움을 줄 수 없어 미안하다고 말하는 경찰의 어깨를 때리며 어찌나 서럽게 울어대던지 그 광경이 너무나 안타까워 모두가 따라 울었다. 하지만 지석이는 울지 않았다. 끌어안은 엄마의 어깨를 토닥이며 울지 말라고 위로하고, 산산조각 났다가 겨우 꿰어 맞춘 시신을 입관하는 모습까지 녀석은 꿋꿋하게 지켜보았다. 끝내 실신해버린 엄마가 응급실로 실려 간 뒤에야 혼자 구석에 숨어 울던 녀석, 너무나 어른스러워서 이미 어른인 태훈은 스스로가 부끄러울 지경이었다.

아빠의 영정 사진을 두 손에 받쳐 든 아이, 어리지만 당찼고, 그래서 너무나 일찍 어른이 되어버린 아들과 가족이 아니면 이국의 땅에서 아무 것도 해낼 수 없는 베트남 엄마, 기둥을 잃고 둘만 남은 슬픈 가족을 지켜주자며 태훈은 그때 선우와 약속했다. 그날이 시청대첩 이틀 전이었다. 강남스타일의 뮤직비디오에 출연한, 자신과 똑같은 처지임에도 부끄러운 기색 없이 너무나 뻔뻔하게 춤을 잘 추는 황민우 때문에 싸이까지 좋아하게 되어 시청대첩에 참전하자며 태훈과 키득거렸는데…. 하필 그렇게 약속한 날의 저녁에 아빠가 사고로 돌아가셨으니 내색하지 않았지만 지석이는 속상하고 서러웠을 것이다. 장례식이 끝나고 이틀 후, 마침내 그날이 되었지만 지석이는 여전히 울고만 있는 엄마 곁에서 떨어지지 못했다.

「형아, 엄마는 내가 없으면 안 돼. 선우 형아랑 누나들이랑 잘 보고 와.」

약속을 지키지 못해 미안하다며 대문 밖까지 따라 나와 손을 잡아주던 아이, 콘서트 영상을 만들어주겠다고 했더니 녀석은 그제야 웃었다. 어린 아이 본연의 모습으로 돌아와 방긋 미소했다가 눈가에 고여 있던 눈물이 후드득 떨어져 도망치듯 집안으로 사라지던 녀석. 지석이의 어깨에 매달린 무거운 짐을 발견한 듯 진희와 은주는 그만 울음을 터뜨렸다.

「우와아!」

저도 모르게 내뱉은 탄성, 지석이에겐 미안하지만 시청 앞 광장에 도착했을 때 네 사람의 머릿속에서 가족의 슬픔 따위는 이미 사라지고 없었다. 수만 명의 인파가 몰릴 거라고 한참 전부터 예고했지만 이 정도일 줄은 몰랐던 거다. 인파로 바글거리던 시청 앞 광장의 모습은 마치 한국과 일본에서 월드컵이 열리던 2002년 여름으로 돌아간 듯 착각하게 만들었다. 5만 명 정도가 몰릴 거라던 경찰, 하지만 경찰의 예측은 완벽하게 빗나갔다. 주최측이 추산한 인파는 약 8만 명, 그러나 실제로 모인 사람은 10만 명쯤 되었나보다. 기네스북에 오를 만큼 사람이 몰려 동대문 주변 도로까지 차량을 통제했다고 하니 이건 분명 월드컵이 열리던 그 모습 그대로였다.

「세계인의 관심이 집중되는 공연입니다. 질서정연한 한국인의 모습을 보여줍시다.」

모여 있던 사람들의 키득거리는 웃음소리, 공연 시작 몇 시간 전부터 수시로 떠오르던 전광판의 문장들처럼 한국인이 얼마나 잘 노는지 보여줄 때였던 거다. 그날 지구의 모든 시선은 대한민국 서울 시청 앞 광장 특설 무대에 집중되어 있었다. 성조기를 흔드는 미국인, 건너편에선 브라질의 국기가 보이고, 저쪽에서 하늘거리는 이탈리아 국기 옆엔 어느 나라인지 종잡을 수 없는 각양각색의 국기들이 펄럭였다. 그중에 'PSY 대통령', '영원한 공연둥이'라고 쓰인 피켓과 플랜카드는 특히 은주의 기분을 더욱 즐겁게 했다.

「나, 어렸을 때 '코'였어.」

「코? 코라니?」

「싸이 팬클럽 말이야. 팬클럽 이름이 싸이코야.」

「하하하하!」

선우의 어깨를 때리며 깔깔거리던 진희, 얌전한 진희가 그렇게 웃는 건 처음 봤다. 하여간 여자들의 수다는 도무지 말릴 수가 없다.

「나 어렸을 때 친구들 따라 방송국에 놀러갔었거든. 남들 풍선 흔들 때 너희는 까만 봉지를 뒤집어쓰고 있더라?」

「너도 우릴 봤어? 그래, 맞아! 까만 봉지에 눈만 뚫었어! 우리가 그때 미리 알았으면 불알친구였겠다. 그렇지?」

「불알친구래…!」

일행에 남자가 두 명이나 있었고, 주변으로 사람들이 바글바글 했지만 아무렇지 않게 웃고 떠드는 그녀들의 모습은 싸이의 순탄치 않았던 가수인생처럼 거칠기 짝이 없다. 공연장 근처에서 팔던 야광스틱을 손에 쥔 채 우리는 인파에 밀리고 또 밀리다가 무대 앞까지 이동하는 데에 성공했다. 낮부터 밀려들던 인파는 퇴근시간이 되자 절정을 이루었다. 깔려 죽기 일보 직전이라는 표현으론 그때 그 순간을 설명할 수 없다. 후에 들은 얘기지만 그 많은 인파를 감당하기 위해 각 통신사들은 임시 기지국까지 세웠다고 한다. 하지만 그래도 전화는 불통이었다. 와이파이는 물론이거니와 그 잘났다는 4G도 터지질 않았으니 화장실에 가기 위해 잠시 자리를 비웠던 옆의 일행은 졸지에 이산가족이 되고 말았다.

「동해물과 백두산이 마르고 닳도록…!」

드디어 싸이의 공연이 시작되었다. 시청 앞 광장에 울려 퍼지던 애국가, 2002년 월드컵 때 모두의 머리 위로 치켜들던 초대형 태극기만큼이나 소름 돋는 순간이었다. 세계인의 앞에 우뚝 선 대한의 건아. 그 누구도 꿈꾸지 못하고, 그 누구도 이루지 못했던 세계의 정상! 우리가 월드컵에서 4강에 진출하리라고 감히 예상하지 못했다 싸이도 우리도 우리의 문화가 지구 전역을 돌며 사람들의 눈과 귀를 즐겁게 하리라고는 절대 생각하지 못했다. 애국가는 자랑스럽고 뿌듯한 우리의 또 다른 모습이었다. 세계 속에 우뚝 선 우리, 짜릿한 흥분을 감출 길 없어 눈물짓던 우리, 그런 우리 모두의 마음을 대변하듯 싸이는 미국 한복판에서 소리쳤다. 대한민국 만세!

「올해로 데뷔 12년째인 가수, 12년 만에 전성기를 맞은 가수, 12년 만에 남의 나라에서 신인 가수가 된 가수 싸이입니다. 반갑습니다!」

싸이의 우렁찬 목소리, 그리고 이어지는 사람들의 환호성! 잠시 동영상을 들여다보며 미소 짓던 태훈의 손가락이 다시금 바쁘게 움직인다.

"난장판이네, 이거…."

얼마나 뛰어 놀았는지 태훈이 찍은 동영상은 쓸 수 없을 것 같다. 알아볼 수 없을 만큼 제 멋대로 흔들리고, 대형 스피커가 옆에 있던 탓에 모든 음악 소리가 끊겨서 들리는 거다.

「챔피언! 소리 지르는 네가! 챔피언! 음악에 미치는 네가…!」

"하하하하!"

갑작스런 태훈의 웃음소리, 사무실에 아무도 없었으니 망정이지, 누가 보면 미쳤다고 할 거다.

「싸이가 미국에서 챔피언을 부를 수 없는 이유?」

어느 날, 인터넷에 이런 제목의 글 하나가 올라왔다. 노래방에 놀러 간 남학생 둘이 신나게 싸이의 챔피언을 부르고 있었다. 소리 지르는 네가! 음악에 미치는 네가! 인생 즐기는 네가! 네가! 네가! 챔피언! 그런데 옆방에서 놀던 덩치 산만한 흑인 한 명이 벌컥 문을 열고 들어왔다. '니가(Nigga)'가 무슨 뜻인지 아는가? 두 남학생은 대답했다.

「means you….」

그리고 두 남학생은 흑인에게 따귀를 얻어맞았다고 한다.

"means you 맞잖아. 그럼 뭐라고 해야 하지?"

빈 사무실에 홀로 앉아 키득거리며 태훈은 생각해 본다. 'means you'라고 대답할 게 아니라 "The word 'niga' in Korean means the person one is talking to" 즉 '그것은 한국어로 상대방을 가리키는 말입니다.'라고 구체적으로 대답했더라면 좋았을 텐데…. 아니, 그게 아니다. 우리가 그들에게 맞춰줄 필요는 없다. 그렇게 한심한 짓을 할 필요가 없단 말이다. 몇 년 전, 하필 퇴근시간이라 피곤한 직장인들로 북적이는 버스 안에서 연세 지긋한 할아버지와 흑인 한 명이 말싸움을 벌였다. 음악을 들으며 흥얼거리는 흑인에게 할아버지는 이렇게 말했다. 'shut up!' 그리고 이어진 말다툼…. 이 사건으로 흑인과 할아버지는 경찰의 조사를 받아야 했다. shut up, 이것은 조용히 하라는 뜻이 맞다. 하지만 공공장소임을 감안해 조용히 해줄 것을 정중하게 요구하는 'can you be quiet?'와는 조금 다르다. 'shut up'은 우리말로 직역하면 '닥쳐!'라는 뜻이기 때문에 흑인의 입장에선 당연히 불쾌했을 것이다. 문제는 여기에서 끝나지 않았다. 불쾌함을 토로하는 흑인의 말을 알아듣지 못한 할아버지는 '네가 시끄럽게 떠들었잖아!'라며 소리쳤고, '네가'를 'nigga'로 알아들은 흑인은 순간 눈빛이 달라지며 할아버지에게 주먹을 휘둘렀다. 흑인은 안타깝게도 우리말을 잘 몰랐다. '네가'가 '내가'와 발음이 똑같아서 자연스럽게 '니가'라고 발음하는 한국인의 언어 습관을 그는 정말 몰랐다. 할아버지 역시 '니가'가 흑인을 비하하는 'nigga'와 발음이 똑같을 거란 사실을 전혀 알지 못했다. 한국은 영어권 국가가 아니다. 영어라면 진저리를 치는 사람이 수두룩하고, 자연스러운 영어 발음을 위해 혓바닥을 가르는 수술까지 마다하지 않는다. 미국인들은 그런 우리를 비웃고 있다. 혹시 그들은 우리가 그렇게까지 하는 이유를 알고 있을까? 오랫동안 외부 세계와 단절된 채 살아왔던 우리네 과거, 뒤늦게 세계화를 부르짖으며 좀 더 나은 삶을 살고 싶었던 우리를 그들은 모른다. 그들은 모든 걸 자신들의 기준으로만 생각한다. '네가'와 '니가'의 미세한 차이를 모르는 그들은 싸이의 챔피언도 자기들 방식으로 해석했고, 자기들이 그렇게 사랑해 주었는데 흑인을 비하하는 노래를 불렀다며 싸이를 비난했다. 비슷한 예 한 가지를 더 들어보자. 이번엔 중국의 이야기이다. 한 중국인이 미국에서 흑인과 대화하다가 '니거'라고 말하는 바람에 총살당했다. 중국어로 '니거那个'는 무언가 생각나지 않을 때 하는 말이다. 우리말에서 '음….' 또는 '어….'라거나 영어에서 'um….' 또는 'well….', 'err….'과 같다. 쉽게 말해 '어…. 그러니까….'라고 했다가 난데없이 총알 세례를 받은 것이다. 저런, '그러니까'에도 'nigga'와 비슷한 발음이 있으니 한국인들도 조심해야겠다. 모든 걸 자기들의 기준으로만 생각하는 그들…. 하지만 우리네 역사도 제대로 몰라 사회 문제가 되는 마당에 미국의 역사를 알 수 없고, 그렇기에 미국 땅에서 흑인들이 어떤 대접을 받으며 살아왔는지 알 수 없다.

미국인의 문화는 미국만의 것이다. 다른 나라 사람들이 모른다고 비웃어서는 안 되고, 탓해서도 안 된다. 미국에서 흑인들이 노예로 살았고, 그들이 얼마나 고통스러운 삶을 살았는지 우리는 정말 알 방도가 없으며 알 겨를도 없었다. 그들이 그렇게 사는 동안 우리도 우리 나름의 고통스런 삶을 살았단 말이다. 과연 우리가 우리를 버리고 그들만의 입장을 알아주어야 하는가. 반대로 그들은 우리의 입장을 얼마나 알아줄 것인가! 미국의 어느 유명 농구 선수가 북한의 김정은을 만나며 트위터에 '드디어 코리아에 간다. 여기에서 싸이를 만날 수 있을지도 모른다.'라고 썼다가 욕을 바가지로 얻어먹고 글을 삭제했는데, 우리를 모르는 그 농구 선수는 지금도 왜 욕을 먹었는지 이해하지 못할 것이다. 그런 식으로 따진다면 미국인들은 우리가 즐겨 부르는 '귀요미송'도 따라할 수 없다. 이 노래의 가사에 '난 네 거'가 있다. 쓰기로는 '네 거'이지만 발음상으로는 '니꺼'이기 때문에 그들이 자기네 방식으로 해석한다면 '난 깜둥이'가 되어버린다. 실제로 유튜브에 흑인 두 사람이 '귀요미송' 영상을 들여다보며 드러내는 각각의 반응이 올라와 있다. 인사말부터 우리의 말은 흑인들을 쓰러지게 한다. '안녕하세요.'까지는 괜찮다. 이것을 정중하게 '안녕하십니까.'라고 하면 인사도 나누기 전에 총살당할 판이다.

기왕에 얘기가 나왔으니 서로 다른 문화의 차이를 설명할 예 몇 가지 더 들어보자. BK 김병현이 보스턴 레드 삭스의 선수로서 미국 야구 무대에 섰던 어느 날, 각 팀의 선수를 소개하는 자리에서 지난 경기의 부진을 비난하며 야유하는 팬들을 향해 가운데 손가락을 치켜들었다. 미국에선 난리가 났다. 한국인은 가운데 손가락이 어떤 의미를 가졌는지 알고 있느냐며 묻기도 하고, 그저 손가락으로 모자의 챙을 치켜들었을 뿐이라며 애써 자위하기도 했다. 냉정하게 따져보자. 그날 김병현은 모자의 챙을 밀어 올리지 않았다. 야유하는 관중석을 향해 가운데 손가락을 아주 분명히 치켜들었다. 그들의 물음대로 한국인은 가운데 손가락이 무엇인지 잘 알고 있다. 단지 구체적인 의미는 모를 뿐이다. 미국에서 가운데 손가락은 남자의 성기를 뜻하고, 상대를 경멸할 때 쓰는, 그래서 당한 사람은 불쾌함에 어쩔 줄을 몰라 한다. 그런데 이것이 한국으로 넘어오면서 변질되었다. 욕설은 욕설이되 친한 사이에서도 아무렇게나 쓸 수 있는 욕설, 장난삼아 스스럼없이 가운데 손가락을 들어 올리고 서로 헤벌쭉 웃기까지 한다. 가운데 손가락 욕설은 미국만의 문화일 뿐 한국의 문화는 아니다. 한국의 손가락 욕설은 미국과 그 모양이 다르다. 주먹을 쥔 상태에서 가운데 손가락과 두 번째 손가락 사이에 엄지손가락을 끼워 넣고 상대에게 들어 보이면 그것은 섹스를 낮잡아 이르는 말이며, 이 욕설 뒤에 이어질 좋지 않은 상황들을 제대로 감내할 사람은 극히 드물다. 손가락을 올려 V를 그리는 것은 흔히 사진을 찍을 때 하는 행동이지만 영국에선 손등이 바깥으로 향했는지, 안쪽으로 향했는지, 그 위치에 따라 욕설과 사진 포즈의 의미가 달라진다. 프랑스와 전쟁을 하던 당시, 포로의 두 손가락을 자르는 고문을 했는데, 그렇게 고문하려던 포로를 어쩔 수 없이 놓아주어야 하는 상황이 간혹 있었나보다. 그 포로가 적국에게 자신은 멀쩡하다며 약 올리는 의미로 두 손가락을 들어 보인 것이 지금에 이르러 욕설이 된 것이다. 그러니 영국인과 사진을 찍을 땐 조심해야 한다. 또한 우리가 최고라며 들어 올리는 엄지손가락은 태국의 손가락 욕설이다. 말레이시아에선 손가락으로 상대를 가리키는 것 자체가 욕설이고, 이탈리아에선 전화 통화하듯 엄지손가락과 새끼손가락을 들어 올리면 욕설이다. 자, V자를 만들어 보라. 두 번째 손가락 위로 가운데 손가락을 올려 꽈배기처럼 꼬면 미국에선 행운을 상징하지만 베트남에선 욕설이 된다. 몇 가지 예를

더 들어봐야겠다. '싸이코'란 단어는 우리에게 '또라이', '정신병자'를 의미하지만 일본에서 '사이꼬さいこう'하면 최고라는 뜻이다. 강남스타일의 후속곡이 될 뻔했던 아싸라비아? 미국의 빌보드가 잘 알고 있듯 그 말은 한국인들이 즐겁고 신날 때 튀어나오는 비속어, 즉 흥분과 전율을 느낄 때 곧잘 쓰는 감탄사이다. 하지만 아랍으로 넘어가면 '애스 아라비아(ass arabia)가 되는데, 엉덩이를 뜻하는 아랍어 애스(ass)와 뒤에 붙는 아라비아(arabia)가 아랍인을 연상시켜 자칫 그들을 비하하는 말로 들릴 수 있다. 만일 강남스타일의 후속곡으로 젠틀맨이 아닌 아싸라비아를 선택했다면 미국은 물론 싸이까지 테러 대상이 되었을 거다. 언어의 장벽으로 서로 싸우지 않으려면 이 모든 정보를 다 알아야 하는 걸까? 젠장, 세계화는 멀고도 험하다.

"아, 맞아. 이건 어쩌지?"

문득 태훈이 머리를 긁적였다. 지금 보는 영상은 그가 직접 찍은 것이다. 싸이의 손에 소주병이 들려있다.

「미성년자들이 계신 걸로 알고 있습니다. 미리 말씀을 드리자면 건강에 좋지 않은 것입니다. 멀리하세요. 웬만하면 시작하지 마십시오.」

서론은 이렇게 시작되었다. 이 날의 무대에서 싸이가 소주를 먹어야 했던 이유, 이 자리에 있지 않았고, 사정도 알지 못하는 사람들은 소주를, 그것도 병째로 마셨다는 사실에 대해 분개했다.

「제 가족들과 작년 여름 공연인가, 약속을 했어요. 무대 위에서 다시는 소주를 먹지 않겠다고. 사실 여러분들은 즐거우시지만 저를 지켜보는 가족들은 걱정이 될 수도 있잖아요? 그래서 약속을 했고, 그 후로 웬만하면 무대에서 나발을 불지 않으려고…. (청불聽不) 이 무대, 이 자리, 이 관객, 이 상황…. 제 가수 인생이 끝날 때까지 다시 맞이할 수 있을지도 의문이고, 정말 너무 너무…. 그냥은 못 견디겠어요. 너무 좋아서 지금…. 응원 많이

해주셔서 감사하고요. 앞으로 어떤 결과가 있건 간에 열심히 해보겠습니다. 결과도 중요하고 숫자도 중요하지만…. 최고였던 적은 없지만 최선을 다하지 않은 적도 없었습니다. 열심히 하겠습니다. 이 아름다운 한국을 위하여…!」

그리고 벌컥벌컥 소주를 들이켜는 싸이, 많은 사람들에게서 박수갈채가 쏟아진다. 그런데 이게 왜 문제였을까? 싸이가 염려한 대로 이 자리엔 미성년자가 꽤 많았다. 퇴근길에 들른 직장인들을 제외하면 대부분은 가족 단위이거나 학교를 마치고 찾아온 교복 차림의 중고등학생들이었단 말이다. 아이들이 보는 앞에서 술을 마셨다고, 그것도 공연 중에, 다 비우지 않은 소주를 객석으로 뿌리기까지 했다고…. 이것을 가리켜 경솔한 행위라며 비난했던 사람들이 많았다. 멍청하기 짝이 없는 사람들이다. 이는 시대착오적인 발상이다.

그렇다면 한 가지 예를 들어보자. F1, 즉 포뮬러 원(Formula 1)이라는 그랑프리 대회가 있다. 월드컵, 올림픽에 이어 세계 3대 인기 스포츠로 평가받는 이것은 세계의 유명 선수들이 출전하고, 마니아층도 두터운 카레이싱 경기다. 이 대회의 우승자에게는 상금과 트로피가 주어지는 데, 또 한 가지 빼놓을 수 없는 것이 있다. 샴페인, 최고가 된 사람만이 터뜨릴 수 있는 그 샴페인 말이다. 샴페인은 축하주이다. 즐겁고 신나는 자리에서 절대 빠질 수 없는 샴페인으로 그들은 축배를 든다. 카레이싱 경기 뿐 아니라 골프 경기에서도, 아니, 대부분의 스포츠 경기에서 우승자들은 샴페인을 터뜨린다. 함께 즐거워하는 팬들, 이 팬들 사이에는 물론 아이가 있을 수 있다. 이쯤에서 한 가지 묻고 싶다. 함께 즐기자며 샴페인을 터뜨릴 때 아이의 눈을 가리는가? 샴페인은 당연하게 받아들이면서 소주는 왜 안 된다는 것일까? 외국의 술은 괜찮고, 우리의 술은 안 된다는 이런 사대주의적 발상은 누구의 머리에서 나왔다는 말일까?

싸이가 그날의 무대에서 무작정 소주를 마신 게 아니지 않은가! 미성년자에게 음주는 몸에 좋지 않다며 경고했고, 사전에 양해를 구했다. 싸이는 '강제 진출' 1년도 채 지나기 전에 강남스타일이라는 노래 한 곡으로 벌써 네 개의 기네스북에 이름을 올렸다. 유튜브 조회 수는 누구도 넘볼 수 없을 만큼의 숫자를 기록했고, 세계적으로 이름난 유명 인사들까지 싸이와 만나고 싶어 안달이 났다. 싸이 스스로도 이 상황을 믿을 수 없고, 이해할 수 없다고 말 할 정도였으니 기분이 좋다 못해 날아갈 지경이었을 거다. 너무나 행복하고 즐거운 순간! 자신을 응원해주는 사람들의 마음이 고마웠고, 그래서 북받치는 감정을 주체하지 못해 그만의 방식으로 기분을 표현했을 뿐이다. 그게 왜 문제란 말인가! 예술인이 보여주는 행위예술, 또는 '영원한 공연둥이'가 만드는 최대의 쇼라고 생각해줄 수 있지 않은가!

인터넷에는 그날 밤 '파문'이라는 단어로 싸이를 질타했으며, 보도 채널의 앵커는 생중계 도중 음주 장면이 보도되어 죄송하다고 사과했다. 샴페인을 마구 흔들어 터뜨리는 행위는 용납하고, 소주를 관객에 뿌리는 행위는 비난하는 이중성. 그렇다는 것은 그만큼 싸이를 모른다는 뜻이다. 싸이가 아니면 만들 수 없고, 그래서 모두가 즐겁게 뛰노는 자리에서 사회적 잣대를 들이댄다면 이는 꼰대적 발상이라고밖에 설명할 수 없다. 즐기지 못하고 지적만 할 거라면 두 번 다시 싸이의 공연엔 나타나지 말아주기를 간곡히 부탁드린다.

"그래도 애가 볼 건데…."

아차, 한 가지 잊은 게 있다. 태훈은 일반인이 아니다. 사회 정의를 구현하고, 모두가 바르게 나아가기 위해 노력하는 시민단체의 수장이다. 그리고 지금의 동영상은 이익을 목적으로 만드는 게 아니다. 시청 대상이 아홉 살

먹은 어린아이라는 것도 염두에 두어야 한다. 생각 같아선 싸이의 축배에 동참하고 싶지만 지석이에게는 맞지 않는다. 안타깝기 짝이 없는 이 순간, 태훈은 작업해 놓았던 영상의 일부를 삭제하고 말았다.

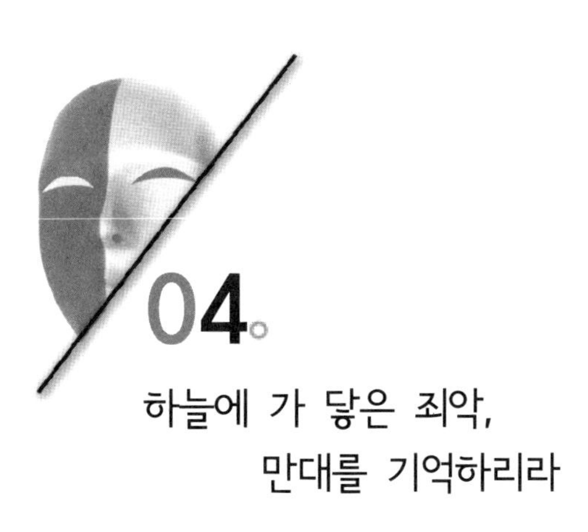

04.

하늘에 가 닿은 죄악, 만대를 기억하리라

취재진의 카메라가 바바가구 공장 이곳저곳을 비추고 있다. 오늘 밤 김 기자의 뉴스 보도를 위한 인서트 장면이다.

"여기는 부천의 바바가구 공장입니다. 이 지역에선 꽤 유명한 곳인데요. 오늘 우리가 이곳에 온 이유는 여전히 허술한 외국인 노동자 복지 문제를 이곳 공장의 모습과 비교하기 위해서입니다."

컷, 현장감독의 목소리에 김 기자가 마이크를 내렸다. 잠깐 쉬어갈 짬이 생긴 거다. 인터뷰 상대를 찾아보자고 속삭이는 현장 감독과 김 기자, 옆에서 카메라 감독은 연신 땀을 닦는다. 더운 날씨이지만 다시 바쁘게 움직이는 그들을 태훈이 멀리서 지켜보고 있다. 며칠 뒤면 바바가구와 벗이 만난 지 5년째가 되는데, 김 기자 일행의 방문은 자매결연 5주년을 기념하기 위해 태훈이 특별히 기획한 것이었다. 그간 피땀 흘려 노력해온 결과, 최근에는 외국인 노동자 근로환경 개선의 모범적인 사업장으로 지정되는 경사도 맞이했으니 5주년 이벤트로는 아주 훌륭했다.

"최용재 대표의 끈질긴 노력으로 이곳 노동자들은 불법 체류자 신분에서 벗어나 마음 놓고 일합니다. 노사 간의 갈등이란 이곳에선 결코 찾아볼 수 없는데요. 노동자를 가족으로 여기며 함께 어우러져 지내는 모습. 모든 사업장의 귀감이 되고 있습니다."

김 기자를 비추던 카메라가 작업장의 근로자들에게 향한다. 마침 이쪽으로 지게차 하나가 다가오고 있다. 모양이 반쯤 다듬어진 목재를 조심스럽게 운반하는 운전자, 잘 발달된 하관(下觀)이 동남아시아 지역에서 온 사람이라고 말해준다.

"안녕하세요! 조심하세요! 다친다!"

어색한 발음으로 외치는 남자의 목소리에 카메라 감독이 손을 흔들어 보였다. 안타깝지만 저 남자의 목소리는 편집될지도 모른다. 현장감독의 계획상 이 장면은 밝은 분위기의 음악으로 포장할 예정이다.

"안녕하세요? 덥지 않으세요?"

김 기자가 톱질하는 남자에게 마이크를 내밀었다. 짙은 눈썹에 커다란 눈, 까무잡잡한 피부. 그는 다름 아닌 캄보디아 사람이라고 최용재 사장이 전했다.

"난 괜찮아. 덥지 않아요. 캄보디아가 더 더워."

"한국말을 참 잘하네요. 공부 많이 하셨나 봐요?"

"응, 나 잘하지? 공부 많이 했어. 어렵지만 재미있어요."

한국인보다 더 한국인 같은 말투, 표정이나 억양도 자연스러워서 김 기자가 저도 모르게 키득키득 웃음을 터뜨렸다.

"웃지 마세요! 한국말은 안 웃겨!"

"와하하하하…!"

뭐가 그렇게 재미있다는 걸까? 평소에도 웃음이 많아 자주 지적을 받는 김 기자가 결국 그렇게 터지고 말았다.

“NG! 뭐하는 거야? 외국인이 우리말 하는 게 웃겨?”

“아, 죄송해요. 다시 갈게요.”

대학 선배이고, 직장 선배이기까지 한 현장감독의 호통에 김 기자가 웃음을 뚝 멈추었다.

“그러지 마요. 나 때문이야!”

“…?”

좋지 않은 분위기를 말리고 싶은 캄보디아 남자, 입이 한 움큼 튀어나와 투덜거리는 김 기자가 안쓰러웠던지 ‘파이팅!’하고 소리친다.

“저 사람 나쁜 사람이야? 내가 때려줄까?”

“아, 아니에요. 괜찮아요.”

난처한 얼굴이 되어버린 김 기자와 현장감독을 보고 웃는 건 카메라 감독뿐이다.

“다시 갑시다! 야, 너 이번에 또 웃으면 가만 안 둬! 알았어?”

“네, 선배….”

“자, 하이, 큐!”

단호하기 짝이 없는 현장감독의 사인, 바짝 군기가 잡힌 김 기자의 얼굴에서 이제 웃음기를 찾아볼 수 없다.

“캄보디아 사람이라고 했죠? 이름이 뭐예요?”

“루카, 루카라고 불러요.”

“루카, 멋진 이름이에요. 한국에 온 지는 얼마나 됐어요?”

“응, 4년. 4년이요.”

“일은 힘들지 않아요?”

“힘들어! 힘들어 죽겠어!”

벌컥 소리치는 루카, 하지만 만면에 웃음을 띠고 있어서 진심인 것 같지는 않았다. 지켜보던 최용재 사장이 재미있다는 듯 키들키들 웃음을 터뜨리고, 카메라감독과 현장감독, 심지어 조용히 지켜보던 태훈도 웃어대지만 김기자만 눈치를 보느라 못 웃고 있다.

"아니야. 사실은 안 힘들어. 사장 잘 해줘요. 그리고 캄보디아 가족 생각해도 안 힘들어."

"결혼은 하셨어요?"

"응, 나 아저씨야. 캄보디아에 마누라 님 있어요."

"마누라 님?"

"네, 마누라 님. 한국에선 존경하면 님 붙여. 루카는 내 마누라 존경해요."

"와! 멋있어요, 루카!"

"아니야, 내 마누라가 더 멋있어요. 그리고 사랑해요. 사랑하는 마누라 위해서 열심히 일하면 돈 많이 벌어."

어설펐지만 루카의 한국어 솜씨는 지난 4년 사이에 많이 늘었다. 억양도, 발음도 우리의 귀엔 어색하기 짝이 없는 캄보디아식 영어로 떠들던 시절과 비교하면 이는 한 마디로 장족의 발전이었다.

"자, 바바가구의 대표님을 모시고 얘기 나눠 보겠습니다. 어서 오세요, 최용재 사장님."

"예, 안녕하세요?"

"얼마 전에 상을 받으셨죠? 기분이 어떠세요?"

"외국인 노동자와 회사의 발전을 도모했다는 이유였는데, 부끄러워서 혼났어요."

"그간 어떤 일을 하셨는지 설명해 주시겠어요?"

"예전엔 우리 공장에도 불법 체류자가 많았어요. 하루가 멀다 하고 출입국 관리소 사람들이 나타나 우리 직원들을 잡아갔죠. 공장이 제대로 돌아가질 못하니 여러 가지로 문제가 생기더라고요."

"고생이 많았겠군요?"

"말도 마세요. 그날 이후 우리 공장에서는 불법 체류하던 직원들, 새로 입사한 직원들의 신분을 모두 정리했고요. 그 외의 여러 가지 문제들을 법적으로 아무 하자가 없도록 싹 처리했어요. 시간이 좀 걸렸다는 게 흠이지만…."

"과로로 쓰러지기도 했다면서요? 지금은 괜찮으세요?"

"병원 신세를 졌었지만 지금은 별 일 없습니다."

"혼자서는 힘드셨을 텐데…."

"안 그래도 도와준 사람이 있었어요. 제가 혼자 고생하는 걸 어떻게 알았는지 어느 날은 저 친구가 불쑥 찾아왔죠."

인터뷰를 시도할 생각인지 카메라가 태훈에게 다가온다. 두 눈이 대문짝만하게 커지는 태훈, 애초의 계획과 달라 당황스러운 기색이다.

"네, 시민 단체 벗의 대표 박태훈 씨를 모시고 잠깐 얘기를 나누겠습니다. 얼굴이 낯설지 않네요. 지난 번 짝퉁 가방을 제조하던 공장에서도 뵌 것 같은데, 맞나요?"

"아, 예…."

굳어있던 김 기자의 입가에 웃음이 걸려들었다. 이건 분명 장난 섞인 웃음이다. 김 기자 이 녀석, 임기응변에도 탁월해 방송을 진행하는 데엔 별 문제가 없지만 태훈으로서는 준비되지 않은 인터뷰라 곤혹스럽기 짝이 없다.

"다시 만나니 반갑습니다. 벗이 하는 일을 잠시 소개해 주시겠습니까?"

"예, 저희는 사회 정의를 구현하고…. 어…. 그러니까…. 모두가 바르게 살아가는 세상을 만들기 위해 노력하는 시민단체입니다. 모두 함께 친구가 되자는 의미로…. 어…. 그래서 벗이라는 이름을 붙였는데요…. 외국인 노동자의 참살이 뿐 아니라…. 어…. 그리고 독거노인, 다문화가정, 장애인 등등 사회 약자로 분류되는 사람들을 도와주며….”

“컷!”

느닷없이 현장감독의 목소리가 튀어나왔다. 꿈결에서 막 깨어난 사람처럼 태훈은 혼몽한 얼굴이다.

“태훈씨, 인터뷰 처음 해요? 좀 웃어 봐요!”

“…….”

김 기자 녀석과 수없이 만나왔지만 인터뷰는 정말 처음이다. 미리 귀띔이라도 해주지. 갑작스런 인터뷰에 긴장해버렸다. 보나마나 잔뜩 얼어버린 표정이었을 거다. 이 모습이 전국에 방송되면 모두가 날 비웃을지도 모른다. 김 기자야, 제발 편집해라. 그렇지 않으면 정의의 이름으로 널 용서하지 않겠다!

“어…?”

얼굴에 미소가 되돌아 온 김 기자, 중단되었던 최용재 사장과의 인터뷰를 이어가다 말고 문득 고개를 갸우뚱 비틀었다.

“최용재 사장님, 저 사람들 좀 보세요. 지금 뭘 하는 거죠?”

“…?”

김 기자가 가리킨 곳에 진지한 표정의 네 남자가 서 있다. 눈에 익지 않은 이국적인 옷차림. 인터넷 서핑과 TV 시청으로 얻은 별 볼일 없는 지식으로 따져보자면, 저들의 복장은 마치 사막 한 가운데에서 만난 낙타 위의 아랍 사람과 비슷하다. 한국에선 특정지역에나 가야 볼 수 있는 그런 옷차림이었다.

“아, 무슬림들이에요. 지금은 기도 시간이군요.”

"무슬림이라고요?

손목시계를 들여다보던 최용재 사장, 정오기도 시간이라고 중얼거리며 씨익 웃었다.

"저기 저 잘생긴 남자는 말레이시아 사람인데, 이맘이에요."

"이맘? 그게 뭐죠?"

"음, 그러니까…. '와지프'라고 하는 이슬람 식 예배를 인도하는 사람이에요. 목사나 신부 같은 사람이죠."

"아, 이맘…. 와지프…."

"와지프는 코란에 적힌 무슬림의 5대 의무 중의 하나라나 봐요. 절대 빼놓을 수 없는 신성한 의식이죠."

"사장님은 종교가 그쪽이신가 봐요? 잘 아시는데요?"

"아뇨, 그렇지 않아요. 이슬람과는 전혀 관계가 없고, 무교론자거든요. 잘 몰랐기 때문이겠지만 한동안 저 사람들과 다툼이 잦았어요."

"어느 정도였죠? 이슬람 문화를 잘 모르는 분들을 위해 설명 부탁드릴게요."

"무슬림들은 하루에 다섯 번씩 기도를 해요. 그러다 보면 근무 중에 기도해야 하는 상황도 닥치게 되죠. 그걸 전혀 몰랐던 저로서는 '일하기 싫어서 저러나?'하고 생각했다니까요."

"그럴 만도 하겠어요. 무슬림의 기도 모습은 저도 처음 봅니다."

네 명의 무슬림만큼이나 진지한 얼굴로 고개를 끄덕이는 최용재 사장, 옆에 놓인 물그릇을 가리키며 김 기자에게 다시 속삭인다.

"저 친구들은 기도 전에 몸을 닦아요. '우두'라고 하는데, 청결하지 않은 상태에서의 기도는 하나마나라더군요. 그래서 요즘은 저 친구들 기도할 때 되면 제가 물을 떠다 줍니다."무슬림의 기도 법은 복잡하다. 별 게 아닌 듯 보이는 이 세정식에서부터 질서가 있다. 손과 팔뚝으로 시작하여 입속과 코, 얼굴과 머리를 지나 목과 발의 순서로 세 번씩 닦아야 한다. 인터넷 정보에 의하면 사막 한 가운데에 있거나 여행 중이어서 물을 구할 수 없을 땐 씻는 시늉이라도 해야 한다니, 그만큼 무슬림의 기도는 엄숙하게 진행된다.

"기자님, 이슬람교의 신 알라는 곧 하나님인데요. 기독교와 어떤 차이가 있는지 혹시 아세요?"

"글쎄요. 잘 모르겠습니다."

뉴스 시청자들과 더 많은 지식을 공유하기 위해 끊임없이 공부해야 한다고 생각하는 김 기자, 심각한 그의 얼굴을 보고 최용재 사장이 씨익 웃었다.

"기자님은 집에 혹시 성경책이 있나요?"

"아, 예. 하지만 제가 나일론 신자라…."

"어이쿠, 저런…!"

성경책을 펴들고 창세기 25장을 살펴보자. 제 할 일을 모두 마치고 아브라함은 175세에 세상을 떠났다. 그는 많은 후손을 남겼는데, 그 중 이스마엘과 이삭, 이들의 문제는 아직도 많은 이들에 의해 회자되고 있다. 아브라함의 장자는 대체 누구인가. 하나님이 약속한 자녀는 다름 아닌 이삭, 그러나 14년 전에 이미 아브라함은 이집트 출신의 첩에게서 이스마엘을 얻었다. 아무리 배다른 자식이라고 해도 열 손가락 깨물어 아프지 않은 손가락이 없었을 텐데…. 장자권이라는 게 대체 무엇이기에 후손들을 이토록 심란하게 하는가. 이삭의 후손인 이스라엘 민족과 이스마엘의 후손인 이슬람 민족의 갈등은 몇 천 년이 지나도록 좀처럼 해결될 기미가 보이질 않는다. 그들에겐 미안하지만 제3자인 무교도의 눈으로 보기에 이 싸움은 더 이상 무의미한 것 같다. 믿음, 소망, 사랑 중에 그 중 제일은 사랑이라던 그 말씀처럼 본처의 자식이든 첩의 자식이든 하나님은 모두를 사랑했을 것이다. 예수 그리스도를 메시아라고 가르치는 성경과 예수 그리스도를 선지자라고 가르치는 코란. 야훼와 알라라고 하는 호칭만 다를 뿐 결국 한 핏줄인데, 어째서 그렇게 많은 사람이 죽어야 하는가.

2011년, 이집트에서 호스니 무바라크 대통령의 퇴진을 요구하는 반정부 시위가 계속되던 어느 날이었다. 시위 도중 무슬림들의 기도 시간이 있었던가 보다. 경건하고 엄숙한 분위기, 간절하게 기도하는 형제들을 지켜주기 위해 기독교 신자들이 서로의 손을 잡고 원을 만들어 그들을 둘러쌌더라는 이야기가 한 장의 사진과 함께 인터넷을 돌아다닌 적이 있었다. 눈물이 날 만큼 아름다운 광경이다. 이집트가 대체 어떤 나라인가. 이삭과 이스마엘의 장자권 투쟁, 이 싸움이 후손들에게도 영향을 끼쳐 홍해를 가르는 모세의 기적으로 이스라엘 민족이 그들만의 세상을 찾아 떠나기까지 약 4백 년 동안이나 고달프게 살아야 했던 바로 그곳이 아니던가. 소통은 서로를 이해하는 마음에서부터 시작된다. 서로가 다르다며 벽을 쌓아서도 안 되고, 평가를 달리 해서도 안 된다. 성경이나 코란이나 하나님의 말씀을 전하는 건 매한가지다. 그들의 신은 오직 하나뿐이거늘, 스스로 벽을 쌓는 몇몇 무리에 의해 너무나 많은 것들이 무너져 간다. 코란을 소각한 미국의 어느 미친 목사, 사이비 종교 집단의 목사이며 그의 딸마저도 제 아버지가 미쳤다고 할 정도였으니 더 이상 할 말이 없다. 신성한 경전인 코란이 소각되어 안타깝고 유감스럽지만 부디 딱 한 번만 눈감아 달라고 무슬림들에게 부탁하고 싶다. 한국 속담에 미친놈은 제가 미쳤다고 말하지 않고, 미친놈과 어울리면 그 역시 미친놈이 되고 만다.

"기자님, 키블라가 뭔지 아세요?"

"키블라? 그게 뭐죠?"

"무슬림의 기도 법에서 가장 중요한 건데 말이죠."

최용재 사장의 시선을 따라 카메라도 네 명의 무슬림을 비춘다. 그들은 지금 어딘가를 향해 큰절을 하고 있다. 그 모습이 어찌나 경건해 보이던지 대화를 나누는 그들 스스로 목소리를 낮추는 등 조심스러워 했다.

"예배드리는 방향을 말해요."

"방향? 그게 왜 중요하죠?"

"전 세계 무슬림들의 통합을 의미하니까요. 지금 저 친구들의 머리가 향한 쪽으로 주욱 직진하면 사우디아라비아의 메카라는 도시가 나와요. 이슬람의 발상지이죠."

"아…!"

전혀 몰랐던 사실 한 가지를 배웠다. 이슬람교도만이 이해할 수 있는 그들의 예법, 이렇듯 최용재 사장은 쉽지 않은 그들의 문화를 이해하고 받아들이기까지 꽤 많은 시간과 노력이 필요했을 거다. 이미 알고 있었지만 태훈은 오늘 또 한 번 최용재 사장이 존경스러워 보였다.

"이 공장의 이름은 바바가구입니다. 'Ba'는 베트남 어로 숫자 3을 가리키는데요. 이곳에서 만든 수납장의 손잡이 모양이 모두 숫자 3의 형태를 띠고 있기 때문입니다. 우리와 다른 문화를 이해하는 데에서 시작되는 다문화 사회. 모두 함께 어우러져 살아가는 사회라고 할 수 있을 것 같습니다. 각자 다른 얼굴로 각자 다른 문화, 이해하고 포용하기 위해 노력하는 최용재 대표의 노력이 지금의 결실을 이루었습니다. 이상 부천 바바가구에서…."

"어? 응안 씨! 응안 티 응아이!"

지석이의 엄마가 나타났다. 반가운 마음에 왈칵 소리친 태훈, 김 기자의 리포트가 아직 끝나지 않은 상황이어서 집중하던 현장감독이 화들짝 놀라 꽥, 소리쳤다. 두 친구가 돌아가며 NG를 내버린 꼴이다.

"아, 태훈아, 나 때문에 NG 났어요?"

"아뇨, 괜찮아요."

사과 한 마디 없이 배시시 웃는 두 사람을 현장감독이 무섭게 노려본다. 누가 보면 삼각관계라고 오해할 만한 그림이다.

"다음 주 일요일에 시간 되요?"

"다음 주 일요일? 얼마 안 남았어요."

"네, 그날 우리 사무실 옆 시청각실에서 다문화 동화 구연 놀이가 있어요. 응안 씨가 베트남 대표로 나와 주세요."

"와! 재미있겠다!"

"그렇죠? 그럼 다음 주 일요일에…."

응아이의 얼굴에 활짝 웃음꽃이 피어난다. 지석이를 데려가도 되느냐고 묻는 그녀, 이제 보니 지석이가 엄마의 미소를 쏙 빼닮은 것 같았다.

말쑥한 정장 차림의 한 남자가 택시에서 내려 고층 건물을 올려다본다. 며칠 만에 다시 찾은 이곳, 우리나라에서 다섯 손가락 안에 든다는 유명 대기업의 사옥이다.

"후우…!"

건물의 거대한 높이에 압도되어서일까? 태진은 답답한 한숨을 쏟아내고 만다. 그는 오늘 이곳에서 3차 면접을 볼 예정이다.

"면접 응시자 대기 장소, 11층…."

로비 한 구석에 임시로 붙여놓은 종이의 글씨를 중얼거리는 태진, 먹구름 낀 오늘의 날씨처럼 목소리에도 영 힘이 없다. 의기소침한 표정과 기운 없는 눈동자…. 유리창에 제 몰골을 비춰보다 그는 절레절레 고개를 흔들었다. 이런 한심한 꼴로는 면접에 통과할 수 없다. 미소라도 지어야 할 텐데…. 지금까지 있었던 모든 입사 면접에서 떨어진 이유는 이 무표정한 얼굴 때문일 거다. 내 표정은 내가 봐도 무섭다.

"에이, 뭐야…?"

가는 날이 장날이라고, 네 대씩 횡으로 서서 마주 보는 여덟 대의 승강기 모두 로비로부터 꽤 먼 곳에 있다. 그 중 가장 가까운 승강기는 지금 8층에서 하강중이다.

"하아…!"

"…?"

승강기에 올라 11층 버튼을 누르는데, 문득 누군가의 한숨 소리가 들려온다. 앳된 얼굴에 화장품을 덕지덕지 펴 바른 여자, 까만 정장이 어색하기 짝이 없는 아가씨였다. 11층 버튼에만 불이 들어와 있는 걸로 보아 그녀 역시 태진처럼 면접 응시자인 모양이다. 그렇다면 대단하다. 이미 1차 서류심사에 통과하고, 2차 필기시험에도 좋은 성적을 거두었다는 뜻이니까. 극도의 긴장으로 얼굴이 하얗게 질려버린 그녀, 교복 치마를 둘러 입고 친구들과 수다를 떨어야 할 이 시간에 난생 처음 보는 사람들과 면접을 보게 되었으니 가슴이 두방망이질 치는 건 당연할 거다. 나도 그랬다. 대학을 막 졸업하고 처음으로 보게 된 면접에서 나는 너무나 긴장한 나머지 면접관 앞에서 그만 실신하고 말았다.

「그 면접관이 널 병원에 데려다 놓았더라. 넌 사내새끼가 왜 그 모양이니?」

한심한 얼굴로 소리치던 공 여사의 한 마디, 서른 살을 훌쩍 넘기고도 취업에 실패해서 이렇게 허덕거릴 줄 알았다면 그때 그 순간 절대 쓰러지지 않았을 거다.

「11층입니다.」

덜커덩, 고속으로 상승하던 승강기가 드디어 두 쪽의 아가리를 벌렸다. 1

1층에서 함께 내린 사람은 태진과 꼬마 아가씨를 포함해 총 네 명이다.

"후우…!"

눈앞의 광경에 태훈은 재차 한숨을 쏟아낸다. 면접장 앞 복도에서 서성이는 사람들, 약 스무 명쯤 되어 보이는 이들 모두 이 회사의 까다로운 입사시험에 두 번이나 합격한 인재들이다. 수천 명의 경쟁자를 물리쳤지만 아직 세 번째 과정이 남았고, 그래서 결과를 장담할 수 없기에 다들 초조하고 불안한 기색이었다. 태진도 마찬가지다. 그간 대기업과 중소기업을 가리지 않고 자신의 능력과 조건에 맞춰 이력서를 넣은 끝에 벌써 여러 번의 시험을 치렀다. 다른 이들보다 경험이 풍부하고, 그래서 무덤덤하게 이 순간을 넘길 만도 한데, 여전히 그는 면접장의 숨 막히는 분위기에 적응하지 못한 채다. 면접시험은 언제나 사람을 긴장하게 만든다.

"1번부터 5번까지 들어오세요!"

사전에 공지했던 면접 시간이 되었을 때, 한 여자가 사무실 밖으로 나와 소리쳤다. 응시자들 사이에서 잠시 소란이 인다. 제 면접 순서를 확인하는 사람들, 긴장감을 이기지 못하고 화장실로 달음박질치거나 멍하니 허공을 내다보는 사람도 있다. 태진은 방금 면접장으로 들어간 사람이 앉았던 소파 위에 엉덩이를 묻었다. 17번, 다섯 명이 한 조가 되어 면접을 진행한다고 했으니 태진은 네 번째 순서일 것이다.

「카톡~!」

"…?"

안주머니에 넣어놓았던 스마트폰이 방정맞게 속삭였다. 눈치 없는 스마트폰 같으니, 면접장에 들어갈 땐 꺼두어야겠다.

「아들!면접잘보고와! 태훈이문제는신경쓰지말고. 알았지?」

띄어쓰기 없이 다닥다닥 들러붙은 글씨들, 다름 아닌 공 여사가 보낸 메시지였다. 스마트폰 조작법이 어렵다고, 며칠 전만 해도 예전에 썼던 폴더형 휴대폰으로 바꿔달라며 투정부린 엄마였다. 남들보다 뒤떨어져 살면 안 된다고 몇 번 잔소리를 늘어놓았더니, 어느 순간부터 가르쳐 주지 않은 카카오 톡과 카카오 스토리 어플을 알아서 다운 받고, 오늘 아침엔 느닷없는 친구신청까지 걸어왔다. 이제 메시지 보내는 법도 터득한 걸 보면 드디어 엄마의 특기가 발동한 것 같다. 안 되면 될 때까지! 나는 멍청하지 않다고 스스로에게 늘 야단치는 엄마의 오기가 이루어낸 결과였다. 아들에게 좀 더 가까이 다가가고 싶은 엄마의 의지와 노력에 감격하여 태진은 그제야 얼굴 가득 미소 지었다. 정말 오랜만에 웃어본다. 이 기분이라면 면접에 합격하고도 남을 것 같다.

"6번부터 10번까지 들어오세요!"

"후우…!"

채 오래 가지 못하고 쏟아진 한숨소리, 공 여사는 스마트폰에 적응하면 인터넷 사용 방법부터 배우겠다고 했다. 인터넷 세상에 돌아다니는 둘째 아들의 이야기가 궁금한 거였다. 정신 건강에 좋지 않다는 자극적인 표현으로 충고해봤지만 소용없다. 어차피 엄마는 인터넷이 아니어도 아들에 대한 정보를 어디서든 알아낼 수 있으니까. 친구들과 모이면 둘째 아들과 관련된 고민거리부터 늘어놓는 엄마, 내 문제는 다음이다. 동생의 행보가 나에게까지 영향을 준다는 사실을 엄마는 나보다 훨씬 심각하게 받아들이고 있다.

"11번부터 15번까지 들어오세요!"

별로 궁금하지 않았던 인터넷 정보를 성의 없이 읽어 내려가던 그때, 아까 그 여자가 도로 나와 소리쳤다. 이제 정말 얼마 남지 않았다. 태진은 조용히 스마트폰의 전원을 끈다. 머릿속이 복잡해지고, 준비했던 예상 질문과 답변들이 기억나지 않는다. 긴장하지 말자며 수없이 되뇌었지만 제멋대로 콩닥거리는 심장을 잡을 길이 없다. 이러다 작년 이맘때처럼 면접장에서 뛰쳐나가는 건 아닌지 모르겠다.

"16번부터 20번까지 들어오세요!"

드디어 때가 왔다. 여기저기에서 각자의 방식으로 긴장을 해소하던 응시자들이 느릿느릿 응시 번호 순서대로 줄을 선다. 문득 태진은 아까 로비에서 만났던 꼬마 아가씨가 바로 뒤에 있다는 걸 알아챘다. 핏기 없는 얼굴, 손은 땀에 차서 반질거리고, 스커트 아래의 다리는 괴물과 마주친 만화 영화 캐릭터처럼 오들오들 떨어댄다. 잠깐이었지만 태진은 이 작고 어린 영혼을 품안에 감싸주고픈 충동이 일었다. 별거 아닐 테니 걱정하지 말라며 위로해주고, 아직 젖살도 빠지지 않은 오동통한 볼 살을 꼬집으며 키스라도 남겨주어야겠다는 생각…. 아, 아니, 그게 아니다. 이건 말도 안 된다. 절대 있을 수 없고, 있어서도 안 되는 막장 드라마다. 어쩜 이리도 중요한 순간에 한가롭기 짝이 없는 상상을 한단 말일까? 면접 경험이 많다는 이유로 이런 식의 여유를 부린다면 그건 오만이다.

"어서들 오세요. 번호 순서대로 앉아봅시다."

서글서글한 눈매의 노신사가 웃으며 응시자들을 반겨준다. 아니다. 목소리에 아무런 억양도 느껴지지 않았던 걸로 보아 그는 웃고 있지 않았다. 가만히 있어도 웃는 표정, 저런 얼굴을 바로 '웃상'이라고 하나보다.

"어디 봅시다. 이 팀은 연령대가 들쭉날쭉하네? 10대부터 30대까지 골고루 들어왔어."

옆 자리에 앉은 여자 면접관이 킥, 하고 웃음을 터뜨렸다. 별로 재미있지 않은 상관의 농담을 눈치껏 받아주는 그녀, 사회생활을 꽤 오래 한 모양이다.

"응? 고3 졸업반이라고? 잘 하는 게 뭐예요?"

웃상 할아버지의 물음에 꼬마 아가씨가 웃었다. 제 생각만큼 제어되지 않는 억지 미소, 하지만 녀석의 대답은 의외로 명쾌하다.

"외국어를 잘 합니다."

"외국어? 어떤 거?"

"뭘 원하십니까?"

"…?"

면접관들의 표정이 애매해졌다. 요런 맹랑한 꼬마를 봤나, 웃상 할아버지는 그렇게 말하고 싶은 눈치였다.

"할 수 있는 게 많은가 봐요? 어디 다 들어봅시다."

"영어는 누구나 다 하니까 빼고요. 일어, 중국어, 불어, 스페인어 하겠습니다."

내 이름은 김태희, 배우보다 못생겨서 죄송하다. 하지만 앞으로 배우보다 멋진 커리어 우먼이 되고 싶다. 그러니 회사가 날 도와 달라. 그렇게만 해준다면 나도 이 회사를 위해 성심성의껏 달려보겠다!

"허허허허…!"

웃상 할아버지가 웃었다. 애초부터 웃는 표정이어서 속내를 알 수 없었던 그가 대놓고 박장대소하는 거다. 여자의 적은 여자라고 했던가? 옆에 앉은 여자 면접관의 얼굴은 더 기가 막히다. 이 깜찍한 녀석을 아예 깨물어주고 싶은 표정이었다.

"허허, 제법인데? 아주 잘했어요."

"고맙습니다. 연습 많이 했어요."

하며 배시시 웃는 그녀, 영락없는 여고생의 모습이다. 순진한 얼굴 뒤에 감춘 대범한 자신감이라니, 면접관들 모두 녀석에게 깜빡 속아 넘어갔지만 응시자들은 마냥 웃을 수 없다. 손쉬운 상대일 거라 믿었던 꼬맹이가 얼굴을 뒤바꾸는 중국의 변검술처럼 순식간에 제 모습을 바꿔버리니 망치로 얻어맞은 듯 얼얼하다. 뭔지 모를 패배감으로 온몸의 힘이 쏙 빠져버린 태진, 꽃뱀에게 물린 주책없는 아저씨의 표정 같다. 그런데 웃기는 건 그녀가 구사한 이 모든 외국어를, 그것도 실수로 잘못 선택한 단어 하나하나까지 모두 알아들었다는 사실이다. 그 정도 간단한 인사말은 나도 할 줄 안다. 집구석에 처박혀 게임만 해댔다고 날 능력 없는 인간으로 생각했다면 섭섭하다.

"거참 재미있는 아가씨로구먼. 그 정도 능력이면 대학에 가거나 유학을 가야지, 왜 취업을 선택했어요?"

"대학을 가든 유학을 가든 어차피 졸업 후엔 취업해야 하잖아요."

"그렇지."

"남들보다 먼저 사회를 경험하고, 남들보다 한 발 앞서 꿈을 이룬다면 그것보다 성공한 인생은 없을 거라 생각합니다."

다시 한 번 웃상 할아버지의 박수소리가 면접장을 뒤흔든다. 인터넷 용어로 멘탈 붕괴, 태진과 나머지 응시자들의 표정이 딱 그러하다. 어쩌면 10대 꼬마보다 못할지도 모른다는 자괴감, 한 칸짜리 화장지로 바퀴벌레 몸뚱이를 눌러 터뜨린 뒤에 발견하는 괴이한 표정. 더 보지 않아도 알겠다. 이 아가씨는 합격이다.

"…진씨?"

"……."

"박태진 씨, 대답 안 하고 뭐하세요?"

"아, 예…!"

여자 면접관의 목소리에 뒤늦게 반응하는 태진, 실수를 눈치 채고 앉은 자세를 고쳤지만 이미 늦었다.

"죄송합니다. 긴장해서 그만…."

"네, 그러세요?"

"……."

뿔테 안경 너머로 쳐다보던 여자의 눈길이 오래지 않아 태진의 이력서와 자기소개서로 옮겨간다. 웃상 할아버지는 맹랑한 꼬마 아가씨에게 홀딱 빠져 이쪽은 관심도 없다.

"이력서가 허전하네요. 직장 생활을 많이 안 해보셨나 봐요?"

"대학 졸업하고 잠깐 했던 경험은 있지만 이력서에 쓸 만큼 긴 시간은 아니었습니다."

"그러시군요. 능력이 아깝네요."

"……."

찬물을 끼얹은 듯 분위기가 싸늘하다. 어쩜 이렇게 꼬마 녀석과 다른 반응을 보일 수 있을까? 나 역시 모두가 알아주는 유명 대기업에서 면접시험을 치를 만큼 뛰어난 능력자인데…. 하지만 장롱 속에 처박아둔 운전면허증은 시간이 지나면 아무 짝에도 쓸모없는 휴지 조각이 되고 만다. 태진은 당돌한 꼬마의 능력을 체험한 순간 장롱 속 휴지 조각은커녕 반지하 월세 방 구석진 곳의 곰팡이보다 못한 신세로 전락했다고 생각했다. 왜 나는 그동안 저 꼬마 녀석처럼 당당히 세상에 나서질 못했을까?

"자기 소개서를 보니 본인 자랑보다 가족 자랑을 더 많이 했군요. 동생이 시민 단체 벗에 있어요?"

"그렇습니다."

"거기…. 평판이 별로 안 좋던데…. 박태진 씨, 일베가 뭔지 알죠?"

"……."

또 시작이다. 자랑스럽게 적어 내려갔던 자기 소개서의 내용에 꼬투리를 잡는 면접관, 예전에 그랬듯 태진은 이번에도 굳어버린 입술 위에 억지 미소를 그려낸다. 생각해 보니 내 얼굴에서 미소가 사라진 이유는 바로 그것 때문인 것 같다. 벗, 내 과거사에 한 획을 그은 한 마디.

"박태진 씨, 어디서 많이 본 얼굴이라고 생각했는데, 예전에 동생 분과 방송 출연을 하신 적이 있죠?"

"네…."

"지금도 시민 단체 활동을 하십니까?"

"아뇨, 하지 않습니다. 처음부터 하지 않았습니다."

"왜죠?"

"저는 동생의 서포터였을 뿐입니다. 방송 출연은 사회에 봉사하는 동생과 동생이 자랑스러운 저의 우애를 보여주고 싶었기 때문입니다. 그게 벗의 슬로건이기도 했으니까요."

"사회를 위해 많은 일을 하는 건 좋은데, 간섭해선 안 될 일에도 끼어든다는 게 가장 큰 문제겠죠. 그러니 일베 소리를 듣는 거고요."

"제 동생은 일베가 아닙니다. 그건 아마 인터넷 악플러들의 조작일 거예요."

"예, 저도 그랬으면 좋겠네요."

태진에게 흥미를 잃은 그녀, 더 이상 눈도 마주치지 않는다. 일베? 일베라고? 도대체 이 여자는 내 동생의 시민단체를 무엇으로 생각하는 걸까? 일베라면 '일간 베스트 저장소'의 약자로 네티즌들 사이에서 그다지 좋은 평가를 받지 못하는 사이트이다. 이 사이트는 원래 특정 웹사이트의 재미난 게시물을 모아놓는, 그저 심심한 사람들의 놀이 공간에 불과했다. 그런데 언제부터인가 정치적이거나 사회적으로 비이성적인, 자극적인 이야기들로 지저분해지기 시작하더니 지금은 국민의 기본적인 정치 성향과 무관한 사이트로 변질되었다. 정상적이고 이성적인 사고와 비판이 아닌 자극적이거나 폭력적인 인신공격, 욕설, 밑도 끝도 없는 비방 등으로 채워가는 거다. 이를테면 박정희, 전두환 전 대통령을 향한 맹목적인 관심이 바로 그것이다. 두 전 대통령을 찬양하는 몇몇 무리의 선동으로 김대중, 노무현 대통령의 인신공격과 비난 및 욕설이 끊이질 않고 있다. 전라도와 경상도의 지역감정 부추기기는 이미 도를 넘어섰고, 5.18 광주민주화운동은 정치적 배경과 관계없이 폭동으로 규정한다. 강간이나 가정 폭력 등의 자극적인 게시물은 폭발적인 인기를 누리면서 여성을 남성의 성적 노리개로 비하하는 등 언어폭력의 수위가 도를 넘어선 상태다. 정치와 이념이 만들어낸 어른들의 싸움이 과거를 알 리 없는 학생들에게까지 영향을 끼쳐 잘못된 역사관을 심어주고 사회적 문제로까지 야기되어 당연히 단죄해야 함에도 불구하고 표현의 자유를 침해한다는 일부의 주장에 가로막혀 불가능한 실정이다. 그런데 요즘 인터넷으로 일베의 기준을 검색해 보면 일반적인 국민의 입장과 다르거나 네티즌의 시선을 끌기 위해 만든 자극적이고 폭력적인 게시물, 또는 말 한마디 잘못해서 사회적 이슈가 되는 유명인의 경우에도 일베로 싸잡아 비난하는 사태가 벌어지고 있다. 일베가 만들어낸 또 다른 일베, 표현의 자유를 들먹이면서 그 표현의 자유를 억압하는 이중성이라니…! 모습을 드러내지 않은 전혀 새로운 인격 형태가 잘잘못을 구분하지 못하고 엉뚱한 상상만을 키워낸다. 벗의 경우, 호불호가 너무나 명확하게 갈려서 한번 적이 생기면 걷잡을 수 없는 상황으로 이어질 때가 있다. 인터넷 여기저기를 돌아다니며 벗의 악의적인 비방을 일삼는 사람들, 대부분 벗에서 함께 활동하던 회원들이 서로간의 마찰에 의해 탈퇴한 이들이었다. 그들이 사실이 아닌 이야기를 인터넷에 퍼뜨리고, 사실이어도 일부 사실이 아닌 이야기를 새로 꾸며내 진실과 거짓을 구분할 수 없는 지경으로 만들거나, 내부의 문제로서 드러나지 않았던 이야기를 의도적으로 인터넷에 퍼 나른 경우이다. 벗에 가장 많은 기부금을 납부하던 유명 대학 교수의 학력 위조 사건은 애교로 넘어가더라도 과거 운동권 출신이었다는 몇몇 회원들이 선거철만 되면 불쑥 나타나 선동 질을 일삼는 바람에 벗을 모르는 사람들 사이에선 박태훈이란 이름과 벗을 옳지 않은 문제들을 상징하는 단어로 사용하는 지경에 이르렀다. 지상파 방송 뉴스에까지 보도되었던 일부 회원들과 어느 장애인 복지 단체의 장애수당 가로채기 사건은 태훈이 녀석과 친한 김 기자의 발 빠른 조사와 보도가 아니었으면 대형 사건으로 번질 수도 있었다.

벗은 이제 안정적인 궤도에 올라 본래의 목적을 실현해나가고 있다. 하지만 과거의 상처가 흉터로 남아 속사정을 모르는 사람들은 여전히 벗을 불량한 시민단체로 인식하고, 더 나아가 일베로 싸잡아 비난한다. 그런데 나는 어째서 내가 활동하지도 않고, 나와 관계도 없는 문제에 시달려야만 할까? 벗의 대표 박태훈이 내 동생이기 때문이다. 법조차도 이제 무시하는 연좌제를 들먹이며 악플러와 그들에게 세뇌된 사람들은 오늘도 벗의 그릇된 이미지만 들추어내고 있다. 내 동생이 자랑스러운 나는 이번에도 명확하지 않은 세상의 기준에 휘둘려 좌절하려나보다. 현실과 너무나 다른 인터넷 세상을 헤매고 다니며 공 여사는 일베를 벗을 비난하는 단어로 착각하여 불안해한다. 도대체 누구의 잘못인가. 이제는 제대로 된 진실을 밝혀야 하지 않은가. 도대체 나는 언제까지 면접장을 돌아다니며 불안에 떨어야 한단 말인가!

"저, 더 이상 저에게 하실 질문 없으십니까? 준비 많이 했는데…."

"네, 없습니다."

에누리 없이 단칼에 잘라버리는 저 날카로운 목소리를 누가 이겨낼 수 있을까. 아직 긴장한 얼굴로 꼼짝없이 앉아있는 다른 응시자들에게 고개를 돌린 뿔테 안경의 여자와 꼬마 아가씨의 자신감 넘치는 미소에 반한 웃상 할아버지. 아무도 봐주지 않는 공간에 홀로 떨어져 태진은 외로웠다.

점심 식사를 마친 뒤 사무실로 돌아가는 길이다. 선우는 다음 주에 있을 다문화 동화 구연 놀이 프로그램 구상과 행사에 참여할 유치원을 섭외하느라 바쁘고, 태훈은 오후 늦게 최 노인과 만날 약속이 있다. 박정희 대통령과 베트남 전쟁에 대해 여러 날 책을 뒤지고 인터넷을 뒤졌지만 여전히 아는 것보다 모르는 게 더 많다. 그래서 오늘은 아예 최 노인과 하룻밤을 함께 지낼 계획이다.

"…?"

사무실에 들어서던 두 사람이 문득 고개를 갸우뚱한다. 점심시간이 아직 끝나지도 않았는데 진희와 은주가 컴퓨터 앞에 앉아 바쁘게 손가락을 놀리는 것이었다.

"와! 너희가 어쩐 일이야? 이 시간에 일을 다 하고…?"

"아, 마침 잘 왔어. 우리 좀 도와줄래?"

"…?"

커다란 LCD 모니터에 박힌 싸이의 얼굴을 가리키며 손짓하는 두 여자, 태훈과 선우는 그저 영문을 모르는 얼굴이다.

"우리가 다음 수업시간에 싸이의 이야기를 할 계획이거든."

"싸이? 갑자기 왜?"

"아이들이 궁금해 해. 잠깐 쉬는 시간을 만들어줄까 해서…."

입시 스트레스에 몸도 마음도 지쳐버린 아이들을 위한 선물을 구상 중이라는 거다. 변방의 가난한 나라로 취급받던 과거와 달리 세계 속에 우뚝 선 우리의 자랑스러운 모습을 싸이의 성공적인 세계 정복에 빗대어 애국심을 고취시킬 목적, 학교는 그녀들의 수업 계획서에 두 말 않고 도장을 찍었다.

"괜찮네. 재미있는 수업이 되겠어."

"야, 몸이 열 개라도 모자랄 지경인데, 일을 만들어서 하니?"

긍정적으로 반응하는 태훈과 다르게 선우는 영 시큰둥하다. 일이 산더미처럼 쌓여 있어 달갑지 않지만 그래도 도와야 할 거다. 그녀들의 학교 근무는 벗이 존재하는 목적과 딱 맞아 떨어지기 때문이다.

"먼저 브리태니커 백과사전을 보여주는 건 어때? 싸이의 이야기가 어째서 여기에까지 오를 수 있었는지부터 시작하는 거야."

브리태니커 백과사전이라면 스코틀랜드에서 만들어져 200년 넘게 세계인의 사랑을 받아온 유명한 책이다. IT기술의 발달로 사라진 종이 책을 대신하여 이제는 온라인상에서만 그 존재를 확인할 수 있는데, 2013년 5월부로 싸이는 영화감독 임권택, 배우 배용준, 가수 비에 이어 네 번째로 이름을 올린 한국인이 되었다. 아쉽게도 영문으로만 개재되어 있어 한국판 페이지에선 볼 수 없는 내용이다.

"한국의 가수이자 래퍼…. 또 뭐라고 쓴 거야?"

"논란이 많았던 가수이고, 풍자를 많이 하는 힙합 아티스트래."

문득 '새'라는 특이한 노래 가사와 현란한 춤으로 청중의 시선을 사로잡던 엽기 가수 싸이의 초창기 시절이 떠오른다. 논란과 풍자로 유명한 힙합 아티스트라, 사실이지만 싸이에 대해 너무나 잘 아는 한국인으로선 역설적으로 다가오는 이 수식어가 재미있지 않을 수 없다.

"딱딱한 이미지의 백과사전으로 시작하면 지루해할 수 있어. 공부에 취미가 없는 아이들도 관심을 가질 만한 소재가 필요해."

"그럼 노래를 틀면 되지. 아이들이 가장 잘 아는 노래로 분위기를 잡아봐."

"강남스타일이나 젠틀맨?"

"그렇지. 그리고 노래가 끝나면 사진이나 영상으로 싸이의 역사를 보여주는 거야. 그리고 어째서 사람들이 미국 진출을 '강제 진출'이라고 했는지 설명해주고….”

“하하하하…!”

갑자기 선우가 요란하게 웃음을 터뜨렸다. 강제 진출, 싸이에게서 절대 빼놓을 수 없는 그 한 마디. 2012년 초여름까지만 해도 싸이의 미국 진출 소식은 그저 풍문인줄로만 알았다. 강남스타일이 수록된 6집 앨범을 홍보하기 위해 그가 ‘한밤의 TV 연예’라는 SBS 생방송 프로그램에 느닷없이 나타나 말춤을 추고 후다닥 사라졌듯 미국 진출 소식도 싸이가 아니면 만들 수 없는 하나의 이벤트라고 생각했다. 2012년 8월, 잠실종합운동장에서 열린 흠뻑쇼 콘서트까지만 해도, 그 공연에서 보여준 강남스타일 무대가 〈음악중심〉이라는 MBC 프로그램에 방송되어도 그저 인기가 많아서 그랬으려니, 바글바글 모여 있는 스탠딩 객석을 보고도 싸이의 공연에선 당연한 광경이라고만 받아들였다. 미국 진출, 국제 가수…. 아무리 생각해도 믿을 수 없고, 믿고 싶지도 않은, 말도 안 되는 헛소리에 불과했다. 그런데 싸이가 우리나라 3대 대형 연예 기획사인 YG엔터테인먼트와 한솥밥을 먹게 되었을 때, 어쩌면 해외 진출은 이미 예견된 절차였을지도 몰랐다. YG엔터테인먼트 소속 스타들이 해외 무대에 진출하여 성공했던 선례가 있었으니까. 단지 그 무대의 배경이 미국일 거라고 생각하지는 않았을 뿐이다. 기껏해야 일본이나 중국, 멀리 가더라도 동남아시아 정도면 충분히 칭찬 받아 마땅했다. 하지만 미국이라니, 그것도 빌보드 차트 2위에까지 올라 세계 정복을 꿈꾸다니! ‘너무나 많은 스타들이 해외 진출에 성공했고, 그래서 미국 정복도 결국 누군가 해낼 거라고 생각했지만 그게 자신이 될 줄은 몰랐더라.’는 시청 대첩에서의 한 마디처럼 미국에서의 성공은 누구나 꿈꾸지만 아무나 이룰 수 없는 가상의 이야기였다. 그러니 무대에서 소주병으로 나발을 불어도 한 번만 눈 감아 달라는 거다.

"논란이 많고 풍자를 많이 한 가수라는 걸 어떻게 설명해 주지? 대마초 사건을 얘기해야 할까?"

진희의 표정이 자못 심각하다. 싸이의 잘못된 과거를 낱낱이 들추기에 아이들은 아직 어리다.

"싸이가 지금도 대마초를 피운다면 모를까, 경각심을 불러일으키는 취지와 연결된다면 상관없겠지."

"은주야, 대마초 사건이 언제였지?"

"인터넷 찾아봐. 난 몰라."

심드렁한 은주의 목소리에 태훈이 웃었다. 한 때 싸이의 팬이었다는 그녀에게 사회적 논란으로 불거졌던 2001년의 사건은 그야말로 불편한 추억일 테다.

"내가 봐도 좀 이상하긴 했어. 헌혈차 앞에서 영 내키지 않는 표정이더라고."

"12년 전인데, 그걸 기억해?"

"구체적이지만 않을 뿐이야. 아마 KBS에서 공익 캠페인 차원에서 진행한 프로그램이었을 걸. 솔선수범 한답시고 연예인들이 단체로 헌혈을 했거든. 그런데 싸이는 전날 술을 먹었다면서 헌혈차에 오르지 않았어."

대마초 사건, 말도 많고, 탈도 많은 싸이의 파란만장한 가수 인생에 획을 긋는 시작점이었다. 결국 싸이는 그해 9월, 불구속 입건되어 벌금 500만원을 선고 받는다. 데뷔한지 1년도 지나지 않은 시점에 불거진 대형 사건이었다.

"이제 와서 하는 얘기지만 나조차도 싸이는 반짝하고 사라질 가수라고 생각했어. 기가 막히게 노래를 잘 하는 것도 아니고, 몸매나 얼굴이 특출한 것도 아니고…."

"알만하다. 그 와중에 대마초로 걸렸으니 오죽하겠어?"

키득거리는 진희를 힐난하듯 바라보던 은주, 이내 그녀를 따라 웃어버렸다. 대마초 사건으로 반 강제 자숙 기간을 가져야 했던 싸이, 안타까운 일이지만 그에게 남은 건 사람들의 기억에서 잊히는 일 뿐이었다. 그런데 2002년 여름, 요즘 흔히 쓰이는 단어처럼 '버라이어티'한 사건 하나가 발생한다. 한국과 일본에서 월드컵이 열리던 바로 그 시기였다. 16강 진출이 목표였던 국가대표팀의 예상치 못한 선전은 온 나라를 들썩이게 만들었고, 바글바글 모인 시민들 틈에서 요란한 복장으로 싸돌아다니던 그는 모 방송사 리포터의 손에 이끌려 다짜고짜 인터뷰까지 하게 되었다. 방송 관계자들은 난리가 났다. 방송금지 처분을 받은 문제아의 등장이라니…! 이걸 죽이네, 살리네, 말들이 많았겠지만 정작 싸이에게는 아무런 잘못이 없었다. 근신 처분을 받았다고 해서 축구 응원까지 하지 말란 법은 없으니까. 인터뷰도 리포터가 하자고 했지, 싸이 스스로 나선 게 아니었다. 평소 같으면 연예인들의 사건 사고에 민감하게 반응했을 국민들도 축구에 미쳐 생업까지 마다한 시기라 싸이의 자숙 따위는 안중에도 없었다. 무대로 돌아가고 싶은 딴따라의 잔머리 굴리기였는지, 어느 방송에서 얘기한 대로 운이 좋았던 건지 알 수는 없지만 싸이의 재기는 그야말로 화려했다. 비슷한 시기에 발매된 새 앨범은 월드컵과 맞물리면서 대박이 터졌고, 행사 때마다 드러난 특유의 쇼맨십은 진가를 발휘하여 '영원한 공연둥이'라는 별명을 얻어내는 계기가 되었다.

"뭐니 뭐니 해도 군대가 압권이었지."

"하하하하하…!"

선우가 또 웃음을 터뜨렸다. 은주마저 배꼽잡고 넘어가는 이 사건은 차라리 코미디라고밖에 쓸 만한 표현이 없다. 대체복무, 2003년에서 2005년까지 싸이는 정보처리사 자격증 소지자로 병역특례 요원이 되어 모 산업체에서 근무하게 되었다. 무대를 휘젓고 다녀야 할 딴따라가 앞 뒤 꽉 막힌 사무실 책상에 앉아 있으려니 답답하기가 이를 데 없었을 것이다. 병역특례 자격에 미치지 못했다는 건지, 금품 수수로 인한 병역법 위반이라는 건지, 산업 기능 요원과 관계없는 무대 활동을 했다는 건지. 검찰이 무엇으로 싸이의 숨통을 조여 댔는지 별로 알고 싶지 않다. 중요한 건 이 사건으로 법이 싸이에게 현역으로 재입소하라는 판정을 내렸다는 사실이다. 자, 이쯤에서 인터넷에 돌아다니는 이야기 하나를 찾아보자. 곤히 주무시던 어느 할아버지가 느닷없이 잠꼬대를 한다. '전 아니에요! 전 아니라고요!' 앗! 우리 할아버지를 저승사자가 잡아가려는 건가? 놀란 손자가 급하게 깨웠더니 할아버지 하시는 말씀, '어휴! 군대 가는 꿈을 꿨어!' 대한민국 남자라면 의무적으로 받아들여야 하는 입대 영장, 하지만 이걸 두 번 받아본 사람은 실제로 얼마나 될까? 그런데 여기, 예비군 통지서와 입영 통지서를 한 날 한 시에 받은 사람이 있다. 이 두 장의 통지서를 받고 싸이는 과연 무슨 생각을 했을까? 싸이 본인의 말대로 한 번은 대체복무였고, 한 번은 현역복무였기 때문에 입대가 두 번이 아니라 입소가 두 번이라지만 어쨌거나 영장을 두 번 받은 건 사실이고, 같은 군복에 같은 훈련을 두 번 받은 것도 사실이니 그에게 두 장의 영장을 발부했던 이 나라도 참 지독하다. 현역으로 재입대하여 2년 동안 나라와 상관과 소녀시대에 충성했다는 싸이, 황당하기 짝이 없는 자신의 처지를 그는 2010년에 발매된 다섯 번째 정규 앨범 '싸이파이브'의 '싸군'이란 노래에서 이렇게 비꼬았다.

「신고합니다! 115번 훈련병 박재상은 2005년 1월부로 퇴소를 명받았습니다! 이에 신고합니다!

167번 훈련병 박재상은 2007년 12월부로 입소를 명받았습니다! 크크크…!

예비군 통지서와 입영 통지서를 같은 날 받아 본 적 있냐, 여기서! 55개월을 썹냐, 어디서…!

(중략)

대마 1년, 자숙 1년, 대체 복무 3년, 재판 1년, 현역 2년, 합이 8년, 데뷔 10년에 활동 2년, 하하하…!」

"아이들이 가장 궁금해 하는 게 있어. 싸이가 왜 반미 노래를 불렀느냐는 거야. 혹시 당시 상황 자세히 아는 사람 있어?"

"그게 말이지…."

선우의 얼굴에서 표정이 사라졌다. 그는 싸이가 반미 랩을 부르던 당시 무대 바로 앞에서 퍼포먼스를 지켜봤다고 한다.

"자세히 설명하는 게 가장 좋은 방법이야. 얼렁뚱땅 넘어가버리면 안 하는 것만도 못 하게 돼."

주억거리며 태훈이 인터넷에 접속한다. 그가 선택한 검색 문구는 '여중생 장갑차 압사 사건'이다. 사건 이후 벌써 11년이란 세월이 흘렀지만 의외로 그날의 순간을 다룬 자료가 꽤 많았다.

"그날 내가 왜 싸이의 무대를 보러 갔는지 알아? 어린 애들이 잔인하게 죽었는데, 우린 축구에만 미쳐 있었어. 그게 너무 화가 났던 거야."

선우는 아직도 기억한다. 빨간 의상을 둘러 입은 싸이, 얼굴은 온통 황금색으로 떡칠해 놓았지만 시간이 지날수록 땀으로 곤죽이 되어버릴 만큼 그날의 무대는 과격했다. 2002년 6월 13일, 월드컵 열기에 취해 우리는 국가대표팀의 첫 경기가 있던 그날 양주의 시골 마을에서 무슨 일이 벌어졌는지 전혀 알지 못했다. 인도를 따로 만들어 놓지 않은, 차선이 하나 뿐인 비좁은 도로에서 열네 살 두 여학생이 마주 오던 미군의 장갑차에 깔려 즉사했다. 고의적이거나 악의적이지 않은 비극적인 사고라며 미군 측이 강조했지만 유족들은 받아들이지 않았다. 도로 폭보다 넓은 장갑차가 마주 오던 차량을 발견하고 무리하게 교행을 시도했으며, 그 과정에서 현장을 지나치던 아이들을 덮쳤으니 이는 명백한 살인 행위라고 반박했던 것이다. 장갑차에 타보지 않아 차량의 구조와 통신 장비가 어떻게 생겨 먹었는지 알 길은 없다. 또한 사건 당사자들의 진술이 사실인지 거짓인지조차 알 수 없고, 그로부터 한참이나 지나버린 지금, 당시의 상황을 재차 따져 묻기에도 어려운 일이다. 한국인들의 분노는 아이들의 억울한 죽음 때문만이 아니었다. 사건이 책임자를 업무상 과실 치사 혐의로 고소했더라도 미군 측이 한국의 재판권 포기 요청을 받아들이지 않았다는 사실, 화가 나지만 참을 수 있다. 어리고 가녀린 열네 살 아이들의 사체가 적나라하게 담긴 사진을 본 순간 당신의 기분은 어떠했는가. 두개골이 깨져 흘러넘친 뇌수가 바닥에 말라붙은 사진, 터져버린 배 밖으로 내장이 튀어나와 사체 옆에서 뒹구는 그 사진을 보고 흥분하지 않을 사람이 얼마나 되겠는가! 그런데 무죄란다. 미군이 자체적으로 실시한 군사재판에서 장갑차에 탔던 미군 두 명은 모두 무죄 판결을 받고 며칠 뒤 한국을 떠났다. 촛불 시위가 열렸다. 12월 한겨울, 그 추운 서울 시내 한복판에서 시민 3만 명이 모여 집회를 가졌고, 시위는 전국으로 퍼져나갔다. 부시 대통령이 김대중 대통령에게 전화를 걸어 사과하고 유감을 표시했다. 이는 주한 미군 지위 협정, 즉 SOFA 협정의 개정을 논의하는 데에까지 이르렀다. 아니, 그저 논의일 뿐이었다. 미군에 의해 많은 사건 사고가 벌어져도 우리는 여전히 신음 소리 한 번 내지 못하고 죽은 듯 참아야 한다. 대한민국의 분노는 해가 바뀌어도 가라앉지 않았고, 2004년에 싸이는 결국 폭발했다. 뜨거웠던 그 시절, 한국에서 무슨 일이 벌어졌는지 미국인들은 알고 있었을까? 한국 땅을 벗어나지 못한 촛불집회를 그들은 전혀 알지 못했다. 제 나라가 개입된 사건이지만 나라 밖에서 일어나는 문제들에 대해 너무나 무지했던 미국인들은 어째서 많은 나라들이 반미 시위를 벌이는지, 어째서 자신들의 사랑을 받는 싸이가 은혜도 모르고 그따위 퍼포먼스를 벌였는지 알지 못했다. 이라크 포로들을 고문한 코쟁이들을 모두 죽이라고, 아들 손자 그의 며느리까지 모두 잡아다 천천히 죽이고, 고통스럽게 죽이라고…! 그때 싸이는 어렸다. 혈기 왕성한 20대 중반의 사나이로서 자신의 분노를 표출할 방법은 오로지 무대뿐이었을 것이다. 유일하게 잘 할 수 있는 랩과 퍼포먼스로 부글부글 끓어오르는 한국인의 가슴을 시원하게 풀어주어야 했을 것이다. 하지만 싸이는 그로부터 8년 뒤를 내다보지 못했다. 싸이뿐 아니라 그를 지켜보던 우리도, 사건 당사국인 미국도 8년 뒤인 2012년에 무슨 일이 벌어질지 전혀 예상하지 못했다. 한치 앞도 내다볼 수 없는 인간의 미래…!

문득 얼마 전 기석이 놈에게 있었던 사건이 떠오른다. 길 가던 여고생을 건드리려다 경찰에 잡혀갔던 스리랑카 노동자와 그를 감싸주려 경찰에 항의하던 순간 말이다. 사전적 의미로서 속지주의와 속인주의를 알아보자. 속지주의는 자국 내에서 벌어진 모든 사건에 대해 사건 당사자의 국적을 불문하고 자국의 법을 적용하는 것이다. 예를 들어 미국 땅에서 아이가 태어나면 부모의 국적이 무엇이건 간에 아이는 미국인 신분으로 인정받는다. 미국이 그런 법을 따로 제정해놓은 게 아니라 미국이란 나라가 속지주의 국가이기 때문에 가능한 것이다. 반면에 속인주의는 사건이 어디에서 벌어졌든 관계없이 당사자 국가의 형법을 적용하는 것인데, 실제로 외국에서 아무리 엄한 처벌을 받았다고 해도 우리나라에서 다시 재판 받을 수 있다는 판례가 있다. 또한 미국과 달리 출생 시 부모의 국적에 따라 국적을 결정할 수 있다. 쉽게 말해 속인주의는 사건 당사자 국가의 법을 따르는 것이고, 속지주의는 사건이 일어난 나라의 법을 적용하는 것으로, 한국과 독일은 속인주의 국가이며, 미국과 프랑스의 경우에는 속지주의 국가에 해당한다. 그렇다면 그날의 사건은 어떻게 설명할 수 있을까? 속인주의 한국에서 속지주의 스리랑카 사람의 문제를 따져야 하는 이 상황, 그리고 이번처럼 속인주의 한국에서 속지주의 미국의 법을 따져야 하는 이 상황. 아무리 생각해도 이것은 각국의 법을 두고 싸우는 것이 아닌 강대국과 약소국의 힘의 논리에서 비롯된 건 아닌지 생각해 보아야 할 것 같다.

자, 이쯤에서 그때의 사건과 비슷한 예 한 가지를 들어보자. 2006년 7월 23일, 서울 반포동 서래마을에 살던 어느 프랑스인 부부의 집에서 남자 아기 시신 두 구가 발견된다. 냉동고에 방치된 시신은 수사 당국의 DNA 검사 결과 부부의 아이들로 밝혀졌고, 범인은 바로 아이들의 부모였다. 하지만 부부는 완강히 부인했다. 한국 경찰의 수사 결과를 믿을 수 없고, 한국의 과학 수사 능력도 인정할 수 없다는 거였다. 국내에서 벌어진 사건이지만 유력한 용의자인 부부가 프랑스로 돌아가 버려 이 사건은 국제적으로 확대되었다. 한국 경찰의 수사력을 믿을 수 없다던 그들, 하지만 제 나라 프랑스의 사법 당국의 조사와 DNA 검사 결과는 받아들이겠다고 했다. 그들은 우리의 능력을 무시했다. 프랑스 언론까지 나서 한국의 과학 수사력을 얕보았고, 명백하게 밝혀진 범인들을 도리어 두둔했으며, 우리가 제시한 근거들 중 그 어떤 것도 받아들이지 않았다. 다시 시작된 프랑스의 수사, 결과는 한국의 수사 결과와 완벽하게 일치했다. 용의자로 지목된 부부는 법의 심판을 받게 되었고, 프랑스는 한국에 자신들의 오만함을 사과했다. 우리는 우리의 과학 수사 능력이 세계의 수준과 비견된다며 자평했지만 이는 상처뿐인 영광이었다. 아시아의 작은 나라 앞에서 특유의 오만함을 여지없이 드러낸 건방진 그들, 리베라시옹이라는 일간지에 실린 어느 한국인의 비판을 그대로 인용해보자.

「만일 프랑스가 잘못을 인정하지 않았다면 이는 그들이 아직 인종 차별주의자이고, 식민주의자이기 때문이다.」

도대체 프랑스는 그동안 한국을 어떤 나라로 인식해 왔을까? 심각한 궁금증을 안고 어느 시사 프로그램이 직접 프랑스로 날아갔다. 결과는 참담했다. 한국에 부정적인 프랑스, 그들은 우리를 아시아의 이름 없는 미개국으로 알았다. 아직도 전쟁의 상흔에서 벗어나지 못한 가난한 개발도상국쯤으로만 생각한다고 했다. 그런 프랑스가 가장 좋아하는 나라가 있으니, 바로 한국의 바로 옆에 붙은 일본이다. 아시아에서 가장 발전된 나라이며 경제대국인데다, 예의범절을 알고, 친절하며, 수준 높은 문화를 자랑하는…! 아마 그 방송을 본 사람들은 분노했을 것이다. 어디 두고 보자. 언젠가 너희를 가만 두지 않으리라! 그런데 정말 그런 순간이 왔다. 사건이 일어나고 5년 뒤, 유럽까지 몰아닥친 한류 붐을 타고 프랑스에 SM엔터테인먼트의 스타들이 도착했다. 동방신기, 슈퍼주니어, 소녀시대, 샤이니…! 이름만 들어도 환호성이 터지는 아시아의 별들 말이다. 멋지고 아름답게 춤추고 노래하는 그들에게 흠뻑 빠진 프랑스 젊은이들을 보라! 넋이 나간 얼굴로 어설프게 한국어 가사를 읊조리고, 어색한 몸짓으로 춤을 따라 추던 그들이 결국 울음을 터뜨렸다. 어디서 배운 건지 '사랑해! 사랑해!'연호하며 그들은 뜨겁게 타오른 가슴을 주체하지 못하고 서로 부둥켜안았다. 이는 마치 비틀즈에 열광하던 소녀들의 눈물과 같고, 마이클잭슨의 신들린 몸짓에 결국 실신해버린 세계인의 함성과 같았다. 아시아의 약소민족이라며 깔보고 무시하던 그들, 5년 만에 전혀 다른 상황에 처하리라고 그들은 전혀 예상하지 않았을 것이다. 오늘의 적이 내일의 친구가 될 수 있다는 격언을 우리는 기억해야 한다. 참으로 통쾌하다.

"독도 스타일은 뭐야? 이런 것도 있어?"

인터넷을 검색하던 선우가 갸우뚱거렸다. 독도 문제로 또 한 번 시끄러웠던 2012년의 그 시기에 선우는 외국에 나가 있었다.

"외교부에서 벌였던 일이야. 지금은 흐지부지 없어졌지만…."

"그게 뭔데? 자세히 설명해봐."

영문을 모르는 선우의 표정에 듣고만 있던 진희가 피식 헛바람을 일으켰다.

"독도 문제 때문에 일본이 또 시비를 걸어왔어. 이걸 어떻게 해결할까, 고민하던 외교부가 아이디어를 내놓은 거지. 강남스타일처럼 독도를 소재로 재미있는 뮤직비디오를 만들어보자."

"그래서? 패러디 영상을 만들자고?"

"싸이더러 직접 출연하라는 제의였으니 패러디라고 볼 수 없지."

"아니, 무슨 말 같지도 않은 소리를…!"

선우의 얼굴이 단박에 일그러졌다. 결사반대를 외치던 네티즌들의 반응과 흡사하다.

"나 참, 살다 살다 별 소릴 다 듣겠네! 싸이가 정치인이야?"

"내 말이 그 말이야. 연예인을 정치적인 문제에 끌어들여선 안 된다니까!"

독도는 분명 한국 땅이다. 일본이 아무리 옛날부터 발악을 하고 억지를 부려도 독도는 아주 분명히 한국의 영토이다. 하지만 일본은 끊임없이 우리를 괴롭히고, 우리에겐 일본을 견제할 무기가 필요했다. 싸이의 인기에 힘입어 독도 문제를 해결하자는 외교부의 아이디어는 언뜻 참신해보일 수 있다. 하지만 그것은 결국 싸이가 아니면 독도를 지킬 방책이 없다는 뜻이지 않은가! 네티즌들은 발끈했다. 이제 막 떠오르는 싸이의 인기에 묻어가려는 수작이라며, 해외에서 국위 선양하는 가수를 정치적으로 이용해먹을 생각이라고 난리가 났다. 결국 이 문제는 흐지부지 없었던 일로 마무리 되었지만 한동안 외교부는 사람들의 따가운 시선에서 벗어나지 못했다. 싸이는 정치인이 아니다. 딴따라이고 예술인이다. 그가 설 곳은 무대이지, 정치인들의 단상이 아니다. 노래와 춤, 웃음과 환호로서 우리 모두를 하나로 묶어주는 가교(架橋), 싸이는 그런 존재일 뿐이다. 부디 그에게 자유로이 세상을 날아다닐 기회만 안겨주어라. 쓸데없이 너무 많은 것을 요구하지 말자. 그가 하는 대로 지켜보고, 그가 노는 대로 따라 놀면 그만이다. 모두 함께 모여 즐기면 그것으로 충분하다. 어쩌다 사고를 치더라도 가시 돋친 눈빛으로 타박하지 말고 일반인이 이해하지 못할 예술인의 심적 고통으로 여기며 위로해주어라. 그것이 우리가 싸이와 공생하는 방법이다. 싸군이란 노래에서 싸이는 다시 이렇게 소리쳤다

「딴따라 나부랭이가 과연 공인이었나!

공자와 맹자 성인군자가 공연을 할까!」

즐기자! 자꾸 따지지 말고!

“민간인 학살 사건이라는 게 있더라고요.”

앙상하게 뼈만 남은 무열의 다리를 주무르며 태훈이 중얼거렸다. 파월 장병 출신이라면 누구든지 민감하게 반응했을 그 한 마디, 하지만 무열은 아직 대꾸가 없다.

“인터넷에서 보고 놀랐어요. 무슨 말인지 도저히 이해할 수가 없어서 관련 책자를 읽어봤는데….”

말을 채 끝내지 못하고 태훈이 절레절레 고개를 흔들었다. 너무나 충격적이어서 꿈에 나올까 두려운 이야기이다.

“그래, 언젠가 그 시절의 사건이 알려진 적이 있었지. 한동안 야단법석을 떨었어.”

벽에 기대어 앉으며 무열이 비로소 말문을 열었다.

"정말 그랬나 봐요. 자료가 꽤 많이 나오더라고요."

"음…."

무열이 천천히 고개를 끄덕였다. 무표정한 얼굴, 그래서 태훈은 그가 지금 무슨 생각을 하는지 짐작할 수 없다.

"책에 어떤 내용들이 있던가?"

"그러니까…. 전쟁 통이었지만 그래도 평화롭게 살아가던 마을에 외국군이 들이닥쳐서 총부리를 겨누었대요. 그 외국군에는 미군 뿐 아니라 한국군도 해당되더라고요."

"그래서…?"

"겁에 질린 마을 사람들을 한 곳에 모아 놓고 총을 쐈대요. 어린 아이는 물론이고, 힘없는 노인들, 살려달라고 애원하는 만삭의 임산부에게도 총을 쏘고, 수류탄을 던졌대요. 그렇게 몰살당한 마을들이 한두 군데가 아닌가 봐요. 그리고 거기에서 살아남은 사람들은 죽은 사람들을 위해 위령비를 세우고…."

"자네는…."

조용히 듣고만 있던 무열이 한참 만에 입을 열었다.

"자네는 그 이야기들을 믿는가?"

"네?"

"모두 사실로 받아들일 수 있느냐는 말일세."

"그야…. 수집된 자료를 토대로 쓴 책들이라 믿지 않을 수 없죠."

"……."

다시 무열이 입을 다물었다. 태훈 또한 더 이상 말하려 들지 않는다. 그의 표정이 심상치 않다는 걸 느껴서다.

"자네는 군대에 다녀왔는가?"

"그럼요. 당연히…."

"전쟁에는 참전해봤고?"

"예? 아, 아뇨! 저는 그저…."

"2년 동안 훈련만 받았다는 뜻이겠구먼."

"네, 그렇죠."

기어들어가는 목소리, 죄를 지은 것도 아닌데 태훈은 곧 야단맞을 아이처럼 무열의 눈치만 살피고 있다. 그는 여전히 무표정한 얼굴이다.

"한 가지만 묻겠네. 자네는 왜 시민단체를 운영하고 있는가?"

"예?"

주제에서 벗어난 물음, 뜬금없어 보였지만 무열은 진지하다.

"무슨 목적으로 시민단체를 운영하느냐는 말일세. 나처럼 힘없는 늙은이들 먹이나 가져다주려고?"

"아, 아뇨! 어떻게 그런 말씀을…!"

"허허허허…!"

무열이 웃었다. 과격한 표현에 당황한 태훈의 얼굴이 재미있었던가보다. 덕분에 무거웠던 분위기가 한결 부드러워졌다.

"나 같은 독거노인을 도와주고, 외국인 노동자들의 처우 개선을 위해 봉사하는 자네의 시민단체…. 꽤 오래 전부터 궁금했다네. 왜 그런 일을 하지?"

"어른이 되고 싶었기 때문이에요."

거침없고 명쾌하기까지 한 대답, 태훈은 자신의 시민단체가 늘 자랑스러웠다.

"세상의 부조리한 모습을 지켜보면서 우리는 저러지 말아야지. 어떻게 하면 같은 잘못을 반복하지 않을 수 있을까? 어떻게 하면 참다운 어른이 될까? 그런 의문에서 시작한 거죠."

"사회에 봉사하다 보면 어른이 될지도 모른다는 막연한 믿음이 있었던 게로군."

"그렇죠."

태훈의 대꾸에 천천히 주억거리던 무열, 무언가 더 하고 싶은 말이 있어 보였지만 그는 아직 입을 열지 않았다. 생각을 정리하는 그의 표정은 늘 이렇게 진지하다. 예전부터 그랬다. 수많은 사연들에 얽매여 고민하고 있을 때면 그는 항상 손을 내밀었다. 바른 길을 일러주기보다 바른 길을 선택하도록 해결책을 제시하는 그의 한 마디 한 마디는 모두 피가 되고 살이 되는 명약이다. 오늘 무열은 과연 어떤 기막힌 한 마디로 고민거리를 해결해줄까? 태훈은 그의 이야기가 궁금해졌다.

"전역하고 어느 날이었어. 총탄에 스친 다리의 흉터를 보면서 문득 내가 왜 전쟁에 참전했는지 의구심이 들더라고."

"갑자기 왜요?"

"그러게 말이야. 밥 먹다 말고 불현듯 떠오른 생각이라 나조차 이해할 수 없었지."

무열의 시선이 벽에 걸린 액자로 날아간다. 지난 번 태훈이 못을 박아 걸어 놓았던 그 액자 말이다. 액자 속에서 젊은 청년 최무열은 총 한 자루를 어깨에 멘 채 늠름한 얼굴로 서 있었다.

"아마도 내가 죄 없는 사람을 죽였을 거란 죄책감 때문일 거야."

"하지만 할아버지, 그땐 전쟁 중이었잖아요. 죄책감이라뇨?"

"내가 죽이지 않았으면 그 녀석이 날 죽였을 거란 말을 하고 싶은 건가?"

"……."

할 말을 잃은 태훈을 보고 무열이 또 웃었다.

"만일 그랬다면 베트남에서 또 다른 우리가 한가롭게 대화를 나누고 있겠지. 옛날에 이랬어, 하면서…."

"……."

"그래, 맞아. 전쟁이란 죽고 죽이는 싸움이야. 내가 죽지 않으려면 남을 죽여야 하지."

"그런데 할아버지, 제가 본 책에서는 민간인이 죽었어요. 군인이 아니라 맨손의 민간인이 죽었다고요."

1999년에서 2000년 사이, 한국에선 그동안 밝혀지지 않았던 월남전의 숨은 사연들이 공개되어 한바탕 소란이 일었다. 한국군의 일부 부대가 노인과 여자, 아이들뿐인 마을에 들어가 총질을 하고, 수류탄을 터뜨리며, 불을 질러 쑥대밭으로 만들었다는 거다. 이른바 양민 학살 사건, 한 신문사가 베트남으로 날아가 그들의 참상을 취재했고, 소문은 사실로 밝혀졌다.

「하늘에 가 닿을 죄악, 만대를 기억하리라.」

학살 사건이 벌어졌다는 마을 입구엔 한국군을 저주하는 비석이 서 있었다. 가족을 잃은 사람이 많았지만 살아남은 그들도 온전하지 않았다. 총탄과 파편에 팔다리를 잃거나 눈이 먼 사람, 충격으로 정신마저 오락가락한 사람도 있었다. 그들은 한결같이 한국군이 어째서 자신들을 죽였는지 모르겠다며 울분을 터뜨렸다. 그렇게 몰살당한 마을은 베트남 중부 지역에만 수십 군데였다. 그들의 이야기가 신문과 방송을 통해 공개되었을 때, 한국사회는 충격에 빠졌다. 우리는 오랫동안 우리의 군대가 베트남의 민주주의와 자유 수호를 위해 싸웠다고 배우지 않았던가! 냉전의 시대, 우리처럼 서로 다른 체제의 싸움에 휘말려 고통 받는 그들을 도왔다고, 그래서 우리는 지금껏 우리의 군대가 정의의 십자군이라며 칭송해왔다. 하지만 그게 사실이 아니었다고 느낀 순간 혼란은 분노로 바뀌었다. 공산당 빨갱이와 민간인을 구분하지 못한 그들에게 비난의 화살이 쏟아진 거다. 심지어 2001년 여름, 김대중 대통령은 베트남의 국가 주석과 정상 회담 중에,

「우리는 불행한 전쟁에 참여해 본의 아니게 베트남 국민들에게 고통을 준 데에 대해 미안하게 생각하고 위로의 말씀을 드린다.」

라고 말했다. 파월 장병 단체들은 즉각 반발했다. 자유 민주주의를 위해 공산 세력과 싸운 것이 어찌하여 잘못된 것인지를 따졌고, 그들에게 사과한 대통령은 스스로 공산주의자임을 드러냈다며 비난했다. 또한 사건을 다루었던 방송사에 찾아가 항의 시위를 하고, 1년 넘게 현지의 사정을 취재하던 신문사를 급습하여 오물을 뿌리고 윤전기에 모래를 뿌려 신문 발행이 중단되는 등 혼란은 극에 달했다.

"난리도 아니었지. 시위에 동참하자는 전화가 나한테도 수십 통씩 왔어."

"그래서 시위에 나가셨어요?"

"몸이 이 모양인데, 가긴 어딜 가겠는가?"

바짝 마른 제 다리를 가리키며 무열이 웃었다.

"저는 그 시기에 수험생이었어요. 대학 갈 생각만 하던 나이였죠."

"그랬겠지. 그때 나는 TV로 소식을 접하고 까무러치는 줄 알았어. 몸만 멀쩡했다면 당장 쫓아 나갔을 텐데 말이야."

"당시에 어른들의 주장은 무엇이었나요?"

"파월 장병들은 국가의 명령으로 공산 세력과 싸웠어. 국가 발전에 이바지했다는 이유만으로도 자부심이 대단한 사람들인데, 이제 와서 대우는 못 해줄망정 학살범으로 몰아 붙였으니 명예가 훼손됐다는 거지."

"그러면 사람들이 주장하는 민간인 학살 문제에 대해서 파월 장병들은 어떤 생각을 갖고 있나요?"

“음….”

무열의 입술이 한 일 자로 다물어졌다. 머릿속의 복잡한 생각들을 다시 정리하는 표정이다.

“자네가 지금 전쟁에 참전한 군인이라고 가정해보지? 내 한 가지 묻겠네.”

“네, 말씀하세요.”

“자네의 총부리가 민간인에게 향해있다면 어찌 할 텐가?”

“당연히 총을 내려야죠.”

“왜?”

“비무장인 민간인과 싸울 수 없잖아요. 전쟁은 군인들끼리 하는 거니까요.”

“그럼 눈앞의 민간인이 자네에게 총을 쏜다면?”

“예?”

깜짝 놀란 태훈이 그렇게 되물었다.

“대답해보게. 그 민간인이 자네에게 총을 쏘면 어떻게 할 텐가? 그냥 맥없이 죽을 거야?”

“만일 민간인이 총을 들었다면…. 그 사람은 민간인이 아니라는 뜻일까요?”

“월남전의 특징이 무엇인줄 아는가? 바로 게릴라전이라네.”

적을 정면에서 공격하지 않고 옆이나 뒤를 소규모의 병력으로 기습하여 교란하는 것, 이는 게릴라전의 사전적 의미이다.

“게릴라 전술에는 민간인이 다시 이용되는 경우가 있어. 아예 총알받이가 되거나 군인이 도리어 민간인 복장을 하고 적을 공격할 때도 있지. 소규모 전력으로 움직이는 경우가 많아서 민간인들이 그들의 뒤치다꺼리를 하기도

해. 실제로 베트콩에 동조했던 민간인 중엔 아이들도 있었고, 정규군이 아닌 이상 대부분의 베트콩들은 낮엔 농사를 짓고, 밤엔 총을 들고 싸워. 그러니 혹시나 군복으로 그들을 구분할 수 있을 거란 생각은 하지 마."

실제로 그런 일이 있었다. 적군과 민간인을 구분하지 못한 아군, 결국 사고가 났다. 밀라이 마을과 하미 마을에서의 사건들은 월남전 양민 학살 피해를 다룬 모든 책들이 빼놓지 않고 기술하는 가장 대표적인 이야기이다. 1968년 봄, 춘계 공세 기간 동안 남베트남 민족해방전선과 피 터지게 싸우다 꼴이 말이 아니게 되어버린 미군은 약이 바짝 올라 있었다. 그런데 어느 순간, 추적하던 적이 사라졌다. 도대체 어디에 숨어서 자기들을 노리는지 가늠할 길이 없었다. 여기다! 싶어서 쫓아가면 주인 없는 부비트랩에 걸려 사지가 절단되고, 저기다! 싶어서 흔적을 좇으면 엉뚱한 방향에서 총탄이 날아든다. 꼭꼭 숨어라! 머리카락 보인다! 아무 것도 보이지 않아 안심했더니 난데없이 풀숲에서 베트콩이 불쑥 나타나 뒤통수를 후려갈긴다. 그런데 돌아보면 후다닥 숨어버리고, 찾아보면 온데간데없으니 아마 귀신에 홀린 기분이었을 거다. 한여름 생리통에 시달리는 여고생처럼 예민해진 그들, 야! 다 죽여 버려! 이성을 잃은 상관의 명령이 모두를 비참하게 만들었다. 작전지역 근처에 있던 마을 전체를 아예 적으로 삼아버린 것이다. 마을 주민들이 몰살당했다. 기관총을 난사하는 것으로 모자라 머리를 베고, 손발을 자르고, 가죽을 벗겼으며, 도망치는 사람마저 쫓아가 잔인하게 살해했다. 미군이 저지른 밀라이 학살사건, 마을 주민 504명이 단 네 시간 만에 죽어버린 대형 참사였다.

한국군에게도 비슷한 사건이 발생한다. 그 유명한 하미 마을, 자료에 의하면 1968년 2월 25일, 한국군이 여기에 들어와 민간인 135명을 학살하고, 매장했으며, 집들은 불태웠다. 마을에 남성은 보이지 않았고, 대부분 노인과 여자, 아이들뿐이었다고 한다.

이것이 과연 사실일까? 이 두 가지 이야기, 아니, 더 많은 사건들이 인터넷을 떠돌고 책으로 출간되었으며 신문과 방송이 현장으로 찾아가 취재하였음에도 믿을 수가 없다. 베트콩을 색출해내기 위한 과정에서 비롯된 사건, 게릴라 전술이 무엇인지 알 수 없고, 또한 그들 민간인이 어떻게 이용되었는지조차 파악하지 못한 상황에서 사건은 은폐되었다가 뒤늦게 수면으로 떠오른다.

1969년, 밀라이 학살을 목격한 어느 비행 조종사의 폭로로 미국은 발칵 뒤집혔다. 청문회가 열렸고, 한국군에게도 유사한 사건이 있었는지 조사했다. 많았다. 너무나 많아서 수학에 약한 사람은 세다가 뒷목잡고 쓰러질 판이었다. 미국에선 꽤 오랫동안 사건을 다루었고, 시끄러웠다. 반전 시위가 벌어졌으며 그래서 전쟁에 참여했던 군인들은 고향에 돌아가도 환대받지 못했다. 더러운 전쟁, 미국은 전쟁을 후회했다.

그러나 한국의 언론은 이를 한 차례도 보도하지 않았다고 한다. 자괴감에 빠져 허우적거리는 미국과 다르게 한국에선 파월 장병들을 찬미하는 가요가 만들어지고, 남자라면 한번쯤 월남전에 다녀와야 한다며 젊은이들을 부추겼다. 그때 우리 국민들은 베트남을 몰랐고, 그들이 치르는 전쟁의 의미도 몰랐다. 먹고 사는 데에 바빠서 다른 나라의 슬픔은 안중에도 없었다.

"수십 년이 지난 뒤에야 난리 법석을 떨었고, 군중 심리였는지 그땐 나도 흥분해서 어쩔 줄을 몰라 했지만…."

무열이 잠시 말을 멈추었다. 과거를 회상하는 그의 머릿속에 많은 생각들이 스쳐가는 듯 보였다.

"한편으론 어쩔 수 없다는 생각이 들어. 전쟁을 겪어본 세대와 그렇지 않은 세대 간의 마찰이라고 해야 할까?"

"정말 이해할 수 없을 때가 있어요. 아무리 게릴라전이라고 해도 어떻게 민간인을 희생시킬 생각을 하죠?"

"전쟁이니까. 내가 죽지 않으려면 죽여야 하는 전쟁이니까. 아군이든 적군이든 마찬가지야. 어느 쪽에 의해서건 민간인은 어떤 방식으로든 이용될 수 있어."

당시 한국군 총 사령관 채명신 장군이 외쳤다. '백 명의 베트콩을 놓치더라도 한 명의 양민을 구하라!' 민간인과 군인이 구분되지 않았다는 혼란스런 전장에서 그런 명령을 과연 지킬 수 있었을까? 하지만 한국군은 그렇게 해야 했다. 국가는 민주주의와 자유 수호를 위해 싸워야 한다며 부르짖었고, 군대는 복종했다. 지금 그들에게 남은 건 무엇인가. 고엽제 후유증으로 온몸이 썩어 가는데, 여전히 사람들은 민간인을 죽였다며 매서운 눈초리로 노려본다. 피해를 입은 민간인의 인권만 따지느라 생사를 넘나들며 전장에서 싸웠던 장병들의 인권은 철저하게 무시되었다. 그들은 지금 외롭고 쓸쓸하다.

"답답하다는 생각이 들어. 민간인 학살 사건이 아예 없었다고 부정할 수 없겠고, 그런 일을 잘했다고 칭찬할 수도 없어. 다만 내가 하고 싶은 말은…. 그런 문제를 두고 이제 와서 잘했네, 잘못 했네, 따지는 건 어불성설이거나 언어도단이야. 전쟁을 겪어보지 못한 사람들이 책상머리 앞에 앉아서 토론하는 꼴이라니, 우습지 않은가?"

"그렇다고 모르는 척 넘어갈 수도 없지 않을까요? 후손들을 위해서라도…."

"그렇지. 만일 우리가 '너희가 뭘 안다고 끼어드느냐!'라고 호통 친다면 그건 역사 공부를 하지 말라는 소리일 거야. 지금의 젊은이들이 과거사에 무지한 건 어른들이 제대로 가르치지 않았기 때문이거든. 민간인 학살 문제에 대해 잘잘못을 따지는 것도 서로의 역사 인식 차이라고 생각해. 비난하는 사람은 사정을 모르기 때문에 비난하고, 비난 받는 사람들은 지금의 시대가 그때와 다르기 때문에 아무리 설명해도 받아들여지지 않으니 억울한 거야. 어느 한 쪽만 탓할 수 없어."

모두가 비참해졌고, 그래서 돌아보고 싶지 않은 역사이지만 그 고통스런 역사를 반복하지 않기 위해서라도 우리는 깊이 성찰해볼 필요가 있다. 월남전, 남북으로 나뉘었지만 부패한 남베트남 정부에게 등을 돌린 국민들은 이미 북베트남의 호치민과 하나가 되어 있었다. 겉으로는 자본주의를 수호하는 남측과 공산주의를 표방하는 북측의 싸움처럼 보였고, 그래서 저들의 모습이 우리와 닮아 보였지만 사실은 그게 아니었다. 한국전쟁이 서로 다른 이념의 전쟁이라면 베트남 전쟁은 하나 된 그들이 강대국의 손길로부터 벗어나기 위해 치른 독립전쟁이었다. 아주 오래 전, 대륙의 손길에서 벗어나기 위해 그렇게 싸웠고, 프랑스의 식민지에서 벗어나기 위해 그렇게 싸웠다. 미국과의 전쟁도 마찬가지다. 그들 역시 우리처럼 민족적 자부심이 있었고, 일제 강점기 시대에 우리의 독립투사들이 피를 토하며 몸부림쳤듯 그에게 월맹군이나 베트콩의 저항은 외세에 맞서 싸운 애국자와 다르지 않다. 한반도의 정세만을 생각하며, 그들 역시 같은 처지일 거라고 생각했다 우린 지금까지 서로 다른 의미의 전쟁을 치른 거다. 민간인 학살은 바로 거기에서 비롯되었을지 몰랐다.

"그들은 이용당한 게 아니었을 거란 생각을 가끔 할 때가 있어. 독립을 위해 전쟁을 한다면 어떻게든 살아남기 위해 자기네 군대를 도와야 했겠지. 학살당했다는 민간인 중엔 베트콩과 내통한 사람은 분명 있었을 거야. 그렇다면 그 사람은 우리의 눈엔 당연히 죽어 마땅한 첩자였겠지만 그들 사이에선 영웅이나 다름없지. 그게 무슨 뜻인지 아는가? 기준에 따라 달라지는 시각차이라는 거야."

기준에 따른 시각차이, 태훈은 무열의 그 말을 읊조리고 또 읊조렸다. 역지사지(易地思之), 입장을 바꿔 생각해 보라는 뜻이겠고, 오랜 시간 고민해야 할 화두이지만 태훈이 지금 당장 궁금한 건 그게 아니다.

"할아버지, 왜 분노하지 않으세요?"

"…?"

가슴 속에 묵혀 놓았던 이야기를 모두 꺼내놓은 터라 무열은 편안하다. 여유롭기까지 한 그의 표정을 태훈은 이해할 수 없다.

"왜 10여 년 전 그때처럼 화를 내지 않으세요? 옛날이나 지금이나 파월장병들을 홀대하는 건 다르지 않잖아요. 저 같으면 억울해서 당장 청와대로 달려갔을 거예요."

실제로 그런 사람이 있었다. 국가유공자였지만 제대로 된 대우를 받지 못해 억울하다며 한 노인이 자신의 승용차를 끌고 청와대 코앞까지 돌진했다가 검거되었다. 그의 사정은 딱하지만 나라는 그래도 눈 한 번 깜빡하지 않았다.

"그게 무슨 소용인가?"

"예?"

"내가, 우리가 앞으로 살아봤자 얼마나 더 살겠는가? 저 세상에 가면 이승의 추억 따위야 아무 짝에도 쓸모없게 될 텐데…."

"하지만 할아버지, 그래도 욕심을 부려보고 싶지 않으세요?"

"허허허허…!"

무열이 웃기 시작했다. 전혀 재미있지 않았고, 도저히 이해할 수 없어서 심각한 태훈을 보고 무열은 눈물까지 찔끔거리며 웃었다. 문득 태훈은 조금 전 무열의 무표정한 얼굴을 어째서 두려워했는지 깨달았다. 그렇게 분노했던 파월 장병들의 한 서린 목소리를 알고 있었기 때문이다. 학살당한 마을에서 살아남은 사람들은 저주비와 위령비를 세워 마음의 위안을 삼는다지만, 전쟁이라는 재앙의 또 다른 피해자인 파월 장병들은 지금 어디에도 하소연할 곳이 없다. 고엽제 후유증으로 말라가고, 총탄이 빗발치는 전장에서 헤매던 기억이 꿈으로 재현되어도 누구 한 사람 알아주지 않는다. 학살자, 전범자 취급으로 억울한 그들처럼 무열 역시 괴로움에 몸서리치며 밤마다 울부짖었을지도 몰랐다. 하지만 무열은 분노하지 않는다. 분노하기보다 차라리 웃었다. 그렇게 웃는 것이 과거의 아픔을 이기에 더 도움이 되리라 믿었을 거다. 태훈은 속상했다.

"자네, 어른이 되고 싶다고 했지? 그래서 시민단체를 운영하는 거라고?"

"예, 맞아요."

"내가 재미있는 얘기 하나 해줄까?"

"…?"

아까보다 더 환한 얼굴로 미소 짓는 무열, 태훈은 영문을 알 수 없다.

"인간의 삶에도 수학처럼 정답이 있다면 얼마나 좋을까? 그렇지?"

"무슨 말씀을 하시려는 건지 모르겠어요."

"자네가 지금 인터넷에 올리고 있다는 글의 제목이 야누스라고 했던가?"

"……."

"야누스는 전쟁과 평화를 상징하지만 인간의 양면성을 상징하기도 해. 내가 볼 때 인간의 양면성이란 서로 다른 기준에서 비롯된다고 생각하거든."

"……."

"내가 아무리 과거의 전쟁을 이야기 해줘도 자네는 몰라. 백문이 불여일견, 책만 보지 말고 직접 찾아가 봐."

"찾아가라니요? 어디를요?"

"어디긴 어디야? 월남전을 체험할 수 있는 곳이지."

"예?"

월남전을 체험한다고…? 황당하다 못해 당황스러운 태훈, 하지만 무열은 진지하다.

"강원도 화천군 오음리, 파월 장병들이 훈련을 받았던 곳이야. 지금 거기에 무엇이 있는지 둘러보고 와."

"……?"

"그래도 모르겠으면 베트남으로 직접 날아가 보든가. 그리고 그들이 어째서 과거를 덮고 미래로 나아가자는 구호를 외치는지 곰곰이 생각해봐. 내가 주는 숙제야. 그걸 다 풀면 자네는 비로소 어른이 될 수 있을 걸세."

"어렵네요. 그런 걸로 제가 정말 어른이 될 수 있을까요?"

"날 못 믿는 게야?"

"아, 아뇨! 그건 아니지만…!"

무열의 입술 사이로 몇 개 남지 않은 치아가 드러났다. 한숨을 푸욱 내어쉬는 태훈, 무열의 숙제를 해결하려면 준비할 일이 많을 것 같다.

05. 엄마의 나라 베트남

"너, 뭐하니?"

억양 없는 은주의 목소리가 귓가로 날아들었다. 후다닥 손에 든 것을 숨기는 녀석, 구석진 자리여서 잘 보이지 않을 거란 믿음이 산산이 부서지는 순간이다.

"그게 뭐야? 내놔."

"아, 선생님. 저, 그게…."

"내놓으라고 했지?"

은주가 다시 소리쳤다. 아이들이 시선이 집중되고, 녀석은 서랍 속으로 숨겼던 물건을 쭈뼛쭈뼛 꺼내들었다.

"수업 중엔 스마트폰을 끄라고 했을 텐데? 넌 예의도 모르니?"

스마트폰에 빠져 사는 아이들, 수업에 지장을 주고 정신건강에도 악영향을 끼치는 터라 요즈음 각 학교에선 학교장의 재량에 따라 엄격히 통제하고 있다. 수업시간엔 전원을 끄자는 약속, 어기면 벌점으로 이어지는 규칙을 만들었더니 반응이 썩 괜찮았다. 아예 쓰지 말라는 것도 아니어서 대부분 잘 따라 주고 있지만 가끔 한 번씩 청개구리처럼 펄쩍 뛰어오르는 녀석은 감당하기 힘들다. 게다가 녀석은 상습범이었다.

"뭐가 그렇게 재미있니? 나도 좀 보자."

"안 돼요, 선생님!"

"안 되긴 뭐가 안 돼? 우와! 이거 최신 폰이잖아!"

새로 산 스마트 폰에 손때라도 묻을까 녀석이 은주의 팔을 붙잡는다. 꿀밤만 한 대 얻어맞고 자리로 돌아가는 녀석, 주변에서 웃음이 터졌다.

"조용히 하고 여기 좀 봐. 전효성이 누구더라? 연예인인가?"

"가수요!"

"시크릿이요!"

여기저기에서 떠드는 아이들, 녀석이 보던 스마트폰 액정에 멋진 포즈로 제 매력을 드러낸 아이돌 가수가 있다. 시크릿이라는 여성 4인조 그룹의 리더란다. 싸이 이후론 요즈음의 가요를 잘 모르는 은주였지만 예쁘장하게 생긴 이 아가씨가 웬일인지 낯설지 않다.

"아, 얘가 얼마 전에 말도 안 되는 소리 했던 그 애야?"

그녀를 알아본 은주의 입술이 피식 비틀어지고, 아이들은 야단이 났다. 인터넷을 뜨겁게 달구었던 사건, 하지만 오래 되어 대부분의 사람들이 잊어버린 그 사건을 이제 와서 다시 들추려 하니 영 못마땅한 반응이었다.

"선생님! 선생님도 전효성이 잘못했다고 생각하세요?"

창가에 앉은 한 아이가 불쑥 소리쳤다. 대번에 야유가 쏟아지고, 분위기는 험악해졌다. 그날의 사건이 팬들 사이에도 갈등을 불러온 모양이다.

"그럼 넌 그걸 어떻게 생각하니?"

"……."

은주가 되물었지만 녀석은 대꾸가 없다. 다른 아이들도 마찬가지다. 그날, 따뜻한 바람이 살랑거리던 그 봄날, 어느 방송에 출연한 그녀의 충격적인 한 마디가 모두를 얼어붙게 만들었다.

"불편하겠지만 처음으로 돌아가 볼까? 어떻게 된 상황이었지?"

"시크릿이 라디오에 출연했어요!"

"응, 그래서?"

"선생님! 민주화가 도대체 뭐예요?"

한 녀석이 대뜸 소리쳐 물었다. 장렬하게 산화한 민주 투사들이 지하에서 벌떡 일어날 그 한 마디, 성질 급한 녀석의 질문에 은주는 푹 한숨부터 쏟아냈다.

"너무 앞서가지 말고 천천히 얘기해 보자. 그날 전효성이 뭐라고 했더라? 기억하는 사람?"

"저희는 개성을 존중하는 팀이거든요. 민주화시키지 않아요."

교탁 바로 앞에 앉은 아이가 수학 공식을 외듯 중얼거렸다.

"하나만 물어보자. 우리나라 한국의 정식 국가 명칭이 뭐지?"

"대한민국이요!"

"그래, 맞아. 그럼 대한민국은 무엇의 약자일까?"

"…?"

갸우뚱거리는 아이들, 녀석들 뿐 아니라 대부분의 국민들이 이 질문엔 대답하지 못한다.

"대한민국은 대한 민주주의 공화국의 약자야."

"에이, 말도 안 돼요! 공화국은 북한에서 쓰는 말이잖아요!"

"정말 그럴까? 그럼 대한민국의 영문 표기법은 뭐지?"

"Republic of Korea!"

"그런데?"

"…?"

다시 아이들의 고개가 갸우뚱 비틀어진다. 그들 중엔 여전히 이해하지 못한 녀석도 있겠고, 무언가 깨달은 녀석도 있을 거다.

"이 바보들아! Republic이 공화국이라는 뜻이잖아! 헌법에도 나오는데 몰라? 대한민국은 민주 공화국이다!"

"어? 그러네?"

제 스스로 말하고도 기가 막힌 녀석, 옆 자리에 앉은 짝꿍과 키들키들 웃음을 터뜨렸다.

"공화국이란 민주주의 국가이고, 법치국가라는 뜻이야. 한 마디로 공화정치를 하는 나라를 말해. 그럼 공화정치란 뭘까? 혹시 아는 사람?"

다시 스마트폰을 뒤적이는 녀석들, 여태 전원을 끄지 않은 청개구리가 아직 많았나보다. 벌점을 왕창 줄 거라고 으름장을 놓았더니 그제야 말을 듣는다.

"선생님! 이해할 수가 없어요! 북한의 국호는 조선 민주주의 인민 공화국이라는데, 지금 무슨 말씀을 하시는 거예요? 선생님 혹시 간첩이에요?"

"아이고! 성질도 급하셔라!"

아이들이 까르르 웃음을 터뜨렸다. 배꼽 잡는 아이들 사이에서 홀로 심각한 녀석, 수업에 임하는 자세가 아주 마음에 든다.

"국어사전에서 공화정치를 찾아보면 '주권이 한 사람의 의사에 의해서가 아니라 합의체의 기관에 의하여 행사하는 정치'라고 쓰여 있어. 어떻게 생각하니?"

"그럼 전제 왕권과 반대되는 개념인가요?"

"그렇지. 모든 권한과 권력이 군주에게 있고, 왕이 곧 법인 경우야. 우리나라에선 조선시대가 그랬지. 그럼 북한은 어떨까?"

“북한은 한 사람이 독재를 하잖아요.”

“북한의 영어식 표기는 Democratic People Republic of Korea거든. 북한에서 주장하는 민주주의는 사회주의를 지향하는 민주주의야. 그래서 자기들은 사민주의 국가라는 거지.”

“공화국이라는 건 주권이 국민에게 있다는 뜻이죠? 한국의 민주 공화국과 북한의 인민 공화국은 어떤 차이가 있나요?”

어려운 질문이다. 다시 한 번 인터넷에 접속하는 그녀, 우파와 좌파를 따지며 정치 놀이에 심취한 바보들의 피곤한 말싸움을 피해 제대로 된 의미를 찾느라 잠시 수업이 중단되었다.

“주권이 국민에게 있고, 국민이 뽑은 대표자가 국정을 운영하는 나라. 이걸 민주 공화국이라고 해. 이번엔 인민 공화국을 찾아볼까?”

“제가 먼저 찾았어요!”

한 녀석이 소리쳤다. 책상 위에 떡 하니 올려놓은 태블릿 PC, 새로 샀다며 자랑하는 녀석의 머리를 쥐어박고 은주가 웃었다.

“그래, 얘기해봐. 인민 공화국이 뭐야?”

“인민이 주권을 갖고 대표 기관을 통해 그 주권을 행사하는 국가래요. 공산주의 국가에서 흔히 쓰는 말이라는데요?”

“인민을 위한 나라라는 뜻이겠지만 북한에선 얘기가 달라. 사실상 독재국가이고, 왕권 국가나 다름없어. 벌써 세 사람이 나라를 대물림하는데도 인정하지 않는다면 바보가 아닐까?”

제대로 이해한 아이들이 고개를 끄덕였다.

“어쨌든 북한과 다르게 한국은 자유 민주주의 공화국이야. 아까도 얘기가 나왔지만 공화국은 주권이 국민에게 있는 나라라고 했어. 민주주의는 국민이 권력을 가짐으로서 행사하는 정치 형태를 말해. 그래서 자유 민주주의는 개인의 자유와 권리를 보장하는 정치적 평등을 지향하지."

"선생님! 너무 어려워요!"

"그렇지? 그만큼 민주주의는 제대로 실현되기가 힘들어. 그런데 전효성은 도대체 무슨 말을 한 걸까?"

"……."

안타까운 표정으로 한숨짓는 아이들, 저들 중에는 분명 시크릿의 팬도 있을 거였다.

"선생님! 전효성은 민주화의 뜻을 정말 몰랐어요. 그렇게까지 욕을 먹어야 했나요?"

"음, 너희가 만일 전효성의 팬이었다면 우르르 몰려든 악플러들과 대판 싸웠겠지?"

"말도 마세요! 죽을 뻔 했어요!"

울상을 지으며 녀석이 소리쳤다. 더 들어보지 않아도 알 것 같다. 욕설과 인격 모독, 성적 비하도 서슴지 않는 익명의 악플러들과 한바탕 전쟁을 치르느라 시크릿의 팬들은 파김치가 되었을 거다.

"너희 말이야. 그 악플러들과 어떻게 싸웠니?"

"네?"

"정면으로 반박할 근거를 내세워야했을 텐데, 정말 그렇게 했니? 전효성이 일베라고 몰아붙이는 악플러들에게 뭐라고 대꾸했어?"

"……."

잠시 입을 다문 녀석, 아무래도 그날의 순간을 떠올리는 모양이었다. 난장판이 되어버린 팬 페이지, 하룻밤 사이에 기사는 수백 개가 쏟아졌고, 사람들의 손가락질을 이기지 못한 전효성은 끝내 울음을 터뜨렸다.

"내 생각인데, 너희는 제대로 된 대응을 못했을 거야. 왜냐고? 너희 역시

민주화가 뭔지 잘 모르니까….”

“…….”

“개성은 존중하지만 민주화시키지 않는다. 공산화하겠다는 뜻이야. 각자의 개성을 하나로 공유한다고? 대한민국은 민주 공화국인데 개성을 민주화하지 않는다고? 도대체 그게 무슨 소리지?”

“…….”

“그래, 맞아. 전효성은 정말로 민주화가 뭔지 몰랐어. 알았다면 방송에서 그런 말을 함부로 내뱉지 못했을 거야. 그렇지?”

“…….”

“너희, 4.19혁명이 뭔지 알아? 5.18 광주민주화운동이 뭔지 알고? 6.10항쟁은? 그런 것도 모르면서 민주화를 들먹여? 몰랐기 때문에 그런 말을 썼겠지만 이건 그렇게 욕을 먹을 만큼 우리나라의 한 획을 그은 중대한 역사야.”

역사를 모르는 아이들, 이건 개인적으로나 사회적으로 크나큰 문제이며, 일차적 책임은 아이들을 가르치지 않은 어른들에게 있다.

“자, 지금부터 우리나라에 무슨 일이 있었는지 설명할 거야. 관심 없는 사람들은 졸아도 상관없어. 시끄럽게 떠들지만 마.”

은주는 한국의 과거사를 끄집어낼 생각이다. 몇몇은 곯아떨어질 게 분명하지만 남은 아이들에게라도 제대로 된 역사를 가르쳐야 한다. 그것이 또 다른 전효성을 만들지 않는 길이다.

“우리나라의 초대 대통령은 누굴까?”

“이승만이요! 백발 할아버지!”

“그래, 맞아.”

키득거리는 녀석을 따라 은주도 웃었다. 흑백 사진 속의 이승만 대통령은 참으로 인자해 보인다. 무릎 위에 손자를 앉혀 놓고 옛날이야기를 들려줄 것 같은 한가한 노인. 생긴 대로 논다는 우스갯소리를 누가 만든 걸까? 이승만 대통령은 제 생긴 대로 국민을 가지고 놀았던 사람이다.

"전쟁 이후의 모습을 찍은 사진이 인터넷에 있던데, 혹시 본 사람?"

"저요! 완전 대박이었어요!"

한 아이가 손을 번쩍 치켜들었다. 부모를 잃고 하염없이 울어대는 고아, 갈 곳 없는 어른들도 무너진 집터에 웅크리고 앉아 멍청히 하늘만 올려다볼 뿐이다. 척박한 땅에서 나무뿌리를 캐먹던 노인은 언제 죽을지 몰랐고, 미군의 뒤꽁무니를 쫓아다니며 먹을 것을 구걸하던 사람도 자존심 따위는 버린 지 오래였다. 폐허 속에서 굶주린 사람들, 사진 속의 한국은 철저하게 파괴되어 아무 것도 남은 것이 없었다. 오죽하면 맥아더 장군이 '이 나라를 재건하는 데에 백년이 걸릴 것이다.'라고 했을까! 그 시절, 만약 바른 사고를 가진 사람이 나라의 지도자였다면 그는 자기가 해야 할 일을 명확하게 알았을 것이다. 국가와 민족을 위해 제 한 목숨 희생하는 것쯤이야 당연하게 받아들였을 것이다. 하지만 현실은 그렇지 않았다.

"당시에 정부는 무능했고, 부패했대. 제 잇속만 챙기려는 사람들이어서 국민들은 도저히 두고 볼 수가 없었다나봐."

민심은 곧 천심이라는 말이 있다. 하지만 그 시절의 민심은 야당에게 향해 있었고, 야당은 1960년 5월에 있을 대통령과 부통령 선거에 승리하여 이승만의 자유당 정권을 몰아내야만 했다. 권력에 눈이 먼 사람들, 12년이나 해먹었으면 물러날 줄도 알아야지, 뭐가 그렇게 아쉬웠던 걸까? 아이들에겐 착하고 바르게 살라고 가르치면서 정작 어른들은 돈과 권력에 미쳐 어쩔 줄을 몰라 한다. 국민들의 사랑을 한 몸에 받는 야당의 선거 운동을 방해하던 자유당 정권, 결국 일을 저질렀다. 3,15 부정선거를 규탄하는 시위에 참가

했던 김주열 열사의 참혹한 죽음을 설마 모른다고 발뺌하지는 않겠지. 알루미늄 최루탄이 눈에 박혀 변사체로 발견된 그의 나이 겨우 열일곱, 불의를 참지 못하고 분연히 일어섰던 그의 죽음은 4.19혁명으로 이어진다. 사람들은 그저 등 따시고 배부르게 살고 싶었을 뿐이다. 자유로운 민주국가, 전쟁 없고 평화로운 세상에서 아름답게 살고 싶었을 뿐이다. 무려 12년 동안 권좌를 지킨 이승만 대통령, 제 욕심만 채우려던 그 한 사람 때문에 너무나 많은 사람들이 다쳤고, 너무나 많은 사람들이 죽었다. 자유를 갈망하는 국민들의 몸부림을 이기지 못하고 이승만은 결국 스스로 물러나는 길을 선택한다. '불의를 보고 국민이 좌시한다면 나라는 희망이 없다.'라고? '학생들의 궐기는 우리 선열들의 독립 투쟁과 3.1운동을 이어받은 것이다.'라고? 하야를 결정한 이승만 대통령이 그렇게 말했더란다. 위키 백과 보다가 웃기는 또 처음이다. 곰곰이 따져보자. 이는 곧 스스로 자신의 잘못을 인정하고 뉘우친다는 뜻이지만 한편으로는 국민을 우습게 알았다는 뜻이기도 하다. 그는 국민들이 가만히 있을 줄 알았던 걸까? 설마 '고기가 없으면 빵을 먹으면 되죠.'라던 유럽의 어느 정신 나간 여자처럼 생각하지는 않았겠지. 독립 투쟁과 3.1운동의 정신을 굳이 이어받지 않아도 국민들은 12년을 배불리 살아온 이기적인 지도자를 그냥 놔두고 싶지 않았을 것이다. 백범 김구 선생의 죽음에도 관계가 있네, 없네, 하는 판국이기까지 했다면 누구든지 열 받아 폭발할 지경이었을 거다. 그런데 참 이상하다. 어째서 이승만 대통령이 남베트남의 응오딘지엠과 닮았다는 생각이 드는 걸까? 혹시나 해서 인터넷을 뒤졌더니 정말 있다. 이승만 대통령의 제거 계획을 아홉 번이나 세웠더라는 미국의 이야기까지 보인다. 우와! 무서운 세상이다! 후손으로서 이런 건 배우지 말아야겠다는 생각이 든다.

"5.18 광주민주화운동이라는 게 있어. 못 들어본 사람 손 들어봐."

아이들은 조용하다. 인터넷을 돌아다니며 한번쯤 스쳐 지나 봤거나 전효성의 그 한 마디가 어째서 욕을 먹어야 했는지 알아보던 중에 발견했을 수도 있다.

"광주 민주화 운동은 광주 민중 항쟁이라고도 해. 지역명이 나왔지? 전라도 광주에서 일어난 사건이야."

박정희 대통령이 김재규의 총에 살해 되었다는 소식이 전해진 순간, 29만원 할아버지는 발 빠르게 움직였다. 전 국민의 민주화 열망을 잠재우기 위해 전두환은 그들 세력과 야당의 정적을 제거해야만 했다. 야당의 인물 중 가장 많은 지지를 받은 김대중, 그의 정치 고향 광주는 하필 민주화 운동이 가장 활발하던 곳이었다.

"4.19혁명이 이승만을 반대하는 사람들의 외침이라면 5.18광주 민주화 운동은 전두환과 신군부 세력을 반대하는 사람들의 몸부림이었어."

군사 반란을 일으켜 실권자가 된 전두환, 나라를 지켜야 할 군인들이 정치 단상에 올랐다. 언론을 통제하고, 모든 국가 기관을 장악하더니, 자신에게 방해가 될 만한 정치인들을 모조리 감금했다. 민주주의에서 멀어진 대한민국, 순식간에 총과 칼로 무장한 군인들의 세상이 되어버렸다. 장담하건대, 스크루지와 맞장 떠도 총으로 쏴서 이겨버릴 이 욕심쟁이를 칭찬할 사람은 아무도 없을 것이다. 나이 어린 동자승도 스님이라고 제법 아는 척을 하는 판에 그 당연한 진리를 혼자만 몰랐나보다.

온몸으로 민주화를 부르짖던 사람들, 군부의 대응은 강경했다. 화려한 휴가라니! 누구의 작품인지 작전명 한 번 끝내주게 잘 지었다. 충격과 공포를 외친 미국 부시 대통령의 뺨을 후려 치고 남을 기세다. 그때, 공수부대가 출동하여 사람들을 죽였다. 시위대뿐 아니라 무고한 시민까지 잡아다 폭행하고 살해했다. 무자비한 폭력, 신군부는 그렇게 다스리면 사람들이 입 다물고 조용히 짱 박혀 있을 줄 알았던 거다.

과거를 되새기자. 멀리 갈 필요 없이 일제 강점기만 보더라도 우리는 일본군의 침략을 환영하지 않았다. 대한 독립 만세를 외쳤고, 태극기를 흔들었다. 그들이 총칼을 휘두를 때 우리는 맨 손으로 맞섰다. 일본이 그랬듯 총을 쏘고, 최루탄을 터뜨리고, 몽둥이로 때리면 광주 사람들이 두 손 모아 싹싹 빌 거라고, 대한민국은 네 거니까 네 마음대로 하세요. 정말 이럴 줄 알았다면 바보다.

그 시절을 소재로 만든 영화 '화려한 휴가'가 몇 년 전 개봉했을 때, 인터넷에 이런 이야기가 올라왔다. 그날 죽은 사람이 너무 많아 일일이 처리할 수 없어 공사판에서나 볼 법한 중장비를 동원했다는 거다. 그 영화를 전두환의 고향 합천에서도 상영을 하네, 마네, 말들이 많았지만 그 후 어떻게 되었는지는 별로 궁금하지 않다. 그것보다 중요한 건 당시 언론을 장악한 군부의 조작으로 무고한 시민들이 간첩으로 누명을 썼다는 데에 있다. 북한의 김일성이 개입한 폭동이라고? 남한 내 좌익 세력의 반란이라고? 소설가 황 모 씨가 월북하여 꾸며낸 이야기라고? 지랄도 풍년이다. 도대체 제정신들인가? 지금 '나 일베요!'하고 까불겠다는 건가? 요즘 중동지역에서 벌어지는 민주화 시위가 그 시절의 대한민국과 얼마나 닮았는지 정말 모른다는 건가? 상식적인 생각을 할 줄 아는 어른이라면 후손들을 위해서라도 제발 그따위 정치 놀음은 그만 두었으면 한다.

"전효성이 욕을 먹은 결정적인 이유가 있어. 궁금하지 않니?"

"그게 뭔데요?"

"라디오 방송에 출연했다는 그날이 언제였지? 정확한 날짜 혹시 알아?"

"5월…. 언제더라…?"

고개를 흔드는 아이들, 아무리 시크릿의 팬이라지만 스케줄까지 꿰고 있지는 않은가보다.

“정확히 언제였든 그때가 5월이란 사실이 중요해.”

“왜요?”

“광주 민주화 운동은 우리나라 역사에 길이 남을 중대한 사건이야. 그 시절의 희생 덕분에 지금 우리나라 사람들이 편안하게 살고 있는 거야. 그래서 지금도 매년 그날만 되면 기념식이 열려. 그런 중요한 날을 앞두고 ‘우린 민주화시키지 않아요!’했으니 당연히 욕을 먹을 수밖에….”

여전히 아이들은 고개를 갸우뚱거리거나 뒷머리를 긁적인다. 아무 것도 모르는 아이들, 그렇다고 왜 이해해주지 않느냐며 매질을 하거나 욕할 수도 없다. 벌써 오랜 세월이 흘렀고, 그래서 아무리 설명해봤자 지금은 무용지물일 뿐이다.

“이건 선생님 생각인데, 객관적인 역사 판단은 후손들의 몫인 것 같아.”

“왜요?”

“그 시절을 겪어본 사람은 자신의 입장, 즉 주관적인 입장만을 내세울 수밖에 없거든. 객관적인 시각이라는 건 제3자에게만 가능하지. 그렇기 때문에 김대중 대통령이 노벨 평화상을 받은 걸지도 몰라.”

책상에 고개를 처박은 아이들이 많다. 전체의 반이나 되었고, 남아있는 아이들도 쏟아지는 졸음을 참느라 힘겨워 보였다. 아무래도 이쯤에서 그만두어야할 것 같다.

“1987년에 있었다는 6.10항쟁이 뭘까? 박종철이라는 사람이 어째서 고문과 폭행을 당했을까? 이한열이란 사람은 왜 최루탄에 맞아 죽었을까? 그렇게 위풍당당하던 전두환 대통령은 왜 7년 만에 스스로 권좌에서 내려왔을까? 이 모든 것을 알고 깨닫는 순간 너희는 더 이상 민주화를 함부로 입에 담을 수 없을 거야.”

졸지 않고 버티던 한 아이가 문득 시계를 본다. 이제 5분 후면 종이 울릴 거다.

"자! 다들 일어나! 수업 끝났어!"

짝짝짝, 은주의 박수 소리에 놀라 아이들이 벌떡 깨어난다. 지금 이 순간에도 역사가 흐른다는 말을 해주려다가 은주는 꾹 참았다. 역사란 스스로 깨닫는 것이다.

"혹시 이번 주 일요일에 시간 되는 사람 있어? 벗에서 어린이들을 모아놓고 다문화 동화 구연 놀이를 할 거야."

여전히 비몽사몽 정신없는 녀석들, 잠이 싹 달아날 한 마디를 해주어야겠다.

"좀 전에 너희 담임선생님이 복도를 지나다가 잠든 애들이 몇 명인지 세고 가셨거든. 어떻게 생각하니?"

"으악!"

한 녀석이 비명을 질렀다. 종례 시간에 있을 담임선생님의 잔소리, 오늘도 집에 일찍 가기는 글렀나보다.

"일요일 날 와서 봉사 활동을 하면 봉사 점수 팍팍 줄게. 아니면 말고."

"에이, 진짜…!"

마음 놓고 자다 웬 날벼락인지 싶을 거다. 어떻게 하면 좋을지 몰라 저희끼리 수군거리는 아이들을 내버려 두고 교실 밖으로 나왔을 때, 은주는 저도 모르는 한숨을 내쉬었다. 만일 전효성이란 아이가 내 제자였다면 지금쯤 옆에 앉아 위로의 말을 해주었을 텐데…. 넌 죄가 없어. 잘못된 역사를 만들고, 그 역사마저 가르치지 않은 어른들, 그러고도 왜 역사를 모르느냐며 따지는 어른들, 아무 것도 모르는 젊은이들에게 책임을 떠넘기는 어른들에게 도리어 죄를 물어야 해. 우리, 공부하자. 어른들처럼 살고 싶지 않다면 우린 반드시 공부해야 해. 그것이 또 다른 널 막는 길이란다. 내 말 무슨 말인지 알았지? 그러니 울지 말고 웃으렴. 오늘도 예쁜 노래 기대할게.

평소에는 7, 80대 어르신들의 컴퓨터 교육 시설로 쓰이던 시청각실이 오늘은 꼬마 아이들로 바글바글하다. 다문화 동화 구연 놀이 행사에 초대된 유치원생들이었다.

"자! 이게 뭘까? 아저씨 손에 든 풍선이 뭘 닮았어요?"

"토끼요!"

"아니야! 고양이야! 토끼는 귀가 크잖아!"

"귀 작은 토끼도 있어!"

"그게 뭔데?"

"몰라! 그런 게 있어!"

피에로 복장을 한 선우가 제 얼굴만큼이나 우스꽝스런 몸짓으로 풍선 인형을 만드는 중이다. 길쭉한 풍선은 선우의 손놀림을 따라 고양이로 변했다가 토끼로 변했다가 강아지로도 변하는 등 아이들의 시선을 빈틈없이 사로잡는다. 언제 말싸움을 했느냐는 듯 까르르 웃음을 터뜨리는 아이들, 뭉게구름 둥실거리는 하늘색 벽지로 도배해 놓으니 시청각실은 어느새 아이들의 놀이동산이 되어 있었다. 어린이들만의 장난감 천국을 만들기 위해 이 방의 모든 컴퓨터와 책상을 창고로 옮겨버린 두 남자, 고생스럽겠지만 행사가 끝나면 본래의 모습으로 되돌려 놓아야 한다. 어르신들의 컴퓨터 강좌가 내일은 오전부터 있을 예정이다.

"응아이 씨, 여기 좀 보실래요?"

"…?"

분홍빛 아오자이 차림의 응안 티 응아이를 불러 세운 건 다름 아닌 김 기자다. 그 역시 오늘의 행사에 초대되어 참석자들의 인터뷰를 따느라 한참

전부터 취재팀과 부산하게 움직이고 있었다.

"아오자이가 참 예쁘네요! 잘 어울려요!"

"오랜만에 입었어요. 살 쪄서 못 입을 줄 알았는데, 딱 맞아요."

"살이 쪘어요? 어디에?"

김 기자가 여기 저기 찾아보는 시늉을 하자 지켜보던 현장감독이 키들키들 웃음을 터뜨렸다. 만면에 미소를 띠는 그녀, 김 기자의 입가에 웃음꽃이 피어난다.

"여태 굳은 얼굴이었던 거 알아요? 웃으니까 예뻐졌어요."

"미안해요. 떨려서요."

"긴장하지 마시고요. 카메라 보고 베트남 말로 인사 한 번 해주실래요?"

방긋 웃는 그녀의 얼굴에 카메라 앵글에 들어찬다. 아오자이 하나만 입었을 뿐인데, 흔히 볼 수 없는 이국적인 자태가 너무나 아름다워 저쪽에서 태훈은 연신 플래시를 터뜨리고 있다.

"형아, 우리 엄마한테 반했어?"

지석이 녀석, 시선을 떼지 못하는 태훈이 재미있었나보다. 제법 우쭐거리는 표정이다.

"아빠가 엄마한테 반한 것도 아오자이 때문이래."

"그래?"

"아오자이는 베트남의 전통 의상이지만 회사에서 유니폼으로도 입나봐."

우리는 흔히 아오자이 하면 하얗게 나풀거리는 모습을 떠올린다. 그러나 새하얀 아오자이는 학생들의 교복일 뿐이다. 전통 의상이지만 전통 의상의 차원을 넘어 평복이나 정복으로 입기도 한다는 아오자이, 전쟁이 끝나고 통일을 이룩하던 시절에 베트남 공산정권은 여성들의 아오자이 착용을 금지했다고 한다. 고스란히 드러난 가슴과 엉덩이가 미풍양속을 해친다는 이유에서다. 하지만 개방 이후 규제가 풀려 변화하는 사회의 흐름을 따라 아오자이의 색깔도 다양해졌다.

"와! 예쁘다!"

아름다운 엄마와 찍은 사진을 들여다보며 지석이가 소리쳤다. 내일 학교에 가면 자랑할 거라고 정신없이 떠드는 녀석, 바로 그때, 응안 티 응아이가 손가락을 입에 가져가며 조용히 하라고 속삭인다. 아이들의 시청각실에서 동화 구연 놀이가 이제 막 시작되고 있었기 때문이다.

"안녕하세요? 나는 태국 사람이에요."

제일 처음으로 아이들 앞에 나선 사람은 치앙마이가 고향이라는 태국 출신 여성이었다.

"태국 말로 '안녕하세요.'는 '사와디캅'이예요. 따라 해요."

두 손 모아 합장하는 불교 국가의 인사법이 아이들은 재미있다. 서로 마주 보며 사와디캅! 소리치는 녀석들의 기특한 장난질에 지켜보던 어른들이 와르르 웃음을 터뜨렸다.

"여러분! 신데렐라 알아요?"

"네!"

"콩쥐팥쥐는?"

"알아요!"

참새처럼 지저귀는 아이들을 보고 그녀가 웃었다. 태국 대사관의 협조로 현지에서 공수해왔다는 전통 의상 타이프라 라차니옴(Thaiphra ratcaniyom), 그녀의 황금빛 왕실 예복은 아오자이 못지않게 예쁘고 화려하다.

"태국의 어느 마을에 피군이란 아이가 살았대요. 예쁘고 착한 아이예요."

문득 그녀가 구석진 자리에서 아이들의 손가락 장난을 제지하는 선생님에게 다가간다. 시선이 집중 되자 영문을 몰라 하는 선생님의 얼굴이 재미있었던지 벌써부터 키득키득 웃음소리가 들려온다.

"피군이네 엄마가 이렇게 못생겼어!"

"하하하하!"

제 얼굴을 일그러뜨려 스스로 괴물이 되어버린 선생님, 왁자지껄 웃어대는 아이들의 모습을 카메라 감독은 놓치지 않았다

"피군한테는 언니가 있었는데, 엄마처럼 못생겼대요. 둘은 예쁜 피군이를 매일 괴롭혔어요. 나쁜 사람들이에요."

"예뻐서 질투한 거예요?"

"네, 그런가 봐요."

금피군꽃, 제목부터 낯선 외국의 동화였지만 노는 듯 즐거운 분위기여서 아이들의 눈빛은 초롱초롱하다.

"하루는 못생긴 엄마가 피군이한테, '야! 숲에 가서 물 길어와!' 했어요. 힘든 일이지만 피군이는 엄마 말을 잘 들었어요. 연못가에 가서 열심히 물을 긷고 있는데, 어떤 할머니가 짠! 하고 나타나서 '피군아, 나 물 좀 주세요.' 했어요."

한국어가 서툰 그녀, 그러나 아이들은 신경 쓰지 않았다. 그녀의 과장된 몸짓으로 표현하는 마법사 할머니의 등장이 마냥 반가울 따름이다.

"'착한 피군아, 넌 이제 말을 할 때마다 입에서 금피군꽃이 나올 거야.' 할머니가 말했어요."

"와! 마법사 할머니가 마법을 부렸다!"

"네, 맞아요! 이 마법사 할머니는 나무의 요정이었대요. '너, 왜 집에 늦게 와?' 엄마가 야단쳤어요. 피군이가 엄마에게 '엄마, 잘못했어요.' 응? 이게 뭐지?"

피군의 입에서 금피군꽃이 튀어나왔다며 카드 뭉치를 우르르 토해내는

마술사처럼 그녀가 또 한 번 과장된 몸짓과 표정을 지어 보인다. 깔깔깔 즐거워하는 아이들을 따라 어른들도 흐뭇하게 그녀의 뒷이야기를 기다렸다.

"앗! 금이다! '엄마는 금피군꽃이 더 갖고 싶어요. 그래서 계속 말을 시켰지만 피군이는 지쳐서 이제 말 할 수 없어요. 불쌍해요."

안타까운 아이들의 얼굴에 그늘이 졌다. 착한 주인공의 시련, 하지만 반전의 묘미를 알면 아이들은 더 이상 실망하지 않을 거다.

"못생긴 엄마는 금피군꽃이 필요해서 이번엔 피군이 언니한테 '야, 너, 물 길어와. 할머니 만나면 물 떠줘.' 했어요. 연못에 간 언니는 할머니가 아니라 아가씨가 나타나서 화를 냈어요. '너 나빠! 너는 이제 말을 하면 입에서 벌레가 나올 거야!' 아가씨가 그렇게 말했어요."

"으아악…!"

아이들이 기절할 듯 비명을 질렀다. 입에서 꽃이 아닌 벌레가 나온다니, 생각만으로도 끔찍하다.

"못생긴 엄마는 기분이 나빠서 피군이에게, '너, 왜 거짓말 해? 집에서 나가!' 했어요."

그때, 한 아이가 울음을 터뜨렸다. 여주인공에게 닥친 시련이 안타까운 녀석, 달래주는 선생님의 손을 잡고 화장실로 향했다. 자, 이제 이야기는 종반으로 치닫는다. 집에서 쫓겨나 숲속을 방황하는 피군, 그녀를 발견한 건 백마 탄 왕자였다. 피군의 사연을 듣고 왕자는 그제야 마법사 할머니의 도움이 있었다는 사실을 깨달았다. 왕자의 도움으로 어려운 환경을 극복한 피군. 그리고 두 사람은 결혼하여 행복하게 살았다고 한다. 마치 신데렐라나 콩쥐팥쥐 이야기처럼 착하고 바르게 살면 반드시 좋은 일이 있을 거란 교훈을 주는 동화였다.

"엄마, 긴장하지 마."

시청각실 바깥에 서서 차례를 기다리는 엄마에게 지석이가 씨익 미소 지어 보인다. 힘내라며 손을 잡아주는 기특한 아들을 품에 안고 응아이는 무겁게 한숨을 쏟았다. 태훈의 부탁으로 덜컥 행사에 참석하겠다고 했지만 잘할 수 있을는지 모르겠다. 자칫 실수라도 했다가는 아들 녀석이 크게 실망하고 말 거다.

"신짜오, 안녕하세요? 나는 베트남 사람이에요. 이거 먹을래요?"

납작한 원뿔 모양의 바구니에서 응아이가 초콜릿과 사탕을 꺼내들었다. 서로 받겠다고 아이들이 우르르 몰려든 바람에 시청각실은 잠시 소란스러워졌다.

"하하하…!"

또래보다 머리 하나가 더 큰 사내 녀석이 문득 요란하게 웃어댄다. 간식거리로 가득했던 바구니를 머리에 뒤집어 쓴 그녀, 사실 그것은 바구니가 아니라 '농'이라는 베트남 전통 모자였다. 뜨거운 열대의 태양을 가리기에 유용한 그들만의 전통 모자 말이다. 분홍빛 아오자이와 농, 조금 전에 만났던 태국 여인과 또 다른 멋이 느껴지는 차림이다.

"나는 응안 티 응아이라고 해요. 어린이 여러분, 베트남 알아요?"

"알아요! 쌀국수!"

"맞아요. 베트남은 쌀국수로 유명해요. 와! 똑똑하다!"

아이들에게서 탄성이 쏟아지고, 정답을 맞힌 녀석은 부끄러운 듯 얼굴이 빨갛게 달아올랐다.

"여러분, 착하고 좋은 일을 많이 한 사람은 상을 받는다고 배웠어요?"

"네!"

"그럼 친구를 괴롭히는 나쁜 사람은 어떻게 되요?"

"벌을 받아요!"

입가에 초콜릿을 잔뜩 묻힌 녀석이 소리쳤다. 그 당연한 진리를 아이들은 아주 잘 알고 있었다.

"맞아요. 나쁜 짓을 하면 안 된다는 베트남의 이야기를 해줄게요."

똘망똘망 호기심 가득한 눈빛의 아이들과 천사처럼 미소 짓는 그녀, 태훈의 아이패드에 아주 멋진 모습이 찍혔다. 종이 사진으로 인화하여 지석이에게 선물해야겠다. 액자에 넣으면 더 멋진 작품이 될 거다.

"돈이 아주 많은 부자 부부가 있었어요. 부부는 재산에 욕심이 많아서 거지가 '밥 좀 주세요.' 하면 마구 때렸어요. '저리 가! 저리 가!'"

허공에 발길질을 해대는 응아이, 못된 구두쇠 부부의 표정을 연기하느라 눈을 크게 뜨고 괴성까지 질렀더니 아이들에게서 다시금 웃음소리가 터져 나왔다.

"마을 사람들은 부자 부부를 미워했대요. 좋아하는 사람은 따로 있었답니다."

"그게 누구예요?"

"부부의 집에서 일하는 하녀래요. 착하지만 얼굴은 못생긴 아가씨예요."

집으로 찾아온 거지에게 먹던 밥을 내밀었다는 대목에서 아이들은 불안한 표정이었다. 못된 부부가 하녀의 선행을 알면 큰일이 날 거라고 생각했기 때문이다.

"'아가씨, 고마워요.' 거지 아저씨가 하녀에게 또 말했어요. '만일 산에 올라가면 샘물로 세수를 하세요. 좋은 일이 있을 거예요.'라고 말이에요."

"그래서 하녀가 세수를 했어요?"

"네, 그러자 하녀는 갑자기 예쁜 얼굴로 변했대요."

"얼마나 예뻐요?"

"세상에서 가장 예쁜 얼굴이었어요. 소녀시대보다 더 예쁘대요."

감탄사를 연발하는 아이들, 소녀시대를 능가한다는 주인공의 미모를 상상하는 표정이었다.

"'와! 선녀가 나타났다!' 마을 사람들이 하녀를 칭찬했어요. 하지만 부자 부부는 질투했어요. '너, 어떻게 해서 예뻐졌니?' 하고 물어봤어요."

"그래서 사실대로 얘기해 줬어요?"

"착한 하녀는 부부에게 샘물로 세수를 하면 된다고 친절하게 설명했어요."

구두쇠 부부에게 변화가 찾아오는 시점이다. 뒷이야기가 궁금한 아이들, 아직 남은 사탕과 초콜릿을 오물거리며 응아이의 목소리에 귀 기울였다.

"지석아, 저쪽으로 가자. 여긴 안 되겠어."

북적거리는 시청각실 주변의 안전이 염려되어 태훈은 지석이를 테리고 사무실로 돌아왔다. 출연진들의 임시 대기실로 사용하는 터라 사무실도 어수선하긴 마찬가지였다.

"형아, 우리 엄마 연기 잘하지? 어렸을 때 배우가 꿈이었대."

"정말?"

제 엄마의 기막힌 연기력이 자랑스러운 녀석, 때마침 시청각실에서 아이들의 웃음소리가 들려온다. 샘물로 세수를 한 부부는 점점 몸에서 털이 자라더니 원숭이로 변해버렸다. 하녀에게 속았다고 생각한 부부가 부랴부랴 집으로 달려가고, 하녀는 다시 나타난 거지 아저씨가 시킨 대로 마당에 불을 피웠다. 하녀에게 달려들던 부부는 넘어지며 엉덩이를 불에 데고 만다. 아이들이 웃은 건 아마 보기 좋게 당한 부부의 꼴이 재미있었기 때문일 거다. 원숭이로 변한 부자 부부는 산으로 도망가 숨어 살았고, 하녀는 그들의 재산을 어려운 이웃에게 나누어 주었다고 한다.

착한 사람은 복을 받고 나쁜 사람은 벌을 받는다는 권선징악 두 가지의 이야기. 어른들의 일그러진 세상 속에서 태국과 베트남의 전래 동화는 오늘도 아이들에게 늘 맑고 순수한 영혼을 간직해 달라는 교훈을 전한다. 이제 어른들에게 남겨진 과제란 아이들의 순박한 꿈을 지켜주는 것일 테다. 더 이상 사람들이 눈물 흘리지 않으려면 반드시 그렇게 해야만 한다.

"지석아, 엄마랑 베트남에 가본 적 있니?"

"…?"

시원하게 콜라를 들이켜던 녀석의 시선이 태훈에게 날아든다. 무슨 뚱딴지같은 소릴 하느냐는 표정이다.

"아니, 가본 적 없어. 형아도 알잖아. 엄마는 공장에서 일하느라 바빠."

"잘 알지. 그런데 지석아, 혹시 가고 싶지는 않아?"

"……."

쉴 틈 없이 일하는 외국인 노동자의 사정을 뻔히 알면서 모르는 척 한다고 생각했을까? 녀석은 못내 서운한 표정이었다.

"사실은 형이 조만간 베트남에 갈 생각이거든. 같이 가자는 말을 하고 싶어서…."

"뭐라고?"

베트남에 가자는 말 한 마디만 했을 뿐인데, 녀석은 놀라 입이 벌어졌다. 최 노인이 내준 숙제를 풀기 위한 여행을 준비 중인 걸 알면 뭐라고 대꾸할까?

"형아, 나도 가고 싶지만 엄마는 공장 때문에…."

"휴가를 달라고 하면 되지. 그건 형이 얘기해줄게."

"…!"

기연가미연가(*其然-未然-*) 태훈의 속내를 못미더워하던 지석이의 얼굴이 비로소 밝아진다. 밝아지다 못해 아예 울어버릴 것만 같은 표정이다.

"사장님께는 꼭 허락을 받아줄게. 걱정하지 마."

"형아, 정말이지? 정말 베트남에 가는 거지?"

"그래, 정말이야. 엄마의 고향에 가서 이모를 만나자. 함께 바닷가에 가서 물놀이도 하고…."

"우와! 형아 최고!"

캔 콜라가 넘어져 바닥을 적시는 것도 모르고 녀석이 태훈에게 와락 달려든다. 엄마의 고향, 다낭의 푸른 바닷가에서 물장구를 치고 싶다던 녀석이었다. 그동안 바쁘다는 핑계로 설렁설렁 넘겼지만 이제는 그럴 수 없다. 할 일이 많아 바쁘지만 당장 준비해야겠다.

"엄마! 엄마!"

시청각실에서 나온 엄마에게 달려가는 지석이, 아들이 전해준 소식에 놀라 응아이는 입을 다물지 못했다.

1961년 5월 16일 새벽, 완전 무장한 군인들이 장갑차를 몰고 한강 다리를 건넜다. 제2군 사령부 부사령관이던 소장 박정희를 중심으로 육군사관학교 출신 장교들은 채 아침이 오기도 전에 서울의 국가 주요 기관을 모두 점령한다. 그들은 자칭 군사 혁명 위원회, 4.19혁명으로 이승만 대통령이 하야한 뒤 윤보선 대통령과 장면 국무총리가 그 자리를 메우고 있었으나 엉망진창으로 망가진 대한민국을 바로잡을 대책 따위는 없었다. 이대로 가면 대한민국은 기세 등등 목소리가 커져 가는 북한의 손아귀에 놀아나고 말 것이었다. 무능한 정부를 가만히 두고 볼 수 없었다는 그들, 경제 재건과 부정부패 척결, 반공, 친미 등을 목적으로 정권을 장악하니, 이는 대한민국 근현대사에서 결코 빠져선 안 될 초대형 액션 블록버스터 급 사건이다. 이른바 5.16 군사정변이었다. 이 사건을 두고 군사정변이다, 혁명이다, 지금까지도 말들이 많다. 사전적 의미로 정리해 보자. 흔히 쿠데타라고 부르는 군사정변은 소수의 군 세력이 무력으로 정부를 무너뜨리는 것이고, 아래에서부터 개혁한다는 혁명은 권력이나 조직의 갑작스런 변화로 이어진다. 또한 이것은 민중의 참여가 있기에 가능하다. 군대를 일으켜 권력을 쥐었으니 쿠데타라고 주장하는 무리와 그로 인해 개혁 및 수많은 정책으로 나라를 일으켜 세웠으니 혁명이라고 주장하는 무리. 박정희 대통령의 첫 번째 평가는 무구한 세월이 흐르도록 해결되지 않았고, 그리하여 인간의 양면성을 화두로 잡은 나의 숙제도 불안하게 시작되었다. 각 잡힌 군모에 선글라스를 걸쳐 쓴 남자, 키가 작아 왜소해 보였지만 허리춤에 매달린 총과 절도 있는 걸음걸이는 그를 범상치 않은 인물로 보기에 충분했다. 표정 없는 그 얼굴과 마주한 순간, 윤보선 대통령은 과연 무슨 생각을 했을까? 올 것이 왔구나, 했던가보다. 2013년 5월 17일자 조선일보 기사에 이런 내용이 있다.

「무기력한 장면 정부가 위기를 극복할 수 없어 조만간 민중의 불만이 폭발하거나 혁명이 일어날 가능성이 높다.」

「장면은 계속 숨어 지내고, 우리에게 모습을 드러내지 않고 있다. 그는 용감하다는 평가를 받지 못했다.」

하나는 군사 정변 바로 직전 주한 미군 원조 사절단(USOM)의 부단장이 케네디 대통령에게 보낸 보고서의 내용이고, 다른 하나는 정변 이후 주한 미군 사령관이 미국 국무부에 보낸 전보의 내용이다. 마치 고종 황제 아관파천하듯 장면은 군사정변이 일어나자마자 수도원인지 기도원인지에 틀어박혀 있다가 결국 사임하고 만다. 아무 짝에도 쓸모없는 국무총리도 국무총리라고, 입바른 소리일망정 곁에서 위로의 말 한 마디라도 붙여주었어야 할 그가 비겁하게 도망쳐 버리니 윤보선 대통령은 체념한 얼굴이었다고 한다. 정변을 주도한 핵심 인물, 대한민국 역사에 굵직한 획을 그은 박정희의 시대가 바로 그 순간 시작된 것이다.

「양심적인 정치인에게 정권을 이양하고 군은 본연의 임무에 복귀할 것.」

이는 혁명 공약으로 내걸었던 여섯 가지 약속 중 하나이다. 그는 처음에 3년간의 군정통치가 끝나면 민주적인 방식으로 대선을 치른 뒤 물러날 것이라고 했다. 민주 공화국의 일원으로서 그것은 옳은 판단이었고, 당연한 생각이었다. 그리하여 나라가 선진국 대열에 합류할 만큼 성장해준다면 군사쿠데타 따위는 그게 아무리 잘못된 방식일 지라도 흘러간 역사의 일부로 남아 후손들은 기억조차 할 수 없었을 것이다. 하지만 현실은 달랐다. 대선을 앞둔 어느 날, 그는 연임이 가능한 윤보선 후보의 맞상대로 불쑥 나타난다. 나라가 안정되면 본연의 자리로 돌아가겠다더니, 그가 혹시 초심을 잃었던 걸까? 아니, 그는 어쩌면 애초부터 권력에 탐이 나 쿠데타를 일으켰던 것인지도 몰랐다. 어수선한 시절이었다. 각기 다른 계층의 세력들이 정치 전면에 끼어들 움직임을 보여 왔고, 엘리트로 손꼽히던 군 수뇌부의 욕심은 아예 군사정변을 불러오기까지 했으니 그런 생각을 하지 않을 수 없다. 역시 인간이란 생명체는 권력 앞에 무기력한 존재인가보다. 스스로 내세웠던 공약을 번복하고 대선에 출마한 박정희는 결국 1963년, 대통령으로 선출된다. 대한민국 역사상 최장기 집권자였던 박정희, 지금의 젊은 세대가 잘 모르는 인물이지만 후손으로서 반드시 알아야 할 인물임에 분명하다. 그는 가망이 없어 보였던 대한민국의 경제를 기어코 살려낸 사람이다. 한강의 기적으로 전쟁의 후유증을 단숨에 극복한 사람이었다. 그러나 18년을 장기집권하고, 유신헌법을 만들어 민주화를 외치던 사람들을 탄압한 독재자이기도 했다. 김재규의 총에 쓰러지고 수십 년의 세월이 흘렀지만 그 시절을 둘러싼 사람들의 평가는 군사정변이냐, 혁명이냐를 놓고 따지는 첫 번째 과제만큼이나 어려웠다. 그의 정체는 과연 무엇인가. 선과 악, 과연 어느 편에서 바라보아야 하는가! 도저히 모르겠다. 궁금한 건 절대 참지 못하는 대한민국의 젊은이들이여, LTE-A 급으로 답변해주는 네이버 지식인에게 물어보자. 박정희 대통령을 비판하는 이유가 무엇인가! 검색해보니 복잡하고 무거운 궁금증을 떠안은 젊은 세대가 꽤 많다. 참으로 한심하다. 차라리 클럽에 가서 아랫도리 부비부비 세상만사 다 잊고 즐겁게 놀면 될 것이지, 왜 이렇게 어려운 주제로 골치를 썩이는가! 이 문제의 정답은 간단하다. 어른들의 시대가 끝나고 우리의 시대가 도래했기 때문이다. 같은 역사를 반복하고 싶지 않은 우리, 어른들처럼 살지 않으려면 우린 더 이상 흥청거려선 안 된다. 가난한 이 나라의 경제를 살리기 위해 노력한 박정희와 민주주의를 탄압한 박정희, 분명 한 사람인데 어째서 두 가지의 모습을 동시에 보여주었을까? '비공개'라며 자신을 드러내지 않은 누군가 말했다.

「효율성을 극대화하면 민주성이 낮아지고, 민주성을 극대화하면 효율성이 낮아진다.」

그래서 박정희의 선택은 효율성이었다고? 도대체 그게 무슨 뜻일까? 여전히 이해하지 못하는 사람들에게 그는 '경제는 곧 효율'이라고 덧붙였다. 박정희 대통령은 나라의 효율적인 발전을 위해 민주화가 아니라 경제를 선택했다는 것이다. 사실 그때의 대한민국은 이념을 따질 만큼 한가롭지 않았다. 1960년대 1인당 국민 소득 103달러, 풀뿌리라도 캐먹어야 할 만큼 배가 고팠고, 굶어죽지 않으려면 어떻게든 허리띠를 졸라 매야 했다. 돈을 벌기 위해 시골에서 상경하는 사람도 많았다. 개미처럼 일만하던 그들, 그러다 힘이 들면 노래를 불렀다.

빨간 꽃 노란 꽃 꽃밭 가득 피어도
하얀 나비 꽃나비 담장 위에 날아도

따스한 봄바람 불고 또 불어도
미싱은 잘도 도네 돌아가네.

지금은 멤버 한 사람이 죽고 없는 혼성 그룹 거북이가 이 민중가요의 일부를 자신들의 데뷔곡으로 편곡하여 불렀을 때 어른들은 불편한 심기를 드러냈다. 그 시절의 공순이와 공돌이가 얼마나 힘들게 일했는지 아느냐며, 고통스럽기만 하던 그 시절을 모르는 어린 것들이 그따위 장난스런 랩 음악을 부른다며 야단이었다. 우리 젊은 세대는 그 시절을 몰랐기에 알 도리가 없었고, 알 필요도 없어서 어른들의 호통을 한 귀로 듣고 한 귀로 흘려버렸다. 혹시 아직 늦지 않았다면 우리 스스로 가사를 되짚어보자. 새소리 우지짖고, 꽃봉오리 살금살금 자태를 드러내는 봄날, 햇살마저 따스한 그 계절에 산으로 들로 소풍이나 다닐 귀여운 십대 아이들. 팔랑팔랑 허공을 맴도는 나비 한 마리에 까르르 웃음을 터뜨리고, 길가에 흩뿌려진 꽃잎에 눈물적실 깜찍한 사춘기 아이들이 허리 한 번 펴기 힘든 작은 방에 처박혀 미싱질을 했다. 봄내음 따위야 눈코 뜰 새 없이 바쁜 그들에겐 사치였다. 주 5일제 근무? 자기계발? 여름휴가? 해외여행? 배가 불러서 터지기 일보 직전인 우리 젊은 세대는 그 시절의 눈물을 결코 이해할 수 없다. 미친 듯 일만 하다 병에 걸려 쓰러져도 누구 하나 관심 갖지 않는 삭막한 환경에 내던져져 있었다. 내 삶을 위해 남의 삶이 어떻게 되든 말든 신경 쓰지 않았고, 신경 쓸 겨를도 없었다. 요즘이야 근로자가 작업 중에 죽거나 다치면 산업재해다, 뭐다, 이것저것 챙겨준다지만 옛날엔 말 같지도 않은 소리였을 거다. 전태일 열사가 근로기준법을 지켜달라며 분신을 했던 바로 그 시절이었다. 어렸을 때 나는 전태일의 죽음을 다룬 영화 〈아름다운 청년 전태일〉을 보고 무슨 내용인지 이해하지 못했다. 중학생이었고, 일만 하고 살던 그 시절의 아이들과 비슷한 나이였지만 철없는 나는 그들의 고충을 전혀 몰랐다. 그저 전태일의 역할을 맡은 배우 홍경인이 대역 한 번 쓰지 않고 제 몸에 불을 붙여 가며 열연하는 모습에 홀라당 반해버렸을 따름이다.

고통을 이기지 못하고 몸부림쳤던 그들의 쓸쓸한 노래, 봄이 와도 그 봄을 맞이할 여력도 없이 로봇처럼 기계적으로 일만 하던 그들의 눈물. 코리안 드림의 희망을 안고 한국에 찾아온 외국인 노동자들을 떠올려 보라. 자신들의 처우를 개선해달라며 목 놓아 외치던 그들의 시위 말이다. 기계에 손가락이 잘려 나가고, 뱃속 어딘가에 이상이 생겨도 고통을 호소할 수 없는 그들의 한스러운 모습이 옛 시절의 어른들과 닮아있지 않은지 고민해볼 필요가 있다.

우리가 모르는 그 시절, 그렇게 악착같이 살아가느라 배움의 기회마저 잃어야 했던 아이들 못지않게 어른들의 고충도 이만저만이 아니었을 것이다. 사우디아라비아라는, 도대체 어디에 붙어있는지도 모를 나라로 가서 일해야 했던 우리의 아버지들이 있었다. 독일로 간 사람들은 또 어떤가. 남자는 광부로, 여자는 간호사로 일했다. 언어가 통하지 않는 그곳에서 인종차별을 겪고, 가난한 나라에서 왔다며 갖가지 수모를 당하면서도 눈물조차 흘릴 여유 없이 바쁘게 움직였다. 베트남 전쟁에 참전한 군인들도 마찬가지다. 목숨을 걸고 싸운 그들의 참전 수당은 나라의 경제 발전을 위해 국고로 넘어갔다. 그들이 손에 쥔 건 미군 병사의 20%밖에 되지 않는 푼돈이었다.

지금의 우리가 이렇게 잘 먹고 잘 사는 이유는 바로 당시를 살던 우리 어머니 아버지의 땀과 눈물이 있었기에 가능했다. 그 고통의 나날이 있었기에 배부른 우리가 이제는 다이어트에 몸부림치는 여유를 누릴 수 있었던 거다. 국민들의 땀과 눈물로 이루어낸 한국경제, 한강의 기적은 분명 찬사 받아 마땅한 박정희 대통령의 쾌거일 것이다

「유신 독재가 무엇인가요?」

응? 본 적도 없고 알지도 못하는 옛 시절을 상상하며 감상에 빠져 있던 나는 인터넷에서 발견한 이 한 마디가 무슨 뜻인지 몰라 눈만 껌뻑였다. 자, 이제 박정희 대통령의 다른 면을 살펴볼 차례가 온 거다. 자신의 정체를 드러내지 않았던 네이버의 '비공개'님 말씀대로 '경제는 곧 효율'이고, 그래서 경제를 살리느라 박정희 대통령에게 민주주의 따위는 당장 중요하지 않았을지도 몰랐다. 하지만 두 마리 토끼를 동시에 잡을 방법은 정말 없었을까? 속이 배배 꼬인 인터넷의 누군가는 박근혜 대통령을 두고 '유신 공주'라며 비난을 일삼는다. 도대체 유신 체제가 무엇이기에 부녀가 대를 이어 욕을 먹어야 하는 가. 어디 한 번 제대로 알아보자.

2012년 10월 17일, 유신 40년을 맞이한 그날 서울신문은 박정희 대통령이 유신헌법을 만든 원인에 대해 '1971년에 있었던 대선에서 당시 야당의 대표였던 김대중 후보와의 크지 않은 득표 차에 위기감을 느꼈기 때문'이라고 설명했다. 어느 날부터인가 국민들의 지지를 받기 시작한 김대중이 박정희에게는 눈엣가시였다는 거다.

「우리 민족의 지상 과제인 조국의 평화통일을 뒷받침하기 위하여 우리의 정치체계를 개혁한다.」

이것은 1972년 10월 17일에 있었던 박정희 대통령의 선언이다. 여기까지만 보면 참 멋지다. 평화 통일을 위해 노력하겠다는 대통령의 단호한 결의였으니 말이다. 그런데 그날에 발표한 유신헌법은 입이 딱 벌어질 내용들로 가득하다. 대통령 직선제 폐지, 때에 따라 헌법 효력을 일시 정지시킬 수 있는 긴급조치권을 포함하여 대통령에게 입법, 사법, 행정 등 국가의 모든 권력을 부여하고, 대선은 국민이 아닌 통일주체국민회의에서 간접선거로 진행하며, 대통령의 임기는 6년으로 연장한다. 또한 연임제한을 폐지하여 종신토록 집권한다. 유신헌법, 한 마디로 '나 혼자 다 해먹겠다!'라는 뜻이니 그렇게 박정희 대통령은 스스로 능력자가 되었다. 언론도 국민도 그의 뜻을 반대할 수 없고, 자유로운 정치적 견해를 표현하거나 다른 의견을 제시하는 순간 긴급조치가 발동, 체포되어 구금되는 사태로 이어진다. 자유로운 민주국가에서 자유를 박탈하니 더 이상 이 나라는 민주 공화국이 아니었다. 왕이 곧 법이라는 조선시대의 임금도 신하들이 반대하면 제 뜻을 능히 펼 수 없었다. 왕보다 더 특별한 권한을 스스로에게 부여한 박정희, 말로만 민주주의를 부르짖는 북한의 김일성과 다를 게 없었다. 불만이 있으면 말해보라, 내 친히 그 주둥이를 찢어줄 테니! 민주화를 외치고 싶으면 나와 보라, 내 친히 네 몸뚱이에 몽둥이찜질을 하사할 테니! 그런 그에게 제대로 당한 사람이 있었으니 바로 김대중이었다.

1971년의 대선에서 박정희 대통령의 맞상대였던 김대중은 민주주의를 갈망하는 국민들의 사랑을 먹고 무럭무럭 자라났다. 대선에서 승리하여 세 번째로 연임에 성공했지만 박정희 대통령은 자꾸만 치고 올라오는 김대중의 존재가 여간 불편한 게 아니었을 거다. 유신헌법은 김대중이 신병치료 차 일본에 간 사이에 만들어졌다. 그 해 김대중은 반 유신운동을 벌이다 도쿄 한복판에서 괴한에 의해 납치된다. 바다에 수장되기 바로 직전 그는 일본 측에 의해 구조되고, 이 사건으로 일본에서는 주권 침해라며 강력히 항의하기에 이른다. 국내외로 여론의 질타를 받았던 이 사건, 인터넷을 뒤져보면 대부분 대놓고 박정희 대통령이 주도했다는 말은 하지 않고 있다. 그러나 김대중을 납치한 사람들이 중앙정보부 요원인 걸 보면 유신 정권 수장의 계획적인 사건이 맞는 것 같다. 민주주의를 부르짖는 사람들의 숨통까지 옥죄어 가며 자신의 존재를 더욱 강력하게 만들었던 박정희 대통령, 공부하기 이전부터 어느 정도 예상은 했지만 역시 그는 무서운 사람이었다. 2012년 1

2월, 18대 대선에 출마한 세 명의 후보들이 한 자리에 모여 토론을 벌이던 날이었다.

「새누리당 박근혜 후보를 떨어뜨리기 위해 나왔습니다.」

뭐가 그리도 재미난 지 생글생글 웃으며 말하는 통합진보당의 이정희 후보, 박근혜 후보는 아직 순서가 아닌데도 사회자의 지적을 받아가며 반박할 만큼 울컥하던 순간이 몇 번 있었던 것 같다. 혼란스런 그 와중에 통합민주당의 문재인 후보는 마른 침만 꼴딱꼴딱 삼킬 뿐이었다. 원래 여자들끼리의 싸움에 남자가 잘못 끼어들면 싸움은 더 커지게 되어 있다. 그 순간의 침묵은 과연 현명하시다. 그리고 다시 이정희 후보, 그녀의 입에서 나온 말은 박근혜 후보 뿐 아니라 온 국민을 경악히게 만들었다.

「충성 혈서를 써서 일본군 장교가 된 다카키 마사오, 한국 이름 박정희. 어쩌고저쩌고…. 군사 쿠데타로 집권하고 한일협정을 밀어붙여, 어쩌고저쩌고…. 유신 독재가 어쩌고저쩌고…. 뿌리는 속일 수 업씀다!」

우와! 대놓고 씹어대는 이 여자 배짱 좀 보소! 대선 토론회가 이렇게 재미있을 거라고는 생각지도 못했다. 가끔 이렇게 재미있는 사람이 나와 줘야 투표할 맛이 나는 거다. 5년 전에 다 같이 웃고 즐겼던 허경영의 원맨쇼만큼은 아니었지만. 그나저나 '다카키 마사오'란 이름은 느닷없이 왜 튀어 나왔을까? 이제 모두가 알아버린 과거, 박정희 대통령은 일제 강점기 시절에 일본군의 장교였다. 1944년 일본 육군사관학교를 졸업하고 해방될 때까지 관동군 중위로 복무하면서 항일 독립군을 때려잡았다. 일본이 전쟁에서 패배하여 조선 땅을 떠나갔을 때 그는 조선 국방 경비대 육군 소위로 근무했고, 대통령이 되기 직전까지 주욱 군인으로 살았다. 끝내주는 친일 행적, 그러나 대통령이 되었을 때 그는 옛 시절과 전혀 다른 모습을 보여준다. 경제개발 5개년 계획, 가진 돈이 없었던 그는 결국 일본에게 도움을 요청한다. ‘한일협정’ 또는 ‘한일국교정상화’라고 인터넷에서 검색해보라. 굶어 죽기 일보 직전인 한국에게 일본은 저리(低利)의 차관을 제공한다. 문제는 여기에서 시작되었다. 경제발전을 위해 돈을 빌렸다는 한국, 그러나 일본은 그 돈이 식민지배 배상금이었다며 위안부 문제와 독도 문제 등등 온갖 전쟁범죄를 제대로 된 사과 한 마디 없이 얼렁뚱땅 넘어가려고 했다. 일본의 주장대로라면 그 시기에 주었다는 식민 지배 배상금으로 박정희 대통령은 나라의 경제 발전에 보태 썼고, 멋모르는 국민들만 아직도 일본에 감정적이고 적대적인 눈빛을 보내고 있는 거다. 일본의 입장은 단호했다. 이미 끝난 문제를 왜 아직까지 들먹이느냐는 거다. 서로 다른 주장으로 또 쌈박질을 해대니 얼마 전 일본의 법원은 제 나라 정부에게 그 시절의 자료들을 공개하라고 명령했다. 일본 정부가 그럴 수 없다며 항소 서한을 보냈다는데, 이유가 뭘까? 밝히고 싶지 않은 뭔가가 있겠지만 궁금한 건 아니다. 어차피 유리한 쪽은 한국이란 사실이 확실해졌으므로 우리는 넓은 아량을 베풀어 그들에게 묵비권을 행사할 권리를 주고, 빠져 나갈 구멍도 하나쯤 만들어 놓자. 대신 구멍은 작은 것이어야 한다. 아쉬우면 다이어트 하라고 해라.

아, 이야기가 엉뚱하게 새버렸다. 한일협정은 박정희 대통령의 친일 행각과 관계없이 나라의 경제발전에 보탬이 되고자 진행한 일이었던 것으로 보인다. 하지만 일본의 애매한 태도로 난처해졌으니 먹지 않아도 될 욕을 먹었다는 게 내 결론이다.

아무리 그래도 새누리당의 ‘이정희 방지법’은 좀 웃기긴 했다. 내가 2012년에 출간한 소설집 『가면』에 〈꿈에〉라는 단편소설이 있다. 임팩트 강한 소설이라며 내가 쓰고 내 스스로 뿌듯해하던 작품인데, 그 소설의 일부 내용을 잠시 소개하고자 한다.

어려운 이웃을 위해 봉사하는 사회사업가가 있다. 그는 돈이 많은 사람이며, 그간 모은 돈으로 불우한 이웃을 도왔다. 어느 날 그가 교통사고로 사망하여 하늘나라로 날아갔다. 옥황상제가 그에게 말했다.

「너는 살아있을 때 악착같이 돈을 벌어 그 돈으로 이웃을 도왔다. 그러나 악착같이 돈을 벌기 위해 너의 주변인들을 또한 악착같이 괴롭혔다.」

나는 소설에서 '남을 돕는다는 건 또 다른 남을 핍박해야 가능하다.'고 했고, '개같이 벌어 정승같이 쓴다는 우리네 속담처럼 스스로 개가 되어 남을 물고 뜯고 살다 보면 어느새 정승이 되어 착하게 살겠다고 다짐한다.'라고 했다. 그렇다면 이 사회 사업가는 과연 선인(善人)인가, 악인(惡人)인가. 천국행과 지옥행의 선택을 묻는 옥황상제의 목소리에 남자는 그저 기막힌 듯 웃을 뿐이었다. 내 소설은 한 사람만의 예로 끝나지 않았다. 조직 폭력 집단의 우두머리, 소위 '큰 형님'이 죽어서 하늘나라에 갔다. 주먹으로 한 평생을 살아왔고, 그 주먹으로 돈을 만졌으며, 또 그 주먹으로 선량한 사람들을 괴롭혔다. 그래서 남자는 자기가 지옥으로 떨어질 거라 믿었다. 염라대왕이 말했다.

「너는 조직의 안녕을 위해 모든 악행을 저질렀다. 허나 그렇게 벌어들인 돈으로 편찮으신 어머니의 병간호를 하지 않았느냐?」

천국행과 지옥행을 선택하라는 염라대왕의 명령에 남자는 어머니가 계신 곳으로 가겠다고 대답한다. 일찍이 중국의 맹자(孟子)는 '인간의 본성은 착하다.'라고 했고, 순자(荀子)는 순한 그 이름과 어울리지 않게 '인간의 본성은 악하다.'라고 했다. 그러나 내 소설에서 옥황상제와 염라대왕은 이렇게 말했다.

「모든 인간은 선하면서 악하고, 악하면서 선하다.」

인간의 양면성을 말하기 위해 쓸데없는 소리를 지껄여봤다. 〈꿈에〉는 원래 특정 인물 한 사람을 염두에 두고 쓴 소설은 아니지만 유감스럽게도 적당한 비유를 찾지 못해 어쩔 수 없이 끌어다 썼다. 인간이란 어느 한 면만을 바라보고 평가할 수 없다는 생각이 든다. 이 나라의 대통령이었고, 이제는 세상에 없는 사람이어서 내가 함부로 평가해선 안 될 그의 잘잘못을 지금 이 시간에도 많은 사람들이 따지고 있다. 극과 극의 양면성을 보여준 사람. 기준 조차 다르고, 그래서 평가 자체가 불가능한 사람. 얼마 전에 나는 내 카카오 스토리에 박정희 대통령의 흑백 사진을 올려놓고 이렇게 적었다

「이 사람은 좋은 사람일까, 나쁜 사람일까?

이 사람의 딸이 대통령이 되었으므로 더 이상 우리 세대는 객관적인 평가를 할 수 없을 것이다.

한 대를 거르고 걸러, 즉 우리의 자식들이 또 자식을 낳고, 그 자식들이 어른이 되었을 때 비로소 그들은 역사책을 펼쳐놓고 그들이 모르는 과거를 객관적으로 평가할 것이다.

지금의 내가 나 태어나기 이전에 벌어진 전쟁들을 평가하듯이.」

그러나 이것은 채 5분도 지나지 않아 삭제하고 말았다. 내 카카오스토리 친구들 중에는 각자 다른 생각과 방식으로 세상을 보는 이들이 너무나 많다. 나는 그들과 싸우고 싶지 않다. 나는 전쟁이 아닌 평화를 사랑한다.

동서울터미널을 출발한지 약 세 시간, 버스는 강원도의 한적한 시골 마을에 태훈을 내려놓았다.

"하아…!"

에어컨 바람에만 의지하던 코가 비로소 맑은 공기를 들이마신다. 여기는 화천 공영 버스터미널, 매연에 찌들어 살던 서울 사람에게 산자락을 품어안은 이 마을은 마치 천국과도 같다. 답답했던 가슴이 시원하게 풀어지는 기분이다.

"오음리 가는 버스가 몇 시에 있어요?"

배차 시간표를 아무리 뒤져도 오음리 행 버스는 보이질 않는다. 고개만 갸우뚱거리던 태훈에게 매표소의 여자는 전혀 엉뚱한 방향을 가리켰다.

"저쪽 시장을 질러 가셔야 해요!"

"…?"

그제야 태훈은 시외버스 터미널과 시내버스 터미널은 따로 떨어져 있으니 잘 찾아가야 한다고, 멋모르고 공영 터미널에서 마냥 기다리다간 자칫 버스 시간 놓쳐서 해맬 수도 있을 거라는 인터넷 블로거의 말이 떠올랐다. 매표소 여직원이 가리킨 대로 화천시장은 터미널 바로 옆에 있었다. 대형 할인마트가 시장의 전부인 줄 알았던 서울 촌놈에게 골목골목으로 이어진 재래시장은 눈요깃감이다. 얼른 아이패드를 꺼내 시장의 전경을 사진으로 남겨놓는다. 구도, 각도 따위 필요 없이 아무렇게나 찍어도 시골의 구수한 향취가 그대로 묻어난다.

"…?"

재미있는 사진 하나가 찍혔다. 여자 친구와 나란히 시장 길을 걸어가는 군인, 비록 뒷모습이었지만 그의 얼굴 표정이 바로 눈앞에서 아른거린다. 얼마나 보고 싶었는지 아느냐고, 피부가 많이 상했다며 걱정하는 여자 친구의 간드러진 콧소리에 하늘로 날아가 버릴 듯 최고의 기분을 만끽하는 중일 거다. 전방이 가까운 지역이라 한시도 긴장을 놓지 못했던 사내들은 오랜만에 만난 여자 친구가 반갑기 그지없다. 대한민국 남자라면 한번쯤 겪어봤을 이 즐거운 순간, 외출 및 외박 허락을 받고 이제 막 부대에서 뛰쳐나온 녀석들은 제 여자 친구와 회포를 풀 생각에 벌써부터 가슴이 뜨거워지는 모양이었다. 깨소금 볶는 냄새가 여기저기에서 날아드니 고소하면서도 한편으론 씁쓸하다. 군 제대 후 여자 친구를 만들어보지 못한 주변머리 없는 놈은 서러워서 못살겠다.

“여기, 시내버스 터미널이 어디에 있어요?”

일 바지 차림의 생선 가게 여 주인을 붙잡고 물었더니 ‘저기에 있는데 뭘 물어?’ 한다. 그녀의 손가락이 가리킨 끝에 낡은 차고지 하나가 있다. 컨테이너 박스를 잘라 만든 매표소는 북적북적 정신 사나운 도심 한복판의 대형 터미널과 비교하면 귀여울 지경이고, 이제 막 차고지로 들어온 시내버스는 마치 변두리 지역의 마을버스를 닮아 아담하다. 서울 사람은 모를 시골의 정취라는 게 혹시 이런 걸까? 태훈은 픽 웃음을 터뜨렸다.

“오음리 가는 버스죠?”

매표소에서 끊어온 승차권을 내밀며 태훈이 물었다. 하 오랜 세월 모진 풍상을 견디며 살아왔을 촌부의 새카만 얼굴, 담배를 입에 문 버스 기사는 대답 대신 고개만 끄덕였다. 배차시간을 맞추느라 터미널에 마냥 서 있던 버스는 허리가 구부정한 할머니 한 분이 비칠비칠 올라타는 것까지 확인한 뒤에야 출발했다. 시골 마을이지만 유동인구가 많아서인지 터미널 주변은 도시와 다를 게 없다. 부대 밖으로 나오자마자 피시방 앞에 모인 무리들은 오늘 밤을 게임으로 지새울 생각이고, 꼭 붙어선 연인들은 서로의 체온을 느끼는 것만으로도 마냥 행복하다. 흔해 빠진 젊은이들의 일탈, 낯설지만 소박한 멋이 담긴 시골 풍경과 어우러지며 객지 손님에게 쏠쏠한 재미를 안겨 준다.

“…?”

창밖 풍경에 빠져 있던 태훈은 순간 놀라 당황한 얼굴이 되고 말았다. 당연하리라 여겨온 문명의 흔적이 눈앞에서 사라져버린 것이다. 터미널을 출발한 게 바로 조금 전이었는데, 버스는 어느새 나무가 울창한 산길을 달리고 있다. 하늘을 뚫을 듯 솟아오른 산봉우리하며, 도도히 흐르는 파로호는 그 깊이조차 알 수 없고, 언제 갑자기 산짐승이 나타나 위협할지 모르는 산마루 고갯길을 마을버스, 아니, 시내버스는 털털털 요란한 엔진소리를 내뿜으며 달려간다. 산 넘고 물 건너 고갯길을 넘나드는 버스, 이 길 저편에도 버스를 기다리는 사람이 있을까? 어떻게 이런 산골짜기에 사람이 산다는 건지 서울 촌놈은 이해할 수 없다. 우리나라 사람들은 '화천'하면 산천어 축제와 소설가 이외수의 감성마을을 떠올린다는데, 산길을 달리고 달려 찾아간 오지마을에서 이외수처럼 괴이한 형상의 마을 사람들이 산천어를 뜯어먹고 있는 건 아닌지, 잠깐이었지만 태훈은 말도 안 되는 상상에 빠져 본다.

"저게 뭐지…?"

창밖에서 비춰드는 언덕 위의 하얀 건물, 순식간에 스쳐간 그것을 따라 태훈의 고개도 휙, 돌아서지만 더 이상 볼 수 없다. 버스는 여전히 파로호를 옆에 끼고 쉼 없이 달려간다.

"파로호 안보전시관…. 맞나?"

오음리로 향하는 길목에 한국전쟁 당시의 모습을 전시해놓은 곳이 있다. 중공군과의 혈전 끝에 승리했다는 화천지구전투, 제대로 설명하려면 남과 북이 이념 갈등으로 서로에게 총부리를 겨누던 시절로 거슬러 올라가야 한다. 1950년 6월 28일, 북한 인민군은 전쟁을 시작한지 3일 만에 남쪽의 수도 서울을 빼앗는다. 아무런 대비책도 없이 적을 맞이한 우리는 절대적으로 불리한 상황에 놓여 있었다. 뒤늦게 전열을 정비한 아군은 기세 등등 낙동강 전선까지 밀고 내려온 북한군과 맞섰고, 그해 9월에 유엔군 총사령관 맥아더가 계획한 인천상륙작전으로 결국 서울을 탈환한다. 사기가 오른 아군은 그 여세를 몰아 38선을 넘었고, 북진에 북진을 거듭하여 양몰이 하듯 함경남도 풍산 인근까지 적을 몰아 붙였으니 모두는 비로소 통일을 하게 되리라는 기쁨에 도취되어 있었다. 그때까지만 해도 아군은 중공군이 머릿수로

들이댈 거란 생각을 전혀 하지 못했다. 아니, 하기는 했다. 중국은 분명 미국에게 북한으로의 진격은 자국의 안전에 위협이 되므로 전쟁에 개입할 수 있다고 경고했다. 그러나 본토의 통일을 이룩한 지 약 1년 정도밖에 되지 않았고, 대만과의 마찰도 염두에 두어 미국은 그들의 참전을 회의적으로 받아들였다. 대륙의 백만 대군은 선전포고 한 마디 없이 압록강을 건너왔고, 다 이긴 게임을 놓친 우리는 1951년 1월 4일, 그들에게 다시 서울을 빼앗겨 후퇴한다. 인해전술로 쉴 새 없이 아군을 압박하던 중공군과 덕분에 사기가 오른 북한군의 진격으로 한반도는 대부분의 지역을 점령당했으며, 이제 공산국가로 통일될 위기에 놓여 있었다. 이 글을 쓰기 위해 인터넷을 뒤지던 중 당시 부산으로 철수했던 남한 정부가 자꾸만 치고 내려오는 적의 기세에 눌려 그 부산마저 버리고 제주도로 옮겨 갈 생각을 했더라는 이야기를 발견했다. 정말일까 의심할 만큼 놀라운 사실이다. 만일 생각에서 그칠 것이 아니라 실제 상황으로 이어졌다면, 그래서 섬으로 몰린 남쪽 정부가 백기를 들고 투항하는 사태로까지 번졌다면 지금쯤 우리는 어떤 모습으로 살고 있을까? 끔찍하다. 생각하고 싶지 않다. 그렇게 점령과 수복을 반복하던 서울 땅이 아군의 손에 돌아온 건 그해 봄, 국군과 유엔군의 반격으로 적은 다시 38선 이북으로 쫓겨 가야 했다. 중공군의 저항은 만만치 않았을 것이다. 아군과 중공군의 파로호 전투는 바로 이 시기에 있었다.

1950년 6월, 전쟁 개시 직전에 북한은 남한의 전기를 일방적으로 끊어버린다. 전력 가뭄에 시달리던 아군은 군수품의 조달을 위해서라도 38선 이북에 있던 화천 발전소를 반드시 손에 넣어야 했다. 이승만 대통령까지 나서 유엔군 사령관에게 발전소를 폭격하지 말아달라고 요청하니, 사실을 알아챈 중공군은 이곳에 군단 사령부를 설치하여 아군과의 눈치 싸움에 돌입한다. 꽃이 피고 햇살마저 따뜻하던 그 봄날, 유엔군의 지원을 받은 아군 장병들이 그들을 기습 공격하여 3개 사단 3만여 명을 호수에 수장하는 대승을 거둔다. 승전보를 전해들은 이승만 대통령이 한달음에 달려와 아군의 활약을 치하하니 중공군이 수장되었다는 이 호수를 깨트릴 파(破), 오랑캐 로(虜), 즉 '오랑캐를 무찌른 호수'라는 뜻의 파로호(破虜湖)라 불렀다.

파로호 안보 전시관에는 군복 차림이거나 민간인의 모습을 한 밀랍 인형들이 당시의 전투 현장 및 피난길의 비참한 생활상을 보여주고, 전투현황을 사진 자료와 함께 재현해 놓았으며, 당시에 사용하던 장갑차 등이 희생자 위령탑과 함께 전시되어 있으니 혹시나 이 지역으로의 여행을 준비 중이라면 한번쯤 둘러보는 것도 나쁘지 않을 것 같다.

"총각! 아까 어디 간다고 했지?"

버스 기사가 룸미러에 비친 태훈을 보고 물었다.

"오음리요."

"오음리 어디?"

"베트남 참전 용사 만남의 장이라는 곳이 있다는데, 혹시 아세요?"

"베트남…?"

오음리에 도착했지만 태훈은 아직 버스에서 내리지 않았다. 산 고개를 돌고 돌아 기어이 마주친 작은 마을, 인적조차 느껴지지 않는 이곳에 태훈은 낯설다.

"근처에 농협이 있대요. 오음리 간동 농협이라는데…."

"그래? 그럼 여기가 맞을 거야."

"…?"

버스에서 내렸더니 싹과 벼를 의미한다는 농협의 상징 마크가 눈에 들어온다. 간동 농협 하나로마트, 제대로 찾아온 것 같지만 인터넷 세상을 뒤지고 뒤진 끝에 얻은 정보는 여기까지여서 이제 어디로 가야 할지 모르겠다.

은행이나 우체국 등의 관공서가 간혹 눈에 띄었지만 주말이라 길을 물을 수 없으니 태훈은 막막하다.

"아, 그 월남전 기념관 말이지?"

한참을 해매다 마주친 인근 식당에서 그제야 목적지의 정확한 위치를 알 수 있었다. 수풀이 울창한 산자락, 이름도 외기 힘든 '베트남 참전 용사 만남의 장'이 바로 거기에 있다. 빠른 걸음으로 마을에서 약 20분, 먼 거리였지만 태훈은 한적한 시골 마을의 정취를 느끼며 쉬엄쉬엄 걸어가 보기로 한다. 인적이 드물어 고요한 마을이었다. 시끌벅적 부산스런 도시에서만 살아왔기 때문일까? 마치 폐촌인 양 텅 빈 듯 기척 없는 이 마을이 태훈은 영 어색하다.

"…?"

드디어 목적지에 도착했다. 로비로 들어서던 태훈, 문득 고개를 갸우뚱한다. 어찌된 일인지 이 넓은 전시관에 관람객은 단 한 사람뿐이다. 주인 잃은 안내 데스크는 둘째 치고, 옛 시절을 추억하고 싶어 찾아온다는 노병조차 오늘은 없다. 전시물을 따라 옮겨가는 발걸음 소리가 유난스럽게 느껴질 정도였으니 주말이어서 사람이 많을 거란 염려 따위는 기우에 불과했다.

"잘 만들었네…."

전시관 구석구석을 사진으로 남기며 태훈이 중얼거렸다. 1층의 제1전시관은 베트남에서 전쟁이 벌어진 이유를 사진 자료와 함께 설명하고 있다. 그들의 역사는 물론 당시 긴박하게 돌아가던 세계정세와 호치민이란 인물 소개 및 참전한 한국군의 일화까지 그 시절을 알 리 없는 요즈음의 젊은 세대가 봐도 충분히 이해할 수 있을 만큼 짜임새 있게 구성되었다. 글로 채 표현하기 힘든 부분은 곳곳에 붙박인 LCD 모니터가 인기척을 느낄 때마다 작동하여 영상으로 보여주고, 실제 전투에 사용했던 구식 무기류가 곳곳에 전시되어 관람객의 호기심을 불러일으킨다.

"이게 뭐지?"

태훈의 시선을 잡아끄는 것이 있었다. 군부대 훈련소를 배경으로 서 있는 손바닥만 한 밀랍인형들 하며, 천장에 매달린 스피커에선 정적을 깨는 기상나팔 소리가 들려온다. 유리관 속의 디오라마(diorama), 태훈은 얼른 아이패드에 손을 가져간다.

「오늘, 베트남에서 여러분의 목숨을 지켜줄 수 있는 가장 중요한 훈련인 사격 훈련을 실시하겠다! 모두 정신 바짝 차리고 훈련에 임한다! 알겠나?」

「예!」

이 전시관을 만든 사람은 당시의 모습을 좀 더 사실적으로 표현하고 싶었나보다. 한 자리에 고정된 밀랍인형들, 그러나 귓가를 울리는 성우의 목소리 연기가 관람객으로 하여금 사기충천한 병사의 표정을 떠올리게 한다.

사나이로 태어나서 할 일도 많다만,
너와 나 나라 지키는 영광에 살았다!
전투와 전투 속에 맺어진 전우야!
산봉우리에 해가 뜨고 해가 질 적에,
부모 형제 나를 믿고 단잠을 이룬다!

「여러분은 수색 및 매복 작전에서, 때로는 육박전으로 적을 제압해야 한다! 따라서 총검술 동작이 몸에 배게 습득하여…!」

훈련교관의 구령에 맞춰 진지하게 움직이는 병사들, 태훈의 입가에 미소가 걸려들었다. 연병장 곳곳을 옮겨 다니며 조명은 훈련병들을 비추고, 성우는 고된 훈련에도 힘든 내색 한 번 없이 '악으로 깡으로' 견뎌내는 병사들의 일사불란한 움직임을 연기하니 이쯤 되면 관람객은 자신의 군 시절이 떠올라 웃지 않을 수가 없다. 아마 총검술 훈련을 받던 날이었을 거다. 손에서 미끄러져 바닥을 구르는 총검, 그리고 놀라 당황한 병사와 그를 노려보던 훈련교관. 얼마나 무서웠던지 벌써 10여 년 전의 사건이지만 태훈은 아직도 그 순간을 기억한다.

「1중대! 제자리에 섯!」

붉은 모자를 깊게 눌러 쓴 훈련 교관이 소리치자 행진하던 애송이 병사들은 어느새 군기가 바짝 든 얼굴로 걸음을 멈추었다. 저녁 식사 시간인지 조명은 붉게 석양빛으로 물들어 있다.

「오늘도 수고가 많았다! 식사 시작!」

감사히 먹겠다고 소리치며 병사들이 수저를 집어 든다. 덜그럭 덜그럭 식판 긁어대는 소리, 걸신들린 듯 폭풍 흡입을 하는 병사들의 전투적인 식사 모습을 상상하던 태훈은 문득 군 시절 엄청난 식사량으로 피둥피둥 살이 오른 제 모습이 떠올라 하마터면 실수할 뻔 했다. 지금 동영상을 촬영 중인데, 웃음소리가 섞여들면 곤란하다.

"…!"

귓가로 흘러드는 은은한 취침나팔 소리, 조명이 꺼지더니 훈련소에 밤이 찾아왔다. 어둠 속에서 병사들의 내무반에만 불빛이 새어나오고, 태훈은 아이패드를 조작하여 유리관으로 플래시를 비춘다.

「아…. 이제 얼마 안 남았네….」

「그러게. 훈련 열심히 받아서 우리, 꼭 살아서 돌아가자.」

잠자리에 누운 병사들, 고된 훈련에 지쳤지만 참전을 앞둔 그들의 목소리는 어딘지 모르게 비장하다. 단 한 번도 겪어보지 못한 미지의 세계, 설레면서도 한편으론 긴장한 그들의 복잡한 심경이 고스란히 전달되고 있었다.

「암, 그래야지. 죽을 각오로 싸우면 꼭 살아남을 거야.」

「돌아가서 우리 어머니 호강시켜 드리고, 장가도 가고….」

고향에 두고 온 참한 그녀를 떠올리며 그가 키득키득 웃어댄다. 한밤중에 모포를 뒤집어 쓴 병사들의 대화는 뻔하다. 그녀가 예쁘냐고, 미치도록 예쁘다고, 얼마나 예쁘냐고, 여배우 누구보다 예쁘다고…. 그 순간부터 병사는 다른 병사들에게 시달리느라 잠을 잘 수 없다.

문득 헤어진 그녀가 떠오른다. 두어 달에 한 번씩 날 찾아오던 그녀, 하늘색 원피스가 참 잘 어울리는 여자였다. 치킨이며, 피자, 김밥, 과일 등 작은 몸집으로 어떻게 그 많은 것들을 바리바리 양손에 싸들고 다닐 수 있었는지 사랑의 힘이 아니면 불가능했을 것이다. 오로지 나만 사랑하고 나에게 모든 정성을 쏟아 붓던 그녀, 그런 그녀에게 나는 참 모질게 굴었던 것 같다. 막 상병 계급장을 달던 날이었나 보다. 내 남은 군 생활이 언제쯤 끝날지 매일 손꼽아보고 있다고, 시간이 잘 안 간다며, 기다리기 힘들다고 투정부리는 애교 섞인 목소리를 나는 그때 받아주지 않았다.

「그럼 꺼져!」

느닷없는 고함에 그녀는 놀란 얼굴이었을 거다.

「뭐라고?」

「꺼지라고! 나 같은 놈이 만나주는 것도 고마운 줄 알아야지, 어디서 앙탈이야?」

「…!」

「야! 서방님 다 먹었어! 치워!」

배부른 자의 허세랄까? 분노로 일그러진 그 얼굴을 봤더라면 바로 사과했을 텐데…. 그녀가 싸온 음식을 모두 먹어치우자마자 화장실로 달려간 것도 실책이라면 실책이었다. 더 이상 자리에 남아있지 않았던 그녀, 하지만 나는 그때 그 순간에도 무엇을 잘못했는지 전혀 깨닫지 못했다. 뒤늦게 사태를 파악하고 사과 편지를 보냈지만 아무리 기다려도 그녀에게선 연락이 없었다. 믿을 사람은 형뿐이기에 수소문 해달라고 부탁했더니 눈치 없는 놈이라는 잔소리만 날아들었다. 이미 늦었다는 사실을, 포기해야 한다는 사실을 반년이나 지난 뒤에야 깨달았다. 당황스러웠고, 그래서 잊어야 했다. 어떻게든 잊기 위해 모든 사역을 도맡아 했고, 한 번이면 족할 후임들의 군화를 매일같이 닦아주다가 선임에게 미쳤다는 소리까지 들었다. 그렇게 무던히도 애를 썼더니 어느 날부터인가 정말 잊어버렸다. 지금은 그녀의 얼굴이 기억나지 않는다. 이런 바보 같은 놈이 있나…!

"후우…!"

느닷없이 튀어나온 한숨소리에 태훈은 움찔, 당황한 얼굴이었다. 다행히 취침나팔 소리에 묻혀 동영상은 무난하게 진행 중이다. '밤하늘의 트럼펫', 순식간에 10여 년 전 어린 시절로 날아든 건 참 길게도 이어지는 이 취침나팔 때문이었다. 훈련소에 입소한 첫날부터 울컥 울음을 터뜨리게 했던 이 곡을 전역 후에도 한동안 휴대폰 벨소리로 설정해 놓았었다. 평화를 가장한 전야, 상황 극이 끝났고 동영상도 무사히 저장되었지만 어쩐 일인지 마음이 편하지 않았다. 이 씁쓸한 여운은 대체 무엇인가. 왜 이렇게 머릿속이 복잡한지 모르겠다. 느닷없이 떠오른 그녀와의 옛 추억 때문일까? 당장 서울로 돌아가 기억에서 사라진 그녀의 소식을 알아봐야겠다는 순간적인 충동에서? 아니다. 그건 분명 아닌 것 같다. 아무리 생각해도 이유를 알 수 없는 무거운 마음, 고개를 절레절레 흔들며 태훈은 이제 다음 전시실로 이동한다.

2층으로 이어지는 계단에도 빈틈없이 파월 장병들의 모습이 전시되어 있다. 타국에서 고생하는 그들을 위로하고자 박정희 대통령이 베트남으로 날아왔다. 특별히 전과를 올린 병사에겐 손수 훈장을 달아주고, 전황을 설명하는 장교의 목소리에 귀 기울이는 박정희 대통령을 관람객은 여전히 복잡한 심경으로 지켜본다. 자, 이제 제2전시실이다. 여기에는 참전의 성과에 대해 중점적으로 설명하고 있다. 파병의 가장 큰 이유는 미국의 경제 원조를 얻기 위해서라고, 이는 절대 부인하지 않았다. 몇 걸음 건너엔 당시 한국군이 사용하던 물품과 전리품을 비롯하여 밀림의 일부를 모형으로 전시해 놓았다. 부비트랩의 경우엔 실제와 거의 흡사하여 진품일 거라는 착각이 일 정도였다. 그리고 태훈은 어둠속으로 들어선다. 다시 이어지는 유리관 속의 디오라마, 1층의 상황극이 병사들의 고된 훈련을 보여 주었다면 이번엔 전투 장면이다. 밀림 숲속에서 대기 중인 밀랍인형 병사들, 긴장으로 얼굴이 굳은 통신병의 무전기에서 쉭쉭, 잡음이 들려온다.

「여기는 독수리, 비둘기 상황 보고하라.」

독수리로 명명된 본대가 정글에 매복중인 비둘기와 연락을 취하고 있다. 수시로 들려오는 무전기의 잡음이 관람객으로 하여금 곧 닥칠 긴박한 상황을 예측하게 한다.

「목표물이 비둘기를 향해 접근할 것이다. 사정거리에 닿으면 침착하게 상황을 전해주기 바란다.」

낮에는 농부의 모습이었다가 밤이 되면 본색을 드러낸다는 그들, 적과의 혈전을 앞둔 병사들의 매서운 눈빛이 밀림 숲 한 가운데에서 이글거린다. 열대의 후끈한 기온, 가만히 있어도 땀이 주르륵 흐르는 어둠, 풀벌레조차 숨을 죽인 이 순간, 그리고 정적…!

「콰앙!」

느닷없이 눈앞에서 번쩍 불꽃이 튀어 오르더니 부서질 듯 굉음이 지축을 흔들어댄다. 그제야 병사들은 수풀 사이에 숨은 적의 사나운 눈빛을 발견했다. 큰일이다. 포위당한 사실을 너무 늦게 깨달았다.

「비둘기! 비둘기! 여기는 독수리! 응답하라, 오버!」

심상치 않은 상황을 감지한 독수리가 소리쳤다. 사방에서 빗발치는 총탄과 허공을 가르고 날아온 포탄이 병사들의 발끝에서 폭발한다. 비둘기는 대꾸할 수 없다.

「비둘기! 상황 보고하라! 응답하라, 오버!」

「으아아악!」

별안간 들려오는 비명소리, 총탄에 맞은 아군 병사가 제 몸을 싸쥐고 쓰러졌다. 적에게서 날아든 포탄이 다시 아군의 진영을 위협하고, 아군인지 적군인지 구분할 수 없는 비명이 사방에서 쏟아진다.

「여기는 비둘기! 현재 적진과 교전 중! 지원 바란다!」

「다시 보고하라! 적병이 얼마나 되는가!」

「1개 중대 이상이다! 반복한다! 1개 중대 이상이다! 지원…!」

「콰아앙!」

눈앞에서 포탄이 터졌다. 파편은 흙무더기와 뒤엉키며 통신병을 덮치고, 정신없이 총을 갈겨대던 병사는 정면에서 날아오는 총탄에 어깨를 맞고 쓰러진다.

「콰콰쾅…!」

「으아아악!」

「위생병! 위생병…!」

혼전, 피범벅이 된 병사가 아주 천천히, 영화 속 슬로우 모션처럼 푹 고꾸라진다. 위생병이 달려와 울걱울걱 피를 토해내는 병사의 상태를 살피고, 흙무더기 사이에서 기어 나온 통신병은 무전기에 대고 목이 터져라 고함을 질러댄다.

「긴급 상황 발생! 긴급 상황 발생!」

무전기에서 들려오는 독수리의 목소리, 본대의 지원을 요청하는 그 목소리가 병사들은 까마득하게 느껴진다. 포탄 파편과 함께 떨어진 주인 잃은 팔뚝, 아군의 것인지 적군의 것인지 도저히 모르겠다.

「긴급지원 바란다! 부상자가 발생했다! 출혈이 심하다!」

「침착하라! 헬기 지원 보낸다! 계속 상황 보고하라!」

「으아아아악!」

어둠 속에서 누군가 피를 흩뿌리며 쓰러졌는지, 아군인지 적군인지 종잡을 수 없다. 적진도 지금 난장판이다. 총탄에 쓰러진 전우를 엄호하느라 몸집 작은 병사가 미친 듯이 총을 갈겨댄다.

「여기는 독수리! 비둘기 응답하라!」

독수리가 소리쳤다. 멍청한 얼굴의 통신병, 꼼지락거리고 다가온 상관이 무어라 소리치지만 들리지 않는다. 무슨 말인가 해야겠는데, 서로 들러붙은 입술이 떨어지지 않고 있다. 온몸이 피범벅인데도 고통이 느껴지지 않는 해괴한 상황이라니! 이상하다. 내가 죽은 건가?

「야! 비둘기! 비둘기 대답해!」

「여, 여기는 비둘기…!」

반쯤 넋이 빠진 얼굴로 더듬거리던 통신병은 상관에게 따귀를 얻어맞고 나서야 정신을 차렸다. 숲속이 조용하다.

「여기는 비둘기! 상황이 종료됐다, 오버!」

「다들 무사한가!?」

「모두 무사하다! 현재 확인된 전과를 보고하겠다! 베트콩 사살 32명! 로켓포 7문…!」

독수리와 비둘기의 달뜬 목소리가 관람객은 재미있다. 이 전투에서 승리한 건 다름 아닌 아군이었다.

「우리 쪽 피해 상황은 어떤가?」

「부상 네 명! 전원 무사합니다!」

「수고했다! 무사 귀대하도록! 라져(roger) 아웃!」

조국 떠나 만 리 길 월남 땅을 달려온 너와 나는
대한의 자랑스런 용사들,
삼천만의 명예를 가슴깊이 새기며
번개처럼 정글을 누비면서 싸운다.
싸워서는 이기는 화랑도의 십자군,
어제는 붉은 무리 무찔러 이기고
오늘은 정의심어 어두움 밝히니
내일엔 꽃이 핀다. 평화의 꽃이 핀다.

제3전시관, 전투에 참가했다가 돌아올 수 없는 길을 떠난 망자의 이름이 적힌 곳에서 태훈은 무표정한 얼굴로 다시 아이패드를 들이댄다. 이제 그는 기념관 바깥의 야외 전시장으로 이동할 생각이다. 그런데 참 이상하다. 어째서 아까부터 디오라마의 내용이 머릿속에서 사라지질 않는 걸까? 파월 한국군의 노래와 소름 끼치도록 멋지고 아름다운 내 나라 병사들의 공적, 디오라마는 보는 이로 하여금 애국심을 고취시키는 데에 지대한 공헌을 하고 있다. 베트남 참전 용사 만남의 장, 여기까지만 보면 베트남이란 나라의 지난날부터 현재까지 깔끔하게 정리해 놓아 참 잘 만들었다는 생각을 지울 수 없다. 그러나 한편으로는 씁쓸하다. 디오라마 뿐 아니라 여기에 전시된 것들은 모두 우리 기준이고 일방적이다. 전쟁에서 승리한 건 베트남인데, 스포트라이트는 우리 군에게만 집중되어 있다. 차라리 그들과 우리가 전쟁이라는 재앙에서 함께 헤쳐 나오기까지의 과정을 보여주었더라면 좋았을 텐데…. 전쟁의 상처가 아직까지 지워지지 않은 지금, 그것이 어쩌면 서로가 공존하는 길일지도 모른다. 그러나 이곳은 베트남 참전 용사 만남의 장, 애초부터 파월 장병들을 위한 쉼터로 만들어진 곳이라면 할 말이 없다.

"후우…!"

월남 파병용사 추모비, 평화수호 참전 기념탑이라고 쓰인 야외 전시물들을 사진으로 남기며 태훈은 한숨을 내쉬었다. 기념관 바깥에는 파월 장병들이 당시에 사용했던 내무반, 취사 동, 각종 훈련 시설들이 실제와 유사한 모양으로 설치되어 있다. 아담하게 꾸며놓은 베트남 전통 가옥들은 전쟁 당시를 살아가던 사람들의 생활상을 보여주고, 관람객의 편의를 위해 실제보다 조금 크게 만들었다는 구찌동굴은 멋모르고 들어갔다가 마주친 베트콩 밀랍 인형의 험상궂은 표정을 보고 놀라 뛰쳐나올 만 했다. 마음 맞는 친구들끼리 놀러 오면 이 구찌동굴의 입구를 지키고 선 한국군 병사 앞에서 두 손을 번쩍 들고 살려주세요! 소리치는 등의 포즈를 사진으로 남겨보는 재미도 느낄 수 있을 것 같다.

관람객에게는 볼거리와 즐길 거리를 제공하는 곳, 파월 장병들에겐 참전 기념일이 있는 9월이면 함께 모여 그 시절을 추억하는 만남의 공간. 하지만 지금 이곳은 너무나 조용하다. 아니, 조용한 게 아니라 고요하다. 고요하다 못해 적막하고, 적막하다 못해 을씨년스러웠으며, 거기에 홀로 선 사람을 외롭고 쓸쓸하게 했다. 무슨 일일까? 어째서 이렇게 찾는 사람 하나 없이 고요한 걸까? 어째서 그들의 공적을 기리는 이 멋진 기념관이 서울도 아니고, 하다못해 그럭저럭 유동인구가 많은 화천 시내 한복판이 아니라 산골짜기 오지 마을에 있어야 하는 이유가 대체 뭘까? 마치 무인도에 표류해온 사람처럼 황망한 얼굴이던 태훈, 문득 떠오른 생각이 있었다. 손재주 뛰어난

장인의 실력인 양 잘 만든 이곳, 그래서 칭찬 받아 마땅했지만 찾는 이가 없어 썰렁한 이유를 태훈은 알 것 같았다. 애초의 생각대로 정말 여기가 파월 장병들만의 공간이라면, 정말 그들이 지난날을 추억하고 기념하기 위해 만든 곳이라면 그들과 다른 세상을 살아온 세대는 그만큼 공감하는 데에 어려움을 느낄 수밖에 없다. 모두가 공감하기 힘든 과거, 바로 그것 때문일 것이다.

평화를 수호하기 위해 참전했다는 파월 장병들, 공산주의자들로부터 세상을 지킨다는 디오라마 속 병사들의 대화에서처럼 그들은 베트남에서 이념전쟁을 치른다고 배웠을 것이다. 전투 끝에 이어진 파월 한국군의 노래에서처럼 붉은 무리를 쳐부수고 정의를 구현하기 위해 참전한 거라고 배웠을 것이다. 또한 그들은 한때 우리를 위해 싸운 미국의 도움에 보답하기 위해 참전하였고, 미국으로부터 경제 원조를 받기 위해 싸웠으며, 이 나라의 경제 발전을 위해 노력했다고 믿었을 것이다. 베트남의 전쟁은 이념 전쟁이 아니라 독립전쟁임이 분명한데도 우리는 북한과 애증의 관계에 놓인 채 아직 끝나지 않은 냉전의 시대를 겪고 있어서 그들 역시 우리와 마찬가지라고 우리 기준에 맞춰 생각하는 것일 테다. 그리고 어른들은 어쩌면 지금도 그것이 옳다고 믿는지도 몰랐다. 하지만 그 시절을 모르는 젊은 세대는 생각이 다르다. 우리에게 냉전이란 시대착오적인 발상이고, 전쟁 또한 먼 나라의 이야기이다. 어른 세대의 피와 땀이 있었기에 지금의 우리가 배부르고 부강한 세상을 살고 있는 것이지만 그저 옛날이야기일 뿐 자세히 알고 싶어 하는 사람은 별로 없다. 스스로 벽을 쌓는 세대들. 소통의 부재, 구세대와 신세대의 개념은 각자가 각자의 방식대로 쌓아올린 벽에 의해 만들어졌고, 그래서 이렇게 썰렁한 기념관이 마치 상징물처럼 남게 된 모양이다. 그렇다면 베트남은, 그들의 현재 모습은 옛날과 어떻게 달라졌을까? 또한 그들은 지금 어떤 마음가짐으로 세상을 바라보고 있을까?

"이제 베트남에 갈 일만 남았네…."

실타래처럼 마구잡이로 뒤엉킨 머릿속을 정리하려면 아무래도 꽤 오랜 시간이 걸릴 것 같다. 아직 채 풀지 못한 숙제가 무겁게 느껴지는 태훈, 여전히 마을은 기척 없이 고요했다.

06

1975년 4월 30일

중국의 대중문화, 한국에서 그것은 독보적인 존재였다. 아마 1981년대 후반에서 90년대 초반 즈음이었을 거다. 노래면 노래, 연기면 연기, 특출한 외모와 신비로운 마성의 매력까지 고루 갖춘 중화권 스타들에게 빠져 살던 시절이 말이다. 그때에 한국은 쏟아지는 홍콩 영화의 홍수에서 빠져 나오지 못했다. 정통 무협 사극을 비롯하여 스릴러, 판타지 어드벤처, 현대극에 이르기까지 우리는 비루하기 짝이 없는 자국 영화 대신 화려하게 포장된 그들의 무궁무진한 이야기를 사랑했다. 그중 한국 남자들의 가슴에 불을 지른 영화가 있었으니, 그건 바로 주윤발(周润发) 주연의 〈영웅본색(英雄本色)〉이다. 홍콩 암흑가를 배경으로 전개되는 상 남자들의 이야기, 그 이름도 유명한 오우삼(吳宇森) 감독이 만든 이 영화는 남자들 특유의 허세 때문인지 세상에 있는 폼 없는 폼 다 잡으며 길거리를 활보하거나, 쌍권총을 두 손에 들고 아무렇게나 갈겨도 적들이 우수수 쓰러지는 등 지금 보면 참으로 유치하고 말 같지도 않은 장면들이 수두룩했지만 그 시절엔 왜 그렇게 멋져 보였는지 모르겠다. 홍콩 액션 느와르의 시초이자 한국 남자들의 로망! 그래서인지 이 영화가 상영되던 시기의 극장 주변을 살펴보면 참 가관이었다. 무릎까지 내려오는 코트를 걸쳐 입고, 성냥개비를 입안에서 자유자재로 굴리던 주윤발에게 반해버린 남자들, 영화가 끝났지만 가슴에 남은 여운을 떨쳐내지 못하고 그들은 숨겨두었던 마초적인 기질을 여지없이 드러냈다. 마치 자기가 영화 속 주인발인 양 두 눈에 힘을 잔뜩 주고 다니다가 느닷없이 시비를 걸어오는 뒷골목 양아치와 한바탕 혈투를 벌인 적도 있었다. 영화 속 주인공처럼 오만방자하게 몸을 던졌으나 결국 피 칠갑을 하고 널브러지니, 그제야 이 평범하기 짝이 없는 남자들은 영화는 그저 영화일 뿐 현실과 다르다는 사실을 새삼 깨닫게 된다. 한심한 남자들 같으니….

바가지가 뚫어져라 잔소리를 퍼부어줘야 마땅하겠으나 중화권 스타들의 매력에 사로잡히기는 여자도 마찬가지였다. 당시 4대 천왕이라고 부르던 꽃미남 배우들을 떠올려 보자. 곽부성(郭富城), 장학우(張學友) , 여명(黎明), 유덕화(劉德華). 무대에선 춤과 노래로, 영화에선 끝내주는 연기력으로 우릴 미치게 만들던 사람들. 아니, 그들은 사람이 아닐지도 모른다. 그렇지 않고서야 이토록 멋질 수 없다. 〈반아종횡(伴我縱橫)〉, 〈초류향(楚留香)〉, 〈차이나 스트라이크 포스(China Strike Force)〉 등등 출연한 영화가 무려 50여 편이 넘는 곽부성은 어느 네티즌의 표현대로 어디서 강력한 방부제를 구해다 먹었는지 50세의 나이에도 30대 초반의 미모를 자랑하며, 간혹 파파라치에게 걸려든 일상의 모습은 세월이 무색할 만큼 멋지고 아름답다. 〈아비정전(阿飛正傳)〉, 〈소호강호(笑傲江湖)〉, 〈첩혈가두(喋血街头)〉 등등 역시나 도저히 셀 수 없을 만큼 많은 영화에 출연한 장학우는 개인적인 생각이지만 영화보다 노래가 더 좋은 사람이다. 만일 그의 노래를 모르는 사람이라면 더 묻지 말고 인터넷을 뒤져보기 바란다. 홍콩의 가신(歌神)이며, 딸밖에 모르는 중년의 바보, 그를 보고 기절하지 않는다면 사람도 아니다.

1998년 봄, SBS에서 〈내 마음을 뺏어봐〉라는 드라마가 방송된 적이 있었다. 박신양, 김남주, 한재석이 주연했던 이 드라마는 삼각관계에 빠진 젊은 이들의 지고지순한 사랑을 담아 재미있었고, 뭇 여성들의 마음을 사로잡은 슬프고도 아름다운 이야기였다. 여기에 홍콩 4대 천왕 중 세 번째 스타인 여명이 드라마의 OST를 불렀으니 화룡점정, 비로소 드라마는 완벽해졌다. 혹시나 인터넷을 검색해 볼 요량이라면 〈사랑한 후에〉라는 제목의 노래를 찾아보길 바란다. 여명의 어눌한 한국어, 하지만 외국인이, 그것도 당대 최고의 스타가 제 나라의 말이 아닌 다른 나라의 말을 익혀 노래한다는 건 쉬운 일이 아닐 것이다. 오랜만에 들어보니 감회가 새롭다. 〈유리의 성〉, 〈쌍웅(雙雄)〉, 〈칠검(七劍)〉 등등 여명이 출연한 영화는 세기 힘들만큼 많지만 그 중 〈첨밀밀(甛蜜蜜)〉은 동명의 주제곡이 너무 좋아 노래를 부른 등려군(鄧麗君)의 앨범을 사다가 한국어 발음으로 가사를 써서 따라 부른 기억이 난다.

그 잘생긴 유덕화가 한국으로 날아와 콘서트를 열었을 때, 나는 그 공연을 방송으로 시청했다. 동명의 한국인 스타 이덕화는 탈모 때문에 가발을 쓰는데, 유덕화 당신도 가발을 쓰는가. 참 말 같지도 않은 사회자의 질문이 기분 나쁠 법도 한데, 유덕화는 환하게 웃으며 제 머리카락을 붙잡고 흔들어 보여 주었다. 그리고 이어지는 한국 여성들의 비명소리. 4대 천왕 중 지금까지도 활발하게 활동하는 스타로서 출연작 역시 압도적으로 많다. 〈용등사해(龍騰四海)〉, 〈절대쌍교(絶代雙驕)〉, 〈상해탄(上海灘)〉, 〈암전(暗戰)〉 등등 모두 아주 어렸을 때 본 영화들이지만 일부는 아직도 내 머릿속에 희미한 기억으로 남아 옛 시절을 추억하는 지금 이 순간을 즐겁게 한다.

이소룡(李小龍-Bruce Lee)의 '아뵤!'하는 기합소리를 따라하다가 시끄럽다는 잔소리를 들어먹은 게 한 두 번이 아니었다. 〈천녀유혼(天女幽魂)〉과

〈도신(賭神)〉에 나온 왕조현(王祖賢)이 더 예쁜가, 〈동방불패(東方不敗)〉와 〈중경삼림(重慶森林)〉에 나온 임청하가 더 예쁜가, 격론을 벌이고, 유덕화와 알란 탐(Alan Tam)이 주연한 〈지존무상(至尊無上)〉에 감동하여 꺼이꺼이 울다가, 넘쳐나는 강시 영화에 빠져 키득거리던 우리. 〈풍운(風云)〉과 〈영웅(英雄)〉, 〈고혹자(古惑仔)〉 시리즈에 출연한 정이건(鄭伊健)에게 다시 마음을 주고, 이연걸(李連傑)의 〈황비홍(黃飛鴻)〉 시리즈를 보며 또 한 번 중국 무술에 심취했다가, 엔딩 크래딧이 올라갈 때면 빠지지 않고 등장하는 NG컷이 재미있어 성룡(成龍)의 모든 영화를 챙겨보았다. 〈영웅문(英雄門)〉, 〈패왕별희(霸王別姬)〉, 〈야반가성(夜半歌聲)〉, 〈이도공간異道空間)〉 등에 출연했던 장국영(張國榮)의 갑작스런 죽음에 놀라 한동안 울적한 마음을 달래지 못했고, 나이가 든 뒤에도 억지로 시간을 내서 〈적벽대전(赤壁大戰)〉을 챙겨 본 이유는 〈타락천사(墮落天使)〉, 〈홍콩 투캅스〉, 〈모험왕(冒險王)〉 등에 출연한 금성무(金城武)가 너무나 멋져 보였기 때문이다. 그들이 무슨 말을 하는지 궁금할 때도 있었다. 그들과 한 번 쯤 중국어로 대화해 보기를 소망했고, 그들이 부르는 노랫말의 의미가 궁금해서 아예 중국어를 배운 적도 있었다. 나뿐이 아니다. 대부분의 한국 사람들에겐 그때 그 시절 꿈처럼 그리워하던 중화권 스타들의 말 한 마디, 손짓 하나하나에 울고 웃던 추억이 있다. 우리가 사랑해온 그들, 그래서 우리의 삶에 중화권 스타들은 절대 빼놓을 수 없는 추억의 한 자락이다. 그렇게 언제까지나 그들에게 마냥 환호할 줄만 알았던 우리, 당연하리라 여겨온 우리가 어느 순간 달라졌다.

마이클 잭슨의 춤과 노래에 머리카락을 쥐어짜던 우리가, 뉴 키즈 온 더 블록 (New Kids On The Block)에게 미쳐 우르르 몰려들다 아까운 청춘을 잃어야 했던 우리가, 트로트와 발라드 일색이던 우리나라 가요계가, 일본의 닌텐도에서 만든 것이 최고라고 믿게 만들만큼 형편없던 게임산업이, 구태의연함이 이루 말 할 수 없었던 우리의 드라마와 영화가, 한국 땅을 넘어 전 세계의 이목을 집중시키리라고는 전혀 생각지 못했다. 한류, 지금에 이르러 이 단어를 접할 때마다 세상이 많이 변했음을 느낀다. 별 볼 일 없을 거라 여겨온 우리의 대중문화가 지구를 정복하게 되리라는 사실을 세상의 어느 누가 예상할 수 있었을까! 한류란 단어는 다름 아닌 중국에서 시작되었다. 한국의 드라마와 가요에 빠진 중화권의 언론이 90년대 말경부터 그 단어를 썼고, 이것은 이제 우리나라 문화 산업 전반을 가리키는 대명사가 되었다.

1세대 아이돌이었던 H.O.T가 대만에서 콘서트를 열었을 때, 팬들이 우르르 몰려들어 북적이는 모습을 보고도 대부분의 사람들은 언론의 장난일 거라며 믿지 않았다. 배우 안재욱이 중국에서 많은 인기를 누리고 있다는 이야기를 들었을 때, 그때도 사람들은 비웃었다. 심지어 안재욱과 대학시절부터 절친한 사이였다는 개그맨 신동엽조차 말도 안 되는 소리라며 장난스럽게 받아칠 정도였으니 그 누구도 믿을 사람은 없어 보였다. 증거로 제시한 영상, 그 넓은 공연장을 가득 채운 현지 팬들의 함성과 눈물을 목격하고도 그저 말도 안 된다는 생각뿐이었다. 중국의 대중가요인 〈붕우(朋友)〉를 번역하여 〈친구〉라는 같은 의미의 제목으로 다시 부르고, 해마다 해외 팬들을 초청하여 캠프를 떠나니 그제야 우리는 한류라는 단어가 주는 파급력을 느끼게 되었다.

현재 중국에서 가장 많은 인기를 누리는 가수를 꼽으라면 단연 슈퍼주니어일 것이다. 간혹 한 번씩 언론 매체를 통해 만나는 그들은 정말 이 땅에서 태어난 젊은이들이 맞는지 의심스러울 정도다. 슈퍼주니어의 환상적인 무대 매너에 흥분하여 눈물을 뿌리던 중국 팬들, 공연이 끝나고 집으로 돌아가 TV를 켜면 다시 한국의 드라마와 마주하게 된다. 이영애 주연의 〈대장금〉은 보고 또 봐도 재미있다며 웃으니, 그 옛날 저들 나라의 스타들에게 빠져 살았던 세대는 아마 격세지감이라며 기막혀 할 것이다.

혐한이네, 반한이네, 시위만 일삼을 뿐 우리 따위야 거들떠보지도 않았던 일본은 〈겨울연가〉에 출연한 배용준에게 홀딱 빠져 '욘사마(배용준 님)'라는 별칭을 만들어 주었고, 여자 주인공 최지우에게는 '지우히메(지우공주)'라고 부르기까지 했다. 종영된 지 10년의 세월이 흘렀지만 아직도 일본에선 이 드라마가 간혹 한 번씩 재방영되고 있다. 한때 보아의 독무대인줄로만 알았던 일본 대중가요의 무대. 동방신기와 카라를 중심으로 많은 한국 가수들이 진출하여 자국에서와 다르지 않은 인기를 누린다. 드라마와 가요 뿐 아니라 영화, 게임, 음식, 패션에 심지어 성형수술까지 아예 뱃속의 간이라도 내줄 듯 활짝 대문을 열어 젖혀 한국 대중문화의 모든 것을 받아들이니 정도가 심하다며 우익단체들이 격분할 만도 했다.

그렇게, 처음에는 중국과 일본 시장이 한류의 주 무대였다. 2000년대 후반이 되자 중국과 일본에만 머물던 한류는 더 먼 세계로 나아갔다. 동남아시아 시장은 각 분야의 최고들도, 팬들에게도 새로웠을 것이다. 요즈음은 아시아 어디를 가도 한글이 쓰인 티셔츠 차림의 현지인들을 만날 수 있다. 국내 유명 예능 프로그램의 영향으로 자신의 이름을 등판에 한글로 써 붙이고 다니는 사람이 있는가 하면, 그 프로그램에 고정으로 출연하는 스타들이 현지에서 팬 미팅을 열어 대성황을 이루기도 한다.

유튜브, 페이스북, 트위터 등 SNS를 통해 우리의 대중문화는 점점 더 멀리 나아갔다. 유럽에서 동방신기와 소녀시대, 빅뱅, 슈퍼주니어, 투애니원 등등을 모르면 대화에 낄 수 없고, 아예 한국으로 날아와 스타들의 스케줄을 꿰차고 다니는 팬들도 종종 목격할 수 있다.

싸이의 미국 진출은 더 말해 무엇 할까. 수많은 나라의 수많은 사람들이 말춤과 시건방춤을 추는 자신의 동영상을 인터넷에 지겹게 올리는데 말이다. 이제는 당연한 일상이 되어버린 한류. 이 땅의 국민으로서 우리의 문화가 세계로 나아가 사랑 받으니 대단하고 자랑스럽게 생각하면서도 한편으론 영 개운하지 않을 때가 있다. 혹시 한류의 인기는 거품이 아닐까? 단순히 언론의 장난질이었다면? 세계인이 그간 경험해보지 않았던 전혀 새로운 문화를 향한 일시적인 관심은 아닐까? 그래서 더 이상 새롭다고 느끼지 않으면 한류는 그것으로 끝나게 되지는 않을까?

이 심각한 의문에 대해 누군가 말했다. '한류는 국가가 나서야 지속될 것'이라고 말이다. 한류는 분명 거품이 아니지만 분야별로 나뉜 각기 다른 현재의 시스템으로 가면 결국 거품이 되고 만다는 거다. 제2의 싸이가 나타나 미국을 정복하고, 세계를 정복하는 경사를 맞이하고 싶다면 국가 차원의 사업으로 확대되어야 한다고. 그러나 이것은 정치와 별개의 문제여야 할 것이다. 독도 문제를 놓고 싸이의 세계적인 인기에 편승하려는 우리나라 어느 국가 기관의 잘못된 행태는 지탄받아 마땅하며, 이는 세계인에게 우리 문화의 우수성과 다양성을 억압하는 모양새로 비춰지게 될 것이다. 부디 바라건대 우리의 스타들에게 힘을 실어주었으면 한다. 좀 더 새로운 시도, 좀 더 새로운 모습으로 나아갈 수 있도록 모두가 도와주기를 바란다. 또한 연예산업 뿐 아니라 우리의 전통 문화 예술 분야로까지 한류가 확산되어 모두가 함께 즐기고 함께 발전시켜 나가주기를 소망한다. 세계 속에 우뚝 선 우리, 우리는 대한민국이다.

"이야! 날씨 한 번 끝내준다!"

탄손누트 공항 밖으로 나오자마자 태훈이 소리쳤다. 옆에서 지석이 녀석은 아예 기가 막힌 표정이다.

"엄마! 더워! 여기 원래 이래?"

8월 중순에 만난 호치민의 날씨는 후끈하다. 당장 에어컨 바람 빵빵하게 퍼져 흐르는 공항청사로 돌아가고 싶을 지경이다.

"지석아 더워? 엄마는 따뜻해서 좋은데…."

"말도 안 돼!"

발칵 녀석이 소리쳤지만 응아이는 그저 웃을 따름이다. 끝없이 이어지는 공장의 노동으로 늘 피곤해하던 그녀, 날씨부터 다른 제 나라 특유의 향취에 그녀는 마냥 즐거운 표정이었다. 태훈은 응아이가 저렇게 웃는 얼굴을 오늘 처음 본다.

"엄마, 이모는 어디에 있어?"

"글쎄, 엄마도 잘 모르겠는데…."

북적이는 여행객 무리 사이에서 목을 쭉 빼고 살폈지만 일행이 기다리는 사람은 아직 보이질 않고 있다. 지석이의 이모, 응아이의 동생이 직접 그들을 마중 나오기로 했는데 말이다. 다낭에서 국제 학교를 다닌다는 그녀, 한국어를 전공한 학생답게 전화 통화는 물론이고 여행 경로가 적힌 이메일의 내용까지 척척 이해한 여자였다. 호치민, 다낭, 하노이에서 마음 편히 움직일 수 있도록 전용 차량과 기사를 준비해주는 걸로 모자라 직접 가이드 역할까지 자청하고 나섰다. 20대 초반의 아가씨답게 활달한 모습으로 찍어 보낸 사진 속의 하얀 얼굴은 포토샵으로 조작했을지 모른다는 생각이 들만큼 예뻤다. 아직 보이지 않는 그녀, 지금 어디에 있을까?

"이모!"

단체 관광객을 잔뜩 실은 버스 한 대가 지나갔을 때, 저쪽에서 다가오는 SUV 차량을 보고 지석이가 소리쳤다. 일행에게 손 흔드는 여자를 단번에 알아본 거다. 짐가방까지 팽개치고 달려가 끌어안으니, 이산가족 상봉도 이렇게 반가울 수 없다.

"안녕하세요? 응안 응옥 타잉이에요."

꾸벅 고개 숙여 인사하는 그녀를 보고 태훈이 웃었다. 포토샵 조작이 아니다. 얼굴이 어쩜 이렇게 하얄 수 있을까? 머릿속에 붙박여 있던 각진 얼굴과 거무튀튀한 피부, 동남아시아 사람들에 대한 편견이 와장창 깨져버렸다.

"우리 언니 예뻐졌다! 한국에 맛있는 음식이 많은가봐!"

"잘 있었지? 반가워! 보고 싶었어!"

서로 얼싸안고 방방 뛰어대던 자매, 알아들을 수 없는 이 나라의 언어로 얼마나 수다를 떨어대는지 질투심이 발동한 지석이가 두 사람 사이에 끼어들어 억지로 떼어낼 정도였다.

"태훈이 오빠, 우선 오늘은 호치민 시를 돌아보고 다낭은 내일이에요. 알고 있죠?"

응옥이 차에 오르자마자 소리쳤다.

"전에 얘기했던 것처럼 기차여행은 시간상 절대 불가능해요."

"그래, 알았어."

날짜별로 정리해 놓은 여행 계획표를 꺼내들고 응옥은 심각한 얼굴이었다. 일행에게 주어진 시간은 단 6일 뿐이다. 호치민에서 망국의 지난 흔적을 살펴보고, 다낭으로 올라가 전쟁의 상흔을 살핀 뒤, 하노이에서 시내 구경을 하는 여정. 애초에 태훈은 아시안 하이웨이의 일부인 1번 도로를 따라 기차로 이동할 의사를 전했다. 현대판 실크로드라 불리는 아시안 하이웨이(Asian Highway), 전체 길이만 약 14만 킬로미터로서 아시아 대륙 32개국을 연결한다. 아시아 태평양 경제 사회 위원회(Asia太平洋經濟社會委員會 ESCAP=Economic and Social Commission for Asia and the Pacific)가

1959년에 처음 계획했으며, 지금까지 말 많고 탈 많던 국제적인 이해관계로 말미암아 추진과 중단을 반복하느라 발전이 더뎌 아직 완성되지 못하였다.

베트남의 경우 남부의 호치민 시를 출발하여 붕타우, 캄란, 나짱, 닌호아를 거쳐 중부의 퀴년, 빈케, 호이안, 다낭을 지나 후에, 닌빈, 그리고 수도인 북부의 하노이 시까지 전 국토를 연결하는 1번 도로가 여기에 해당하는데, 우리로 따지자면 경부고속도로와 같다. 애초에 태훈이 원했던 철도 노선 역시 1번 도로를 따라 이어져 있다. 하지만 그의 계획은 일주일도 되지 않는 짧은 시간으론 절대 불가능하다. 공식 통계로 8천만 명, 실제로는 약 1억 명의 인구가 살아간다는 이 길쭉한 땅덩어리를 태훈은 너무 만만하게 보았던 거다. 단호하게 반대 의사를 표시하는 수화기 너머 응옥의 목소리에 결국 그는 베트남 행을 열흘 남짓 남긴 시점이 되어서야 국내선 비행기로의 이동을 결정했다.

호치민에서 다낭까지 약 한 시간, 다낭에서 하노이까지 또 한 시간. 그러고도 시간이 빠듯해서 부지런히 움직이지 않으면 보고 싶은 것들을 못 보고 그냥 지나쳐야 하는 불상사가 벌어질 거라는, 응옥의 으름장은 사태의 심각성을 깨닫기에 충분했다.

“이모, 이것 좀 봐.”

“…?”

지석이가 내민 것을 보고 응옥의 눈이 휘둥그레졌다.

“이건 빅뱅이잖아! 세상에…!”

“이모가 좋아한다고 해서 가져왔어.”

“고마워, 지석아!”

생각지도 못한 선물에 아이처럼 손뼉까지 짝짝 치며 좋아하는 그녀, 그것은 다름 아닌 빅뱅의 화보집이었다. 한국의 5인조 아이돌 댄스 그룹 말이다.

"이모, 빅뱅 중에 누가 제일 좋아?"

"지드래곤! 아악! 멋져!"

위풍당당 화려하게 치장한 지드래곤의 얼굴에 연신 입맞춤을 해대는 응옥, 빅뱅이라면 자다가도 벌떡 일어난다는 그녀를 위해 지석이는 베트남 출발 일주일 전부터 자료를 모으느라 정신이 없었다. 마침 빅뱅의 팬클럽 회원이라는 태훈의 조카가 녀석에게 도움을 주었다. 빅뱅은 이 나라에서 국빈 아닌 국빈 대우를 받는다고 했다. 베트남 카카오톡 전속모델, 이는 가장 많은 인기를 누리는 한류스타란 증거이며 2012년 4월 하노이에서 열린 콘서트가 사실을 뒷받침해준다. 베트남 전역에서 몰려든 약 3만여 명의 팬들로 장사진을 이루었다고 했다. 공연장이던 'My Dinh Stadium'의 전 좌석이 매진된 건 말할 것도 없고, 전용 호텔과 차량은 물론 베트남식과 한식 전문 요리사들을 초빙하여 극진히 대접했으며, 수백 명의 경찰 인력이 그들을 철통 경호했더란 이야기는 이미 빅뱅 팬클럽에선 널리 알려진 사건이다.

슈퍼주니어의 경우 2011년 빈증에서 열린 콘서트를 앞두고 열세 명의 멤버 중 여덟 명만 입국했음에도 약 2만 명의 팬들이 공항에 마중 나와 있었으며, 공연은 기록적인 대성황을 이루었다고 한다. 이 글을 쓰기 위해 필자가 베트남에 갔을 때의 일이다. 현지인 가이드는 공항에서 만나자마자 인사도 채 나누기 전에 내게 불쑥 소리쳤다. '이병헌 결혼했다면서요?' 처음엔 내가 이병헌과 무슨 상관이기에 이럴까 싶었고, 빅뱅과 슈퍼주니어의 소식도 언뜻 비정상적으로 들렸지만 한류라는 자극제에 빠진 이들의 입장을 생각해 보면 충분히 이해할 수 있을 것 같다.

"태훈이 오빠! 저쪽에 있는 건물 보이세요?"

"…?"

"저게 통일궁이에요."

하늘을 향해 쭉쭉 뻗은 나무숲, 무리 지어 즐기는 사람들의 공원을 가로지르니 비로소 통일궁이 보여 온다. 철창살 사이로 비춰지는 저 거대한 건물 말이다.

"잠깐만 기다려요. 매표소에 다녀올게요."

일행을 내려주고 SUV는 어디론가 사라졌다. 이 주변의 관광지를 모두 둘러보고 난 뒤에야 돌아오겠지만 그러든가 말든가 태훈은 신경 쓸 겨를이 없다. 철창살로 가로막혀 입장권을 사지 않으면 들어갈 수 없는 통일궁과 주변의 풍경을 담느라 그의 아이패드는 바쁘다. 여기저기에서 모여든 관광객들로 붐비는 곳, 주말이어서인지 더욱 분주하다. 시클로라고 부르는 인력거가 수시로 다가와 손짓하고, 오토바이로 바글거리는 도로엔 신호등이 없어 멋모르는 외국인을 시시때때로 놀라게 한다. 이 나라엔 정말 신호등이 없다. 모양만 갖춘 횡단보도는 한국에서도 간혹 보이니 그렇다 치더라도 여러 갈래로 이어진 교차로조차 사정은 마찬가지여서 언제 갑자기 사고가 일어날지 몰라 불안하다. 하지만 여기는 베트남, 자동차보다 많은 오토바이 천국이란 사실을 염두에 두면 '가뜩이나 오토바이 무리로 복잡한데, 신호등이 있으면 더 복잡해지기 때문'이라는 어느 네티즌의 말이 이해가 간다.

"지석아, 여기가 어떤 곳이라고 했지?"

매표소에 다녀온 응옥을 따라 철문 안으로 들어서며 태훈이 물었다. 녀석의 대답은 명쾌하다.

"자기밖에 모르는 대통령이 살던 곳!"

"그래, 맞았어."

태훈의 아이패드에 선글라스를 걸쳐 쓴 녀석의 밝은 얼굴이 사진으로 남았다. 시원하게 물줄기를 뿜어내는 분수대를 배경으로 선 자매의 즐거운 표정은 지켜보던 이를 절로 웃게 한다. 자, 이제 건물 안으로 들어가 보자. 이곳에선 화려하게 살다 간 남베트남 권력자들의 무능함을 고스란히 엿볼 수 있다. 온갖 부정부패로 국민의 반감만 샀던 응오딘지엠, 세상의 모든 영화를 다 누리다 결국 암살되었지만 남베트남 정부의 타락은 개선되지 않았다. 1년 6개월 동안 무려 여덟 번의 쿠데타가 벌어졌고, 혼란 속에서 권좌에 오른 권력자들은 하나같이 제 배만 불리기에 급급했다. 정말 알다가도 모를 사람들이다. 몇 십 년째 전쟁 중이었고, 세계의 모든 시선이 제 나라를 주목하는 판에 그러고 싶었을까? 권력에 미치면 눈치도 없어지는 걸까? 제 백성이 굶어 죽든 말든, 그래서 결국 '우리 민족끼리'를 외치는 북베트남의 호치민에게 달려가 살려달라고 아우성치는 데도 그들은 미국의 바짓가랑이만 붙든 채 흥청망청 놀고 자빠졌다. 그 중 응오딘지엠만큼이나 돈과 권력에 미쳐 남베트남 국민들을 도탄에 빠트린 남자가 있었으니 그는 바로 응우엔반 티우 대통령이다. 인터넷 자료를 찾아보니 박정희 대통령의 초청으로 한국에 찾아오기도 했던 모양이다. 마중 나온 박정희 대통령 내외의 환대를 받고, 국군 의장대를 사열했으며, 정상 회담장에서는 베트남의 평화를 위해 노력하겠다고 다짐했다. 그의 방한 기념으로 만든 우표엔 양국 지도자의 얼굴이 나란히 그려져 있으므로 우표 수집가들에겐 끝내주는 선물이 되었을 거다.

베트남의 평화를 위해 끝까지 싸우겠다며 우리 앞에 보여준 그 확고한 결의, 통일궁에 남은 흔적을 살펴보면 그가 혹시 헛소리를 남발했던 건 아닌지 따져볼 필요가 있다. 작전 상황실로 쓰였을 지하 벙커는 폭격에 대비해 매우 견고하게 잘 만들었다며 박수쳐줄만 하고, 전황을 표시해둔 지도들이 빼곡하게 걸린 2층에선 그래도 위기에 빠진 제 나를 구하기 위해 노력한 대통령이라고 또 한 번 찬사를 보낼 수 있겠지만 이는 그저 후세 사람들의 눈요깃거리에 지나지 않은 것 같다. 가난한 여행객 따위는 감히 손대선 안 될

고가의 미술품하며, 이름난 장인이 만들었을 고급스런 가구가 집무실과 각료 회의실 및 접견실에 놓여 있고, 오로지 대통령 한 사람만이 보고 즐겼을 정원과 침실은 세상의 어느 부호도 누리기 힘들만큼 호사스러웠다. 화려하게 꾸며 놓은 대통령 전용극장에선 연극 및 영화가 매일 상영되었을 것이며, 각양각색의 술이 차곡차곡 진열된 바(bar)에선 외국의 손님들을 초청하여 양쪽에 기생을 끼고 세상을 다 가진 듯 신나게 놀았을 것이다.

북베트남에서 호치민은 전쟁으로 피폐해진 백성들과 똑같이 굶주렸다. 어쩌다 밥상을 받는 날에 고기반찬이 올라오면 호통을 쳐서 물렸고, 새끼를 위해 희생하는 거미처럼 시름시름 병으로 죽어가면서도 제 한 목숨 모두 내걸고 백성들을 사랑했다. 아무리 적장이라지만 인정할 건 인정하자. 그는 세계에서 손가락 안에 들만큼 최고의 지도자였으며 지금의 우리보다 훨씬 나은 사람이다. 강대국의 간섭이 사라지지 않는 이상 끝낼 수 없었던 전쟁. 배고파요, 밥 주세요! 한밤중에 들려오는 배터리 방전된 휴대폰의 앙탈에도 기겁을 하고 놀라는데, 살아있는 사람의 하소연을 듣고도 모른 척 할 수 있다니! 제 뱃속에 기름칠을 하느라 정신 줄 놓으셨던 남베트남 권력자님들! 화무십일홍(花無十日紅)이란 말이 있소이다! 후손 앞에 부끄럽지도 않으십니까?

"형아, 물 먹어!"

지석이가 태훈의 옷깃을 흔들었다. 옥상 한 구석에 마련된 간이매점엔 얼음물을 사러 온 사람이 많다. 베트남의 역사에서 중요한 의미가 담긴 곳이고, 있는 그대로 보존해야 했던 터라 지하에서 옥상까지 이 건물 어디에도 냉방 장치는 설치되어 있지 않았다. 시원하게 물 한 병을 모두 털어 마시고 태훈은 다시 아이패드로 손을 가져간다. 저기에 덩그러니 놓인 헬기는 대체 무엇인가. 1973년 1월, 답도 없고 끝도 없는 전쟁에서 미국은 서서히 발을 빨 생각이었다. 당시 대통령이던 닉슨은 북베트남에게 남베트남에 대한 공격 중지 명령을 내리고 종전을 알리는 '파리 평화 협정'을 체결한다. 남베트남의 꼴이 엉망진창으로 돌아갈지언정 그래도 동맹국인지라 미국은 북베트남에게 더 이상 친구를 괴롭히면 가만 두지 않겠다며 으름장을 놓는 등 나름의 우정을 과시했다. 그들을 회담장에 끌고 나올 목적으로 미국은 라인베커 작전을 시행했는데, 수도 하노이의 구석구석 멀쩡한 곳 한 군데 남겨놓지 않고 무자비하게 폭격을 해대자 북베트남은 일단 미국의 경고를 들어주는 척 몸을 웅크리고 조용히 사태의 추이를 지켜보기 시작한다.

1974년, 닉슨의 측근이 재선을 목적으로 워싱턴 워터게이트 빌딩 민주당 사무실에 도청 장치를 설치하려다 발각된 이른바 '워터게이트 사건'으로 닉슨은 스스로 권좌에서 물러난다. 제 코가 석자인 미국, 가뜩이나 혼란스런 남베트남은 도와줄 친구를 잃고 제멋대로 떠돌기 시작했다. 1975년, 그래서 미군의 철수는 신속했다. 대사관에서 근무하던 사람들과 남베트남의 일부 지도층이 헬기를 타고 꽁지가 빠져라 외국으로 도망쳤는데, 그 자리엔 티우 대통령도 함께였다. 대만으로 망명했다는 그의 가방엔 금괴가 가득했다니 참 잘나신 인간이다. 나중의 이야기이지만 2001년 어느 날, 망명지에서 그가 곧 죽을 것이라는 소식이 전해지자 베트남 정부의 대변인은 이렇게 말했다.

「베트남 사람들이 흔히 하는 말대로 조용히 죽을 수 있도록 그냥 내버려 두는 게 가장 좋을 것이다.」

독재와 부정부패, 이기적으로 살아온 응우엔 반 티우 대통령의 죽음을 조국의 그 누구도 신경 써 주지 않았던 모양이다. 화려하게 살다 외로이 죽어간 사람, 그의 고급 아지트는 통일되기 바로 직전까지 한 순간도 조용할 수 없었다. 남베트남 권력자들의 꼴사나운 행태가 못마땅하다며 어느 전투기 조종사가 엿 먹으라는 듯 대통령궁에 포탄 두 개를 내던지고 북베트남으로 도망치는 일이 벌어졌다. 저기 저 홀로 서서 관람객의 시선을 한 아름에 받고 있는 헬기는 마지막까지 이곳을 지키다 떠나간 미 해병대원들을 본국으로 실어 날랐다고 전해지며, 그 앞에 그려진 두 개의 빨간 동그라미는 그 전투기 조종사가 큰맘 먹고 꼴아 박은 포탄의 흔적이다. 처음엔 흉물스러운 구덩이로 방치되어 있었으나 관람객의 편의를 위해 지금은 저렇게 말끔히 복구해 놓았다.

"형아, 저거 봐! 장갑차가 있어!"

"어디…?"

태훈의 시선이 이 건물의 반대편으로 옮아간다. 저 멀리 철문과 철창살 밖 시내의 경관이 한눈에 펼쳐지고 있다. 그런데 지석이가 가리킨 저것은 또 무엇인가. 아까는 채 보지 못했던 저것 말이다. 따로이 전시된 장갑차의 곁에 관광객이 몰려들어 카메라를 들이대거나 포즈를 취하는 중이다. 1975년 4월 30일, 마침내 그날이 왔다. 미국이 떠나가고 망연자실 넋이 빠져있던 남베트남 대통령궁으로 북베트남의 장갑차가 밀어닥쳤다. 수많은 관광객들이 하하 호호 수다를 떨며 지나쳐가는 저 철문을 짓밟고 들어와 승리의 깃발을 꽂았다는 북베트남의 장갑차가 바로 저것이다. 호치민의 북베트남 공산정권이 이날에 통일을 이루었고, 남베트남은 사라졌다. 우리나라 방송에서 쉴 새 없이 떠들던 '월남패망'이란 문구는 바로 남베트남의 멸망을 가리킨다. 남베트남의 수도 사이공은 '호치민'이라고 불리게 되었으며, 대통령궁은 통일궁으로 개칭되어 이 도시의 패키지 상품인 양 관광객의 구경거리로 전락했다.

호치민 시에도 랜드 마크라고 불리는 고층빌딩이 있다. 비텍스코 파이낸셜 타워(Bitexco Financial Tower), 2005년부터 5년의 공사 끝에 현대건설이 건설한 이 건축물은 지상 68층, 무려 267미터의 높이를 자랑한다. 쇼핑몰, 영화관 등의 각종 위락시설이 입점해 있으며 외부에서 먼저 발견하게 될 50층의 헬기 착륙장은 바깥으로 삐쭉 튀어나와 언뜻 보아도 특이한 구조이니 이 건물의 정체를 잘 모르는 사람도 한 번 보고 나면 뇌리에 깊이 박힐 터였다.

시내 어디에서도 훤히 보이는 곳으로 삼성물산이 건설한 말레이시아 쿠알라룸푸르의 페트로나스 트윈 타워(Petronas Twin TOWER=Kuala Lumpur City Center)에 이어 미국 CNN 방송이 선정한 '세계에서 가장 인상적인 고층 빌딩 25선'에 이름을 올리기도 했다.

최근 몇 년 전부터는 하노이에 세워진 '경남 하노이 랜드 마크 72(Keangnam Hanoi Landmark72)'와 함께 베트남의 이름난 랜드 마크 타워로 많은 이들의 사랑을 받고 있다. 47층 전망대에선 호치민 시내를 360도로 조망할 수 있는데, 1년 365일 빈틈없이 북적거리는 벤탄시장과 통일궁 주변의 노트르담 성당이나 중앙 우체국은 물론이고, 아직 건설 중인 강 건너 신도시를 오가는 중장비의 부지런한 움직임까지 한눈에 들어온다. 베트남 동화(VND) 20만 동, 우리 돈 약 만원이라는 엘리베이터 이용 요금과 싸워 이겨낼 능력을 갖췄다면 호치민 시내 구경을 마치고 잠시 시간적 여유가 생긴 여행객들의 데이트 코스로도 손색없을 것 같다. 경사진 곳 하나 없이 평평한 대지 위에 우뚝 선 도시, 각양각색 높고 낮은 건축물 사이에서 느껴지는 역동성은 이 나라가 정말 지난 백년의 전쟁으로 황폐화 되었던 곳이 맞는지 의심하게 된다.

프랑스의 식민지에서 벗어나기 위해 발버둥 치던 1859년부터 미국을 몰아내고 통일을 이룩해낸 1975년까지 쉴 새 없이 고통 받던 나라. 안정을 찾고 발전하기 시작한 건 겨우 40년에 지나지 않는데 어쩜 이렇게 눈부신 성장을 이룰 수 있었을까? 우리나라에 한강의 기적이 있다면 베트남에는 도이모이가 있다. 인하대학교 사학과 최병욱 교수의 『베트남 근현대사』라는 책에 따르면 도이모이는 베트남 식 한자 표현 '까이까익(개혁)'을 대신하여 쓰게 된 그들의 다른 말이라고 한다. 도이는 바꾼다, 모이는 새롭다는 뜻으로 '새롭게 바꾼다.'는 의미이다. 베트남에서 '개혁'이라는 단어를 함부로 썼다가는 분위기가 냉랭해지다 못해 경찰에 붙잡혀 조사를 받는 등의 골치 아픈 사건에 휘말린다고 한다.

과거사에 연연하지 않으며 스스로의 발전과 미래를 위해 남의 잘못쯤이야 잠시 묻어 두겠다는 그들, 침략자로부터 끝까지 사과를 받아내고 진심으로 반성하는 자세를 취해줄 때까지 으르렁거리는 우리와 사고방식이 너무도 달라 이해할 수 없겠으나 새로운 시각으로 그들을 바라보는 것도 나쁘지 않으리라.

자. 다시 과거로 돌아가 보자. 공산주의 사회가 냉전을 종식하고 시장 경제 체제로 옮아가는 과정을 알아야 그들의 도이모이도 이해할 수 있을 테니 말이다. 20세기, 세계에서 가장 거대한 공산국가는 단연 소련이었다. 세계 공산화 운동의 중심이었던 그 소비에트 연방 공화국 말이다. 19세기 후반이 될 때까지 전제정치 체제에 머물러 있던 러시아를 그 이름도 유명한 레닌이 나타나 공산당에 의한 독재 체제를 구축하고 주변의 타지키스탄, 리투아니아, 카자흐스탄, 우즈베키스탄, 그루지야 등등 15개 약소 공화국을 흡수하여 소비에트 사회주의 연방 공화국을 만들었다. 소련은 뼛속까지 자유 민주주의를 표방하는 미국과 러시아로 뒤바뀐 지금까지도 애증의 관계이며 지구상의 모든 사회주의 국가들은 레닌이 만들고 스탈린이 완성한 그들 방식의 사회주의를 본보기 삼아 살아간다.

그러나 거대한 공산국가 소련은 1991년, 지구상에서 사라졌다. 도무지 감당할 수 없었던 경기침체가 원인이었고, 그래서 소련의 대통령 고르바초프는 특단의 대책을 세우지 않으면 안 되었다. 고르바초프, 그 왜 있지 않은가. 머리털이 벗겨져 휑한 두피에 정체불명의 지도가 판박이 스티커처럼 붙박여 있던 사람 말이다. 다 죽어가는 경제를 살리기 위해 그는 몇 가지 정책을 발표한다. '낡은 체제를 고친다.'란 뜻의 페레스트로이카(Perestroika)는 언뜻 보기에도 공산주의 사회와 전혀 어울리지 않았다. 정치나 경제 및 사회와 외교 전반에 걸쳐 개혁을 단행하겠다는 뜻인데, 특정 지도자 한 사람이 죽을 때까지 권좌에 군림하기보다 능력 있는 후보 여럿이 경합하여 그 중 가장 뛰어난 사람을 비밀투표로서 선출하는 방식이었으니 이는 민주주의 사회에서나 가능하지 않은가. 또한 시장에 대해서는 모든 것이 국가 소유였고, 그래서 국가에 의해 좌지우지 되던 그동안의 사회주의 시장경제 체제를 개인이 자유롭게 통제하도록 바꾸었다. 국가로부터의 분배가 아닌 국민이 직접 생산하고 소비하는 방식 말이다. '나는 너에 대해 잘 알고 있으니 네가 좋아하는 것들을 주겠다. 그러니 가타부터 따지지 말라.'고 을러대던 사회주의 이 나라가 '네가 뭘 하든 말든 난 관심 없다. 네 마음대로 하세요.'라고 변해버렸으니 소련에게 이것은 다 죽어가는 사람을 되살릴 명의의 메스가 아니라 당장 따라오라고 다그치는 저승사자의 우악스런 손길이었다.

고르바초프가 내놓은 또 하나의 개혁 법안 글라스노스트(Glasnost), 페레스트로이카가 '경제와 정치의 개혁'이었다면 글라스노스트는 한 마디로 '문을 활짝 열어젖히자.'란 뜻이다. 조금이라도 귀에 거슬리는 소리를 했다가 무슨 고초를 겪을지 모르니 늘 불안할 수밖에 없었던 언론에게 날개를 달아 공산당의 잘못을 마음껏 비판하게 하였고, 국민에게 알 권리를 부여하여 세상에 비밀이란 없음을 몸소 보여주었다. 냉전의 중심이던 이 나라로서는 획기적인 사건이 아닐 수 없다.

고르바초프는 무슨 생각으로 이러한 정책을 발표했을까? 좀 더 다양한 모습을 갖춘 공산국가로서 발돋움하려는 시도였는지, 아니면 승승장구 잘 나가는 서구 민주주의 국가들의 성장이 부러워 스스로 체제를 붕괴한 것인지 알 길은 없다. 그가 무엇을 바랐건 결국 전혀 새로운 변화를 가져왔다는 게 중요하다. 채 얼마 지나지 않아 연방의 공화국들이 독립을 요구하기 시작했다. 그 시발점은 흔히 발트 3국이라 불리는 발트 해 남동쪽에 위치한 리투아니아, 에스토니아, 라트비아였다. 판타지 영화의 한 장면에 나올 것만 같은 동유럽의 작은 나라들, 리투아니아는 독일 나치 시대에 잠시 식민지로 살았다가 소련의 손아귀에 떨어진 나라이다. 소련으로부터 독립을 원하는가? 자체적인 투표 결과 국민의 90퍼센트가 찬성, 독립에 성공하여 주권을 회복한다. 베트남만큼이나 강대국의 마수에 사로잡혀 고통 받으면서도 제 나라 특유의 문화를 지켜가던 에스토니아 역시 마찬가지다. 냉전 이전부터 이미 러시아 황제의 간섭으로 자유롭지 못했으나 나름의 민족정신은 잃지 않았던 그들 역시 그 즈음이 되어서야 완전한 독립을 쟁취한다. 1700년대, 역시 오지랖 넓으신 러시아 황제의 손길에 맞서 힘겨운 투쟁을 벌이던 라트비아 또한 1차 대전과 냉전의 시대를 거치며 식민과 독립을 거듭하다 결국 소련에게서 벗어났다. 그때가 1991년, 소련이라는 울타리에서 하나둘씩 멀어지기 시작한 시점이었으나 사실 그 이전부터 그들의 강압적인 공산화 정책에 반발하여 민주화를 부르짖던 나라는 많았다. 소련의 영역과 가까운 동유럽 국가들 말이다. 체코슬로바키아는 언제부터인가 제멋대로 흔들리는 경제를 바로 세우기 위해 소련으로부터 멀어질 움직임을 보이고 있었다. 1968년에 일어난 프라하의 봄, 그리고 이어진 무자비한 폭력으로 소련은 세계 여론의 뭇매를 맞게 된다. 누가 뭐라고 하든가 말든가 소련의 강압적인 정책은 시들지 않았고, 시민들은 더 이상 참지 않았다. 그 유명한 '벨벳 혁명'은 우리말로 번역하면 '신사혁명'이란 뜻이다. 비폭력 시민 문화혁명이라 할 수 있겠고, 우리의 촛불집회와 다르지 않을 것이다. 1989년 11월에 벌어진 그들의 평화로운 몸짓은 결국 체코슬로바키아에게 민주화를 가져다주었다. 이후 그들은 소련의 영향에서 벗어나 지금은 체코와 슬로바키아로 나뉘어 각자의 삶을 살고 있다. 국왕조차 귀족들의 손에 의해 선출하던 폴란드는 이미 오래 전부터 민주주의 체제를 유지해온 나라였다. 한 나라의 전통마저 갈아엎으니 소련은 참 대단하다. 어서 와, 공산주의는 처음이지? 하지만 폴란드에게 그것은 영 체질에 맞지 않았고, 그래서 저항할 수밖에 없었다. 국민들마저 더 이상 견디지 못하고 민주화를 부르짖은 건 역시 끝 모르고 추락하는 경제적 위기 때문이었을 거다. 2차 대전 이후 소련과 일본, 독일의 손에서 바비 인형처럼 제멋대로 놀아나던 폴란드는 1990년이 되어서야 공산주의 체제로부터 완전히 벗어났다. 사회주의 국가끼리의 우정을 더욱 굳건히 하자는 바르샤바 조약 기구에서 헝가리가 탈퇴하자 소련은 또 주먹을 움켜쥐고 일어났다. 제 눈 밖에 난 헝가리 수상의 목을 단숨에 쳐내버리고 군사로서 자기들을 반대하는 무리를 제압한다. 때린다고 가만히 있을소냐! 유럽의 민주화를 위해 두 팔 걷어붙인 헝가리, 소련의 손길을 매정하게 뿌리치고 민주화의 길로 들어선 건 1989년의 일이었다. 쓰잘데기 없는 바르샤바 조약 기구가 폐지되는 데에 앞장선 나라가 바로 헝가리였다. 끊이지 않고 계속 되던 동유럽의 민주화 운동, 고르바초프의 정책으로 연방의 국가들도 동요하여 정신을 차릴 수 없었던 그때, 독일이 통일되었다. 그간 저질러온 온갖 만행으로 세계 각국에 민폐를 끼친 그들, 2차 대전 이후 1980년대 중반이 다 되도록 국민들의 의사와 관계없이 동서로 갈려 서로 다른 체제 속에서 살아오지 않았던가. 자유로운 세계를 꿈꾸던 동독 주민들과 그들을 따뜻하게 품어 주었던 서독 주민들이 서로를 가른 베를린 장벽을 신나게 때려 부수는 모습을 지켜보며 소련은 과연 무슨 생각을 했을까? 제 코가 석자였으니 생각이라는 걸 할 겨를이 있었는지 모르겠다. 이듬해 8월에 일어난 공산당 보수파의 쿠데타가 비록 3일 만에 찌질하게 끝나버렸어도 소련에겐 가히 치명적이었을 거다. 그리고 1991년 12월, 소비에트 연방 공화국은 결국 해체되었다. 굶어죽기 일보 직전이던 중국이 어쩔 도리 없이 시장경제 체제를 받아들인 것처럼 고르바초프는 마지못해 그들의 공산주의를 해체하고 말았다. 냉전은 종식되었으나 그들 내부에선 한동안 어수선한 분위기를 감당하지 못하고 서로 생각이 다른 이들과 싸움질을 벌여야 했다. 불가피안 과정이었고, 또한 그것은 스스로에게 지울 수 없는 상처가 되었다. 갈가리 찢기고 무너진 제 몸뚱이를 일으켜 세우지 못한 소련, 그들의 공산주의가 무너진 이유는 고르바초프의 바른 선택이라기보다 나라가 그렇게 되도록 방치해 놓았던 무능한 관료들 탓인지 몰랐다.

30년이나 지속되어 온 미국과의 전쟁에 종지부를 찍던 그 순간 당당하게 밀어닥친 북베트남의 깃발 아래 남베트남이 무릎 꿇은 것도 무능하고 부패한 남베트남의 관료들 때문이다. 소련의 무능한 관료들은 공산주의자들이었고, 남베트남의 무능한 관료들은 자본주의 신봉자들이었다. 자본주의였든 공산주의였든 무능하고 부패한, 이기심에 찌들어 사는 사람은 어느 나라에나 있다. 그렇다는 것은 체제의 잘못이 아니라 인간의 욕심에 잘못이 있다. 서로 잘 살아보자며 만든 체제였겠지만 서로 간에 벌어진 전쟁은 각기 다른 서로의 체제를 유지하기 위한 싸움이 아니라 결국 자신이 가진 권력을 지키기 위한 싸움이었다. 체제는 아마 인간이 자신의 욕심을 숨기기 위해 방패삼아 만들어 놓은 도구일지 몰랐다. 베트남은 서글펐을 것이다. 강대국의 핍박으로부터 살아남기 위해 선택한 공산주의 체제가 그렇게 무너지는 꼴을 보고 싶지 않았을 것이다. 그렇다고 이제 와서 체제를 포기하여 과거의 불행했던 시절로 돌아갈 수도 없었을 것이다. 지켜보기 괴로웠던 그 개혁이라는 단어로 친구였던 나라들의 아픔과 슬픔을 떠올려 사회적 긴장을 야기하느니 비슷하지만 그들만의 아름다움을 지킬 수 있는 말을 찾아내어 어떻게든 지금의 사회 체제를 유지하면서 스스로 일어설 경제 정책을 강구해야 했을 것이다. 베트남의 도이모이, 세계열강의 희비로부터 자극받고 싶지 않은 그들만의 몸부림은 아니었을까?

07. 구찌터널

"태훈이 오빠, 오토바이 탈 줄 알아요?"

큼지막한 별 네 개가 나란히 박힌 호텔 로비를 배경으로 플래시를 터뜨리던 태훈에게 응옥이 물었다. 다낭, 바닷가를 목전에 둔 도시라 그런지 미리 예약한 이 사성급 호텔은 사진을 찍지 않고는 그냥 넘어갈 수 없을 만큼 깔끔하고 예쁘다.

"오토바이? 타본 적은 있지만 왜?"

"우리 드라이브 가요. 호텔에서 오토바이 빌려줬어요."

태훈은 난감한 얼굴이다. 고등학생 시절, 질풍노도의 시기를 겪는 한국 남자라면 누구나 오토바이를 타고 멋지게 질주하는 꿈을 꾼다. 흔히 폭주족이라고 부르는 철부지 아이들의 위험한 일탈, 그 시절의 태훈도 못 되어 먹은 친구들을 따라 제멋대로 개조한 오토바이를 몰아본 적이 있었다. 역주행은 물론이거니와 곁을 지나는 차량의 유리창을 발로 걷어차 깨부수는가 하면, 신호위반은 말할 것도 없고, 단속 나온 경찰차를 요리조리 피하며 약 올리기도 했다. 사람을 치어 다치게 한 날도 많았던 것 같다. 경찰서에 찾아온 엄마가 다시는 그러지 않겠다고, 부디 용서해 달라며 손이 발이 되도록 피해자 가족에게 빌고 또 빌던 순간도 아직 기억한다. 한 번만 더 폭주족 노릇을 하면 발모가지를 부러뜨리겠다는 형의 무시무시한 경고에도 더 좋은 오토바이를 사기 위해 공사판 막노동까지 불사했다. 하루는 무슨 배짱으로 그런 건지 오토바이 위에 올라서서 갖은 묘기를 다 부리다가 어느 순간 공중으로 붕, 하고 날아 도로 한 가운데에 굴러 떨어졌다. 다리가 골절되고, 병원으로 달려온 엄마는 병실에 누운 나를 보더니 까무러쳤다. 엄마 가슴에 상처를 남겼다며, 나쁜 놈이라고 낮게 을러대는 담당의의 한 마디가 오토바이를 포기하게 만들었다. 그 이후로는 정말 오토바이 근처엔 얼씬도 하지 않았다. 그런데 지금 뭐라고? 오토바이?

"에이, 괜찮아요! 베트남 오토바이 안전해요!"

오토바이와의 좋지 않은 인연을 설명해 주자 응옥은 그저 웃기만 한다. 신호등 하나 없는 베트남 도로에서 어떻게 폭주족 놀이를 할 수 있겠느냐고 되물으니 할 말이 없어져 버렸다.

"응옥! 오토바이 잘 타?"

응옥의 허리춤을 부여잡으며 태훈이 소리쳤다. 지석이는 제 엄마의 뒤에 매달려 벌써 저만치 앞서 가고 있다.

"베트남 사람들은 원래 오토바이 잘 타요!"

" ……."

정말 그런 것 같다. 자동차보다 많은 오토바이, 전 국민의 반이 가졌다고 했던가? 그렇다면 가구 당 한 대 이상은 소유하고 있다는 소리임으로 이들에게 오토바이 운전 솜씨는 물어보나 마나일 거다.

"응옥! 그럼 면허증은 있어?"

"응? 뭐라고요?"

"면허증 말이야, 면허증!"

태훈은 그녀가 귓가를 스치는 바람 소리 때문에 잘 들리지 않았다고 생각했다.

"면허증? 그게 뭐예요?"

"운전 자격증 말이야. 그게 있어야 운전을 하지!"

"아! 운전 면허증! 그런 건 없어도 되요!"

"…!"

기가 막히고 코가 막히는 응옥의 한 마디에 태훈은 입이 떡 벌어졌다.

"면허증이 없다고? 베트남에선 아무나 오토바이를 탈 수 있는 거야?"

"그럼요! 자동차하고는 달라요!"

"그럼 운전은 누구한테 배워?"

"가족이나 친구요! 저는 남자친구한테 배웠어요."

갈수록 기괴한 소리만 늘어놓는 그녀, 한국에서 오토바이를 타기 위해서는 복잡한 과정을 거쳐야 한다. 자동차 면허 시험장에서처럼 일정 기간의 교육을 받고, 시험을 보고, 우수한 성적으로 합격해야만 면허증을 발급해준다. 또한 차량은 구매 즉시 관계 기관에 등록해야 하고, 책임보험에 가입하고, 세금도 내야하고…!

"왜 그렇게 해야 하죠? 한국 법은 너무 복잡해요!"

"……."

또 할 말을 잃었다. 하긴, 우리의 법은 우리가 봐도 복잡하다. 하지만 안전운행을 위해서라면 그 정도 수고쯤이야 감수한다는 게 한국인의 일반적인 생각이다. 물론 그렇지 않은 사람도 있지만 이는 명백한 불법이므로 어기면 당장에 벌금 고지서가 날아들 거다. 존재 자체로 불법인 폭주족은 말할 것도 없다.

"여긴 베트남이에요. 한국과 똑같이 생각하면 안 돼요."

"뭐, 그렇기야 하겠지만…."

"한국에선 첫 월급을 타면 부모님에게 속옷을 사드린다면서요? 여기는 제일 먼저 오토바이를 사요. 가장 편하고 일반적인 교통수단이거든요."

"대중교통을 이용할 수도 있잖아. 이제 보니까 버스는 있지만 지하철이 없네?"

"버스는 오토바이 없는 사람들이 임시로 이용해요. 그래봤자 한국의 마을버스 수준이죠. 그리고 베트남엔 지하철이 없어요. 오토바이가 있는데 지하철을 뭐 하러 만들어요?"

"……."

문득 왕복 6차선의 교차로를 대각선으로 무단 횡단하는 여자들이 보였다. 우리의 눈엔 정말 위험하기 짝이 없고, 왜 저럴까 하는 생각이 들지만 이 나라에선 흔한 일이라고 한다. 대신 무단횡단을 할 때엔 절대 뛰면 안 된다. 보행자의 보폭에 따라 오토바이는 속도를 줄여 뒤로 피해가가든가, 반대로 속도를 높여 먼저 지나치든가 해야 하는데, 보행자가 저 혼자 살겠다고 후다닥 뛰어가면 오토바이는 제 속도를 조절하지 못하고 사고를 일으킬 수밖에 없다. 드넓은 교차로에서 느긋하게 걷는 건 한가해서가 아니라 사고를 내지 않으려는 그들만의 방식이다. 또한 역주행도 당연하게 생각하는 이 나라의 도로에서 마주 오는 오토바이와 동선이 엉키면 응당 서로가 클랙슨을 울리는데, 우리에게 클랙슨은 '위험하니 비켜라!'라는 경고의 의미일 테지만 이들에겐 '내가 지금 지나가고 있으니 조심해 달라!'라는 양해의 의미이며, 굳이 클랙슨을 울리지 않고도 서로가 자신의 속도를 조절하여 교차주행하는 상대 차량과 자칫 벌어질 수 있는 사고를 사전에 예방한다. 우리로서는 도저히 이해할 수 없겠으나 아무래도 이 나라 사람들에겐 그들만의 암묵적인 질서가 있는 모양이었다. 만일 베트남 여행을 계획 중인 사람이라면 '빨리 빨리'보다 '느긋하게'를 먼저 배워야 할 것이다. 미리 공부하여 현지에서 불안에 떠는 일이 없도록 하자.

"와…!"

다낭 시내를 가로지르는 강가에 도착했을 때 두 남자로부터 탄성이 터졌다. 저기 저 철교 위에서 꿈틀거리는 거대한 용은 무엇인가. 당장이라도 승천할 듯 화려한 자태를 뽐내는 용의 몸뚱이에서 오색찬란한 빛이 뿜어져 나오고 있다. 미국과의 30년 전쟁 끝에 비로소 독립을 쟁취했다는 그들, 해방 38주년을 맞아 2013년 3월 새로 개통한 이 다리의 아기자기한 불빛이 강 건너 크고 작은 건물들의 조명과 어우러지며 모든 시선을 사로잡고 있다. 진실로 이 도시의 야경은 아름답다. 서울 한강 둔치를 거닐며 여자 친구와 데이트를 즐기던 순간마저 떠오른다.

"이 강의 이름은 '쏭한'이에요."

"쏭한?"

"'쏭(Song)'은 '강'이란 뜻이고, '한(Han)'은 이 강의 이름이에요."

"그럼 한강이네?"

"맞아요. 다낭 한강이에요. 멋지죠?"

강바람이 불어서일까? 다낭의 밤은 우리의 초가을 날씨처럼 시원하다. 여기가 정말 더운 나라 베트남이 맞는지 의심스러울 정도다.

"형아! 아이패드 줘!"

지석이 녀석이 태훈에게서 아이패드를 빼앗아간다. 야경을 벗 삼아 오물오물 옥수수를 나누어 먹는 저 연인들의 단란한 표정이 녀석에게도 제법 아름답게 보이는 모양이었다.

"엄마! 비켜봐! 엄마 때문에 이상하게 나오잖아!"

"왜? 엄마도 예쁘게 찍어주면 안 돼?"

곁에 찰싹 달라붙어 마냥 재롱을 부리는 엄마가 영 못마땅한가보다. 투덜투덜 심통을 부리는 녀석, 하지만 응아이는 그저 웃을 따름이다. 과잉보호라거나 정말 사진을 찍고 싶어서 이러는 게 아니다. 그녀는 지금 알리바바가 신경 쓰인 거였다. 역주행으로 달려와 행인의 소지품을 갈취하는 베트남 소매치기 범들 말이다. 알리바바가 처리하기 쉬운 상대는 단연 외국인이다. 멋모르고 들이대는 고가의 카메라와 스마트폰을 빼앗기 위해 그들은 모든 수단을 동원한다. 느닷없이 달려와 남성의 고환에 내용물을 알 수 없는 주사 바늘을 쑤셔 넣거나 반갑다며 수면제 탄 음료를 건네 안심시킨 뒤 쓰러지면 유유히 물건을 훔쳐 달아난다. 통화중인 행인의 스마트폰을 가로채는 건 예삿일이다. 전문적인 범죄 집단도 물론 존재하겠으나 보통은 필요에 따라 범행을 저지르는 평범한 사람들이다. 그런 이들을 가리켜 '알리바바'라고 하는데, 바로 세계 명작 동화 〈알리바바와 40인의 도둑〉이야기로부터 유래된 이름이었다. 그런데 뭔가 좀 이상하다. 선량한 사람들을 괴롭힌 도둑무리를 물리치고 그들의 금은보화를 가져다가 행복하게 살았다는 알리바바의 이야기를 꼼꼼히 들여다보면 정말 이것이 어린이를 위한 '동화'가 맞는지 의심스럽다. '열려라, 참깨!'라는 간단한 주문도 기억하지 못하고 '열려라, 콩!', '열려라, 팥!' 하다가 도둑 두목에게 칼침 맞아 죽은 알리바바의 형 카심과 도둑질만 일삼아온 그 일당들은 그렇다고 치자. 자기 형의 원수를 갚겠다고 도둑들이 숨은 항아리에 펄펄 끓는 기름을 쏟아 부어 삶아 죽이고, 섹시하게 칼춤을 추다가 홀로 남은 두목의 머리를 뎅강 베어버린 알리바바의 아내. 게다가 남편은 아내에게 잘했다고 칭찬하기까지 한다. 잔인한 동화 속의 잔인한 주인공 알리바바와 똑같이 잔인한 베트남의 역주행 소매치기 범들. 비유법은 끝내주지만 해외 네티즌 사이에서도 그 명성이 자자하여 서로 조심할 것을 당부하니 베트남으로서는 나라 망신이 아닐 수 없다.

"형아! 이것 봐!"

지석이가 쪼르르 달려와 태훈에게 아이패드를 내밀었다. 자꾸만 들이대는 엄마를 피해 드디어 멋진 사진을 찍었다. 주변에 사람이 많아 어수선해도 오직 서로에게만 집중하는 연인들, 일렁이는 물결에 반사된 조명 빛을 방패삼아 사람들이 채 보지 못하는 공간에 숨어 살포시 입술을 부딪친다. 전문 사진작가의 작품에서나 볼법한 사진이기에 응옥도 낭만적이라며 탄성을 내질렀다.

"이모, 우리 빅뱅 동영상 볼까?"

"빅뱅?"

벤치에 앉아 손짓하는 녀석을 보고 또 그녀의 눈이 휘둥그레졌다. 한국에서 다운받아 온 빅뱅의 콘서트와 방송 영상이 아이패드에 한 가득이다. 데뷔 초의 앳된 얼굴을 버리고 한 순간에 남자가 되어버린 승리, 예능 프로그램 속 어리바리한 표정만 기억하는 사람들에게 〈투나잇 뮤직비디오〉에서 보여준 대성의 베드신은 제법 신선하다. 제발 얌전하게 꾸미라며 종용하던 자국의 팬들도 이젠 포기해버렸다는 태양의 괴이한 헤어스타일은 그간 말로만 들어온 응옥을 웃게 할 만큼 파격적이다.

"탑은 영화와 드라마에도 나오지?"

"응! 이모도 봤어?"

"그럼! 그거 보려고 한국어를 배운 거야."

이병헌과 김태희가 주연으로 출연한 드라마부터 영화계에까지 진출한 탑의 모습을 간혹 연예 정보 프로그램에서 볼 때가 있다. 불이라도 뿜을 듯 그 큰 눈으로 상대를 마주하니 어느 누구도 반하지 않을 수가 없다.

"어머! 어떡해!"

지드래곤의 화려한 등장이 다시금 응옥을 들뜨게 한다. 아무나 소화해낼 수 없는 패션 감각하며, 탑과 쌍벽을 이루는 부리부리한 눈매. 그간 뮤직비디오에서 보아온 연기력은 가히 일품이다.

"후우…!"

빅뱅의 눈짓 한 번, 손짓 한 번에 응옥은 연신 까르르 웃음을 터뜨린다. 신나는 그녀의 박장대소, 문득 오전에 잠시 들렀던 구찌 숲에서의 순간들이 떠올라 태훈은 그렇게 한숨을 쏟아냈다. 호치민 시내로부터 70킬로미터를 달려 도착한 구찌 숲, 그들 특유의 게릴라 작전에서 유용하게 이용되었다는 바로 그 구찌터널 숲 말이다.

「탕! 타앙!」

쩌렁쩌렁 숲을 울리는 총성에 놀란 지석이가 별안간 울음을 터뜨리고, 녀석을 달래느라 세 남녀는 한바탕 진땀을 빼야 했다. 뒤늦게 알았지만 이는 관광객을 위해 마련된 편의 시설의 소음이었다. 여기에 사격장이 있을 거란 사실을 모르는, 이제 막 구찌 숲에 도착한 사람들로서는 가이드가 따로 귀띔해주지 않는 이상 소리의 출처를 알 수 없으니 그것만으로도 전쟁 당시의 긴박한 상황을 체험하기에 안성맞춤일 것이었다.

「태훈이 오빠! 여기 좀 봐요!」

웃으며 불러 세우는 응옥의 목소리가 밝고 경쾌했기 때문일까? 소풍 나온 아이처럼 마냥 즐거워하던 태훈은 방금 밟고 지나쳐 간 나무판자를 보고 그제야 이곳이 월남전의 주요 무대 중 하나였다는 사실을 재삼 깨달았다. 그것은 단순한 판자가 아니었다. 깊이만 무려 30미터, 약 50킬로미터의 긴 거리가 미로처럼 이어져있다는 터널의 입구였다. 전쟁 당시 베트콩들이 실제로 사용했던 지하시설로, 이제 겨우 아홉 살인 지석이조차 들어갈 수 없을 만큼 좁았다. 그러니까 당시 이곳에서 전쟁을 치르던 베트남 남자들의 몸집이 이렇게 작았다는 뜻이며, 방금 이 자리를 무심코 지나친 태훈이 만일 전쟁에 참전한 병사였다면 여기에서 머리만 내민 베트콩에 의해 왜 죽는지도 모르고 쓰러졌을 거다. 일전에 찾아간 강원도 화천의 '베트남 참전 용사 만남의 장'에서도 구찌터널을 본 기억이 난다. 내방객이 없어 썰렁하던 그곳 말이다. 기념관 바깥에 조성되었던 서바이벌 게임장, 훈련 체험장, 전통 가옥을 지나 마주한 모형 구찌터널은 안전과 편의를 고려하여 실제보다 넓고 크게 만들었다고 했다. 조명 시설마저 친절하게 설치해 놓았으니 내방객으로서는 아주 편안하게 전쟁을 즐길 수(?) 있었을 테다. 화천에서 만난 모형 구찌터널이 보고 즐길 거리를 찾아온 관광객과 그 시절을 잊지 못하는 노병들이 추억을 되새길 목적으로 단순하게 제작되었다면 유적처럼 남겨진 실제 구찌터널은 전투 현장이던 땅속을 들락거리며 죽음과 싸운 그들의 삶이었다. 숲 여기저기 기다랗게 이어진 참호 끝에서 발견한 구덩이, 개미굴로 착각할 만큼 좁고 어두운 저 구덩이에서 이 나라 사람들은 태산 같은 덩치의 미군과 맞서 싸우기 위한 작전을 짰겠고, 비상식이라는 마 뿌리를 씹어 먹으며 힘겨운 전투를 소화해 냈을 것이다. 그들을 밖으로 끌어내기 위해 B-52 폭격기가 포탄을 쏟아 부었다지만 소용이 없었고, 포탄이 떨어져 움푹 파인 자리는 화석처럼 남아 오늘도 관광객을 맞이하고 있다. 적을 잡지 못해 애태우던 미군, 남은 방법은 이들의 뒤꽁무니를 따라 구덩이로 들어가는 것뿐이었다. 하지만 덩치가 산만한 미군에겐 이조차도 쉽지 않았고, 그래서 덩치가 작은 병사를 찾아 작전에 투입했지만 결과는 참담했다.

미로 같은 터널에서 길을 잃고 해매거나 불쑥 마주친 베트콩이 수류탄을 까 던지고 도망 나오면 꼼짝없이 죽어야 했기 때문이다. 미군이든 한국군이든 한 번 들어가면 두 번 다시 나올 수 없었으며, 어쩌다 살아나더라도 그러한 이유 때문에 트라우마가 생겨 다시는 가고 싶지 않아 했다. 그들의 진격을 방해한 건 이뿐만이 아니었다. 하루에 한 번씩 쏟아지는 스콜과 후텁지근한 기온 탓에 구찌 숲의 나무들은 베어내고 또 베어내도 쉼 없이 자라났다. 질긴 생명력으로 죽음마저 초탈한 숲은 제 나라를 구하고픈 이들을 갸륵히 여겨 스스로 수호신이 되었나보다. 이 땅의 기후를 몰랐기에 미군은 고엽제라는 어리석은 실수를 저질렀고, 자신의 몸뚱이만 짓이기는 결과를 초래했다.

어둠 속에 숨어 평화를 기다려 온 그들, 매미라는 성체가 될 날을 꿈꾸며 오랜 시간 흙속에 파묻혀 있던 굼벵이처럼 연약한 그들은 숲과 함께 강한 생명력으로 살아남았을 것이다.

「Are you Korean?」

화천에서 만난 모형과 너무나 다른 구찌터널, 관광객을 위해 체험용으로 확장해놓은 일부 구간으로 들어섰을 때 군복 차림의 안내원 아저씨가 태훈에게 물었다. 태훈은 좁디좁은 터널에서 제 큰 몸집을 감당하지 못해 난처한 얼굴이었다.

「Are you South Korean?」

힘겹게 터널을 기어 나왔을 때 그가 다시 물었다. 그렇다고 대꾸하자 허허허, 그가 웃음을 터뜨렸다. 태훈의 어깨를 툭툭 두드려주고 멀어져가는 남자, 도와달라고 손짓하는 노랑머리 관광객들에게 달려가 태훈에게 했듯 체험용 땅굴 속으로 파고드는 시범을 보인다. 왜 그랬을까? 그는 어째서 태훈에게 그런 반응을 보여주었던 걸까? 영문을 몰라 태훈이 한참을 쳐다보았으나 그는 더 이상 이쪽으로 고개를 돌려주지 않았다. 혹시 그는, 과거에 구찌터널을 제 집 안방처럼 하루에도 수십 번씩 드나들던 베트콩은 아니었을까? 게릴라 전술로서 한국군과 미군에 맞선 베트남 민중의 영웅 말이다. 현재 구찌 숲은 베트남 국방부가 관리하고, 전역 군인들이 안내원으로 근무

한다고 했으니 아마 맞을지도 모르겠다. 그렇다면 우연히 마주친 한국인 젊은이에게 그런 식의 반응을 보인 건 단순한 관심은 아니었으리라. 한국, 제 나라 제 민족을 지키기 위해 죽기를 각오하고 맞서 싸운 나라. 전쟁이 물러가고 평화가 찾아온 지금에 이르러 적이었던 나라의 청년을 만나니 감회가 새로운 모양이다. 아니, 이따위 부족한 표현으로 그의 마음을 대변할 수 없다. 전쟁을 아는 자와 전쟁을 모르는 자. 그들의 전쟁을 책으로만 배워온 태훈은 죽음을 물리치고 얻어낸 그의 값진 삶을 이해하지 못하고, 또한 그가 남기고 간 웃음의 의미도 해석할 수 없다. 그들의 전쟁이 기억하는 한국은 과연 무엇이었을까? 또한 지금 저기에 앉아 즐거이 웃음을 터뜨리는 응옥에게 한국은 어떤 의미일까? 알 것 같으면서도 도저히 이해할 수 없는 그들의 마음, 한국인에 의해 많은 피와 눈물을 흘렸다는 곳으로의 출발을 앞두고 태훈은 머릿속이 복잡했다.

말레이시아(malaysia)라는 나라가 있다. 인천공항에서 비행기를 타고 약 다섯 시간 반, 베트남 호치민 시에서도 약 한 시간가량을 더 날아가야 하는 이 나라의 수도는 쿠알라룸푸르(Kuala Lumpur), 동남아시아의 금융허브라 불리는 바로 그곳이다. 이 나라를 잘 모르는 몇몇 한국 사람들은 아직도 말레이시아가 동남아시아의 이름 없는 허름한 동네라고 생각한다. 그들 특유의 새카만 얼굴과 순수한 표정을 보고 도대체 무슨 생각을 한 건지 이름난 관광지가 아니면 가난하고 찌들어 헐벗은 사람들이 모여 살 거란 편견을 갖는 거다. 절대 잘못된 생각임을 깨달아야 한다. 이는 마치 아시아엔 문외한인 일부 서양인들이 대한민국을 아직도 전쟁의 상흔에서 벗어나지 못해 미개한 나라라고 생각하는 것과 마찬가지다. 말도 안 된다. 가보지 않았으면 말을 하지 말 것이며, 입 다물고 가만히 있으면 반이라도 간다.

세상물정 몰라 헤매는 당신! 혹시나 말레이시아 이 나라가 한때 영국의 식민지였다는 이유로 아직도 그들의 품에 의존하여 살아가리라고 생각하는가? 나름의 고유한 문자도 없이 영어만을 사용한다고 미개하다며 멋대로 단정 지을 것인가? 말레이시아 국민들이 들으면 코웃음을 칠 일이다. 우월감에 빠져 제 나라만 잘났다고 믿는 한심한 사람들을 위해 하나하나 따져 보자면 말레이시아는 결코 그런 나라가 아님을 알 수 있다. 2012년에 이미 1인당 국민 소득 1만 달러를 넘긴 나라, 한때 싱가포르와 홍콩을 주 활동 지역으로 삼던 사업가들이 두 나라 사이에 숨어 손짓하는 말레이시아의 매력에 푹 빠져 헤어 나오질 못하고 있다는 사실을 알아야 할 것이다. 국내 유명 기업들도 동남아시아에 진출하기 위해 말레이시아를 교두보로 삼거나 잠시 쉬었다 갈 목적으로 들어왔다가 아예 자리를 깔기도 한다. 공항에 도착하여 차를 타고 쿠알라룸푸르 시내 중심가로 들어서면 제일 먼저 눈에 띄는 거대한 건물이 있으니 그건 바로 페트로나스 트윈 타워(Petronas Twin Towers), 다른 이름으로는 쿠알라룸푸르 시티센터(Kuala Lumpur City Center), 줄여서 KLCC라고 불리는 곳으로 쿠알라룸푸르의 랜드 마크이다. 1992년, 선진국 대열에 합류하고자 2020년을 목표로 국가 개발 계획을 세우던 말레이시아 정부가 경제성장의 상징으로 건설한 이 건물은 하늘을 향해 늘씬하게 뻗은 뾰족탑까지의 높이가 무려 452미터, 세계에서 가장 높은 곳으로 유명하다. 나란히 서서 제 위용을 자랑하는 두 채의 건물, 서로를 연결한 구름다리 전망대가 더욱 기묘한 형상으로 만들어주니 이 나라에 가서 KLCC를 구경하지 않는다면 그 사람은 정말 바보라고 할 수밖에 없다. 전망대에 올라 아찔한 높이에 한 번 놀라고, 쿠알라룸푸르 시내를 한 눈에 조망할 수 있어 또 한 번 놀라게 되지만 대부분이 관광객들은 이미 구석구석 돌아본 시내를 굳이 전망대까지 올라가 재차 뒤져보는 수고를 하기보다 바깥에 남아 이 거대한 쌍둥이 빌딩에 기대어 마냥 추억을 쌓고 싶은 눈치다. 제 손에 들린 카메라의 성능을 시험해보려는 무한도전, 어떻게든 멋진 사진을 남기고 싶어 무진 애를 쓰지만 건물의 덩치가 워낙 거대한 탓에 원하는 그림은 쉬이 나와 주질 않는다. 수십 번씩 셔터를 누르다 단체 사진을 찍으려는 관광객 무리가 제발 그만 좀 찍고 비켜달라며 영어로 잔소리를 해댈 즈음에야 겨우 멋진 사진을 낚아낸 당신, 저 화려한 성채를 다시금 올려다보며 어떻게 저런 건물을 지을 수 있었는지 감탄하고 또 감탄할 것이다. 한국의 삼성물산과 일본의 하자마건설이 1993년 한 동씩 맡아 3년만에 완성했다고 한다. 누가 더 빨리 지어 올릴까? 그들에게 일을 맡긴 말레이시아는 궁금했을 것이다. 자, 슬슬 우리의 능력을 보여줄까? 그런데 상대는 일본, 결코 질 수 없는 영원한 경쟁자였기에 비록 한 달이나 늦게 공사를 시작했지만 눈에 불을 켜고 달려든 결과 일본보다 열흘 앞서 완성하였으니 비로소 세계에서 가장 높은 건물을 가졌다는 자부심으로 똘똘 뭉친 말레이시아와 떼려야 뗄 수 없는 친구가 되었다. 이 멋진 건축물을 제대로 보고 싶다면 건너편 트레이더스 호텔 33층 칵테일 바(bar)로 가보길 권한다. 한밤중에도 대낮처럼 훤히 불 밝힌 그곳, 인간이 완성한 최고의 건축물에 흠뻑 빠져 칵테일 한 잔을 머금으니 신선놀음이 따로 없다. 선진국으로 도약하기 위해 전 국민이 두 팔을 걷어 올렸다는 말레이시아, 어째서 그들이 동남아시아의 신흥강국으로 떠오르게 되었는지 도저히 궁금증을 이기질 못하고 발바리처럼 쿠알라룸푸르 시내를 돌아다니다 보면 결국 무언가 발견하게 될 것이다. 그들의 국기라는 '자룰 게밀랑(Jalur Gemilang)', 빨갛고 하얀 줄무늬 한켠에 이슬람교를 상징한다는 노랑의 초승달과 별이 파란 직사각 바탕 위에 그려져 있다. 시내 곳곳에서 만나는, 국기의 문양으로 화려하게 디자인한 숫자 '1'의 조형물은 더 이상 국기가 아니라 예술 작품이며, 이는 그들의 단합을 상징한다. 우리나라 속담 중에 '사공이 많으면 배가 산으로 간다.'라는 말이 있다. 서로 다른 많은 사람들이 동상이몽으로 마구 떠들어대니 서로 통일되지 못하는 상황을 비꼰 것일 텐데, 바로 말레이시아의 과거가 딱 그러했다. 앞서 말한 바와 같이 19세기 후반부터 20세기 초반까지 이 나라는 영국의 식민지였다. 또한 중국의 영향으로 한자 문화권이 된 탓에 시내 어디서든 한자를 쉽게 발견할 수 있다. 냉전의 시대에는 서로 다른 체제의 싸움에 휘말렸으며, 이 나라의 주 종교라는 이슬람교와 힌두교가 한때 마찰을 일으킨 적도 있었다. 게다가 말레이 원주민과 중국인, 인도인, 그 외의 소수 민족들이 모여 세운 나라이다 보니 각자 다른 얼굴과 각자 다른 개성, 각자 다른 삶을 살아온 사람들의 추구하는 바가 달라 당연하게 마찰이 많았을 것이다. 쿠알라룸푸르 시내 곳곳에서 발견되는 숫자 '1'의 조형물 및 그림은 그간 서로 하나가 되지 못 한 채 제각기 살아온 과거에서 벗어나 기어이 한데 뭉치고 말리라는 그들의 굳센 의지였다. 숫자 1의 상징물을 더 이상 못 보게 되는 날, 그때에 말레이시아는 좀 더 부강한 나라로 변모해 있으리라.

자, 이제 다시 베트남의 이야기로 돌아가 보자. 프랑스의 영향으로 멸망할 수밖에 없었던 응우옌 왕조의 황제가 어느 날 말했다. '남북은 한 집안이다!' 불가피한 사정으로 하나가 되지 못했던 한 나라의 두 민족, 베트남의 역사에서 그들이 남북으로 나뉘어 맞장을 뜬 건 냉전의 시대뿐만이 아니다. 아주 오래 전, 북위 18도선을 기준으로 베트남 땅에는 서로 다른 모습의 두 나라가 있었다. 중국의 지배에서 벗어나 독립된 민족국가로 살아가는 '대월(大越)'과 세월의 흐름에 따라 베트남의 소수민족으로 전락하고 말았다는 '참파왕국(Champa王國)'이 바로 그것이다. 대월의 영토가 현재 베트남의 북부에 국한되어 있었다면 참파왕국은 호이안이나 다낭 등 중남부 지역에 존재했으며, 호치민 시 인근 메콩 강 유역은 당시엔 베트남이 아니라 캄보디아의 영역이었다. 지금의 모습을 갖추게 된 건 오랜 세월동안 남진을 거듭한 끝에 이룬 대월의 업적이라고 볼 수 있다. 무려 천 년이 넘는 세월동안 중국의 지배하에 살아왔던 그들, 독립을 갈망하여 몸부림 친 무리가 간혹 있었지만 중국은 그 소박한 반항조차 내버려두지 않았다. 반란의 대가는 죽음뿐이었겠고, 그들은 언뜻 중국에 동화되어가는 것만 같았다. 하지만 어느 나라였든 또 어느 정권이었든 화무십일홍(花無十日紅)이란 고사성어를 잊어선 안 된다. 온 아시아 대륙을 지지고 볶고 삶아먹던 중국의 당나라가 멸망했을 때, 거대한 대륙은 오대십국(五代十國)으로 나뉘어 미친 듯이 싸웠다. 공부하던 사람 원형 탈모증으로 고생하게 만드는 중국의 요란한 역사, 그 시절 중국은 제 코가 석 자인 탓에 식민지 따위야 안중에도 없었을 거다. 기회는 이때다! 소매부리 붙잡고 한눈파는 중국의 손을 매정하게 뿌리치며 서기 939년, 이 땅에 그들만의 왕조를 세우니 바로 '응오 왕조(Nhà Ngô/吳朝)'다. 지방 토호 세력이 권력 다툼으로 30년도 채 이어가지 못한 왕조, 싸움질만 일삼았던 그들 세력을 물리치고 새롭게 권좌에 오른 '딘 왕조(Nhà Đinh/丁朝)'의 황제는 즉위 이후 국명을 '대구월(다이꼬비엣-大瞿越)'이라 했는데, 이는 비록 20년 남짓 머물다 간 왕조일지언정 왕권을 이어간 다음 왕조에게 크나큰 영향을 끼쳤다고 할 수 있다. 979년, 황제는 권력을 손에 쥐고픈 아들에게 죽임을 당한다. 이 불효막심한 아들은 원하는 대로 결국 정권을 잡았으나 안타깝게도 반대 세력이 있었으며, 여섯 살 먹은 아들만 남겨놓은 채 숙청된다. 중국의 송나라가 침략하여 어수선했을 981년, 그들을 몰아내고 나이 어린 황제까지 끌어내려 실권을 잡은 사람이 있었으니 이때에 세 번째 왕조인 '전 레 왕조(Nhà Tiền Lê/前黎朝)'가 탄생한다. 중국과 비교하여 차원이 다른 자기들만의 독특한 문화를 가졌음에 우쭐해하던 황제의 아들, 그는 제 아버지의 죽음 이후 권좌에 탐이 나 형들을 무참히 살육했다. 세상의 모든 권력자들이 그러했듯 그 역시 남부럽지 않은 영화를 누리고 싶었다. 또한 그렇게 피를 보고 권력을 차지한 자들이 그러했듯 제멋대로 정사를 농단하는 등 개념 없는 폭정으로 손가락질을 받았다. 도저히 견디지 못한 신하들이 급기야 반란을 일으켰고, 1010년에 왕조는 멸망한다. '전 레 왕조' 이후 세워진 '리 왕조((Nhà Lý/家李)', 나중에 다시 제대로 언급하겠지만 리 왕조의 태조 '이공온(Lý Công Uẩn/李公蘊)'은 전 레 왕조를 뒤엎고 실권자가 된 사람이며, 현재 대한민국 화산이씨(花山李氏)의 시조(始祖)이다. '쩐 왕조(Nhà Trần · Trần Triều/家陳)'에 의해 몰락할 때까지 무려 217년 동안이나 베트남 땅을 지배해온 그들 최초의 장기 집권 왕조라고 한다. 리 왕조의 세 번째 황제는 1054년이 되었을 때 지금의 호이안 인근까지 국경을 새롭게 하고, 딘 왕조 시절에 만든 '대구월'이란 국명에서 '구(瞿)'자를 빼 '대월(大越)'이라고 부르니 이들의 정식 명칭은 바로 그렇게 태어났다.

자, 이쯤에서 대월의 역사는 잠시 접어두고 베트남의 또 다른 나라 참파 왕국에 대해 알아보자. 그들은 북부의 왕조와 전혀 다른 민족이었다. 대월이 왕권 다툼으로 정신 못 차리던 그 시절 말레이-폴리네시아(Malay-Polynesia)의 혈통을 가진 참족(Cham族)이 지금의 베트남 중남부를 지배하였는데, 이웃한 크메르족(Khmer族)과 힘을 겨룰 만큼 강성한 나라였다고 한다. 크메르족이 누구인가. 그 이름도 유명한 캄보디아의 앙코르 왕조(Angkor王朝), 지금의 라오스 일부, 태국 일부를 거느린 거대 종족이 아니던가. 서로 간의 피 튀기는 혈전이 앙코르 사원에 벽화로 남아있으며, 중국의 오랜 역사책에도 기록된 그들은 일찍이 해상 무역에 많은 공을 들였다. 요즈음의 시대에 한국인 관광객들이 많이 찾는 호이안의 강가가 바로 이들이 장악한 무역로이며, 활발한 무역 활동으로 북쪽으로는 중국, 남쪽으로는 캄보디아와 인도의 문화를 받아들였다. 실제로 호이안의 골목을 돌아다니다 보면 그들의 많은 흔적을 발견하게 되는데, 여러 나라의 사람들이 오간 탓인지 각자의 영향력으로 한데 섞이면서 전혀 새로운 문화가 만들어졌음을 알 수 있다.

기원전(BC) 192년에 중국의 한 벼슬아치가 권력자를 죽이고 왕권을 차지하여 세웠다고도 하는 이 나라의 중국식 이름은 임읍(林邑), 참파왕국의 역사가 이 시기에 시작되었다. 행운의 신이자 파괴의 신인 힌두교의 시바 신(Lord Shiva)이 그들이 숭상한 신이며, 베트남의 대표적인 관광지 중 하나라는 미선 유적지(美山 My Son Sanctuary)에 그 흔적이 남아있다. 1999년 유네스코 세계 문화유산으로 등록된 이곳은 미국과의 전쟁이 한참 진행되던 시기에 참혹하게 망가져 지금은 복원 작업이 진행 중이라고 한다. 일찍이 여러 나라의 문물을 받아들인 참파왕국, 중국과 크메르족 등 강대국의 위협에도 굴하지 않은 그들이 더 이상 당해내지 못하고 물러선 건, 대월의 전 레 왕조가 침략한 이후였다. 그들의 남진은 참파로 하여금 수도마저 버리고 후퇴하는 굴욕을 안겼고, 영토 역시 그만큼 좁아졌다. 전 레 왕조의 멸망 이후 리 왕조가 탄생하여 217년의 삶을 살아가는 동안에도 참파왕국은 쉴 새 없이 침략 당했으며, 쩐 왕조 시대에는 아예 대월의 지방 도시로 전락한다. 하지만 그들은 사라져가는 제 나라를 마냥 두고 보지 않았다. 독립을 목표로 일어서는 그들, 당당하게 선전포고를 날리더니 대월의 황제를 살해하고 잃었던 땅을 되찾는 등 언뜻 과거의 영광이 돌아오는 것 같았지만 역공을 당하여 다시 쫓기는 신세가 된다. 서기 1400년, 실권을 잡은 외척에 의해 쩐 왕조가 멸망하고 '호 왕조(Nhà Hồ/家胡)'가 일어섰으나 중국 명나라의 침략으로 7년 만에 흐지부지 사라졌다. 이때에 중국의 베트남 지배가 다시 시작되었으며, 이는 무려 20년 동안 이어졌다. 1428년, 명나라의 손길을 물리치고 다시금 레 왕조가 일어서니, 역사는 그들을 '후 레 왕조(Nhà Hậu Lê/家後黎)'라 불렀다. 참파왕국과의 싸움도 계속 이어졌으며, 그래서 참파의 영토는 속절없이 줄어만 갔다. 산악지대로 쫓겨 가게 되어버린 소수 민족, 전쟁에서 살아남은 참족 백성들은 나라를 잃은 슬픔마저 잊고 서서히 정복자에게 동화되어 갔다. 그들의 유구한 역사는 세월이 흐르고 흘러 이젠 아무도 기억하지 못하게 되어 버렸지만 그들이 남기고 간 족적을 베트남은 기억해야 할 것이다.

자, 이제 베트남의 마지막 왕조이자 그들 역사에서 가장 고통스런 시절인 '응우옌 왕조(Nhà Nguyễn/家阮)'가 시작되었다. 참파왕국 뿐만 아니라 캄보디아의 영역이던 메콩 강 유역까지 흡수하여 통일을 이룩한 바로 그들이다. 이 시절 참파의 후손들은 대월에 동화되어 완벽하게 베트남의 백성으로 살아갔지만 한편으론 꿈처럼 독립을 갈망하고 있었다. 모든 식민 국가들이 그러했듯 참족의 후손들도 지배자에 대해 감정적이었고, 적대적이었다. 그래서인지 이들을 바라보는 대월 백성들의 시선도 곱지만은 않았다. 화해의 손길을 서로 거부했고, 각자의 불만이 쌓여 다투니 나라는 어수선했다. 화합하지 못하는 한 나라의 두 민족, 그들을 하나로 묶는 것이 왕조 최대의 고민거리였다. '남북은 한 집안이다!' 황제가 아무리 떠들어도 소용없었다. 비커(beaker) 속에서 따로 노는 물과 기름처럼 서로를 거부하는 참족과 대월, 그런 두 개의 민족이 하나로 뭉친 계기가 있었으니 바로 프랑스의 침략이었다. 강대국에 저항하려는 민족적 의식이 서로의 손을 잡도록 이끈 것이다. 프랑스와 미국으로 이어진 백 년의 전쟁 동안 호치민이 부르짖은 '우리 민족끼리'가 바로 그것이었고, 그들만의 저항적 독립정신은 결국 베트남을 통일로 이끌었다.

"후우…!"

철문 사이로 비춰드는 그것을 본 순간 태훈은 깊이 한숨을 쏟아냈다. 붉은 글씨로 가득 찬 비석(碑石), 듬성듬성 칠이 벗겨져 무어라 쓴 건지 응아이와 응옥조차 제대로 읽을 수 없으나 저것은 그간 책으로 보아온 것들과 모양이 일치했다. 위령비(慰靈碑), 한국군에 의해 '학살'당했다는 꽝남성(Quang nam省)과 꽝아이성(Quang Ngai省)의 수많은 마을들이 한때 '증오비(憎惡碑)'라고 부르던 바로 그것 말이다. 그들은 스스로 베트콩이 아니라고 소리쳤다. 초야에 묻혀 사는 평범한 농민이라고, 전쟁과는 아무런 상관도 없는 무지렁이 백성이라고, 여기에 어린 아이들도 있으니 이 녀석들을 봐서라도 제발 살려달라고 눈물로 호소했더란다. 하지만 한국군은 그들의 하소연을 알아들을 수 없었고, 들어줄 생각도 없었나보다. 처참하게 널브러진 시신을 수습한 건 살아남은 마을 사람들이었고, 아예 몰살된 마을은 이웃마을에서 찾아온 사람들이 그들의 넋을 위로했다. 눈물로 세운 증오비, 그러나 그들의 개방정책이라는 도이모이가 시행된 1986년부터는 위령비로 고쳐 부르고 있었다.

"철문 안으로 들어갈 수 없을까?"

위령비를 관리한다는 집의 여자에게 응옥이 태훈의 말을 전했고, 그녀는 흔쾌히 자물쇠를 열어주었다.

"여기가 하꽝(Ha Quang)마을이라고 했죠? 여기에선 무슨 일이 있었나요?"

응옥의 통역에 관리인 여자는 일행을 끌고 제단(祭壇) 한쪽으로 걸어갔다. 다낭에서 한참 떨어진 꽝남성의 작은 마을, 국내 시민단체이자 베트남 사회적 기업인 '아맙(A MAP)'에 문의한 결과 이 마을에선 「1968년 음력 2월 2일, 한국군들이 이웃한 '하자(Ha Gia) 마을'의 노인들과 어린이들을 하꽝 마을 '딘(Ding)'씨 일가의 사당까지 끌고 가 학살한 사건」이 있었다고 한다.

"당시 이 여자의 할아버지가 마을 바깥에 바쁜 일이 있어서 나갔다 왔더니 사람들이 죽어 있었대요."

관리인 여자가 마을의 출입구라는 좁은 도로를 가리켰다. 그녀가 할아버지에게 들은 바로는 사람들이 죽을 때, 아직 죽지 않은 사람들이 마을 밖으로 도망치다 뒤따라 온 군인들의 총에 맞아 쓰러진 흔적이 보였더란다. 그리고 할아버지는 그날에 죽은 사람들을 모아다 한 곳에 합장했다. 무덤은 비석 뒤편에 있었다.

"이건 죽은 사람들의 명단이래요."

비석을 세워둔 제단 양쪽에는 사망자의 이름과 생년이 쓰여 있다. 36명의 사망자 중 세 명은 'Vo Danh' 즉 신원이 확인되지 않은 '무명씨(無名氏)'란 뜻이다. 갓 태어나 아직 이름을 짓지 못한 아이들도 이렇게 적는 경우가 있으나 그저 'Vo Danh'으로만 적힌 탓에 확인이 불가능하다.

"지석이, 엄마가 안아줄까?"

관리인 여자에게 만 동(VND)을 주고 산 향초를 제각기 나누어 들었지만 불붙인 향초를 향로에 꽂기엔 지석이의 키가 너무 작다. 엄마 품에 안겨 지석이는 향초를 꽂은 뒤 잠시 고개 숙였고, 태훈은 응옥과 이 커다란 무덤에 빙 둘러가며 하나씩 향초를 꽂았다.

"…?"

아이패드에 남은 비석과 무덤의 모습을 확인하는데, 누군가 그들에게 다가왔다. 머리에 농을 쓴 할머니와 몇몇 아이들, 이 마을의 주민들인가 보다.

"여기엔 왜 왔느냐고 물어요."

"……."

외지인의 방문이 의아했던지 노인은 제일 먼저 그렇게 물었다. 하지만 태훈은 대꾸할 말을 찾지 못해 더듬더듬 얼버무릴 따름이다. 베트남이 궁금한 한국의 시민단체에서 왔다고 솔직하게 말할까? 베트남과 우리가 좀 더 친해질 방법을 찾으러 왔다고 말이다. 그러나 당신들의 눈물을 전해 듣고 분노한, 오래 전 한국 사회에 당신들의 억울함을 알렸던 시민단체와는 조금 다르다고. 아니, 아니다. 절대 그래선 안 된다. 엄밀히 말해서 나는 여기에 내 욕심을 채우러 왔다. 최 노인이 내준 과제를 해결할 목적으로 온 거란 말이다. 내가 궁금한 것들을 알아보겠답시고 이들에겐 아픔일 뿐인 그 시절의 추억을 함부로 들춰내선 안 된다. 어찌하면 좋을까? 어떻게 하면 서로의 마음이 상하지 않고 원하는 것을 얻어낼 수 있을까?

"오빠, 걱정하지 마세요. 그냥 한국 친구가 보고 싶다고 해서 온 거라고 했어요."

눈치 빠른 응옥의 말에 태훈은 한시름 놓는 얼굴이다. 별 볼 일 없는 시민단체의 대표일 뿐인데, 그게 오늘따라 왜 이렇게 성가신지 모르겠다.

"한국인이라고 했지? 나, 자네에게 묻고 싶은 것이 있어."

"…?"

응옥이 할머니의 말을 그대로 전해주었다.

"네, 말씀하세요."

"한국 군인들은 그날 어째서 우릴 죽인 거지?"

"……."

"나는 아직도 모르겠어."

살아남은 사람들은 눈물로 따져 물었다고 한다. 우릴 왜 죽였는가! 기록에 남은 그들처럼 그녀도 같은 질문을 던져왔다. 사람들이 죽었다는 1968년 음력 2월 2일, 그날 마을에선 도대체 무슨 일이 있었던 걸까? 지금까지 책에서 본 내용들을 토대로 추측하자면 한국군은 아마 이 근처 어딘가에서 베트콩을 수색하고 있었을 거다. 모습을 드러내지 않는 그들, 눈에 보이지 않으면서도 이따금씩 한 번 튀어나와 뒤통수만 후려갈기고 사라지는 게릴라 작전에 한국군은 화가 났을 거다. 게다가 그들이 설치해놓은 각종 부비트랩이 밀림 곳곳에 숨어 혓바닥을 날름거리니 온 몸의 신경을 곤두세울 수밖에 없다. 그리고 이어지는 누군가의 비명 소리, 느닷없이 날아온 총탄에 전우가 죽었다. 가뜩이나 긴장으로 예민해져 있던 병사들은 순간 이성을 잃고 만다. 하지만 여전히 베트콩은 보이지 않았고, 총탄이 날아온 방향엔 작은 마을 하나만이 놓여있을 뿐이다. 상관은 저기에 베트콩이 숨어있을 거라며, 당장 찾아내라고 명령했을 것이다. 우르르 몰려간 병사들, 하지만 마을엔 베트콩으로 의심되는 젊은 남자는 없었을 거다. 일을 하러 나갔거나, 정규군이 되어 자신들의 무리에 합류하지 않았으면, 마을에 군인들이 몰려올 거란 사실을 아는 베트콩이어서 이미 다른 곳으로 숨었을지 몰랐다. 군인 무리가 나타났을 때 마을 노인들은 더운 나라에 와서 고생이 많다고, 물이라도 한 사발 마시고 가라며 웃었을 거다. 집안에선 갓 태어난 아기들이 아직 몸도 제대로 추스르지 못한 산모의 품에 안겨 고물거렸겠고, 비문(碑文)에 적힌 대로 태어난 지 몇 년 안 된 꼬마 녀석들은 마당에서 제멋대로 뛰어노느라 시끌벅적했을 거다. 마을을 이 잡듯 뒤졌지만 베트콩을 찾을 수 없었을 것이며, 주민들도 고개를 흔들었을 것이다. 하지만 그대로 믿어선 안 된다. 베트콩은 이 마을로 숨어든 게 분명하다. 게릴라 전술 자체가 애초에 민간인이 나서지 않는 이상 불가능하다는 사실을 염두에 둔다면 베트콩에 동조한 마을 사람들 역시 한 패거리로 단정 지을 수밖에 없다.

전쟁이 끝나고 몇 십 년이 지나 당시 벌어졌던 양민 학살 사건에 대해 채명신 한국군 총 사령관은 모 방송사와의 인터뷰에서 말했다. 순진하고 순박한 표정의 어린 아이가 군인에게 다가와 선물이라며 손에 든 것을 내밀 때가 있었다고 한다. 그것은 안전핀이 뽑힌 수류탄, 천진난만한 그 얼굴과 대조되는 수류탄에 등 뒤로 소름이 끼쳐오지만 그렇다는 사실을 채 느끼기도 전에, 펑! 그런 일이 한두 번이 아니었고, 그렇기에 저들의 순진무구한 얼굴을 곧이곧대로 믿어선 안 된다. 말이 통하지 않는 그들, 총을 들이대며 윽박지르지만 노인들은 모른다고 대답했을 것이다. 아이들이 울기 시작하고, 엄마들은 아이를 끌어안은 채 두려운 얼굴이었을 거다. 마을이 불타기 시작했다. 마을을 뛰어 놀던 가축들에게 총을 난사하고, 마을마다 있었다는 방공호에 수류탄을 까 던졌을 것이다. 한곳에 모여 바들바들 떨던 사람들이 그렇게 죽었고, 도망치려는 사람을 따라가 뒤에서 총을 쏘았다. 군인들은 그들을 정말 죽일 수밖에 없다. 양민 사이에서 양민과 같은 차림을 한 베트콩, 구분되지 않는 적을 죽이기 위해 모두를 죽였다. 죽이지 않으면 도리어 내가 죽게 될 거다. 하지만 살아남은 마을 사람들의 입장은 그게 아니다. 베트콩이 아니라고 분명히 말했다는 거다. 양민임을 밝혀도 믿어주지 않는 그들을 도저히 이해할 수 없고, 그래서 원망한다고 했다. 그러니까 다시 얘기해서 두 나라 사람들은 서로의 입장을 이해하지 못한 채 자기주장만을 되풀이하고 있었던 거다.

"죄송해요. 무슨 말을 어떻게 해드려야 할지…."

"아니야, 괜찮아. 대답하는 너도 괴로울 거야."

"……."

"옛날엔 정말 기가 막히고 화가 나서 견딜 수 없었지만 이제는 잊으려고 해. 그러니까 너도 잊어."

대부분의 베트남 사람들이 그러했듯 작디작은 몸집의 그녀, 쭈글쭈글 주름진 얼굴로 태훈에게 웃어 보인다. 그녀는 어쩌면 애초부터 태훈의 대답을 들을 생각이 없었던 건지도 몰랐다. 마을에 찾아와 지난날의 아픈 상처를 전해 듣고 그 속상한 마음을 어떻게 표현해야 할지 막막하여 그저 울먹이던 다른 한국인 방문객들처럼 태훈도 마찬가지일 거라 생각했을 테니 말이다. 머릿속이 복잡하고 속이 상해서 무어라 대꾸해 주어야 할지 정말 모르겠다. 이 나라 사람들의 편을 들거나 우리 군의 행태를 비난하려는 게 아니다. 그 시절을 살아보지 않은 지금의 젊은이가 말 할 수 없는 문제이며, 또한 함부로 말해서도 안 될 문제이기 때문이다. 과연 그들이 베트콩이어서 죽였다고 할 것인가! 마을에 정말 베트콩이 숨어 있었는지, 아예 없었는지 아무 것도 알지 못하는 주제에 무슨 말을 할 것인가! 설령 그들이 베트콩이었다고 해도, 지금을 살아가는 내가 당시 전쟁의 양상을 모두 알았다고 해도 제대로 설명할 수 있을지 의문이었고, 어떻게 어떤 근거를 들어가며 설명해줄 것인지, 또한 설명한다고 해도 그들은 이해하지 못했을 것이며, 전쟁이 끝난 지 벌써 수십 년의 세월이 흐른 지금 다시 얘기해서 무슨 의미가 있으랴! 이런 지경인데, 내가 무슨 말을 할 수 있단 말일까. 남는 거라곤 그저 한숨뿐이다.

"여기에 귀신이 있어."

제단을 가만히 어루만지던 할머니가 문득 그렇게 말했다.

"귀신? 무덤에서 귀신이 나온다고?"

"네, 밥을 달라고 했대요."

종교를 배척하는 공산주의 사회라지만 한편으로는 민간신앙을 지극정성으로 받드는 나라, 하긴 그렇게 많은 사람들이 이유도 모르고 죽었는데 귀신이 나오지 않을 리가 없다. 무덤에서 뛰쳐나온 귀신은 할머니에게 반찬 따위 필요 없으니 소금에 절인 밥 한 그릇만 달라며 애원한다고 했다. 게다가 마을 인근엔 작은 호수가 있는데, 귀신에 홀린 사람들이 간혹 빠져 죽기도 하는 모양이었다. 춥다고, 옷 좀 달라고. 그렇게 밤마다 울고불고 난리가 나더란다. 전쟁이 키운 또 다른 참사, 귀신이 무서워 주민들은 대부분 떠나버리고 마을은 조용하다. 공식적으로는 매년 한 차례, 개인적으로는 한 달에 두 번씩 제사를 지낸다는 할머니에게 고개 숙여 인사하고 태훈은 차에 올랐다.

"밀라이 박물관으로 갈 거죠?"

지끈거리는 머리를 부여잡고 한숨을 쉬는데, 응옥이 물었다. 태훈은 말없이 고개만 끄덕일 따름이다. 애초에 몇 군데 더 돌아볼 계획이었으나 취소했다. 우리와 그들의 말로 다 표현할 수 없는 암울한 역사, 그들의 위령비를 마냥 지켜보기가 괴로워서였다.

"젠장…!"

창밖으로 스쳐가는 마을들마다 위령비는 하나씩 존재했다. 얼마나 많았는지 세던 열 손가락이 모자랄 지경이었다. 양민학살, 한국 사회에 그들의 사연을 알린 건 바로 한겨레신문이었다. 언론의 힘은 단숨에 국민들을 분노하게 만들었고, 한편으론 파월 장병들을 수렁으로 빠트렸다. 전쟁이란 전투기와 전투기가, 총을 든 병사와 총을 든 병사가, 전투함과 전투함이 서로 맞장을 뜨는 거라고 생각했던 국민들로서는 그들 특유의 게릴라전을 당연히 몰랐겠고, 무심한 세월 따라 늙어버린 장병들은 지금과 너무나 다른, 아무도 기억할 수 없는 그 시절을 설명하느라 진땀을 뺐을 것이다. 그들은 소리쳤다. 그게 아니라고, 진실은 따로 있으니 제발 내 말 좀 들어보라며 가슴을 쳤지만 눈에 보이는 것에만 몰두하는 이 시대의 젊은이들은 꼰대의 잔소리 따위야 더 이상 듣고 싶지 않았을 거다. 전쟁을 겪어보지 않은 어린 세대와의 불통은 파월 장병들로 하여금 행동으로 실천하게 만들었다. 방송사와 신문사에 오물을 뿌리고, 모래를 뿌린 건 아마 소통을 바라는 그들의 몸부림이었을 거다. 진실과 멀어져버린 사회, 하지만 우리에게 베트남은 도대체 왜 그러는 거냐고 반문했다. '과거를 접고 미래로 나아가자.'라는 슬로건을 내세운 베트남, 과거에 얽매인 한국을 도무지 이해할 수 없다는 반응이었다.

「1968년 음력 1월 26일, 학살당한 135명의 동포들을 기리다.」

언론을 통해 그들의 사연을 접한 몇몇 한국인들이 즉각 베트남으로 날아갔다. 그 유명한 꽝남성 하미마을의 위령비는 사망자들을 둘로 나누어 합장한 두 개의 무덤 사이에 세워졌다. 붉은 연꽃 그림으로 치장한 위령비는 한국의 참전 전우회에서 경비를 지원하여 준공했다고 전해지며, 드넓은 논 한가운데에 우뚝 솟은 이들의 이야기는 우리나라 인터넷 어느 포털 사이트를 뒤져도 어렵지 않게 발견할 수 있다. 한국 사회를 들끓게 했던 베트남 양민 학살 사건, 그러나 미군은 우리보다 훨씬 오래 전 비슷한 문제로 골치를 앓았다. 다름 아닌 '밀라이 학살'사건 때문이다. 1968년 3월 16일, 제정신이 아니게 되어버린 미군이 마을에 쳐들어가 사람들을 죽이기 시작했다. 어른 아이 할 것 없이 구덩이에 몰아넣어 무차별 총질을 가한 것으로 모자라 여자는 강간을 했다. 눈알을 뽑아내고, 혓바닥을 뽑아내고, 팔다리를 자르고, 내장을 끄집어내 줄넘기를 하고…! 이날의 사건으로 무려 50여명이 죽어버린 손미마을, 마을이 있던 자리에 지금은 '밀라이 추모 공원'이 들어서 있다.

「제네바 협정 이후 우리 인민들은 당연히 안거낙업(安居乐业-편안하게 살면서 즐겁게 일함)하며 조국을 건설하는 것이 마땅하였으나 미 제국주의와 괴뢰도당들은 그 협정을 파기하고, 조국을 둘로 분단하였으며, 남부에서 잔혹한 전쟁을 일으켰다.」

추모 공원 박물관 한 구석에 호치민의 말이 액자로 걸려 있었다. 504명 사망자의 위령비를 중심으로 그 시절의 사건들을 알기 쉽게 전시해 놓은 곳, 국적 모를 노랑머리 서양인들도 태훈의 곁에서 이곳의 역사를 사진으로 남기는 중이었다.

"말로만 들었지, 처음 와 보는데…. 이 정도인 줄은 몰랐어요."

중얼거리는 응옥의 목소리가 다시금 태훈을 한숨짓게 만들었다. 그리고 이어지는 욕설, 저기 저 후미진 자리에 우물이 있다. 피 칠갑을 한 우물, 저것이 과연 무엇일까?

"아…!"

가까이 다가간 순간 태훈은 저도 모르게 신음했다. 설마 했는데, 역시 그랬다. 피로 범벅 칠을 한 우물에 사람이 죽어있다. 도망치던 사람을 잡아다 우물로 꼴아 박은 모양이다. 뿐만 아니라 확인 사살을 한답시고 허우적거리는 그의 머리에 총질을 했다. 물 위에 둥둥 뜬 시신의 머리엔 총상 자국이 선명하다. 모형일 뿐이지만 도저히 오래 두고 볼 수가 없다.

"저건 뭐라고 적은 거지?"

"음…. 마을 사람들이, '이리 와! 좀 쉬었다 가!'라고 했나 봐요. 그런데 미군은 마을에 들어와서 다짜고짜 사람들을 죽였다고…."

그날의 상황을 글로 적은 자리에 밀랍 인형들이 서 있다. 겁에 질린 마을 사람들, 총을 든 병사들은 광기 어린 눈빛으로 위협한다. 그리고 벽장처럼 박힌 유리관 속의 디오라마, 손미마을이 온통 불타고 있었다.

"여기도 매년 제사를 지낸대요. 미군들도 참석하나 봐요."

매년 손미마을 사람들이 죽었다는 그날이 되면 박물관 바깥의 동상 앞에 모여 제살을 지낸다고 했다. 참전했던 미군 장병들이 찾아와 그들의 넋을 기리고, 이제는 적이 아닌 친구로서 화합하기 위해 노력한다고 쓰여 있었다.

"형아, 전쟁은 왜 하는 거야?"

퐁니마을, 한국군에 의해 1968년 음력 2월 12일, 마을 주민 69명이 죽었다고 쓰인 위령비 앞에서 그간 한 마디도 하지 않던 지석이가 처음으로 그렇게 말했다.

"글쎄, 왜 하는 걸까? 형아도 잘 모르겠어."

위령비가 서 있는 당산나무에서 풀벌레가 지저귀고 있다. 단순히 풀벌레이거나 이름 모를 새가 우는 것일 텐데, 위령비와 무덤을 지키는 당산나무란 이유로 거기에서 들려오는 소리가 섬뜩하게 느껴진 모양이다. 가뜩이나 하꽝마을에서 들은 귀신 이야기 때문에 무서웠던지 응아이와 응옥은 아예 저 멀리로 도망가서 다가오질 못하고 있었다.

"나 있잖아. 형아가 해준 이야기들 다 이해했어. 이젠 전쟁 같은 건 하지 말았으면 좋겠어."

"……."

지금도 지구 어디에서는 전쟁이 벌어지고 있다. 이웃 간의 싸움이든 내분이든 서로 죽고 죽이는 전쟁은 지금 이 시간에도 멈추지 않고 있다. 왜 싸워야 할까? 백 년도 채 살 수 없는 인간의 삶, 서로 웃고 즐기기에도 모자란 인생인데 도대체 무슨 욕심이 그리도 넘쳐나서 싸워야만 했을까? 그렇게 미치도록 싸워서 얻는 건 무엇일까? 자꾸 모르겠다고 중얼거리는 지석이처럼 태훈도 모르겠다. 그간 베트남 전쟁에 대하여 이 녀석이 이해할 수 있는 표현을 들어가며 설명해 주었지만 이번만큼은 대답할 수 없다. 도무지 알 수 없는 세상이다.

「여기는 서울 모 처의 고등학교, 바로 김 모 씨와 이 모 씨가 시간제 강사로 근무하는 곳입니다.」

그날 저녁에, 한국의 시청자들은 어떤 사건이든 집요하게 파고들기로 이름난 여 기자의 낭랑한 목소리를 듣고 있었다.

「두 사람이 학생들에게 심상치 않은 내용을 가르치고 있다는 글이 교육청 홈페이지로 올라온 건 어제 오전, 글을 올린 사람은 이 학교 학생의 학부모입니다.」

「나 참, 기가 막혀서 정말…! 지금이 어느 시대인데 그런 걸 가르쳐요?」

모자이크 처리된 얼굴, 치맛바람 한 번 거센 학부모의 변조된 음성이 시청자들을 웃게 한다. 그러나 뿔테안경을 뒤집어 쓴 여 기자는 연신 심각한 낯빛으로 고개를 주억거릴 따름이다.

「시민단체 '벗'과의 인연으로 이 학교는 벗의 여직원인 두 사람을 시간제 강사로 채용했는데요. 벌써 1년 째 일주일에 세 차례씩 교양 과목을 가르쳤다는 두 사람, 문제가 불거진 건 이들이 최근 얼마 전부터 진행해온 '베트남 전쟁의 진실'이라는 수업 때문이었습니다.」

「선생님들은 베트남 전쟁이 이념전쟁이 아니라 독립전쟁이라고 하던데, 그게 수능에 나오는 건가요?」

도리어 기자에게 되묻는 여학생, 제보자의 딸이라고 쓰인 자막이 텔레비전 화면에 선명하다.

「아, 수능에 나오지 않는 내용을 가르친 게 못마땅했나 봐요?」

「그런 것도 있지만 저희 할아버지가 월남 참전 용사이시거든요. 그동안 할아버지에게 옛날이야기를 많이 들어왔는데요. 그동안의 수업 내용은 제가 들은 이야기와 많이 달랐어요.」

「구체적으로 어떤 점이 달랐나요?」

「선생님들 말씀대로 베트남에서 베트콩이 우리로 따지면 독립운동가와 마찬가지냐고 물었거든요. 그랬더니 할아버지가 노발대발 화를 내시는 거예요!」

「그래서 그날 빨갱이란 말을 처음 배웠다는 거죠?」

「네….」

기자의 날카로운 눈빛에 주눅 든 목소리로 여학생이 대꾸했다. 바늘귀만큼의 빈틈도 허용하지 않는다는 그녀, 부드러움이라곤 찾아볼 수 없는 목소리로 세상의 단면을 신랄하게 꼬집어대는 이 여자의 레이더망에 걸려든 순간 모든 이목의 집중된다. 기자로 활동하면서 한편으로는 시사 프로그램의 사회자 자리까지 꿰차고 있어서 정치인과 기업가가 가장 꺼려하는 사람이기도 했다.

「사실 지금은 과거와 많이 다릅니다. 전쟁은 끝난 지 이미 오래 되었고, 지금으로부터 20여 년 전인 1992년 정식 수교를 맺어 가깝게 지내온 사이인데, 정작 친구가 되자고 소리치던 시민단체가 어째서 이간질을 하느냐며 학생들과 학부모들은 반문합니다. 일제 강점기 시절에 활약한 우리나라 독립 운동가들을 베트콩들과 동일시하여 가르친 두 강사, 베트남의 기준으로 봤을 때 그것이 사실이라고 하더라도 아직 우리 사회는 받아들이기 곤란한 상황입니다. 정치적으로는 세계에서 유일하게 냉전으로부터 벗어나지 못한 나라로서 여전히 그들을 '빨갱이'라 비하하는 사람이 있는가 하면, 고엽제 피해자 및 당시 파월되었던 장병들의 적절한 보상 문제가 완벽하게 해결되지 않았기 때문입니다.」

뿔테 안경 속 날카로운 그녀의 눈빛이 불을 뿜을 듯 뜨거워지고, 화면은 다시 모자이크 처리된 학부모의 얼굴에게 옮겨갔다.

「벗이라고 했죠? 혹시나 해서 그 시민단체의 홈페이지에 찾아가 봤는데요. 기가 막혀서 말도 안 나오는 거예요!」

「거기엔 무슨 내용이 있었나요?」

「공산주의가 뭔지 설명하고 있더라고요. 세상이 변해도 너무 많이 변했어요. 우리 땐 마르크스의 '마'자만 입에 담아도 잡혀가는 시대였는데, 어떻게 그럴 수가…!」

「느닷없는 학부모의 주장이 무슨 뜻인지 몰라 기자도 한 번 들어가 봤습니다.」

컴퓨터 앞에 앉는 기자, 소탈하게 꾸며놓은 벗의 홈페이지로 접속했을 때 그녀는 코에 걸친 안경을 손가락으로 밀어 올렸다.

「소외된 이웃과 함께 한다고 쓰인 홈페이지, 접속하면 보시다시피 '야누스'라는 제목의 배너가 떠오릅니다. 이것을 클릭하면 관리자만 글을 쓸 수 있는 읽기 전용 게시판으로 이동하는데요. 여기엔 베트남의 역사를 비롯하여 공산주의 및 냉전의 시대에 벌어졌던 사건들을 알기 쉽게 설명한 글이 많습니다.」

그 시절을 모르는 세대, 베트남이 전쟁을 할 수밖에 없었던 진짜 이유와 무관하게 겉모습만 보고 판단하는 요즈음의 세대로선 여전히 체제간의 싸움을 벌이는 우리 사회의 기준으로만 모든 것을 판단할 수밖에 없다. 기자는 어린 세대의 이해를 돕기 위한 이 게시판이 잘 만들어진 것 같다고 평가했다.

「이것은 아마도 우리 사회의 일원으로 인정받지 못한 외국인 노동자들과 어우러지기 위해 만든 하나의 방편인데요. 그러나 학생들과 학부모들이 지적하는 건 이런 단순한 문제들이 아닙니다. 베트남의 역사와 관련하여 이렇게 사실이지만 한편으론 사실이 아닌 야사(野史) 형식의 글이 우후죽순 올라오면 어린 세대는 이 모든 것을 사실인 양 받아들이게 된다는 점, 또한 전쟁 중 양민 학살 문제에 대해 이제는 묻어두고 싶은, 서로 간의 경제 협력을 비롯하여 여러 분야에서 친밀함을 유지하려는 우리와 베트남의 관계에 찬물을 끼얹고 있다는 점입니다.」

똑 부러지고 단호한 기자의 목소리, 텔레비전 화면은 얼마 전 베트남을 국빈 방문한 박근혜 대통령의 얼굴을 보여주고 있었다. 호치민의 묘소에 베트남 전통 방식으로 헌화하는 대통령의 모습 말이다.

「두 강사의 영향으로 이 학교 학생들은 하루에도 열두 번씩 벗의 홈페이지를 들락거립니다. 수업 내용 및 관련 정보를 공유하는 등의 학생들을 위한 전용 공간이 따로 마련되어 있을 정도인데요. 이런 와중에 벌써 10년도 전에 한국 사회를 흔들고 간 문제로 뒷북치는 이들의 교육엔 분명 문제가 있습니다.」

벗의 행위가 못마땅하다는 표정인 그녀, 이번엔 몇 년 전의 사건이 자료화면으로 흐르고 있다.

「과거 장애인 복지 단체의 기부금 착복 및 정치적 선동 질을 일삼는 등 일부 회원들 간의 잘못된 행실로 파문을 일으켰던 벗, 이로 인해 일베 또는 일베의 일종이라는 네티즌들의 비난을 받기도 했는데요. 적절하지 못한 당시의 소문과 사건들에 대해 벗의 대표 박태훈 씨는 지금까지 단 한 번도 똑 부러진 해명을 하지 않은 채 어영부영 넘어가기만 했습니다.」

「고객님의 전화기가 꺼져 있어 소리샘으로….」

기자가 전화를 걸던 그 시각, 태훈은 다낭에서 하노이로 향하는 비행기 안에 있었다. 그러나 기자는 이 사실을 알 리가 없고, 또 다시 그가 사회에 저항한다고 판단했는지 기자의 표정은 더 없이 매서워졌다.

「벗은 여전히 아무 말도 하지 않고 있습니다. 침묵으로 일관하는 그들, 이럴수록 의혹은 눈덩이처럼 불어 더 이상 손대기 힘든 지경에까지 이를 거란 사실과 단순한 봉사활동으로는 과거의 행적을 덮을 수 없음을 알아야 할 것입니다. XXX 뉴스 OOO 기자였습니다.」

08.

침략자들의 릴레이 반성

중국의 손길로부터 벗어나 말 많고 탈 많았던 세월을 보낸 뒤에야 비로소 탄생한 대월의 네 번째 왕조. 베트남 역사에서 최초로 중앙 집권 체제를 구축했다는 리 왕조는 타국의 역사학자들조차 높은 평가를 내릴 만큼 우수한 문화를 가졌다. 하노이가 수도로 확정된 것이 리 왕조 시절이었고, 이때에 국가발전의 기반을 마련했다고 전해진다. 과거제도를 실시하고 유학과 불교를 장려하여 인재 양성에 힘썼으며, 유교를 제도화하였다. 시시때때로 침략해오는 송나라의 군사를 물리친 데다, 남진정책으로 말미암아 참파왕국의 일부를 흡수하기도 했다. 베트남의 역사가 사랑한 왕조, 그러나 217년의 세월을 살아온 그들이 무너지기 시작한 건 바로 외척에 의해서였다. 여덟 번째 황제인 혜종(惠宗)이 아직 어릴 때, 민중의 반란으로 온 나라가 위태로운 지경에 놓인 날이 있었다. 태자였던 혜종은 지방으로 피신을 가고, 지역의 세력가라는 사람을 만나 그 딸과 결혼하게 되는데, 그가 바로 리 왕조를 몰아내고 새로이 권좌에 등극한 쩐 왕조의 초대 황제이다. 쩐씨 가문의 도움으로 반란의 무리를 잠재운 뒤 태자는 아버지 고종(高宗)의 뒤를 이어 리 왕조의 여덟 번째 황제가 된다. 혜종에게는 슬하에 두 딸이 있었다. 이미 출가한 첫째와 아직 어려 세상 물정 모르는 둘째…. 어릴 때부터 병치레가 잦았던 혜종은 몸을 가누기 힘들만큼 병약해지자 둘째에게 임금의 자리를 넘겨주고 병을 고치러 산속 사찰로 사라진다. 얼떨결에 황제가 된 둘째 자이는 이제 겨우 일곱 살이었다. 이때에 쩐투도(Trần Thủ Độ/ 陳守度 진수도)가 조카를 내세워 한 살 어린 황제와 정략결혼을 시킨 뒤 섭정(攝政)을 시작하니, 그렇게 대월은 나라의 주인이 바뀌는 참사를 맞이했다. 하지만 리 왕조의 종친들은 무너진 제 가문을 마냥 두고 보지 않았다. 전국 각지에서 저항의 무리가 일어나 선전포고를 날린 것이다. 그러나 대세는 이미 기울어 있었다. 쩐투도의 무력진압은 거센 피바람을 불러왔으며, 리 왕조의 어느 누구도 호전적인 새 황제의 칼자루로부터 무사하지 못했다. 이미 쩐 왕조의 세상이었고, 그들은 175년의 긴 세월을 통치하게 된다. 대월이 맞이한 새로운 역사, 그러나 황제는 리 왕조의 잔당이 살아남아 외국으로 도망쳤으리라고는 전혀 생각하지 못했다. 리 왕조 고종의 동생이자 혜종의 숙부, 즉 마지막 황제의 할아버지가 살아남은 제 가족을 이끌고 험난한 바다로 나아갔을 거란 생각을 감히 해낼 수 없었을 것이다. 위험천만한 바닷길을 선택한 남자, 풍랑을 만나 몇날 며칠 표류하던 중 우연히 고려 땅에 발을 내딛는다. 필담을 나눈 끝에 그가 대월의 자손임을 알게 된 고려 임금은 그를 양자로 삼고, 그가 정착한 옹진반도의 지역 명을 따 화산군((花山君))으로 봉하였으며, 고려의 여인과 결혼할 때엔 식읍(食邑)도 하사하는 등, 후하게 대접했다. 변란(變亂)을 피해 당도한 타국에서 비로소 뿌리내린 남자. 그가 바로 현재의 대한민국 화산이씨(花山李氏)의 시조(始祖) 이용상(李龍祥)이다.

고려의 도움으로 새로운 삶을 살게 된 이용상은 이 나라에 침략한 몽골군을 몰아내는데 기여했으며, 조선에 의해 고려가 멸망할 때에도 그의 후손은 목숨 바쳐 충절을 지키는 등 신하로서 도리를 다하였다. 수백 년이 흐르고 흘러 1990년대 초, 한국과의 수교를 준비하던 베트남은 놀라운 소식을 듣게 된다. 쩐 왕조에 의해 완전히 멸망했으리라 믿었던 리 왕조의 후손이 대한민국 국민으로 살고 있다는 사실이었다. 베트남은 발칵 뒤집어졌다. 당장 한국으로 날아가 화산이씨의 집성촌이라는 대구 달성군을 방문하여 사실관계를 확인하고, 종친회장을 베트남으로 모셔 리 왕조의 사당에서 제사 지내게 했다. 이후 베트남은 한국을 가리켜 '사돈의 나라'라고 불렀고, 이 말은 다문화 가정이 늘어난 요즈음엔 아예 상징적인 의미로 통용되고 있다. 현재 화산이씨의 종친회장은 한국과 베트남을 오가며 양국의 친목도모를 위해 힘쓴다고 한다.

"자! 여기가 36거리예요!"

하노이의 구(舊) 시가지라는 시장길 앞에서 응옥이 소리쳤다. 각국에서 모여든 손님들로 1년 365일 북적이는 곳, 골목골목으로 미로처럼 이어진 이 재래시장은 베트남의 대표적인 관광지 중 하나이다.

"베트남에서도 유명하다던데, 왜 하필 36거리라고 부르지?"

"여기는 옛 하노이 경제발전의 중심지인데요. 골목마다 36개의 상인 조직으로 나뉘어 물건을 팔았다고 해서 붙은 이름이래요."

호객 행위에 지친 시클로(Cyclo) 운전자들의 간절한 눈길을 피해 시장 길로 들어서지만 여전히 외국인과 오토바이로 혼잡하다. 호치민시에서부터 시작된 왁자지껄 정신 사나운 이 나라의 시가지는 도무지 적응할 수 없을 것만 같던 처음과 다르게 이젠 친숙함마저 느껴진다. 주말에 만나는 서울의 명동과 닮지 않았느냐고 되묻는 응옥, 뭐가 그리도 즐거운지 지석이와 아이스크림을 나누어 먹으며 연신 키득거린다. 베트남 여행기가 담긴 우리나라 인터넷의 어느 사이트를 뒤져도 항상 등장하는 이 거리는 베트남 유명 드라마나 영화의 단골 촬영지이기도 하다. 시민들이 모인 가운데 배우들의 진지한 연기가 진행되고, 잠시 구경하던 일행은 땀에 찬 운동화 대신 알록달록 꽃문양이 새겨진 '쪼리'를 사다 발에 꿴 뒤 시장 바깥의 호안키엠 호수(Hoan Kiem Lake)로 이동했다.

"이모! 저것 봐!"

"…?"

호안키엠 호수를 가리키며 지석이가 소리쳤다. 시끌벅적 소란한 와중에도 잔잔하게 흐르는 호수, 뜨거운 하늘을 머금고 펼쳐진 고즈넉한 풍경 자락에 탑 하나가 우뚝 솟아있다. 사람의 손길이 닿기 힘든 거리에 서서 눈길을 사로잡는 저것, 아이패드에 남은 사진을 끌어당겨 살피니 밤엔 와락 귀신이 튀어나올 듯 음침한 분위기마저 자아내고 있었다.

"저건 거북탑이라고 하는 거야."

"거북탑?"

따사로운 햇살에 반사되어 반짝이는 호수, 초롱초롱 호기심 어린 녀석의 눈빛이 호수를 닮아 생동감 넘치게 다가든다.

"지석이, 옛날이야기 좋아하지?"

"응!"

"이모가 재미있는 옛날이야기를 들려줄 거야. 태훈이 형아가 해준 리 왕조 얘기 아직 기억해?"

방긋 미소 지으며 끄덕이는 녀석, 기억력이 좋아 지석이는 한번 듣고 나면 웬만해선 절대 잊어버리지 않는다. 학교 담임선생님조차 이름 대신 천재나 영재로 부른다니 자식 키우는 맛이 제법 쏠쏠하다며 응아이가 우쭐거릴 정도이다.

"리 왕조의 임금님은 이웃나라가 자꾸만 침략해 와서 매일 걱정하고 있었대. 어떻게 하면 다른 나라 군인들이 못 오게 할 수 있을까? 어떻게 하면 우리나라 백성들이 배부르게 밥 먹을 수 있지? 응? 응?"

"응? 응?"

손가락으로 관자놀이를 짚으며 심각하게 고민하는 황제, 기막힌 연기력에 지석이가 이모의 하는 모양새를 따라한다. 태훈의 아이패드에도 녀석의 귀여운 표정이 남았다.

"그래서 임금님이 호수에 배를 띄우고 생각에 잠겼나봐. 그런데 그때, 펑!"

"와! 산신령이다!"

"산신령이 아니라 거북이가 나타난 거야."

"거북이?"

"응, 저기에서 임금님이랑 만났대."

거북탑을 가리키는 응옥, 바로 거북과 황제가 만난 자리라고 했다.

"커다란 칼을 입에 문 거북이가 임금님에게 다가왔어."

"칼? 임금님에게 칼을 줬어?"

"맞아. 그리고 거북이가 임금님한테 말했대. '자꾸 다른 나라 사람들이 괴롭혀서 힘들지? 내가 주는 이 칼로 적과 싸워라! 그러면 이길 것이다!'"

"우와!"

탄성을 지르는 지석이의 입이 떡 벌어지고, 응옥과 응아이가 녀석을 따라한다. 손에 든 뽀로로 인형은 안중에도 없다.

"그래서 임금님은 그 칼로 적과 싸웠고, 임금님한테 혼난 적들은 두 번 다시 쳐들어오지 않았대."

"그럼 거북이가 임금님을 도와준 거야?"

"응, 그런데 칼을 주고 떠났던 거북이가 어느 날 다시 나타났어."

"적이 또 쳐들어왔어?"

"아니, 그게 아니야."

고개를 젓는 응옥, 손에 들려있던 물병을 모두 털어 마시고 지석이는 다시 이모의 목소리를 기다렸다.

"나라는 아주 편안했고, 백성들은 배부르게 잘 살았기 때문에 임금님은 아무 걱정이 없었대."

"그런데 거북이는 왜 다시 나타났어?"

"임금님한테 거북이가 이렇게 말했대. '이제 적은 물러갔고, 나라도 편안해졌으니 그 칼을 나에게 돌려다오.' '예! 여기 있습니다!'"

응옥의 과장된 목소리가 재미있었던 모양이다. 까르르 웃어대는 지석이의 환한 얼굴이 또 한 번 태훈의 아이패드에 남는다.

"임금님의 칼을 돌려받고 사라진 거북이는 그 뒤로 다시 나타나지 않았대. 지석아, 이 호수의 이름이 뭐라고 했지?"

"호안키엠 호수!"

"맞았어. 한국말로 하면 환검호수야. 돌아올 환(還), 칼 검(劍). 칼을 돌려받았다는 뜻이지."

환검전설을 간직한 호수, 전설에 등장한 거북은 크기를 가늠할 수 없을 만큼 거대한 존재라고 했다. 호안키엠 호수를 꿈처럼 품어 안은 옥산사원((Ngoc Son Temple)에도 대형 박제 거북이 전시되어 있는가 하면, 실제로 2011년에 바로 이 호수에서 길이 180센티미터, 몸무게 200킬로그램의 대형 민물 거북이 포획된 사건도 있었다고 하니 오래 전부터 구전되어 온 이 이야기가 아주 거짓말은 아닌 모양이었다.

"형아, 이상해. 예전에 들어본 이야기 같아."

"…?"

옛날이야기라면 자다가도 벌떡 일어난다는 녀석, 그런데 어쩐 일인지 심각한 얼굴이다. 고개까지 갸우뚱거리는 게 뭔가 생각하는 눈치였다.

"아, 맞다! 런닝맨이야!"

"런닝맨?"

녀석이 소리치자 이번엔 어른들의 고개가 갸우뚱거렸다. 보리수나무 아래에서 깨달음을 얻었다는 부처도 이렇게 웃었을까? 깨물어주고 싶을 만큼 녀석이 환하게 미소 지었다.

"이 얘기, 런닝맨에 나온 거야! 환검전설이 뭐냐고 엄마한테 물어본 적이 있어!"

"그러네. 엄마도 이제 생각났어."

한 마디 거들어 주는 엄마의 목소리에 힘이 난 듯 녀석이 또 한 번 미소 지었다. 런닝맨, 그 프로그램이라면 태훈도 잘 알고 있다. 일요일 저녁이면 어김없이 시청하게 되는 예능 프로그램 말이다. 2013년 2월의 방송분에는 베트남에 나타난 출연진들이 악극으로 재구성한 환검전설 공연을 관람하는 장면이 있다. 녀석은 그날의 방송을 정확하게 기억하고 있었던 거다. 이 프로그램의 영향을 받아 요즘 아이들 사이에선 등에 붙은 이름표 뜯기 놀이가 유행이라고 했다. 자꾸만 소외되는 다문화 가정 아이들과 일반 가정 아이들의 친구 되기 프로젝트로 '런닝맨 놀이'를 해보자는 선우의 의견에 대해 긍정적인 고민을 하던 참이기도 했다.

"지석아, 그럼 런닝맨이 이 동네에 온 것도 알아?"

"…?"

잠시 생각하는 표정이던 녀석, 앗! 하고 소리치더니 그 다음부터는 연신 싱글벙글이다.

"런닝맨이 여기에 왔을 때, 이모도 있었거든."

"우와! 그럼 화면에 나왔어?"

"나오고 싶어서 카메라 앞에 계속 왔다 갔다 했는데, 안 나왔어."

"에이…!"

실망한 목소리였지만 여전히 똘망똘망한 녀석의 눈빛은 그날의 이야기를 좀 더 들려달라고 말하는 것 같다.

"카메라는 빨간 불이 들어와야 녹화되는 건 알지?"

"응!"

"그런데 이모는 촬영용 테이프가 다 끝나서 바꾸고 있는 카메라 앞에 가서 손가락 브이를 그린 거야! 망신당할 뻔 했다니까!"

다시 까르르 웃음을 터트린 녀석, 그게 그렇게도 재미있을까? 아무래도 머릿속에만 그려 놓았던 프로젝트를 당장 실현해야 할 모양이다.

"그래서? 촬영하는 것도 구경했어?"

"말도 마세요. 어찌나 북적이던지, 구경이고 뭐고 깔려 죽는 줄 알았어요."

"방송 보니까 그럴 것 같더라."

36거리를 활보하고 다닌 런닝맨, 그날 이 지역의 도로는 마비상태였다고 한다. 가뜩이나 신호등이 없어 복잡한 도로에 사람과 자전거와 자동차와 오토바이가 우르르 몰려다니니 이곳에서 방송촬영을 할 거란 사실을 전혀 알지 못했던 관광객들은 이게 도대체 무슨 일인가 하는 표정이었더란다.

"'우와! 김종국이다!' 보이지도 않는데 누가 갑자기 소리치는 거예요. 갑자기 사람들이 우르르 몰려가는데, 제 옆에 서 있던 어떤 여자애가 넘어져서 하마터면 큰일 날 뻔 했다니까요"

우와! 유재석이다! 우와! 하하다! 소문은 순식간에 입에서 입으로 전해지고, 연예인 한 사람 뒤에 수백 명의 인파가 마치 민족 대이동을 하듯 이쪽으로 우르르, 저쪽으로 우르르…! 할리우드 영화에 나오는 좀비 무리와 다름없었다고 응옥은 말했다.

"그런데 한쪽에 여자애들이 모여서 울고 있는 거예요."

"왜? 다쳤어?"

"아뇨, 그게 아니라…. '야, 나 김종국 봤어! 엉엉!', '야, 난 유재석이랑 악수했어! 어떡해!'"

"하하하…!"

어린 계집아이들을 흉내 내는 응옥의 표정이 기막히다. 교통정리를 해야 할 경찰마저 연예인을 구경하느라 정신 줄을 놓았다는 그날, 동남아시아를 뒤집어 놓은 한류 열풍이 어느 정도였을지 가히 짐작할 만하다.

"우리, 저쪽으로 갈래요? 저기에 리 왕조 황제의 동상이 있어요."

서둘러 일행을 이끄는 응옥. 그들이 앉아있던 호숫가 벤치 옆 자리에서 젊은 연인들이 농도 짙은 키스를 나누고 있었다. 성문화가 자유롭다는 베트남, 특히 이 지역은 밤이 되면 더는 두고 보기 힘든 지경에까지 이른다고 했다.

"리타이토(LY THAI TO), 한국말로 하면 이태조(李太祖)라는 뜻이야.

"거북이 만난 임금님?"

"그래, 맞아. 우리, 여기에서 사진 찍을까?"

여기에도 향로가 있다. 인근 매점에서 사온 향초에 불을 붙여 이 나라의 방식대로 예를 갖추고, 그들은 다시 태훈의 아이패드 앞에 서서 포즈를 취했다.

「카톡~!」

"…?"

저장된 사진을 확인하려는데, 문득 주머니 속의 스마트폰이 그렇게 소리쳤다. 메시지를 보낸 사람은 선우였다.

「내일 한국에 오는 거지? 들어오면 바로 전화해. 문제가 생겼어.」

벗의 회원들을 이끌고 김 기자와 아프리카로 봉사활동을 떠났던 그가 벌써 한국에 도착한 모양이다. 무슨 문제냐고, 입국하자마자 바로 전화하겠다는 메시지를 적었지만 와이파이는 물론 3G도 제대로 터지질 않아 태훈의 답변은 그에게 도착하지 못했다. 아무래도 저녁에 숙소로 가서 다시 시도해 봐야겠다.

"아으…!"

온몸으로 날아드는 뜨거운 열기, 차에서 내리자마자 지석이가 벌컥 소리쳤다.

"이모! 이렇게 더운 나라에서 어떻게 살아?"

이젠 끔찍하다 못해 지긋지긋하다. 만일 한국에서였다면 폭염이라고, 물을 많이 먹어야 탈진하지 않는다며 야단법석을 떨 만큼, 인터넷상의 '관심종자'들조차 지구 멸망의 징조라는 등의 헛소리를 떠벌릴 만큼 살인적인 더위가 이 나라 사람들은 아무렇지 않은가보다. 지금까지 잘 참아왔던 녀석이 끝내 발악하자 지켜보던 응아이와 응옥이 키득키득 웃음을 터뜨렸다. 태훈은 웃을 수 없다. 녀석이 그런 것처럼 푹푹 찌는 더위에 지쳐 쓰러져버릴 것만 같다.

"오빠, 오늘은 38도밖에 안 되는데, 그렇게 더워요?"

"야, 사람 잡겠다. 여긴 평균 기온이 42도라며?"

"글쎄요. 42도 넘을 걸요?"

호치민의 묘소로 가는 길은 정말 뜨겁다. 아무 것도 안 하고 그냥 서 있기만 해도 데일 것 같다거나 사막 한 가운데를 걷는다는 표현이면 적당할까? 더위를 먹은 건지 눈앞이 빙글빙글 돌아가고, 심지어 아까는 내 발에 내가 걸려 넘어질 뻔 한 적도 있었다.

"정말 이해가 안 가!"

"뭐가요?"

"원래 적도(赤道)에 가까울수록 더워지는 거 아닌가? 어떻게 호치민보다 하노이가 더 더울 수 있지?"

연신 키득거리는 두 여자가 원망스러운 남자들, 서울 여의도 광장과 비슷한 크기의 바딘광장은 그러나 나무숲이 울창한 여의도 광장과 다르게 그늘 하나 없이 탁 트인 공간이라 일사병으로 쓰러질까 겁난다. 이 나라 사람들이 어째서 이런 미친 날씨에도 두꺼운 긴팔 옷을 껴입는지 이제야 알 것 같다. 더운 나라라고 얇은 옷 한 장만 걸쳐 입은 외국인들만 죽어나는 거였다.

"베트남 사람들이 흔히 하는 말이 있어요."

"…?"

"한국에는 봄, 여름, 가을, 겨울 이렇게 사계절이 있지요? 우리나라에는 삼계절이 있어요!"

"삼계절? 그게 뭔데?"

"hot! so hot! very hot!"

뙤약볕에 내다놓은 땡칠이처럼 정신 못 차리고 괴로워하는 한국인 손님들에게 그들은 다시 소리친다. '한국사람 찜질방 왜 가요? 찜질방 가지 말고 우리나라 오세요! 지붕 없는 찜질방!'

"그래도 한국엔 겨울이 있잖아요. 마냥 더운 우리나라보다 좋지 않아요?"

"아, 베트남에도 겨울이 있다고 들었어. 설마 눈이 오지는 않겠지?"

"에이, 오빠! 눈 구경하려고 한국 가는 사람들이 베트남 사람들이에요!"

"그래?"

"베트남에도 겨울이 있긴 있어요. 하노이에만…."

"하노이에만?"

적도에서 가까운 호치민보다 희한한 도시, 그러면서 한편으론 적도에서 멀기 때문에 겨울이 있다는 걸까? 알다가도 모르겠다.

"겨울엔 제법 추워져서 집집마다 보일러를 돌려요. 아예 오리털 파카까지 껴입고 다니죠."

"그 정도야? 몇 도까지 내려가?"

"한 12도 쯤 되나? 사상 최저로 기록된 기온은 8도였어요."

"영하?"

"아뇨, 영상!"

한국이라면 가벼운 점퍼 하나 걸치고 다닐 날씨이지만 이 나라 사람들에겐 '혹한'이다. 그 영상 8도에 동사한 사람도 있었다니, 베트남은 알면 알수록 할 말을 잃게 만드는 나라다.

"지석아, 호치민은 어떤 사람일까?"

제복 차림의 경비병이 지키고 선 호치민의 영묘(靈廟) 앞에서 응옥이 물었다.

"베트남을 위해 목숨 바친 사람!"

녀석의 대답은 명쾌하다. 엄마 나라의 영웅이라며 집안 가득 호치민의 그림을 걸어놓았던 녀석, 지석이에게 그 정도 질문은 식은 죽 먹기보다 쉽다.

"그래, 맞아. 호치민은 베트남을 위해 살다 간 사람이야. 그리고 여긴 호치민의 시신이 누워있는 곳이지."

호치민이 영원히 잠든 곳, 뼈와 내장을 발라내 껍데기뿐인 시신이 저 회갈색 건물에 안치되어 있다. 죽어서도 조국을 지킬 그와의 만남은 오전에만 가능한 탓에 점심시간이 훌쩍 지나 도착한 일행은 아쉽게도 돌아서야 했다.

전쟁이 한창이던 1969년 9월, 호치민은 조국의 통일을 보지 못하고 심장마비로 사망한다. '빛을 가져다주는 사람'이란 뜻의 그 이름, 독립과 자유보다 소중한 건 없다고 소리치며 가난하고 굶주린 백성들과 한 평생을 살다 간 호치민의 나이 향년 79세. 한 나라의 절대 권력을 가진 지도자라면 충분히 욕심을 부려볼만한 세상의 모든 부귀영화, 그 어떤 안락한 삶조차 포기했던 사람이며, 그래서 죽을 때 남긴 유산은 낡은 옷과 구두가 전부였다고 한다.

「내가 죽고 나면 내 육신을 화장하여 북부와 중부, 남부 각각 세 군데로 나눠 뿌려 달라. 거창한 장례식으로 시간과 돈을 허비하지 말 것이며, 나를 영웅화하거나 동상을 세우지도 말라.」

하지만 그의 소박한 바람은 이루어지지 않았다. 의미가 무엇이건 간에 통일된 베트남은 공산주의 국가였고, 그는 이 나라 혁명의 상징이자 위대한 인물이기 때문이다.

「시신을 영구 보존하면 멋있어 보이겠지만 뇌, 안구, 내장을 모두 적출하고 찌그러지지 않도록 속을 채운 후 귀, 콧구멍, 배꼽, 사타구니까지 하나하나 방부 액을 발라주고, 유리관에 진공 보존시킨다. 그리고 몇 년에 한 번씩 같은 일을 반복한다. 누가 나 죽은 뒤 내 몸을 그렇게 만든다고 생각하면 끔찍하다. 죽으면 땅에 묻혀서 썩는 게 최고다.」

이것은 2013년 3월, 우고 차베스 베네수엘라 대통령의 사후 들려온 시신 영구 보존 소식이 인터넷 보털 사이트 머리기사로 걸렸을 때 누군가 달아놓은 댓글이다. 아무리 제 나라를 위해 목숨 바친 영웅이라 하더라도 이미 죽어버린 사람에게 상징적인 의미가 무슨 소용이며, 그렇게 관리할 때 들어가는 비용이 도대체 얼마인가 하고 따져 묻는 것이다. 호치민 역시 마찬가지다. 죽은 뒤에 벌어질 일들을 예상한 듯 절대 그러지 말아달라고 유언했건만 위정자들은 그의 부탁이자 마지막 명령을 따르지 않았다. 이를 두고 누군가는 잘못이라며 손가락질하기도 한다. 물론 이방인의 눈엔 거슬릴 수 있겠으나 어린 세대의 교육과 제 나라를 위한 그들의 결정이고, 그것이 지금을 살아가는 베트남의 방식이라면 존중해주어야 할 것이다.

"여기에서 잠깐 기다려요. 입장권 끊어올게요."

호치민의 영묘 뒤편으로 펼쳐진 유적지, 관광객 무리가 길게 줄지어 선 자리에 일행도 끼어 응옥을 기다리기로 했다. 여기는 호치민이 죽기 직전까지 지내던 '주석궁(主席宮)'으로 당시의 흔적을 고스란히 남겨 놓은 곳이다.

"하노이 주석궁에 있는 호치민 유적지…?"

"와! 한글이다!"

응옥이 가져다 준 안내서에서 한글을 발견했다. 그동안 돌아다닌 베트남의 많은 관광지에서 한 번도 마주치지 못했던 한글 안내문이 여기에 있었던 것이다. 물론 한국인이 쓴 건 아니다. 베트남어 문법을 따른 건지 앞 뒤 맞지 않는 문장과 띄어쓰기, 맞춤법이 읽는 사람을 당혹스럽게 하니 말이다.

"베트남 사람들은 호치민을 '박호(Bac Ho)'라고 불러."

"박호? 그게 뭔데?"

아기자기한 연못과 울창한 나무숲으로 한결 시원해진 오솔길, 조금 전까지만 해도 쓰러질 듯 휘청거리던 녀석이 이젠 휘파람까지 불고 있다.

"한국말로 하면 '호 아저씨'라는 뜻이야. 호치민은 높은 자리에 앉아있던 사람이지만 '나 이런 사람이야!'하고 큰소리치지 않았대. 지석이같은 꼬마들을 예뻐했고, 사람들과 친해지기 위해서 일부러 '아저씨', '삼촌'이라고 부르게 했나봐. 호치민만의 방식이었지."

"와! 멋있다!"

한 손엔 엄마의 손, 다른 한 손엔 이모의 손을 붙잡고 붕붕 날아다니는 녀석, 말로만 듣던 호치민의 흔적에 오더니 기분이 좋은 모양이다. 아이패드에 남은 가족의 뒷모습이 평화롭다.

"형아, 이건 내 생각인데, 호치민은 죽을 때 남 베트남 대통령보다 편안했을 것 같아."

"왜 그렇게 생각해?"

"잃을 게 없잖아!"

"…?"

무슨 뜻인지 몰라 갸우뚱거리던 태훈의 눈에 문득 2층의 작은 건물이 들어온다. 다락방인 듯 아담한 공간, 관광객으로 붐비는 바로 이곳이 호치민의 숙소라고 했다. 소박한 침실과 소박한 서재, 금붕어가 뛰노는 연못까지 너무나 소박하고 단출해서 실소가 터질 지경이다. 놀고먹고 싸느라 정신 줄을 놓았던 남베트남 권력자들의 거대한 궁전과 비교하면 초라하게까지 느껴질 만큼 소탈한 삶을 살다 간사람. 만일 한반도에 호치민 같은 사람이 있었다면 어땠을까? 체제를 떠나 남과 북 둘 중 어느 한 곳의 지도자가 호치민처럼 욕심 없고 꾸밈없는 삶을 살았더라면 지금 쯤 우리도 이미 통일된 세상에서 더 이상 싸우지 않고 평화로웠을 텐데…. 공수래공수거(空手來空手去), 잃을 게 없어서 죽을 때 편안했을 거란 지석이의 말이 바로 그런 의미는 아닌지 태훈은 곰곰이 생각해 보았다.

"…?"

문득 인기척이 느껴져 돌아보니 관광객의 발길이 닿지 않는 구석에 제복 차림의 한 무리가 모여 있다. 호치민의 묘소를 지키는 군인들이다.

"분위기가 살벌해 보이는데, 무슨 일이지?"

"근무지를 이탈한 사람이 있었나본데…. '어린놈이 정신 똑바로 안 챙기고 뭐하는 거야?!'라네요. 무서워…."

호치민이라는 그들의 위대한 인물을 모신 곳이라면 그만큼의 엄중한 경계와 다른 근무지보다 강화된 기강은 당연할 것이다. 그런데도 불구하고 이 핑계 저 핑계를 대며 고문관 노릇만 한다면 연대책임으로 무리 전체에게 날아들 얼차려 신세는 면할 수 없을 테다. 내가 옛날에 그랬다. 훈련 교관 앞에서 짝 다리를 짚고 서 있던 게 한 두 번이 아닌지라 입대 후 자대 배치를 받는 날까지 훈련병 박태훈의 별명은 '짝 다리 고문관'이었다.

"베트남도 징병제라며? 우리하고 똑같네?"

"네, 맞아요. 입대하고서도 젊은 애들 정신 못 차리는 것도 똑같아요."

"그래? 그 할머니 말씀이 딱 맞았네!"

"그 할머니들? 아, 오행산…!"

까르르 웃음을 터뜨리는 응옥, 그녀의 웃음소리가 어찌나 요란했던지 힐끗거리던 고문관 녀석에게서 또 야단맞는 소리가 들려왔다. 이틀 전 다낭에서 있었던 일이다. 그날 일행은 참파왕국 시절부터 불교와 힌두교의 성지로서 신성시되고 있다는 오행산(五行山)에 올라보기로 했다. 베트남의 민간신앙을 상징하는 탓에 국가 문화 역사 유적으로 지정된 이곳의 영어식 이름은 마블 마운틴(Marble Mountain), 만물의 근원이라는 나무(木)와 쇠(金), 물(水)과 땅(地), 불(火)을 상징하는 다섯 개의 산봉우리가 각각 적당한 거리에 서서 서로 마주보는 모습이 인상적이다. 일행은 그 중 가장 이름난 투이썬산(火山)에서 멀찍이 펼쳐진 바닷가와 탑을 배경으로 정신없이 사진을 찍었다. 하늘을 뚫을 듯 솟아오른 탑하며, 거대한 암벽에 시선을 빼앗기고, 벽화가 그려진 동굴에선 관광객들과 이 지역 불자들이 하는 양을 따라 향초에 불을 붙여 합장했다. 산속 깊은 곳에 감춰진 곳이라 전쟁 땐 베트콩의 은신처로 사용되었다는 응옥의 설명을 듣는데, 문득 바깥에서 요란한 소리가 들려왔다. 십 수 명의 장정들이 모여 아우성치고 있으니 베트남어를 모르는 태훈으로선 그들이 싸우는 거라고 착각할 법도 했다. 신성한 성지에서 싸움질이라니, 그런데 그들은 싸우는 게 아니었다. 유료 엘리베이터의 이용 요금이 비싸다며 힘들게 걸어 올라왔던 계단 저 아래로부터 사찰에서 쓸 거대한 불상을 끌어 올리느라 힘을 쓰고 있었던 것이다. 각목 여러 개를 엮어 불상을 고정하고 다시 밧줄로 묶어 끌어당기는 장정들, 오전부터 벌써 몇 시간 째 저러고 있다고 대꾸하는 할머니 두 분에게 태훈이 소리쳤다.

「기계로 하면 되지, 왜 저 고생을 하는 거죠?」

기계가 없으니 저러고 있는 게 아니냐는 우문현답, 벤치로 다가와 앉는 태훈을 보고 할머니들은 물었다. 한국에선 기계로 하느냐고 말이다.

「당연하죠!」

한국에선 아무리 돈을 많이 준다고 해도 기계가 없으면 절대 하지 않을 거라고 말했다. 인건비 때문에라도 저렇게 많은 장정들을 동원하지 않을 거라고, 그 인건비 때문에 업자들도 절대 힘든 일을 시키지 않을 거라고 말했다.

「으이그, 요즘 젊은 것들은…!」

「…?」

할머니들은 요즈음 베트남의 젊은 세대가 옛 세대와 달라도 너무 다르다며 혀를 찼다. 영악하지만 게으르다고, 길거리에서 심심찮게 마주치는 알리바바조차 게으르기 때문에 하는 짓이며, 영악하기 때문에 수법이 날로 교묘해진다고 했다. '허허허, 내가 전쟁 때 총 좀 잡아봤지.'하며 으스대는 노인네들, 조국을 지키느라 게으를 수 없었고, 영악할 수 없었던 노인네들이 도리어 그들의 표적이라고 했다. 세상살이가 너무나도 간편해지니 간단한 계산마저 계산기가 없으면 아예 포기해 버린다고, 그래서 머리를 쓰지 않아 하나같이 '돌대가리'라고 했다. 고생을 모르고 자라는 아이들, 제 몸 편한 것만 찾고 어려운 일은 절대 하지 않으려는 '요즘 젊은 것들'은 다시 전쟁이 일어나도 절대 옛날의 그들처럼 하지 않을 거라며 절레절레 고개를 흔들었다.

「시간은 한국 뿐 아니라 우리 베트남도 변화시키고 있단다. 세상이 너무나 빠르게 변하니 잊어선 안 될 과거의 소중한 것들까지 망각하고 있는 거야. 그렇지 않니?」

할머니의 그 말씀이 아직까지 가슴에 남아 지워지지 않고 있다. 중국과 프랑스, 미국으로 이어지는 강대국의 위협에도 굴하지 않고 당당하게 맞서 싸워 이긴 아시아의 작은 나라. 하지만 전쟁은 벌써 오래 전에 끝나버렸고, 그 세월을 따라 이 땅을 살아가는 세대들도 너무나 많이 변해버렸다. 독립과 자유를 갈망하며 죽음 앞에 초연하던 그들마저 이러할진대, 과연 우리는 어떤가? 깊이 성찰해볼 문제이다.

"와! 물이다!"

호치민의 유적지를 모두 돌아보고 났더니 드디어 휴식 공간이 나타났다. 음료와 과자를 판매하는 매점을 비롯하여 기념품점과 작은 커피 전문점도 보였다. 더위에 지쳐버린 관광객들은 체면이고 뭐고 제일 먼저 물을 달라며 아우성을 칠 수밖에 없다. 사막에서 발견한 오아시스. 냉장고에서 막 튀쳐나온 물 한 병을 몽땅 털어 마시고 난 뒤에야 두 남자는 아무렇게나 굴러다니는 플라스틱 의자에 주저앉았다.

"지석아, 저녁에 쌀국수 먹을까?"

"또?"

기겁을 하고 놀라는 녀석의 표정이 재미있다. 벌써 매일 하루에 한 끼는 쌀국수를 먹었으니 저 녀석의 표정대로 이젠 질릴 만도 하다.

"저녁 식사는 오늘이 마지막이잖아. 싫어?"

"……."

순간, 어른들의 표정이 당혹스럽게 변해간다. 쌀국수가 싫어서가 아니다. 내일이면 떠나야 하는 베트남, 아무리 아쉬워도 그렇지. 지금껏 어른스럽게

만 보여 진짜 어른도 스스로를 부끄럽게 만들었던 녀석이 별안간 울음을 터뜨린 거다.

"나 안 갈래! 집에 안 가!"

"지석아! 왜 그러는 거야?!"

"놔! 엄마 미워!"

안아주려는 엄마의 품까지 뿌리치며 몸부림을 치는 통에 주변에서 끼리끼리 수다를 떨던 사람들의 시선이 와르르 몰려들었다.

"지석아, 자꾸 울 거야? 사람들이 쳐다보네? 지석이 바보라고 손가락질한다! 얼레리 꼴레리!"

"몰라! 한국 안 갈 거야! 여기서 이모랑 살 거야!"

"와! 지석이, 그렇게 안 봤는데 아직 아기였잖아?"

"나 아기 아니야! 여기서 이모랑 같이 살고 싶단 말이야! 으아앙!"

아기라는 단어가 상처였을까? 녀석의 울음소리가 도리어 커져버렸다. 일주일도 되지 않는 그 짧은 시간동안 응옥과 정이 들어버렸나 보다. 이모의 옷자락만 끌어안고 닭똥 같은 눈물을 흘리는 녀석, 엄마는 건드릴수록 더 크게 우는 아들을 어쩌지 못하고 눈치만 볼 따름이다.

"아, 지석아. 이러면 되겠다!"

"…?"

가까이 다가와 뽀로로 인형을 흔드는 태훈에게 녀석이 고개를 돌렸다. 아직 응옥의 품에 딱 붙어서 떨어지지 않은 채다.

"지석이, 베트남 말 할 줄 알아?"

"아니…."

"정말 몰라? 그동안 엄마한테 가르쳐 달라고 한 적 없어?"

"엄마는 바쁘단 말이야!"

"그렇구나. 그럼 베트남 말을 모르는데 여기서 어떻게 살아?"

"이모 있잖아!"

하고는 녀석이 이모에게 시선을 돌렸다. 제 편을 들어달라는 눈치였지만 응옥은 그저 웃을 뿐이다.

"내내 이모하고만 있을 거야? 여자 친구도 사귀어야지? 베트남 여자애들 눈 못 봤어?"

"봤어…."

"눈도 왕방울만하고 무지하게 예쁜 여자애들이랑 친해지고 싶지 않아?"

"……."

드디어 녀석이 울음을 그쳤다. 역시 여자는 남자의 만병통치약이다.

"여기에서 여자 친구를 사귀려면 베트남 말을 할 줄 알아야겠지? 한국으로 돌아가면 공부하자. 형아가 도와줄게."

"정말이야?"

"그럼! 베트남 여자애들을 보고 '너 참 예쁘다. 나는 지석이라고 해.'라는 말 정도는 할 줄 알아야 하지 않겠어?"

"으응…."

못 미더운 얼굴로 대꾸하는 녀석, 하지만 입가는 벌써 함지박만하게 벌어졌다.

"형아가 사무실에 가서 베트남어 교실을 만들자고 얘기해볼게. 지석이는 특별히 무료로 공부하는 거야. 어때?"

"우와! 형아 최고!"

태훈의 품으로 와락 뛰어드는 녀석, 눈물을 잔뜩 매달고서 환하게 웃는다. 그리고 하노이에서 가장 맛있다는 쌀국수 전문점으로 향하는 그들, 없던 일도 만들어서 하느냐던 선우의 잔소리가 떠올라 태훈은 피식 웃음을 터뜨렸다.

오늘 아침에도 인터넷 포털 사이트에는 정치, 사회, 문화, 연예 등등 분야를 막론하고 별의 별 희한 사건들이 올라와 있다. 이제는 지겨워서 하품만 나오는 정치인들의 입씨름 하며, 연예인 누가 또 사고를 쳐서 자숙을 하네 마네 훌쩍거리고, 제 집에서 키우는 개와 고양이의 깜찍발랄한 모습을 찍어 올린 게시판엔 예뻐 죽겠다는 댓글들이 수두룩하다. 웹서핑을 시작한 김에 좀 더 뒤져보자. 우리 사는 세상에는 원빈이나 장동건처럼 지극히 잘생긴 사람이 있는가 하면 성형외과 의사조차 제 능력으론 감당하기 힘들만큼 못생긴 사람이 있고, 강남 거리 한복판에 돈을 뿌리고 다니는 사람이 있는가 하면 천 원짜리 한 장에도 벌벌 떠는 사람이 있다. 또한 머리가 좋아 천재 소리를 듣는 사람이 있는가 하면 반대로 사람인지 짐승인지 구분하기 힘든 지경의 돌대가리가 있으며, 뛰어난 말솜씨로 남의 주머니를 털어먹고 사는 사람이 있는가 하면 도리어 주머니를 털리는 얼빠진 사람도 있다. 한 20년쯤 전이었나 보다. 배우 겸 가수 신신애가 이런 노래를 불렀다

「세상은 요지경! 요지경 속이다! 잘난 사람은 잘난 대로 살고, 못난 사람은 못난 대로 산다!」

이 노래처럼 제 생긴 대로 사는 세상, 각기 다른 개성과 사고방식으로 살아간다는 건 인간의 삶에 있어 당연한 문제이다. 하지만 옛날에 유럽 사람들은 '생긴 대로 산다.'라는 개념이 싫었던가 보다. 자기와 다르다며 벽을 쌓고, 자기보다 못났다며 다른 이를 업신여긴 그들. 그러다 결국 사고를 쳤다. 우리보다 못한 존재는 갈아엎어 버리자! 피부색이 하얗지 않으면 야만인이다! 정상적인 몸뚱이를 가진 사람이 아니면 다 죽여 버리자! 숲속에서 짐승처럼 살아가는 종족을 인간답게 바꿔주자! 가방 끈이 긴 사람들은 이것

을 '우생학의 논리'라고 한다. 이는 1880년대 초 영국의 유전학자가 주장한 논리로 '유전학적인 방법에 의하여 인간을 개선시키고자' 연구했다고 한다. 바람직하지 않은 유전인자는 제거하고 완벽한 존재만 키우자! 한 마디로 바보와 병신은 배재하고 천재와 멀쩡한 사람끼리만 살자는 건데. 이것은 시간이 흐를수록 '우리 민족은 우월하지만 재네 민족은 열등하다.' 또는 '이 문명은 세계 최고를 지향하지만 저 문명은 아무 짝에서 쓸모없다.'라는 생각으로 변질되고 말았다. 이러한 우생학의 논리를 들먹이며 전 세계에 민폐를 끼친 인물이 있었으니 그는 바로 독일의 아돌프 히틀러이다. 그가 여자라는 둥, 아직도 어딘가에 살아있다는 둥 하는 헛소리는 제발 집어치우자. 그의 손찌검에 수백만의 유대인들이 죽어 나갔다는 게 더 중요하니까. 유대인, '구약성서에 나오는 히브리인들의 후손인 고대 유대 민족이 된 사람' 이것은 우리나라 포털 사이트 다음에서 검색하면 나오는 백과사전의 설명이다. 아브라함의 혈통으로 이어져 내려오는 히브리 민족이라는 거다. 이게 무슨 말일까? 종교에 문외한인 사람은 아무리 읽어도 뜻을 이해할 수 없다.

그렇다면 오랜만에 성경책을 뒤져 보자. 출애굽기, 창세기의 바로 다음 장이다. 아브라함의 아들은 이삭이고, 이삭의 아들은 야곱이며, 야곱은 슬하에 열두 명의 아들을 낳았다. 거참 뿌리 한 번 튼실한 남자 되시겠다. 그 열두 명의 아들 중엔 꿈 해몽에 일가견이 있는 아들이 있었는데, 그의 이름은 요셉이다. 어느 날 요셉은 꿈에 형들이 자기에게 절을 했더라고 말한다. 웃자고 한 애기였을 텐데, 별 것도 아닌 한 마디에 열 받은 형들은 제 동생을 이집트 상인의 노예로 팔아먹는다. 졸지에 바람 따라 구름 따라 떠돌아다니는 신세가 되어버린 요셉. 어느 날 그는 이집트의 파라오가 살찐 소 일곱 마리가 말라빠진 소 일곱 마리를 잡아먹는 꿈을 꾸었다는 소식을 듣게 된다. 초식동물이 육식을, 그것도 제 동족을 잡아먹다니? 요셉은 파라오에게 달려가 앞으로 7년 동안 흉년이 있을 거라 경고한다. 파라오는 부랴부랴 식량을 비축하기 시작했고, 흉년을 슬기롭게 대처하도록 도운 대가로 요셉은 관직을 얻는다. 한편 요셉의 잘나신 형님들은 흉년에 집안이 쫄딱 망해 손가락만 빠는 처지였다. 이들은 마음씨 착하고 뒤끝 없는 동생의 도움으로 이집트에 들어와 살게 되었지만 안타깝게도 이때에 새로이 권좌에 오른 파라오의 결정으로 유대인들은 노예가 된다. 짐승만도 못한 처지로 전락한 그들, 하지만 신은 이를 그냥 내버려 두지 않았다. 인간으로 태어나 그에 걸맞은 삶으로 이끌 지도자를 내세웠으니 그가 바로 모세였다. 여기에서부터는 종교인이 아니어도 알 수 있는 이야기가 이어진다. 야훼가 아브라함에게 예비해 두었다는 약속의 땅으로 유대 민족을 이끌던 모세는 어느 순간 위기에 봉착했다. 뒤에는 도망친 노예들을 잡으려 이집트의 병사들이 따라오고, 앞에는 거칠게 으르렁거리는 바다가 눈앞을 가로막으니 말이다. 황량한 망망대해를 단숨에 둘로 갈라버린 초대형 블록버스터! 일명 '모세의 기적'으로 유대인들은 마침내 새로운 땅에 정착한다. 성경은 이곳을 가나안이라고 했다. 지금 우리가 팔레스타인이라고 부르는 바로 그 땅이다. 간단하게 정리하면 이리도 쉬운데, 굳이 어렵게 설명한 사전을 뒤질 필요가 없는 거다.

유대인이란 한 마디로 모세가 애굽, 즉 지금의 이집트에서 탈출시킨 아브라함의 자손들을 말한다. 그렇다면 도대체 유대민족은 독일과 어떤 관계였을까? 그들이 학살당한 이유를 설명하려면 그간 겪어온 한 많은 세월을 좀 더 되짚어보아야 할 것이다. 이집트를 탈출한 뒤 홍해를 건넌 유대민족은 그러나 새로 정착한 가나안 땅에서 변란을 맞이했다. 그 이름도 유명한 솔로몬 왕이 죽었을 때 왕국은 분열하여 둘로 쪼개졌는데, 이때에 신(新) 바빌로니아(Babylonia)의 이름도 어려운 왕 네부카드네자르(Nebuchadnezzar) 2세가 유대민족을 공격하여 바빌론에 포로로 잡아가니 이 사건을 역사는

'바빌론유수(Babylonian captivity)'라고 한다.

세 번의 침략 전쟁으로 모든 역사적 유산이 파괴되고, 이제 유대인은 다시 노예 신세가 되어 처절한 삶은 계속 되었으니 이리저리 떠돌아다니다 유럽에 정착한 유대인들은 흑사병을 퍼트린 원인이라며 많은 유럽인들의 손찌검을 받아야 했다. 배가 불러 터지기 일보 직전이던 왕정을 몰아내고 시민들이 이룩한 프랑스 혁명하며, 그 뒤에 벌어진 나폴레옹 전쟁 등등 수많은 사건들을 일으켰다는 누명까지 떠안았다. 갖은 핍박과 천대, 멸시를 받으며 굴욕적으로 살아가던 그들은 냉전의 시대가 되자 공산주의 사상에 매혹되고 만다. 모두가 차별받지 않고 평등하게 살자는 공산주의야 말로 아픈 과거를 벗어던질 절호의 기회였기 때문이다. 그러니까 다시 얘기해서 수많은 강대국의 손장난에 이리 차이고 저리 차이던 베트남이 그들로부터 벗어나기 위해 공산주의를 선택한 것과 비슷한 이치였다.

물론 유대인 중에서도 자본주의를 선택한 이도 있었다. 돈은 곧 권력이고, 권력을 가지면 옛 조상들처럼 밉보이지 않아도 될 거라고 생각한 사람들 말이다. 살아남기 위해 유대인들은 악착같이 발버둥쳤다. 남들보다 더 많이 움직여 돈을 벌고, 남들보다 더 많이 공부했다. 작년에 왔던 각설이, 죽지도 않고 또 왔네! 하지만 끈질긴 유대인에 대한 유럽의 시선은 부정적이었다. 옛 시절의 복수라며 권력을 손에 쥐고 세계를 정복하려 든다는 음모론이 눈뜨고, 급기야 '시온의정서(The Protocols of Zion)'가 발견되고 나서부터는 아예 두려운 존재로 낙인 찍혀 버렸다.

사실 시온의정서라는 게 유대인 세력을 깎아내릴 목적으로 누군가 조작했다고 하지만 이는 오늘날의 의혹일 뿐, 당시엔 보통 사건이 아니었던가보다. 독일에선 아예 그들을 반대하는 시위기 벌어졌다. 1차 세계대전 이후 경제난에 허덕이던 독일은 이제 유대인 집단 모두가 공산주의 세력인 양 뒤집어씌우기에 이른다. 온 국민이 이들을 증오하게 만들고, 지지세력을 얻어 권좌에 오른 사람이 있었으니 그가 바로 아돌프 히틀러였다.

「게르만은 지구상의 가장 완벽한 민족이지만 유대인들은 더러운 족속이므로 다 죽여 없애자!」

혹시 유대인이 학살당하는 동영상을 본적 있는가. 길거리에 나뒹구는 시신을 쓰레기인 양 청소 트럭에 던져 싣는 건 양반이다. 살려달라고 손을 내미는 사람을 가차없이 짓밟거나 한데 세워놓은 뒤 와르르 총을 갈기지 않으면 그렇게 죽어 나자빠진 사람들을 굴삭기로 구덩이에 밀어 넣는다.

독일 뿐 아니라 유럽의 모든 강대국이 우생학의 논리로서 약소국을 침략했다. 대표적인 사례로 1950년대, 영국은 아프리카로 날아갔다. 케냐를 침략한 그들은 제 덩치를 키우는 데에만 급급했을 뿐 주권을 상실한 피지배자의 입장 따위는 관심이 없었다. 제국주의에 짓밟힌 나라, 케냐는 당연히 저항했다. 이 나라의 대표 종족이라는 키쿠유족(Kikuyu族)을 중심으로 반식민지 투쟁이 벌어지니 그 유명한 '마우마우봉기(Mau Mau Uprising)'가 바로 이 시기의 사건이다.

어른 아이 할 것 없이 수십만 명을 수용소에 감금하고, 고문하고, 때리고, 가스를 살포하여 죽이고 또 죽였다. 신사의 나라 영국, 하지만 그들이 케냐에서 저지른 학살은 신사가 아니라 백정에 가까웠으며 유대인을 죽인 독일과 다르지 않았다. 이렇게 죽어간 케냐인 중에는 버락 오바마 미국 대통령의 조부도 있었다고 하니 영국으로서는 나중에라도 제 더러운 역사를 되짚기가 민망했을 거다.

자, 이번엔 인도네시아로 넘어가 보자. 1945년부터 1949년까지 인도네시아는 네덜란드의 식민지였다. 다른 식민 국가들보다 짧은 통치 기간을 지내왔다며 별일이야 있었을까 싶지만 그게 아니다. 이 시기로부터 훨씬 오래 전인 16세기, 다른 유럽의 열강들이 기독교 전파와 산업혁명을 목적으로 아시아 대륙을 침략했을 때 네덜란드는 오로지 돈벌이에만 관심을 기울였다. 만 오천 개가 넘는 그들의 섬나라에서 일일이 토지를 몰수하고 종교를 탄압하기보다 그저 무역로를 개척하여 주머니를 채우니, 무려 400년 가까운 세월동안 피 맛을 들인 다른 침략자들보다 훨씬 쏠쏠한 이득을 챙기게 되었다. 2차 대전이 일어나자 눈에 뵈는 것 없이 밀고 들어온 일본에게 주도권을 빼앗긴 네덜란드는 패전으로 그들이 물러난 순간 다시 인도네시아로 기어 들어간다. 독립운동에 나선 인도네시아 사람들을 한 여름 개 잡듯 학살한 네덜란드. 주동자를 색출해 내기 위해 네덜란드는 의심스런 사람들을 세워놓고 차례대로 총살시켰다. 거기엔 열 살 남짓한 아이도 있었으나 오래토록 이 땅에서 주도권을 쥐고 싶었던 지배자의 즉결 처형은 어른과 아이를 구별하지 않았다.

중동으로 날아간 이탈리아! 리비아를 점령하여 30년의 세월 동안 문화재를 약탈하고, 군대는 민간인의 식량을 탈취했으며, 반발하는 사람들을 그 자리에서 살육하였다. 종교 탄압은 물론이거니와 저항 세력에 대해서는 산 채로 비행기에 태워 공중에서 떨어뜨리거나 신경가스 살포는 기본이고, 네이팜탄까지 거침없이 터뜨렸다고 한다. 2차 대전이 일어났을 땐 독일과 영국, 프랑스의 싸움터로 전락했다가 다시 미국에게 점령당하는 등 살아도 산 목숨이 아니라는 우리식 절망의 표현이 그 시절의 리비아에겐 딱 어울릴 거였다.

야만인, 우생학의 논리를 들먹이며 유럽은 수많은 약소국을 그렇게 깎아내렸다. 그들 나름대로의 삶과 문화 전통은 깨끗하게 무시하고, 오로지 제 것만이 잘났다며 탄압하고, 핍박하던 강대국들이야말로 야만인이 아니고 무엇인가. 다행스럽게도 후손들은 지난날의 논리가 잘못되었음을 깨달았다.

선조들의 비도덕적인 만행에 분노하고, 잘못을 사과해야 한다며 목소리를 높인 거다. 그리고 2008년 8월, 지금은 죽고 없는 리비아의 카다피 대통령과 이탈리아의 베를루스코니 총리가 한 자리에서 만났다. 식민 지배 기간 동안 벌어졌던 모든 살상과 억압을 사과하며 피해자와 후손에게 보상하겠음을 밝힌 이탈리아, 리비아는 그들의 사과를 흔쾌히 받아들였다. 또한 카다피는 그들이 스스로 지난날의 과오를 인정한 것을 매우 긍정적으로 받아들이며 미래를 향해 함께 나아가자고도 역설했다. 그로부터 5년 후, 2013년 6월의 어느 날이었다.

「영국 정부는 케냐에서 발생한 가혹행위와 이로 말미암아 케냐의 독립운동에 차질을 준 것을 진심으로 유감스럽게 생각한다.」

이는 영국의 윌리엄 헤이그 외무장관이 의회에서 연설한 내용이다. 지난 시절 케냐의 독립 투쟁을 폭력적인 방법으로 진압한 일에 대해 정식으로 사과하겠다는 것이다. 그간 소송 시효가 끝났다고 발뺌하거나 모든 책임을 케냐 정부에 떠넘기는 등 찌질한 모습만 보이던 것과 완전히 다른 태도였다. 그날의 사건으로 피해를 입은 사람들에게 보상하고, 그들의 저항 정신을 기리는 기념비 건립에도 힘쓸 것임을 약속했다.

2013년 9월, 인도네시아의 수도 자카르타에서 열린 민간인 학살 추모식에 참석한 네덜란드 정부는 그들의 독립운동을 폭력과 억압으로서 대응했던 지난 잘못에 대한 사과문을 발표했다. 그간 서로에게 민감하고 불편하기 짝이 없었던 즉결처형 사건을 언급하며 배상금을 지급하겠다고 약속한 것이다.

독일의 경우, 이미 많은 사람들이 잘 알고 있듯 과거 나치 시절에 저지른 미친 짓을 진심으로 사과한 나라로 유명하다. 1970년 12월, 2차 대전 때 약 40만 명의 유대인이 학살당했다는 폴란드에서 독일 총리는 그들의 죽음을 추모하는 기념비 앞에 무릎 꿇고 앉아 참회의 눈물을 흘렸다. 전혀 예상하지 못했던 순간이었고, 이를 지켜보던 많은 폴란드인들이 감동의 눈물을 흘렸다고 한다. 그 순간이 담긴 사진은 아직도 전 세계인들의 가슴을 애잔하게 흔들어 주며, 이후에도 독일은 매년 한 차례씩 죄 없이 죽어간 유대인의 학살 현장에 찾아가 제 나라의 잘못을 참회하고, 참상이 되풀이되지 않도록 노력하겠음을 다짐한다. 수많은 강대국들이 부끄러운 역사를 되짚으며 재발 방지를 약속하는 모습을 지켜보며 우리는 문득 한 마디 던질 것이다.

「일본! 보고 있나?」

우리와 일본의 과거사, 그 수많은 이야기를 일일이 다 열거하자니 손이 아프고 입이 아프다. 대한민국 뿐 아니라 세계의 어느 누가 보더라도 현재의 일본은 과거사를 정리할 생각이 전혀 없어 보인다. 야스쿠니 신사가 미국 알링턴 국립묘지와 같다고 떠드는 총리하며, 위안부가 전쟁터의 매춘부라고 생각한다는 야당 대표의 발언까지 우리는 하루가 멀다 하고 튀어나오는 일본 극우 정치인들의 망언에 뒷목잡고 쓰러질 판이다.

「일본은 전쟁터에서 여성을 이용한 건 틀림없는 사실입니다. 하지만 2차대전에 참전한 미국, 영국, 독일, 프랑스 모두 같은 짓을 했고, 한국군도 베트남전에서 성을 목적으로 여자를 이용하지 않았습니까?」

이런 개념 없는 망언 제조기를 보았나! 그들은 예전에 그랬듯 지금도 과거의 모든 사건들을 정당화하고 합리화하기 위해 기가 막힌 말들을 쏟아낸다. 일제 강점기 시절 이토 히로부미를 저격한 우리나라 최고의 영웅 안중근 의사를 테러리스트로 매도하는 그들을 도대체 언제까지 지켜봐야 하는가! 과거를 마냥 부정하는 그들, 이는 역사를 제대로 배우지 않았거나 배웠어도 부끄러운 그 역사를 숨기고 싶었기 때문이리라. 시간이 흐를수록 날조되고 왜곡되어 가는 그들의 역사, 진실은 사라지고 온통 거짓으로만 채워진

교과서로 후손들이 무엇을 배울 것이며 그들에게 피해를 당한 이들과는 어떻게 화합할 것인가! 조선을 침략한 일본과 베트남에서 전쟁을 치른 한국군의 차이가 무엇이냐고? 수많은 사람들을 학살했으니 마찬가지 아니냐고? 너희도 베트남에 사과하지 않았으면서 왜 우리한테 따지느냐고? 뭘 몰라도 한참 모르시는 일본 극우 정치인 여러분께 친히 설명해 드리겠다. 과거 일본이 전쟁을 벌인 이유는 세계를 정복하기 위해서였다. 대륙으로의 진출을 위해 조선 땅을 침략한 거란 말이다. 또한 전쟁 중 아시아의 모든 나라로 쳐들어가 그들의 삶을 망가뜨린 사실은 지나가는 똥개도 알고 있다, 하지만 지금 일본은 과거의 모든 행위들을 인정하지 않으며 도리어 존재하지 않았던 사건이라고까지 발뺌한다.

베트남 전쟁의 경우를 보자. 미국은 클린턴 정부 시절에 이미 과거사 청산에 대한 논의를 했고, 경제적 도움을 주기로 합의했다. 한국 역시 마찬가지다. 벌써 오래 전부터 재발 방지의 약속과 더불어 피해를 당한 지역에 위령비를 세우거나 학교와 병원을 세우는 등 갖은 노력을 기울이고 있다. 다만 한 가지, 그 시절의 문제에 대해 한국 정부는 '사과'를 하지 않고 있는데, 사과를 하지 '않은' 것이 아니라 '못한' 것이다. 베트남 정부가 승전국이기 때문에 사과를 받을 필요 없다며 거절했기 때문이다. 이에 대해서도 말이 많다. 그만큼 상처가 크기 때문이라고 보는 시각도 있으나 그것은 옳지 않다.

「과거를 덮고 미래로 나아가자.」

이는 종전 후 국가 발전을 위해 그들이 내세운 슬로건으로, '베트남에게 중요한 건 미래이지, 과거가 아니다.'라는 뜻이다. 전쟁으로 말미암아 거지 중의 상거지로 전락한 그들이 자신들을 그렇게 만든 모든 강대국들을 마냥 원망하며 보상금을 내놓으라고 떼를 쓸 게 아니라 아픈 과거를 잠시 덮고 잘 살아보기 위해 미래로 나아가겠다는 그들만의 다짐이었다. 또한 그 시절에 대해 정 빚을 졌다고 생각한다면 말뿐인 사과보다 다시 일어설 수 있도록 경제적 도움을 달라는 게 베트남의 입장이다. 하지만 이를 모르는 일본은 '너희도 그러지 않았느냐!'라고 외치며 망언을 일삼는 것이다. 똑같은 짓을 저질렀다고 하더라도 우리는 사과했지만 그들은 사과하지 않은 차이이다. 또한 전쟁의 승리자인 베트남은 쿨 하게 사과를 거절했지만 전쟁의 패자이면서 전범국인 일본은 치졸한 망언을 토해내며 주변국을 열 받게 한다. 답도 없고, 생각도 없고, 양심도 없고, 개념도 없고, 기본도 없는 그들. 있는 건 우익뿐인 그들의 헛소리에 이젠 머리가 아프다.

"아으, 진짜 머리가 아프네…."

야누스 게시판에 길고 긴 이야기를 남기던 태훈이 문득 두 손으로 관자놀이를 움켜쥐었다. 그의 아이패드 모니터엔 화천에서 보았던 '베트남 참전용사 추모비'와 하꽝 마을의 위령비를 찍은 사진이 나란히 걸려있다.

「전쟁의 상흔이 아직도 곳곳에 남아있는데, 이 나라에서 느낀 한류의 인기는 말로 표현할 수 없을 만큼 아이러니하다. 과거 백년 가까이 전쟁에 치여 살던 나라가 맞는지 의심스러울 정도로 발전한 모습이 곳곳에서 보인다. 과거를 살아보지 않아 장담할 수 없으나 베트남의 현재는 우리의 옛날과 많이 닮았다. 그들은 우리의 거울이다. 베트남전쟁에서 한국군이 아무리 위대한 무공을 쌓았다고 하더라도, 정말 우리가 공산당을 물리치고 그들에게 자유와 평화를 가져다주기 위해 참전했다고 하더라도 우리가 목숨 바쳐 지키려던 남베트남의 정권이 사라진 지금, 통일된 베트남의 붉은 깃발만 남은 지금! 우리가 그들에게 우리의 파병 목적을 아무리 장황하게 설명해도 들어줄 사람은 이제 아무도 없다. 역사는 승리자의 손으로 쓰이고, 과거를 잃었기에 지금을 살아가는 파월 장병들은 기댈 곳이 없어져 버렸다. 안타까운 일이지만 이는 누구도 대신할 수 없는 상처다. 이제 우리에게 맡겨진 임무란 그들의 말대로 과거가 아닌 미래로 나아가는 것이다. 외세의 폭력에도 굴하지 않고 끝내 자주권을 지켜낸 그들처럼 60년째 불안한 평화를 유지하기보다 시대를 역행한, 아직도 끝나지 않은 이념전쟁에서 벗어나 완전한 삶을 쟁취해야만 한다. 그것이 우리가 강대국의 아귀 싸움에서 벗어나는 길이다.」

아이패드를 가방에 밀어 넣은 뒤 자리에 누웠지만 도통 잠이 오질 않는다. 옆에서 새근새근 잘도 자는 지석이가 부러울 지경이다.

"비행기 시간 맞추려면 일찍 일어나야 하는데…."

뒤척이던 태훈은 다시 일어나 TV를 켰다. 볼륨을 줄이고 채널을 돌리다가 한국 드라마를 발견했다. 베트남 성우의 목소리로 더빙된 한국 드라마는 벌써 네 개 채널에서 발견되었다. 눈물 콧물 쏙 빼며 열연하는 저 여배우, 요즘 잘 나가는 아이돌 가수지만 평소에 잘 보지 않던 드라마인데다 베트남 성우의 말을 알아들을 수 없어 태훈은 거저 멍하게 화면만 들여다 볼 따름이다.

"인간의 양면성…. 서로 다른 기준에서 비롯된다고?"

어렵다고 투정부렸던 최 노인의 과제, 하지만 이제는 무슨 뜻인지 알 것 같다. 브라운관 속 젊은 연인들은 못내 아쉬워 서로 끌어안지만 태훈은 앉은 채 스르르 잠들어버리고 만다. 그의 입가에 깨달음의 미소가 걸려 있었다.

"아으! 피곤하다!"

여행객과 환영 인파로 북적이는 인천공항 입국장, 컨베이어 벨트 위로 실려오는 짐 가방을 끌어안으며 태훈이 그렇게 소리쳤다. 옆에서 응아이는 손으로 입을 가린 채 하품을 토해내고 있었다.

"지석이, 또 울어?"

"…?"

응아이의 목소리에 시선을 옮기던 태훈, 저도 모르게 피식 웃음을 터뜨렸다. 하품을 한 건지, 정말 운건지 녀석의 눈가에 또 눈물이 그렁그렁하다.

"몰라. 말 안 할 거야."

"응? 말 안 해? 정말이야?"

"말 시키지 말라니까!"

낮게 윽박지르는 녀석의 표정이 제법 사납다. 베트남에서 지내던 지난 며칠 동안 식사시간조차 이모의 곁에 딱 달라붙어 떨어지지 않으려고 안달하던 녀석, 베트남어를 배워 이모와 다시 만나자며 몇 번이고 약속했지만 녀석은 그래도 못내 서운했던 모양이다. 한국행 비행기가 곧 출발한다는 안내방송이 귓가를 울리고, 빠릿빠릿 움직여도 모자란 시간에 지석이는 하노이공항 한복판에서 응옥을 끌어안고 집에 가기 싫다며 큰소리로 울어댔다. 제복 입은 경찰까지 달려와 무슨 일이냐고 물으니, 그에게 해명해주느라 응아이와 응옥은 진땀을 빼야 했다. 겨우 비행기에 오른 뒤에도 눈물과 콧물이 얼굴 가득 뒤섞여 우는 녀석을 챙겨준 건 스튜어디스였다. 막대 사탕의 유혹에 넘어가버린 녀석, 퉁퉁 부운 얼굴로 사탕을 오물거리다가 조용히 잠들어 이제야 깨어난 거다.

"형아, 정말 베트남어 교실 열거야?"

"그래. 약속했잖아. 내일 사무실에 가서 꼭 얘기할게."

"꼭 해야 돼. 알았지? 나 이모랑 베트남 말로 대화할 거야."

"예쁜 여자 친구 만나서 쌀국수 먹자는 말도 해야지. 안 그래?"

뾰로통하던 녀석의 얼굴에 히쭉 미소가 피어올랐다. 오늘 저녁부터 당장 공부하고 싶다는 녀석, 보다 못한 응아이가 베트남어 교실이 만들어질 때까지 기본적인 몇 마디를 가르쳐 주겠다고 다시 약속했다. 끈질긴 녀석이다.

"태훈 씨, 집에 안 가요? 왜 우리만 가?"

도심으로 들어가는 리무진 버스가 도착했다. 짐 가방을 쟁여 넣고 버스에 오른 두 사람을 향해 손 흔드는 태훈, 왜 가지 않는지 응아이는 궁금하다.

"일이 있어서 들렀다 가려고요. 지석아, 엄마랑 조심해서 들어가. 알았지?"

"응! 걱정하지 마!"

창문에 껌 딱지처럼 달라붙어 못생긴 표정 지어 보이기 신공으로 인사를 대신하는 녀석, 울다가 웃는 그 얼굴에 태훈이 와하하, 웃음을 터뜨렸다.

"자식, 저렇게 웃을 거면서 울기는…."

아직 사라지지 않은 미소를 간직한 채 태훈은 이제 저들과 전혀 다른 버스를 타러 걸음을 재촉한다. 그는 지금 최 노인에게 갈 생각이다.

"아이패드는 여기에 있고, 커피도 잘 챙겼고…."

바리바리 싸들고 온 짐 가방을 살피며 태훈은 배부른 사람처럼 흡족하게 웃었다. 이 많은 짐들 중 베트남어로 쓰인 박스엔 커피가 잔뜩 담겨 있다. 브라질에 이어 세계에서 두 번째로 품질 좋은 커피를 생산한다는 베트남, 몇 년 전 옆집 노인이 사다준 걸 먹고 홀딱 빠졌다는 최 노인을 위해 태훈은 베트남의 유명 브랜드 커피를 한 박스나 사왔다. 그렇다고 커피를 즐겨 마시는 건 아니어서 스물일곱 개들이 믹스 커피 두 봉지면 최 노인은 아마 반 년 동안 원 없이 먹게 될 거다. 나머지는 사무실에서 우리끼리 나눠먹을 생각이다.

"…?"

주머니에서 스마트폰이 시끄럽게 떠들어대고 있다. 진동으로 바꾸지 않은 걸 뒤늦게 깨닫고 태훈은 후다닥 스마트폰을 꺼내들었다. 선우였다.

"야, 뭐가 그렇게 급해서 이제 막 도착한 사람 전화통에 불나게 해?"

「너, 그걸 말이라고 하니?」

벌컥 고함부터 지르는 선우, 전화기를 켜놓고도 받지 않은 게 벌써 네 번째이니 화를 낼 만도 하다. 바쁘게 돌아가는 공항에서 제대로 정신 챙길 사람이 어디 있을까 싶지만 그래도 태훈은 미안하다며 키득키들 웃었다.

"에이, 왜 화를 내고 그래? 내일 출근할 때 맛있는 거 가져갈 테니까 기다리고 있어.

승객을 모두 태우고 리무진 버스가 움직이기 시작했다. 최 노인에게 향하는 그의 마음은 새로운 여행을 떠나듯 경쾌하다. 베트남에서 무엇을 배워왔는지 전해주면 그는 잘했다고 함빡 웃을 거다. 머리라도 쓰다듬어 달라고 어리광을 부려봐야겠다.

「뭐? 베트남 커피? 지금 일이 복잡하게 꼬였는데, 넌 참 한가한 소리만 하는구나?」

"일이 복잡하게 꼬이다니? 그게 무슨 소리야?"

「너 어제도 글 올려놓고 홈페이지가 어떻게 돌아가고 있는지 확인 안 해봤어?」

"…?"

선우의 그 말을 태훈은 알아들을 수 없다. 와이파이가 영 시원찮았던 하노이 숙소, 느려 터진 인터넷 속도에 넌덜머리가 나버린 터라 길게 쓴 그 글만 야누스 게시판에 올리고 잠들었었다. 베트남 전역을 누비고 다니느라 신경 쓰지 못한 새 한국에선 무슨 기막힌 일이라도 벌어진 모양이다.

"왜? 왜 그러는 건데?"

「왜 그러는 거냐고? 너 정말 몰라?」

"몰라서 묻는 거잖아! 왜…?"

다급하게 손으로 입을 틀어막는 태훈, 버스에 사람이 많다. 운전석의 기사까지 그에게 눈치를 주고 있으니 이대로 주변의 시선을 더 무시했다간 바가지로 욕을 얻어먹게 될 거다.

"베트남에 있는 동안 한국 쪽 일은 전혀 신경 쓰지 못했어. 글만 올렸을 뿐이지, 홈페이지에 어떤 글이 올라왔는지 못 봤다고. 됐니?"

손으로 입을 가린 채 최대한 목소리를 낮춰 소곤거렸더니 사납게 노려보던 옆 자리의 아가씨가 그제야 시선을 돌렸다.

「지금 난리가 났다. 일베보다 더 한 인간들이 나타났어.」

"왜 또?"

「진희랑 은주네 학교에서 우리가 하는 일에 딴죽을 걸고 들어왔어. 아프리카에서 돌아왔더니 벌써 공중파 뉴스에까지 보도되고 난리도 아니었나 봐.」

"그게 무슨 소리야? 알아듣게 설명해!"

답답한 얼굴로 태훈이 또 그렇게 소리쳤다. 일베보다 더 한 놈들이라고? 진희와 은주네 학교가 뭐라고? 공중파 뉴스가 어쨌다고? 도대체 이해할 수 없는 소리만 골라 하니 지금 선우의 외침은 사람의 말이 아니라 마치 고속도로를 무법 질주하는 대형 화물차의 경적 소리인 양 머릿속을 제멋대로 헤집어놓고 있었다.

「우리가 기획한 '베트남 프로젝트'말이야. 학교에서 누가 잘못된 일이라고 지적했나봐.」

"왜?"

「시대착오적이라는 거야. 그게 뉴스에도 나왔고, 모두가 동의하지 않는 문제를 마치 정답인 양 가르치는 게 과연 옳은 일이냐는 거지.」

"그래서?"

「학교에서 기부금 납부를 중단하겠대. 우리로 인해서 본의 아니게 사회적 논란에 휩싸이는 게 싫다나?」

"뭐라고?"

「은주랑 진희도 학교 근무를 그만 둬야 할 것 같아.」

"……."

느닷없이 이게 무슨 소리일까? 아무래도 누군가 다시 우리를 음해하려는 모양이다. 저도 모르게 태훈은 관자놀이를 움켜쥐었다.

「언론이 한 번 그렇게 꼬집으니까 인터넷에선 아예 옛날 일까지 들먹이는 모양이야. 정치적 선동을 한다는 둥, 어쩐다는 둥…. 학교에선 예전부터 있었던 사건들을 계속 지켜보고 있었나봐. 이젠 도저히 안 되겠더래.」

"……."

「태훈아, 어떡하지?」

"……."

「야, 어떻게 하냐고? 얘기 좀 해봐!」

"내일 얘기하자. 나 지금 최 씨 할아버지한테 가는 길이야."

「야…!」

선우의 목소리가 다시금 귓가로 날아와 박히지만 태훈은 못 들은 척 전화를 끊어버렸다. 가뜩이나 피곤한 몸뚱이가 더 늘어지고 있다. 이대로 잠들면 어떻게 될까? 한 일주일은 깨지 말았으면 좋겠다. 일주일 동안 죽은 듯 자다가 깨어나면 무슨 일이 있었냐는 듯 평범한 일상이 내 눈앞에 펼쳐져 있었으면 좋겠다. 왜들 이렇게 우릴 못 잡아먹어 야단인 걸까. 우린 그저 모두 함께 어우러져 살아가고 싶었을 뿐인데, 단지 평화롭고 아름다운 세상이 그리웠을 따름이다. 정치에 '정'자도 모르면서 모든 문제를 정치적으로 몰고 가려는 한심한 소인배들 때문에 우리의 순수한 마음이 자꾸만 상처를 입는다. 선거철만 되면 튀어나와 까불거나 인터넷을 돌아다니며 사실과 사실이 아닌 이야기를 지어내며 선동질을 일삼지 않으면, 그로 인한 모든 책임을 우리에게 떠넘기는 무리들. 그들 때문에 정말 순수한 마음으로 사회에 봉사하려는 사람들이 본의 아닌 피해를 입는단 말이다. 예전에 그랬듯 이번에도 그렇게 되어가는 모양이다. 어째서 세상은 내 마음과 다르게 돌아가는가!

"젠장…!"

스마트폰을 도로 주머니에 쑤셔 넣으며 태훈이 욕설을 내뱉었다. 인터넷에 접속해보면 무슨 일이 벌어졌는지 다 알 수 있을 텐데, 느려터진 베트남의 3G가 아니라 전 세계가 인정하는 대한민국 광대역 LTE 급 초고속 인터넷에 접속하는 순간 모든 문제를 파악할 수 있을 텐데…. 태훈은 욕설만 쏟아낼 뿐 스마트폰을 다시 꺼내 들지 않았다. 도저히 볼 수가 없다. 예전에 그랬듯 공격적으로 들이대는 그들의 한심한 작태에 대응할 능력이 내겐 더 이상 없다. 지친 모양이다. 두렵고 도망치고 싶을 만큼 지쳐버린 모양이다. 도저히 예전과 똑같이 당당하게 세상에 맞서기가 너무나 괴롭다. 아프고 고통스러울 따름이다.

"후우…!"

버스에서 내린 태훈은 이제 달동네로 이어진 언덕을 오르기 시작했다. 일주일에 한 번 이상은 꼬박꼬박 다니던 길인데, 오늘따라 왜 이렇게 힘든지 모르겠다. 오랜만에 오는 곳이라 그럴까? 아니면 가슴에 남은 상처가 그의 걸음을 붙잡고 놔주지 않는 걸 테다. 너무나 아프고 쓰라려서 태훈은 언덕길을 핑계로 주저앉아 울고 싶었다.

"할아버지!"

문밖에서 태훈이 그렇게 소리쳤다. 다리가 불편하니 무열은 한참이나 지난 뒤에야 모습을 드러낼 거다. 모르는 사람의 목소리엔 반응하지 말고 오로지 제 목소리에만 반응하라고, 그게 혹시 모를 위험에 대비하는 길이라며 당부하고 또 당부했으니 무열은 착한 어린이처럼 그의 말을 잘 들어줄 거였다.

"할아버지!"

한참이 지났는데도 무열은 응답이 없다. 아직 초저녁인데 벌써 잠든 걸까? 그가 혹시라도 듣지 못했을 것 같아 태훈은 그렇게 한 번 더 소리쳐 보았다.

"달깍."

"…?"

어쩐 일인지 문이 잠겨있지 않았다. 운동 삼아 오갈 때에도 문은 꼭 잠그라고 했더니 아무래도 잊어버린 모양이다. 오랜만에 잔소리 좀 해야겠다.

"에이, 할아버지! 문은 꼭 잠그라고 했잖아요! 나쁜 놈이라도 들어오면 어쩌려고…?"

캄캄한 공간, 태훈은 저도 모르게 입을 다물었다. 집안이 조용하다. 아무도 없어 텅 빈 듯 고요하기만 했다.

"이상하네? 나가셨나?"

해가 넘어가고 어둑해졌으니 어딘가로 마실 나갔을 거란 추측은 말도 안 된다. 짐 가방을 신발장 아래에 내려놓고 태훈은 집안으로 들어서 본다.

"할아버지! 주무세요?"

안방의 벽을 더듬어 스위치를 올리니 이불을 가슴까지 끌어올린 무열이 보였다. 역시 그는 잠들어 있었다.

"할아버지, 오늘은 일찍 주무시네요?"

혹시나 목소리가 커지면 그가 일어날 것만 같았다. 너무나 편안한 얼굴로 누워 있었던 탓에 태훈은 정말 그런 줄로만 알았다.

"할아버지, 주무실 때 주무시더라도 문은 잠그고 주무셔야죠!"

바닥에 떨어진 얇은 외투를 주워 벽에 거는 태훈, 일부러 요란한 움직임으로 방을 오갔지만 무열은 그래도 조용하다. 깊이 잠든 모양이다.

"할아버지, 커피 사왔어요. 지난번에 드시고 싶다고 말씀하셨던 베트남 커피요."

"……."

"할아버지! 저 할아버지한테 할 말이 많단 말이에요! 그러니까 일어나세요! 일어나시라고요!"

"……."

"할아버지! 정말 일어나지 않으실 거예요?"

무열이 죽었다는 사실을 마음은 도대체 어떻게 알았을까? 이성은 그게 아니라고 소리치는데, 눈에선 눈물이 쏟아진다. 그의 죽음을 알아채지 못한 두 손은 당장 일어나라며 미친 듯 흔들어대고 있는데, 입은 비명인지 울음인지 구분하지 못할 소리를 내지르고 있었다.

"할아버지! 할아버지! 왜 그러는 거예요? 할아버지가 내주신 과제 다 풀었어요! 칭찬해주셔야죠! 나 할아버지한테 칭찬받고 싶어서 집에 안 가고 바로 왔는데…."

도대체 언제 가신 걸까? 끌어안은 그의 몸뚱이는 싸늘하게 식어 이미 뻣뻣하게 굳어 있었다. 손가락 하나 움직일 수 없는 목석같은 몸뚱이를 끌어안고 흐느끼던 태훈은 주머니 속의 스마트폰을 꺼내 떨리는 손으로 119를 눌렀다.

"여보세요! 우리 할아버지가 돌아가셨어요! 우리 할아버지가 돌아가셨단 말이에요!"

침착하라고 외치는 수화기 너머의 목소리에게 집 주소를 알려주고 태훈은 다시 울었다. 큰 종이에 '유서'라고 삐뚤빼뚤 쓰인 무열의 마지막 이야기를 움켜쥐고 태훈은 구급대원들이 달려올 때까지 그렇게 오열했다. 아무래도 오늘은 이렇게 가슴이 찢어지는 날인가 보다.

09. 양측의 말이 모두 옳다

아무도 찾아오지 않아 조용한 빈소, 마치 텅 빈 듯 고요하기만 하다. 살아생전에 무슨 인덕을 그리도 쌓았는지 오늘 오전에 갑자기 심장마비로 사망했다는 50대의 고인이 누운 저쪽 빈소에선 아침부터 오후까지 가족들의 울음소리와 문상객들의 떠드는 소리로 분주한데, 외롭게 죽어간 무열의 곁을 지키는 사람은 벗의 식구들 말곤 아무도 없었다.

「호상(好喪)이네, 호상이야.」

무열의 유일한 말동무였다는 이웃집 할아버지가 오전에 찾아와 그렇게 중얼거렸다. 그도 그럴 것이 스스로 유서를 쓰고 자리에 누워 잠자듯 조용히 떠나갔으니 호상도 이런 호상이 없다는 거다. 호상(好喪), 병에 걸려 고통 받는 것으로 모자라 가족들까지 죽을 둥 살 둥 시달리다가 겨우 삶을 내려놓는 사람들보다 훨씬 행복한 죽음이어서 그렇게 부르는 모양이었다. 하지만 무열의 죽음은 호상인데도 호상이 아니다. 가족 없이 외로운 삶을 살았고, 빈소가 마련된 지 이틀 째 오후인데도 그 흔한 곡소리조차 들을 수 없으며, 당장 상주(喪主)로서 모든 문제를 가족의 예에 따라 처리해야 하지

만 세상의 하나뿐인 아들은 둘째 치고 친척조차 찾아오지 않으니 이는 결코 '좋은 죽음'이 아닐 것이다

"아무리 생각해도 이건 아닌 것 같아."

"…?"

커피 찌꺼기로 얼룩진 종이컵을 쓰레기통에 던져 넣으며 선우가 다가와 앉았다.

"할아버지 댁 벽에 적혀있던 전화번호 말이야. 정말 아들 맞아?"

"왜?"

"번호 주인이 바뀌었어."

"그래서? 소재 파악이 안 돼?"

"한국엔 없어. 이민을 갔더라고."

"말도 안 돼! 뭐 그런 사람이 다 있어?"

오늘 하루 내내 통신사와 구청을 돌며 무열의 아들을 찾아다니던 선우는 결국 반갑지 않은 소식만 가져왔다. 태훈의 피곤한 얼굴에 짜증이 가득 드리워진다. 무열에게 혈육은 그 아들 한 사람뿐이다. 몇 번이나 만날 것을 요구해도 응하지 않던 사람, 어머니는 20년 전에 암으로 돌아가셨다고 했다. 그 20년 세월 동안 외롭게 살아온 아버지를 언제까지 방치해 둘 거냐며 전화로 말싸움을 벌이던 날이 문득 떠오른다.

「그러고도 당신이 아들이야?」

'아무 짝에도 쓸모없는 가난한 아버지'라는 말에 화가 났다. 그 아버지 모시고 사느라 갖은 고생을 다 했더라는 말에도 동의해 줄 수 없었다. 성공하면 다시는 고생하지 않을 것 같아 무슨 짓이든 다 했고, 제 성공에 아버지의 공로 따위는 없었으며, 이미 오래 전부터 없는 사람 취급해 왔다고. 전쟁터에서 죽었으면 자기도 세상에 태어나지 않아 서로 좋지 않았겠느냐고

따지니 태훈은 목이 터져라 고함을 질러버렸다.

「그래도 당신 아버지잖아!」

화가 머리끝까지 치솟아 휴대폰을 벽에 내던졌더니 단박에 박살이 났다. 혹시나 목소리가 커질까 싶어 집밖으로 나가 통화한 건데…. 무열은 그와의 대화 내용을 한 마디도 빼놓지 않고 다 들었던 모양이다. 창문 하나를 사이에 두고 마주친 무열의 불안한 표정을 태훈은 지금도 잊을 수 없다.

「아, 저…. 요즘 휴대폰 성능이 좋아서 다 들리나 봐요.」

「괜찮아. 나 때문에 고생만 하고 살던 녀석이야. 자네가 이해해줘.」

미안함에 얼렁뚱땅 얼버무렸더니 그 마음을 알았는지 무열은 웃었다. 형편없이 부서진 휴대폰의 잔해에 혀를 차던 무열, 쓸쓸한 미소만 남기고 사라진 제 아버지를 버려두고 훌쩍 떠나버린 그 아들은 정말 무책임한 사람이다.

"프랑스로 갔다는데, 다신 오지 않을 생각인가 봐."

"젠장, 끌고 올 수도 없고…."

그간 우리가 돌봐온 사람이니 끝까지 우리가 책임져야 할 모양이다. 불쌍한 사람, 영정 사진 속에서 웃고 있는 저 얼굴이 그래서 슬퍼 보인다. 지켜드리지 못해 죄송해요. 태훈은 할 수만 있다면 무열을 붙잡고 실컷 울고 싶었다.

"너희, 괜찮니? 피곤하지 않아?"

상복 차림으로 아까부터 구석에 처박혀 있던 진희와 은주에게 태훈이 다가가 물었다. 대답 없이 고개만 가로젓는 두 사람, 죄 지은 것도 아니면서 벌 받는 아이들처럼 시무룩하다.

"왜 그러고 있어? 힘내!"

일부러 기운차게 소리쳤지만 그래도 둘은 대꾸가 없다. 그녀들은 오늘 학교에 가지 않는다. 상중(喪中)이기도 하거니와 학교의 분위기가 예전처럼 활기차지 않아 불안해서 더욱 가고 싶지 않을 거였다.

「타인을 존중하지 않았던 시민단체의 예의 없는 교육. 뒷북을 치려는 건가, 사회 분열을 초래하려는 건가?」

인터넷 포털 사이트에 걸린 뉴스의 제목이 사람을 기막히게 한다. '베트남 전쟁의 영웅'이라는 한국군 총사령관이 별세한 직후여서 과거 베트남 전쟁과 관련된 지금까지의 수업내용은 분명 사람들에게 거슬렸을 테다. 하지만 뒷북을 친다거나 사회분열을 일으키려는 건 절대 아니다. 우린 그저 바르고 참된 세상을 원했을 뿐이다. 이유가 무엇이건 전쟁은 부적절한 행동이라고 생각했다. 또한 역사를 알아야 과거의 잘못된 역사를 되풀이하지 않는다는 누군가의 말에 전적으로 동의했으며, 회색빛으로 물든 어른들의 삭막한 세상을 우리만의 화창한 가을 하늘로 바꿔보고 싶었다. 모두 함께 친구되어 살아가자고 외쳐온 시민단체, 우리의 벗은 모든 걸 삐딱하게 바라보는 사람들로 인하여 너무나 많은 것을 잃었다. 사기저하, 그래서인지 진희와 은주는 오늘 하루 종일 아무 것도 먹지 못했다.

"기석이 왔어? 바빠서 못 온다더니?"

"그렇게 됐어. 나도 가끔은 조퇴를 하고 싶을 때가 있거든."

한동안 외국인 노동자들의 인권 문제로 전국을 싸돌아다니던 안기석이 나타났다. 그의 곁에는 김 기자도 함께였다.

"편안하게 가셨네. 고생하지 않으셔서 다행이야."

상주 대행으로 상복을 챙겨 입은 태훈과 맞절을 하고 김 기자가 그렇게 말했다.

"너, 할아버지랑 인터뷰한 날이 언제였지?"

"작년 초였나? 기억이 안 나네?"

언젠가 무열은 김 기자와도 만나 대화를 나눈 적이 있었다. 베트남 전쟁에 전투병으로 참전했던 첫 날 마주친 혼란스런 순간과 파병 일주일 만에 지뢰를 밟고 바로 옆에서 몸이 터져 죽은 전우의 이름이 기억나지 않아 갸웃거리기도 했으며, 20년 전에 곁을 떠난 아내의 손을 다시 한 번 만져보고 싶다며 울먹이던 무열은 그들을 모두 기억한다.

「내 다리는 고엽제 때문에 이렇게 됐지. 전쟁은 두 번 다시없어야 해. 승자에게도, 패자에게도 이롭지 않아.」

연약한 몸집과 가녀린 목소리였지만 그의 눈빛은 단호했다. '베트남 프로젝트'가 뉴스에까지 보도되어 한바탕 소란이 일었을 때, 전국의 시민단체들 사이에선 불안하게 버티는 벗을 구제하자는 외침이 터져 나왔다. 억지 주장만 펼치는 일부로부터 보호해야 한다는 것이다. 하지만 태훈은 그들의 손길을 거부했다. 그간 기부금을 납부하던 많은 기업들이 주기적으로 반복되는 사건을 더 이상 두고 볼 수 없다며 벗과의 인연을 끊은 뒤였고, 도저히 재기할 수 없는 상황임을 인식한 현재의 시점에서 그것은 어쩔 수 없는 선택이었다.

"인터넷에선 반응이 좋지 않았어? 오프라인에선 왜 그런 거야?"

요즈음의 상황을 도무지 이해할 수 없는 안기석이 그렇게 물었다.

"세상은 넓고 사람도 많아. 온라인이고 오프라인이고를 떠나 수십억 명의 사람들이 세상에 살면서 모두 똑같은 생각을 할 수는 없지. 안 그래?"

태훈은 그렇게 말해놓고 픽 웃음을 터뜨렸다. 못 잡아먹어 안달인 사람들에게 지겹도록 시달렸으면서 도리어 그들을 두둔하고 있다니…! 넌센스 퀴즈라는 게 있다. 세상에 정답이란 없음을 보여주는 대표적인 예 말이다. 어쩌면 우리는 그동안 우리의 생각만이 옳다고 우겨왔던 건지 몰랐다. 우리 아닌 다른 사람들의 입장은 전혀 고려하지 않았고, 그랬기 때문에 다툼이 벌어졌을 것이다. 전쟁이 벌어지는 이유를 뻔히 알면서 같은 실수를 반복한 것이다. 다들 이유가 있었겠지. 우리가 모르는 우리의 잘못을 지적했을 거야. 태훈은 오늘 종일 그렇게 생각했다.

"우리, 이제 어떡하지?"

조용한 가운데 선우의 목소리가 쩌렁쩌렁 울렸다. 방문객이 없어 썰렁하니 작은 소리도 크게 들리는 모양이다.

"태훈아, 대표로서 얘기 좀 해봐. 이제 어떻게 하면 좋겠어?"

선우가 다시 물었다. 벗의 미래를 염두에 둔 질문이었으나 태훈은 아직 생각하는 표정이다.

"기석아, 너희는 요즘 뭘 하고 있니?"

꼬박꼬박 벗에 기부금을 납부해온 무명(無名)의 사회사업가 두 사람이 다녀가고, 잠시 바빴던 벗의 식구들이 도로 한 자리에 모였다.

"우리? 우린 이제 전국구로 움직이고 있어."

"전국구? 그게 무슨 소리야?"

"소규모로 활동하던 각 지역의 시민단체들이 우리 회사로 들어왔어. 덕분에 비영리 기업 치고 엄청 커졌지."

사람들의 시선이 닿지 않는 곳에선 지금도 일부 외국인 노동자들이 사업주로부터 부당한 대우를 받으며 일하고 있다. 그들을 찾아 노사 간의 문제점을 짚어내고 후속조치를 취해주는 것, 게다가 우리 사회의 어려운 이웃을 돕는 시민단체들과 함께 하게 되었으니 요즘 안기석은 마치 최전방에 나아가 싸우는 열혈 장수처럼 모든 일에 열정적으로 임하고 있다.

"그 양봉장 사건도 기석이가 아니면 아무도 몰랐을 거야."

"그래, 맞아. 하여간 넌 끝내주는 놈이라니까!"

안기석의 머리를 거칠게 헝클어뜨리며 선우가 키득거렸다. 얼마 전 거의 모든 언론이 경쟁적으로 보도한 사건이 있었다. 산속에 불법으로 차려놓은 대형 양봉장(養蜂場)에서 기본적인 대우도 받지 못한 채 가짜 꿀을 만들어야 했던 외국인 노동자자들의 소식 말이다. 찢어진 안전망 사이로 기어 들어온 벌떼들에게 속수무책 당하는 동남아시아 출신 노동자들의 비명과 이를 마냥 구경하는 업주의 표정이 몰래 카메라를 통해 고스란히 방송되어 많은 이들이 분노한 사건이었다. 다행히 현장을 덮친 경찰의 도움으로 그들을 구조할 수 있었으나 구조된 노동자들 중 두 명은 결국 사망했고, 병원에서 치료를 받던 나머지는 곧 퇴원할 예정이라고 했다.

"이건 내 생각인데…."

조용히 듣고만 있던 태훈이 한참 만에 입을 열었다. 모두의 시선이 그에게 날아들고, 이제는 결정을 내릴 때였다.

"벗이 기석이네와 함께 일하는 방법은 어떨까? 기업 합병하듯 말이야."

"합병?"

"그래, 합병. 하지만 벗은 벗의 일을 따로 하는 거야. 기업 내 별도의 부서라고 해야 하나?"

"괜찮은 생각이야. 우리 회사로 들어온 비영리 시민단체들이 모두 그렇게 움직이고 있으니까 나쁘지 않을 것 같아."

그간 외국인 노동자들을 위해서만 움직인 탓에 '외사모(외국인 노동자를 사랑하는 모임)'라고 부르던 안기석의 회사는 전혀 다른 성격의 일을 도모하는 시민단체들과 병합한 이후 '함께'라는 이름으로 다시 태어났다. 소외된 채 살아가는 사람들과 함께한다는 의미였으니 벗의 슬로건과도 딱 어울릴 것이다.

"우린 한 지붕 아래에 사는 시민단체들에게 우리와 같은 일을 하라고 굳이 강요하지 않아. 사회에 반드시 필요한 존재인데도 불구하고 살림이 어려워 어쩔 수 없이 손잡은 걸 알기 때문이야."

"당연히 그래야지. 그래야 다시 독립할 때 까다롭지 않을 테니까…."

태훈의 시선이 아까부터 선우에게 고정되어 있었다. 꼭 그렇게까지 해야 하느냐고 따지는 눈빛, 하지만 스스로의 처지를 알기에 선우는 반박하지 않았다.

"일단 선우가 진희와 은주를 데리고 기석이네로 들어가. 그리고 지금까지 벗이 하던 일을 계속 진행해. 학교는 손을 떼는 게 좋겠어."

"그럼 너는?"

"난 당분간 쉴래."

짧게 대꾸하며 태훈이 웃었지만 모두는 웃지 않았다. 그렇다고 말리지도 않는다. 그간 벗을 위해 수고한 태훈의 노고를 치하하는 의미일 것이다.

"너, 정말 괜찮겠어?"

벗의 회원들이 우르르 나타났다. 바쁘게 움직이는 세 사람을 마냥 지켜보던 태훈에게 김 기자가 조용히 묻는다. 베트남에 다녀온 이후 제대로 쉬지 못해 피곤한 얼굴, 마냥 웃을 뿐인 태훈의 그 얼굴이 김 기자는 서글퍼 보였다.

3교시 수업이 끝나려면 아직 20분 정도가 더 남아있었다. 교무실의 책상들은 대부분 비어있었고, 이 시간에 수업하지 않는 선생들은 컴퓨터 앞에 앉아 마냥 피곤한 얼굴이다.

"이게 뭐지…?"

매점에서 얻어온 컵라면 박스에 소지품을 정리하다 말고 은주가 고개를 갸우뚱한다. 업무와 관계된 물건만 담겨 있을 줄 알았던 서랍에 자그마한 인형 하나가 있다. 하트 모양의 핑크색 쿠션을 끌어안은 토끼, 얼마나 오랫동안 서랍 속에 방치되어 있었는지 온통 먼지투성이다.

「선생님 사랑해요!」

토끼가 가슴에 품은 건 쿠션만이 아니다. 메모지에 적힌 깜찍한 글씨…. 아, 이제 기억이 난다. 지난 스승의 날에 선물 받은 인형이다. 그녀를 보자마자 홀딱 반해버린 1학년 남학생의 선물이었다. '애, 무슨 남자 애 글씨가 이렇게 귀엽니?'하고 웃었던 순간이 떠오르는 걸 보면 그 남학생이 맞는 것 같다.

"이건 뭐지?"

그녀의 사무용 책상 맨 아래 서랍은 이제 보니 보물 창고나 다름없다. 직접 수를 놓아 만들었다는 벙어리장갑과 목도리하며, 아까워서 먹지 못하고 넣어둔 수제 쿠키는 이제 먹을 수나 있을지 모르겠다.

"버려야 할 것 같은데…. 미안해서 어쩌지?"

누가 준 건지 기억할 수 없으나 그래도 미안하다. 아무래도 집에 가져가서 장식용으로 쓰는 게 좋을 것 같다.

"…?"

서랍 속엔 그녀를 웃게 만드는 물건이 아직도 많다. 편지는 기본이고, 상품권도 간혹 보인다. 모두 아이들의 정성이었다. 나에게 홀딱 빠져버린 남학생들 말이다. 이상하게 진희의 주변엔 여학생들이 많고, 내 주위엔 남학생들이 바글바글하다. 나이든 선생들만 들락거리던 학교에 젊은 여선생이, 그것도 둘이나 들어와 반짝반짝 웃으니 아이들은 반갑다 못해 고마웠을 것이다. 비록 계약직으로 근무해온 시간제 강사였지만 아이들과 함께 보낸 꿈 같은 시간이 은주는 문득 그리워진다.

"흐윽…!"

느닷없이 쏟아진 눈물에 그녀는 당황했다. 울컥 솟아오른 울음보를 겨우 틀어막고 주변을 살피니 다행히 이쪽을 주시하는 사람은 없다. 조심해야 할 텐데, 그러나 한 번 쏟아지기 시작한 눈물은 좀처럼 멈춰주질 않는다.

"어머, 얘가 왜 이래? 은주야!"

옆자리에서 함께 짐을 챙기던 진희가 놀라 속삭였다. 울지 않으려고 참아내는 은주의 그 얼굴이 벌써 붉게 달아올랐다.

"너 왜 울어, 갑자기?"

"몰라…."

목 메인 소리와 함께 후드득 쏟아지는 눈물, 도저히 막을 수 없다. 아이들과의 즐거웠던 추억을 이쯤에서 접어야 한다는 생각 때문인가 보다.

"은주야, 앉아봐."

그녀를 자리에 앉혀놓고 진희가 휴지를 내밀었다. 문득 저쪽 구석진 자리에서 슬쩍 곁눈질을 하는 시선이 느껴진다. 정숙해야 할 교무실에서 눈물바람이 휘날리니 잠깐이라도 관심이 집중되는 건 어쩔 수 없다.

"씩씩한 이은주가 겨우 이 정도로 울어? 다시 봤다, 얘."

진희가 키득키득 속삭였지만 은주는 웃지 못했다. 눈물로 화장이 번진 그녀, 얼굴을 알아볼 수 없을 지경이다.

"안 되겠다. 씻어야겠어."

여 교사 휴게실의 간이 세면대 앞에서 은주는 그제야 와아, 울음을 터뜨린다. 한 번 울면 두 시간은 운다고 했던가? 워낙 밝은 성격의 소유자라 설마 했는데, 지금 보니 두 시간이 아니라 하루 종일 울 것도 같다. 넋이 빠져 멍하니 거울만 들여다보는 은주를 씻기고, 이제 진희는 아예 그녀의 메이크업 아티스트로 나섰다. 얼굴이 부어 화장이 제대로 될는지 모르겠다.

"똑똑!"

"…?"

누군가 휴게실 문을 노크한다. 눈썹이 그려지지 않아 고생하던 진희는 화장 도구를 은주에게 맡기고 얼른 달려가 문을 열었다.

"어머, 꽃순이 선생님?"

"걱정돼서 와봤어. 은주 아직도 울어?"

문밖의 손님은 평소 그녀들과 가깝게 지내온 선생이다. 문학 담당 교사이고, 수업하지 않는 시간엔 내내 화단만 가꾸는 터라 '꽃순이 선생님'으로 불리는 사람이었다.

"교무실이 워낙 조용해서 울음소리가 창밖까지 들리더라고. 꽃에 물주고 있었거든."

"죄송해요. 갑자기 떠나려니 섭섭해서…."

"그렇게 마음이 약해서 어쩌려고 그래?"

"그러게 말이에요. 원래 이런 애가 아닌데…."

여전히 훌쩍이는 은주, 못났다며 은주의 머리에 알밤을 먹이고 꽃순이 선생은 픽 웃었다.

"가진 걸 모두 잃게 됐으니 슬플 거야. 충분히 이해해."

"……."

두 여자 모두 울적한 얼굴이다. 은주는 아직 눈물을 찔끔거리고, 진희는 제 신세가 은주와 다르지 않아 마냥 한숨만 쏟아냈다.

"내가 재미있는 얘기 하나 해줄까?"

"재미있는 얘기? 그게 뭔데요?"

"조선의 아홉 번째 임금이 누구지?"

"…?"

태정태세 문단세…. 손가락으로 한 사람 두 사람 조선시대의 임금들을 헤아리던 진희, 바로 성종 임금이라고 대꾸했더니 꽃순이 선생이 활짝 웃었다.

"그래, 맞아. 성종이야. 성종의 다음 임금은 아들 연산군이지."

"네, 맞아요."

"연산군의 어머니는 윤 씨인데, 원래 후궁이었거든. 성종의 조강지처인 공혜왕후가 죽은 뒤 왕비로 간택된 사람이야."

역사학자가 꿈이었다는 꽃순이 선생, 언젠가는 반드시 대하소설 집필에 도전해보고 싶다는 말을 입에 달고 사는 여자다. 어떤 문제든 역사를 예로 들어 설명하길 좋아하는데, 마지막엔 항상 깊이 성찰해볼만한 교훈을 남겨주곤 했다. 느닷없이 튀어나온 조선시대의 이야기, 이번에도 그럴 모양이다.

"후궁 출신 왕비 윤 씨는 질투가 심했대. 투기(妬忌) 때문에 성종도 골머리를 앓았지."

"네, 알아요. 둘이 말싸움을 벌이다 성종의 얼굴을 할퀴었죠."

"그 일 때문에 인수대비는 화가 났고, 윤 씨는 폐비됐어."

일반 백성과 다를 바 없는 신분으로 전락한 윤 씨, 아무리 왕가의 문제라지만 부부간의 사소한 다툼이기에 조정의 일부 대신들은 그녀를 용서해주자고 간언한다. 그러나 반대하는 측과 인수대비의 완강한 태도로 성종은 신하들의 요청을 따르지 못했다.

"성종과 폐비 윤 씨 사이에는 '융(隆)'이란 이름의 아들 세자가 있었는데, 얘가 바로 연산군이야."

"아들 때문에라도 성종은 폐비 문제를 다시 생각해야 했을 거예요."

"맞아. 그래서 왕은 신하들을 시켜 폐비의 평소 행실을 알아보라는 명을 내리지."

"착실하고 바르게 사는 윤 씨를 모함한 사람이 아마 인수대비였을 걸요?"

어느새 울음을 그친 은주가 그렇게 대꾸했다. 기특하다며 꽃순이 선생이 다시금 그녀의 머리를 쥐어박는다.

"실제와 전혀 다른 소식이라는 걸 전혀 몰랐던 성종은 분노했어. 이 사건으로 폐비는 사약을 먹고 죽게 돼. 연산군이 엄마의 억울한 죽음을 알아챈 건 왕통을 이은 후였지."

이쯤에서 영화 '왕의 남자'를 예로 들어보자. 극중 이준기와 감우성은 놀이패로서 조선 팔도를 돌아다니던 중 임금인 연산군의 코앞까지 나아가 소극(笑劇)을 열게 된다. 경극(京劇) 배우처럼 분장한 이준기는 감칠맛 나는 연기력으로 과거 성종 시절 억울하게 죽어간 폐비 윤 씨가 되어 소리쳤다.

「아들아! 이 어미의 억울한 죽음을 기억해다오!」

그리고 배우 정진영이 보여준 광인의 표정은 아무리 영화라지만 끔찍하다 못해 두려울 지경이다. 앞으로 백 년 동안 그날의 사건을 들추지 말라는 선왕의 어명을 깨고 연산군은 제 어미의 죽음과 관계된 모든 조정 인사들을 잡아다 족치기에 이른다. 1504년, 바로 갑자사화(甲子士禍)의 시작이었다. 영화에서 인수대비는 홀까닥 미쳐버린 손자 연산군을 말리려다 두 손으로 밀쳐져 쓰러지고, 그 충격으로 죽음에 이른다. 하지만 실제로 인수대비는 레슬링 선수 못지않은 연산군의 박치기 공격으로 절명했다. 제 어미를 죽게 만든 신하들의 비명이 옥사 장을 가득 울리고, 이미 죽어 땅에 묻힌 신하들은 관 째 끄집어내어 시신의 머리를 잘라버리는 부관참시(剖棺斬屍)까지 시행했다. 피를 토하며 죽어간 어미의 흔적, 붉게 물든 천 쪼가리는 한 나라의 임금을 인간이 아닌 짐승으로 만들기에 충분했다. 예종임금의 둘째 아들인 제안대군의 노비였다가 노래와 춤을 배워 창기(娼妓)가 되었다는 장녹수. 밤에는 요부의 앙탈에 취해 그 치마폭에서 헤어 나오지 못했고, 낮에는 충언하는 신하들을 때려잡아 감히 누구도 연산군의 잘못된 행실을 지적하지 못했다. 온 조정을 휩쓴 피바람을 도저히 견딜 수 없었던 신하들은 급기야 미쳐버린 임금을 끌어내릴 거사에 착수한다. 이 시절의 이름난 문신이자 반정이라는 거사를 꾸며 정국공신 1순위가 된 박원종(朴元宗), 신수근(愼守

勤)에게 찾아가 슬쩍 반정에 참여해줄 것을 요구했다. 신수근이 누구인가? 연산군의 처남이자 진성대군의 장인, 그러니까 다시 얘기해서 연산군이 강제 폐위되어 당연히 중전으로 복위할 수 없었던 거창군부인(居昌郡府人) 신씨가 신수근의 누이였고, 딸은 후에 중종 임금이 되는 진성대군의 아내 단경왕후였다.

「신하가 어찌 임금을 몰아낸단 말인가! 비록 임금께서 포악하지만 세자가 총명하니 걱정할 것 없소이다!」

단호한 신수근의 외침에 박원종이 다시 물었다.

「그대는 누이가 중요한가, 딸이 더 중요한가?」

한 마디로 얘기해서 연산군과 함께 죽을래, 아니면 우리와 진성대군의 편에 들래? 라는 뜻이니 신수근의 입장에서는 '죽느냐, 사느냐, 그것이 문제로다!'였을 거다.

「반정에 찬성할 수 없소! 아무리 임금이 포악하기로, 나는 충신이오! 딸도 중요하지만 내게는 임금이 더 소중하오! 그대에게 협력하지 않겠소!」

정적(政敵)을 제거하고 자신의 영달(榮達)을 위해 선왕의 명을 어겨가며 연산군의 폭정을 유도한 사람을 과연 충신이라고 할 수 있을까? 그날 신수근은 단칼에 목숨을 잃고 말았다. 자, 지금부터 중요한 이야기가 이어진다. 거사는 성공하였고, 반정을 일으킨 공신들에 의해 조선의 열한 번째 임금이 탄생하니 그가 바로 중종 임금이다. 중종 10년, 계비(繼妃) 장경왕후가 원자(元子)를 낳은 뒤 산후병(産後病)으로 죽었다. 왕비의 자리를 비워둘 수 없기에 신하들은 과연 누구를 국모의 자리에 올릴지 서로 옥신각신하기 시작했다. 후궁을 왕비로 삼자는 의견과 국모의 자리에 오른 지 7일 만에 폐비되어 쫓겨난 단경왕후를 재 옹립하자는 의견의 대립이었다. 중종의 대군 시절부터 조강지처였던 단경왕후 신 씨가 폐비당한 건 그럴만한 이유가 있었다. 반정에 반대하여 죽은 신수근이 아비였고, 그녀를 왕비로 그냥 내버려둔다면 반정에 앞장 선 공신들은 이후 몰아닥칠 역풍에 속수무책 당할 것이 뻔했다. 왕비 책봉 문제로 온 조정이 어수선해지고, 중종도 어떻게 해야 할지 몰라 고민하는 날이 계속되었다. 조강지처를 들이자니 자신을 왕으로 추대한 공신들의 눈치가 보이고, 이들을 따르자니 윤리를 강조하는 젊은 선비들의 목소리가 높아질 거였다. 신하들의 손아귀에서 놀아난 임금. 10여 년 전 SBS에서 방송되었던 드라마 〈여인천하〉에서도 중종은 제 처지를 비관하여 결국 울음을 터뜨리니, 이는 '줏대 없이 이리저리 흔들린 왕'이란 후세의 평가를 피할 수 없었던 것이다. 폐비 신 씨의 복위를 요청하는 상소가 올라왔을 때 정국공신들은 '이해와 명분에 따라 임금의 정통성이 관계되어 있음은 당연할진대, 상소의 내용은 그걸 무시하자고 주장하므로 상소를 올린 자들을 벌주자'라고 주장한다. 정국공신도 아닌 너희가 뭘 아느냐! 라며 텃세를 부리니 대번에 반대파들은 발끈하고 나섰다. '이는 폐비가 복위되는 순간 자신들의 안위에 문제가 생기므로 반대하는 것이다. 설령 상소의 내용이 잘못되었다고 해서 벌을 주는 건 말도 안 된다. 상소를 기각하면 될 뿐'이라고 맞섰다.

"이때 김안로(金安老)라는 사람이 나타나. 김안로가 누굴까?"

"양시론(兩是論)을 내세운 사람이죠."

"그래. 맞았어."

온 조정이 어수선한 가운데 김안로는 이렇게 말했다.

「나라의 종사를 위한 일이므로 양측의 말이 모두 옳다.」

아니, 이게 도대체 무슨 소리인가? 나라의 녹을 먹는 사람으로서 무슨 특별한 대책을 세워준 것도 아니고, 왕비 책봉이라는 국가적 사안 앞에서 이도 저도 아닌 말을 하다니! 차라리 가만히 있었으면 반이라도 갔을 텐데,

쓸데없이 끼어들어 애매모호한 입장만 취한 탓에 후세로부터 소인배 취급을 당했던 김안로, 헌데 중종 임금의 반응은 더 웃긴다. 야! 너 내 스타일이다! 오늘부터 당장 내 밑에서 일해! 성은이 망극하옵니다! 싸움질로만 허송세월해온 조정을 평정한(?) 김안로가 마음에 든다며 곁에 두고 쓰기로 마음먹은 중종, 이 상황을 가만히 지켜보던 사람이 있었다. 후에 인종 임금이 되는 장경왕후 소생 원자의 외척 윤임(尹任) 말이다. 김안로의 옆구리를 쿡 찔러 무소불위(無所不爲)의 권력을 가져보기로 결탁하니 새로운 왕비는 윤임의 일가에서 나오게 된다. 문정왕후 말이다.

"내가 지금 무슨 말을 하려는지 아직 모르겠지?"

"네. 좀 어려운데요?"

"그래? 그럼 좀 더 쉽게 설명해줄게."

어릴 때부터 논쟁하기를 좋아한 탓에 말주변이 좋은 그녀, 하지만 도대체 어떤 감동을 주려고 이리도 뜸을 들이는지 아직 모르겠다.

"소설가 현기영의 〈누란〉이라는 소설에 이런 이야기가 나와. 우선 주인공은 386세대거든. 386세대가 뭔지 알아?"

"글쎄, 잘 모르겠어요."

"요즈음의 세대들은 모르는 게 당연해. 386세대란 30대의 나이, 80년대 학번, 60년대에 태어난 사람들을 말하지."

두 사람은 이해되지 않아 알쏭달쏭한 표정이다. 고개만 갸우뚱거리는 그들의 반응에 꽃순이 선생이 웃었다.

"90년대에 유행어처럼 돌던 말이야. 그 시기엔 딱 맞는 공식이었지. 그들 모두 지금은 40대 후반이 되었을 거야. 50대가 된 사람도 있겠고…."

"그 사람들을 왜 그렇게 불렀을까요?"

"80년대 학번을 가진 그들이 대학 시절 무슨 일을 겪었을지 생각해본 적

없어?"

"……."

"그때는 민주화 운동이다, 뭐다, 해서 사건 사고가 많은 시기였지. 운동권이라는 말 몰라?"

"아! 그렇지!"

이제야 알겠다. 권력 다툼을 벌이느라 민주주의 따위는 내팽개친 사람들, 당시의 대학생들은 민주주의를 수호하고자 분연히 일어섰다. 함께 모여 민중가요를 불렀고, 총칼을 휘두르며 갑(甲)질을 일삼는 군인들에 맞서 죽기 살기로 화염병을 던졌다. 그리고 어른들은 그들을 '운동권'이라 불렀다.

"소설 〈누란〉의 주인공인 대학 교수도 운동권 출신이야. 과격한 행동으로 쥐도 새도 모르게 잡혀가 고문을 받기도 했지."

"무서운 이야기일 것 같아요. 옛날 같으면 절대 쓸 수 없는 이야기랄까…?"

"그만큼 시대가 변했다는 뜻이겠지. 소설이란 비록 픽션이지만 현실을 반영하거든."

"그렇죠."

"소설에서 그는 사학과(史學科) 교수야. 그리고 제자들과 이런 대화를 나누지. '과거를 기억하라! 과거가 있기에 미래가 있지 않겠느냐! 과거에 우리는 독재 정부에 맞서 가두시위를 벌이고, 최루탄 가스를 마시고, 민주주의가 어쩌고, 빨갱이가 어쩌고…!' 아으…!"

골치가 아프다며 꽃순이 선생이 제 머리를 쥐어뜯는 시늉을 한다. 두 여자가 키득키득 웃음을 터뜨렸다.

"중요한 사안이고, 그래서 교수는 심각했는데, 어쩐 일인지 제자들은 영 시큰둥한 표정이었어. 왜 그럴까?"

“글쎄요. 왜 그랬죠?”

“제자들이 이렇게 말했어. ‘그래서요! 그게 우리와 무슨 상관인가요? 우리에게 중요한 건 과거가 아니라 현재이고, 미래입니다! 역사도 물론 중요하지만 내 삶이 더 중요하다니까요! 졸업 후 당장 먹고 살 문제만 생각해도 모자란데, 빨갱이가 무슨 상관이고, 운동권이 무슨 상관인가요? 모두 옛날 이야기잖아요! 물질문명의 시대에 그따위 고리타분한 소리 좀 하지 마세요!’ 교수는 충격을 받았지.”

두 여자는 더 이상 대꾸하지 않았다. 꽃순이 선생이 지금 무슨 말을 하려는지 알 것 같아서다.

“나 역시 386세대야. 집안의 반대가 심해서 운동권이 될 수는 없었지만 환경이 환경인지라 선배들을 모습을 보고 배우지 않을 수 없었거든.”

“네, 충분히 이해해요.”

얼굴 가득 짙은 어둠이 드리워진 그녀, 그때 나는 공부밖에 모르던 학생이었다. 그러나 세상의 돌아가는 꼴을 아예 무시하고 산다는 건 불가능에 가까웠다. 목청 높여 부르짖던 ‘자유로운 민주주의’는 마치 유행가 속의 이루어질 수 없는 사랑 이야기처럼 들렸다. 수많은 우리의 선배들이 쥐도 새도 모르게 죽어 사라지고, 여전히 나라는 최루탄 가스에 울었으며, 좀처럼 희망은 손에 잡혀주지 않았다. 보이는 거라곤 군홧발에 짓밟힌 피투성이 선배들…. 머릿속을 스쳐간 그림들은 도저히 말로 표현할 수 없는 것이었다. 그것이 바로 대한민국의 역사다.

“이 책을 보면서 처음에 난 교수의 편을 들었어. 과거가 있기에 현재가 있고, 미래가 있다. 당연하거든. 그런데 요즘 젊은 사람들은 그런 걸 따지지 않는다는 거야. 그게 나와 무슨 상관이냐고? 충격이었지. 그제야 시대가 변한 걸 느꼈어.”

"……."

"그렇다고 학생들의 의견이 잘못된 것도 아니야. 학교를 졸업하면 취업해야 하고, 취업해도 언제 잘릴지 몰라 전전긍긍하고, 시집 장가를 가야 할지 말아야 할지…. 지극히 현실적인 문제거든."

"교수의 입장이나 학생들의 입장이나 모두 옳다는 거죠?"

"바로 그거야!"

꽃순이 선생이 손뼉을 짝, 하고 쳤다. 이때, 수업 종료를 알리는 종소리가 들려온다. 바깥이 벌써 어수선하다.

"이쪽도 맞고, 저쪽도 맞아서 어느 편에 서야 할지 모르겠다. 김안로의 양시론은 어쩔 수 없었기에 튀어나온 거라고 생각해. 비록 후세 사람들은 김안로를 두고 소인배다, 뭐다, 깎아내리기 바쁘지만 따지고 보면 정말 둘 다 맞는 걸 어쩌라고?"

"……."

세 여자의 얼굴에서 이제 표정이 사라졌다. 우리에게 직면한 현실, 역사는 이미 그들에게 답을 주었지만 정작 받아들이기엔 너무나 민망하다.

"학교의 결정에 너무 섭섭해 하지 마. 그 노인네들도 고민 많이 했을 거야. 이건 학생들의 입장과 벗의 입장을 충분히 수렴하고 난 뒤에 선택한 결과거든. 두 사람 잠깐 없는 동안 수업도 제대로 못할 만큼 오랜 시간 회의를 했어. 흔히 마라톤 회의라고 하지?"

"결국 우리는 피해자인가요?"

"피해자라고 생각한다면 그게 맞을 수도 있겠지. 대를 위해 소가 희생된 거니까."

"……."

"줏대 없이 이리저리 흔들리느니 소를 희생시키는 방식으로 여론의 관심을 다른 곳으로 옮기자. 그게 학교의 결정이야. 하지만 나는 개인적으로 벗이 참 좋아. 설마 이번 일로 아예 해체되는 건 아니지?”

“네, 당연하죠.”

“그렇다면 한 1, 2년 뒤엔 예전처럼 다시 손잡을 수 있을 거라고 생각해. 너희만 알고 있어. 아직 학교에는 벗을 좋아하는 사람이 많아.”

언제 심각했느냐는 듯 씨익 미소 짓는 그녀, 꽃을 좋아하는 여자라 미소마저 꽃처럼 활달하다.

“난 이제 수업이 있어서 가봐야겠어. 너희는 짐 싸들고 바로 갈 거니?”

복도가 도로 조용해졌다싶더니 아니나 다를까. 4교시 수업 종이 뎅뎅뎅뎅, 울렸다.

“내가 그 야누스 게시판의 글을 상당히 좋아하는데, 생각해보니 내가 해준 얘기들의 결론이 이미 거기에 있더라고.”

“…?”

“인간의 양면성 말이야. 양쪽 다 맞는 말이지만 기준에 따라 정답일 수도 있고, 아닐 수도 있어. 야누스의 두 얼굴이 각자 어떻게 생겼는지 다시 한 번 떠올려봐.”

찡긋 윙크를 남기고 그녀가 사라졌다. 한참동안 멍청한 얼굴로 서 있던 두 사람, 점심때가 가까워온 걸 어떻게 알았는지 느닷없는 배꼽시계 소리에 둘은 마주 보고 키득거렸다.

「참 이상하기도 하지. 자기가 죽어가고 있음을 인간을 어떻게 알까?」

모든 장례 절차를 끝낸 뒤에야 펼쳐본 무열의 유서는 그렇게 시작하고 있었다.

「인간 역시 자연의 일부이기 때문일 거야. 자연으로 돌아간다? 땅에 묻혀 썩든 화장되어 어딘가에 뿌려지든 결국 자연의 일부로 돌아가기에 사람이 죽으면 '돌아가셨다.'라고 표현하는 거지. 나 역시 내가 자연으로 돌아갈 것을 알기에 이 글을 쓴다네. 인간의 삶에 있어 당연한 과정이니 더 이상 내가 없다고 슬퍼하지 말게.」

하지만 태훈은 울고 있었다. 눈가에 눈물이 차올라 글씨가 보이지 않을 만큼, 차오른 눈물이 떨어져 종이를 적시고, 글씨가 눈물에 번져 도저히 알아보기 힘들만큼 그는 울고 있었다. 그런데 어쩐 일인지 마음은 편안하다. 무열이 곁에 있기 때문일까?

「자신의 나고 죽음을 안다는 건 어쩌면 본능일 거야. 하지만 인간은 그 본능 말고도 자연의 동식물이 갖지 못한 다른 것을 더 가졌어. 시기와 반목, 질투 말이야. 물론 모든 생명체들이 살면서 갖추어야 할 필수 요소일 수도 있겠지만 그로 말미암아 벌어질 쟁투는 인간에게서만 발견되지. 바로 전쟁이야. 인간만이 전쟁을 한다네. 인간만이 서로를 죽이기 위해 더욱 잔인한 무기를 만들고, 어떻게 하면 상대를 더 많이 죽일지 고민해. 오로지 인간만이 가진 흉포함이야. 왜 그럴까? 나는 그걸 욕심 때문이라고 결론 내렸어. 세상의 어떤 신이 종교전쟁을 일으키라고 명령했을까? 세상의 어떤 신이 약한 나라를 침략하라고 명령했겠으며, 또 세상의 어떤 신이 피를 나눈 형제들끼리 서로에게 총을 겨누라고 명령했겠는가? 이건 모두 욕심 많은 인간이 제 욕심을 채우기 위해 신을 팔아먹은 거라고 생각해. 내가 신이었다면 기가 막혀 어쩔 줄을 몰라 했겠지.」

승객이 별로 없어 버스는 한산하다. 꼴에 사내라고 남에게 우는 모습을 보이고 싶지 않았는데, 마침 잘 되었다. 태훈은 조용히 눈물을 훔치며 심오한 인문학 서적을 읽듯 무열의 유서를 읽어 내려갔다.

「사람이 조금만 더 서로를 존중하고, 조금만 더 서로를 이해했다면 세상에 전쟁 따위는 없었을 거야. 나밖에 모르는 이기심과 나 아닌 다른 이는 거부하고 싶은 배타적인 마음 씀씀이 때문에 결국 타락해버렸지. 이런, 서론이 너무 길군. 자네, 내가 준 과제는 풀었는가? 자네는 똑똑한 친구이니 답도 금방 찾아냈을 거야. 그렇지?」

쉬이익! 버스의 앞뒤 자동문이 벌컥 열리더니 승객 여럿이 들락거렸다. 종점에서 내려야 할 태훈은 여유 있게 앉아 무열의 남은 이야기를 정독 중이다.

「인간의 양면성이란 서로 다른 기준에서 비롯된다고 내가 얘기했지? 그렇다면 어떻게, 어떤 면에서 그런 결론을 도출해낼 수 있을지 생각하는 게 과제의 핵심이야. 화천과 베트남에 다녀온 소감이 어떤가? 자네들 홈페이지의 야누스 게시판이 아직 사라지지 않고 계속된다면 거기엔 이미 정답이 적혔으리라 믿네. 이제 나의 의견을 밝혀볼 테니 자네의 결론과 비교해보게. 현실과 비현실, 나는 이걸 말하고 싶어. 베트남 민중들에게 전쟁은 정치적 이해를 떠나 인간으로서의 가장 기본적인 본능과 직결되어 있었지. 먹고 사는 문제하며, 자신의 씨를 뿌리는 일까지 말이야. 백 년 동안이나 전쟁을 했으니 일상생활도 전쟁 같지 않았겠어? 지금 베트남의 후손들은 치열하게 살다간 선조들의 인생을 전적지에 고스란히 남겨놓았을 거야. 삶이라는 지극히 현실적이었던 전쟁의 단면들을 말이지. 한때 우리에게도 베트남 전쟁은 현실이었어. 미국의 용병이라는 오명을 뒤집어썼지만 오명이고 아니고를 떠나 참전하는 순간부터 집안의 어려운 살림이 펴질 거라는 믿음이 있었으니 현실일 수밖에. 하지만 지금 나는 과거가 아닌 현재를 말하고 있다네. 과거를 추억하기 위해 만들어놓은 화천의 시설들은 다소 비현실적이지 않나 싶어. 우리에게 전쟁이란 '옛날이야기'일 뿐이니까. '추억'과 '회상'이란 단어는 한가한 시절에만 떠올릴 수 있거든. 물론 지금의 베트남이 부강한 나라라면 그들도 전쟁을 '추억'할 수 있겠지만 아직은 그게 아니지 않은가? 전쟁과 동일했던 삶, 즉 '현재 진행형'으로 그 전쟁이 계속되고 있는데, 우리에겐 그저 '과거'의 되새김질일 뿐이야. 옛날을 알 리 없는 어린 세대의 가슴엔 딱히 와 닿지 않는 남의 나라 이야기이고, 파월 장병들조차 '옛날에 이랬지.'하며 씁쓸하게 웃는…. 그러니 비현실적일 수밖에. 그렇다고 우리의 수준이 그것밖에 안 되느냐며 비난하지 마. 비난한다는 건 우리의 기준이 아니기 때문이야. 우리의 입장보다 남의 입장이 더 옳아 보이거나 그래서 더 존중하겠다면 그건 사대주의와 다를 바 없지. 마음에 들지 않겠지만 이건 받아들여야 할 현실이라네. 이 유서를 쓰는 중에도 텔레비전 뉴스에선 또 다시 자네들의 이야기가 나오는구먼. 자네들은 '베트남 프로젝트'의 진행을 마냥 옳다고 생각했겠지만 한 가지 잊은 게 있어. 나 역시 깜빡하고 말해주지 못했던 실수라네. 세상 사람들 모두가 똑같은 생각만 하고 살지 않아. 흔히 동상이몽이라고 하지. 자네가 자네들의 입장을 마냥 옳다고만 생각한다면 다른 사람들은 그걸 이기적이라고 받아들이게 돼. 만일 자네가 스스로를 버리고 이타적인 입장을 취한다면 이번엔 제 3자가 도리질을 칠걸. 또는 인격을 가진 한 인간으로서 자네 스스로 내적갈등에 사로잡혀 옳고 그름을 따지게 되는 순간도 맞이할 수 있겠지. 모두에게 이로운, 모두가 공감할 사안을 찾는 일은 당연히 어려워. 그래서 정치가 어려운 거야. 그렇다고 고민만 하지는 말게. 인간의 양면성엔 답이 없어. 있는 그대로 받아들이면 마음이 편할 걸세.」

버스가 우회전하여 방금 횡단보도를 지났으니 곧 종점에 도착할 것이다. 그러나 무열의 이야기는 아직 계속되고 있다.

「부탁 한 가지만 해도 될까? 혹시나 유품이랍시고 내 물건을 정리했다면 속옷 서랍에서 통장 하나를 발견했을 거야. 열어 보았는가? 거기에 쓰인 숫자를 보고 눈이 튀어나오지나 않았을지 걱정되는구먼.」

눈물을 매달고서 태훈이 픽 웃었다. 아닌 게 아니라 정말 무열의 통장엔 어마어마한 액수의 돈이 저금되어 있었다.

「그 돈 말이야. 절반을 쪼개서 나와 같은 처지의 파월 장병들을 위해 써 주게. 그리고 나머지 절반은 베트남의 어려운 이웃에게 주었으면 해. 전쟁의 후유증을 겪는 사람들이라면 양쪽 모두 꼴이 말이 아닐 거야. 내 부탁, 들어줄 수 있지?」

태훈은 무열의 유품 가방을 뒤졌다. 신호에 걸릴 틈도 없이 종착지로 들어서는 바람에 도로 넣어버렸지만 아무리 생각해도 무열의 통장은 사람을 놀라게 한다. 도대체 이 돈을 어떻게 모은 걸까? 티끌 모아 태산이라더니, 별 볼 일 없는 푼돈을 조금씩 모아 만들었나보다.

"당분간 할 일이 많겠군…."

버스에서 내리며 태훈이 중얼거렸다. 일을 쉬기로 했으니 선우에게 넘기던가, 벗이 아니더라도 개인적으로 해결하면 될 일이다. 다른 사람도 아니고 무열의 소망이니 직접 나서는 것도 나쁘지 않을 것 같다.

"맥주나 한 잔 할까?"

사랑하는 사람이 떠나 슬프지만 흔적이 남아 즐거운 순간, 시원한 맥주 한 잔이 간절하다. 집 앞에 도착했지만 이대로는 잠들지 못할 것 같다. 집이 아닌 주택가 골목 끝으로 옮겨가는 태훈, 거기에 호프집 하나가 있다.

"어서 오세요!"

손님을 만나 반가운 펑퍼짐한 여주인에게 치킨과 맥주를 주문하고 태훈은 빈 테이블을 찾아 앉았다. 초저녁인데도 손님이 꽤 많다.

"어?"

태훈이 저도 모르게 소리쳤다. 저기 저 구석진 자리에 홀로 맥주 한 잔을 두고 앉아 청승을 떠는 남자, 다름 아닌 태진이다.

"형, 여기서 뭐해?"

"어? 태훈이 아냐? 무지하게 오랜만이다! 너, 한 집에 사는 내 동생 맞니?"

오징어를 질겅거리며 키들키들 웃는 태진, 시커먼 정장 차림의 그는 웬일인지 기분이 좋아 보였다.

"야, 베트남에 갔다 왔으면 형한테 소감을 밝혀야지. 남의 집 초상이나 치러주고 말이야. 이 형이 집에서 얼마나 심심했는지 알아?"

"말이 많은 걸 보니 취했네. 상갓집 갔다 온 건 어떻게 알았어?"

"홈페이지는 폼으로 운영하니?"

거품을 깔끔하게 걸러낸 맥주가 날아왔다. 태진과 건배하고 태훈은 시원하게 맥주를 털어 마셨다. 머릿속의 모든 근심과 걱정이 사라지는 기분이다.

"할아버지 조심히 보내드리고 온 거야?"

"응, 형도 오지 그랬어? 빈소가 얼마나 썰렁했는지 알아?"

"미안하다. 오늘 최종 면접이 있었거든. 준비할 게 많아서 못 갔어."

"면접? 최종 면접이라고?"

무슨 말인지 이해하지 못한 태훈의 눈썹이 치켜 올라간다. 기연가미연가 의심스러울 때 나오는 박태훈 특유의 반응이었다. 우리 형, 아무래도 게임이 지겨운 모양이다. 면접을 보다니…!

"면접이 몇 차까지 있었기에 최종 면접이래? 좋은 회사야?"

"반도체 생산하는 기업이 어떤 곳이겠니? 오늘 4차 면접을 봤는데, 합격했어. 다음 주부터 출근이야."

"형!"

취한 탓에 헤벌쭉 입이 벌어진 태진을 다짜고짜 끌어안는 태훈, 하마터면 치킨 접시와 부딪힐 뻔했다. 놀란 직원이 가슴을 쓸어내리고, 사과는 태진이 대신 했다.

“우리 형, 제법이네? 반도체 회사에도 들어가고….”

“야, 이래봬도 명문대 나온 놈이야. 너, 그동안 형이 폐인처럼 살았다고 능력까지 없어진 줄 알았니?”

“응, 진짜 그런 줄 알았어.”

주먹을 들어 때릴 듯 위협하는 태진, 하지만 이미 장난인 걸 알아챈 태훈은 그저 웃기만 할 뿐이다.

“몇 년 만의 취업인지 모르겠어. 기분이 좋아서 술 한 잔 하는 거야.”

“에이, 이런 건 친구들이랑 즐겨야지!”

“이 나이 먹도록 장가도 못 가고, 겨우 취업해서 첫 출근하게 된 놈이야. 도저히 쪽팔려서 못하겠더라.”

“동생 두고 뭐해? 전화하지 그랬어?”

“일자리 잃은 동생한테 ‘야, 이제 형이 너 먹여 살릴게!’ 하겠니?”

“그래도 술은 혼자 먹는 게 아니잖아.”

“너도 지금 혼자 들어왔으면서 뭘 그래?”

말싸움에 지지 않으려고 꼬박꼬박 대꾸하는 형제들의 테이블에 다시 맥주가 찾아왔다. 치킨과 맥주라는 대한민국 최고의 궁합, 환상의 짝꿍을 두 형제는 사랑스럽게 내려다보고 있었다.

“벗은 이제 어떻게 되는 거야?”

“당분간 선우가 운영할 거야. 안기석이 놈 덕분에 살아남았어.”

“아, 그렇지. 좀 전에 홈페이지에서 봤어.”

글을 두 번이나 읽어놓고 잊었다며 태진이 웃었다. 이제 보니 얼굴 뿐 아니라 목까지 빨갛다.

"차라리 잘 됐어. 넌 좀 쉬어야 해."

"왜?"

"너무 들이대. 브레이크가 없어."

술기운이기 때문일까? 형의 말을 알아들을 수가 없다. 벗의 원년 멤버이자 태훈의 형으로서 전해주는 뼈 있는 충고는 난처한 사건에 처할 때마다 돌파구가 되어주곤 한다. 무열과는 또 다른 진지함을 가진 사람이다.

"너에게 왜 이런 일이 벌어져야 하는지 곰곰이 생각해 봤어. 생각하다보니 벗이 처음 문을 열던 시절로 거슬러 올라가게 되더라고."

"생각 한 번 깊이 했다. 너무 멀리 간 거 아냐?"

"까불지 말고 들어봐. 지금도 그렇지만 너, 초창기에 얼마나 적극적이었는지 알아?"

"혹시 1인 시위 얘기하려는 거야? 그런 얘긴 하지 마. 이미 다 지난 일인데…!"

치킨 조각을 베어 물다 말고 태진이 또 웃었다. 지금은 기억나지 않는 사건 하나가 있다. 시민 단체로서 넋 놓고 있으면 안 된다며 항의 글을 적은 피켓을 직접 만들어 청와대로 달려가려는 태훈을 붙잡아 감금하듯 의자에 묶어버린 태진, 당장 풀지 못하겠느냐며 태훈은 고래고래 소리를 질렀다.

"아무리 1인 시위라지만 정도가 있어야지. 왜 시위를 하는지는 쓰지 않고 대통령만 죽어라 욕하는데, 그걸 가만히 두고 싶은 사람이 어디에 있겠어?"

8년 전, 벗이 처음 문을 열었을 때 나는 어렸다. 젊은 혈기를 믿었고, 그래서 뭐든 다 할 수 있을 것만 같았다. 열정으로 부딪혀온 8년의 시간, 이제 세상을 어렴풋이 알았다고 생각한 순간 혼자가 되어버렸다. 술기운이어서인지는 모르겠지만 태훈은 지금 슬프면서 행복하고 아프면서 즐겁다.

"난 어른이 되고 싶었어. 그리고 인간이 되고 싶었어."

"무슨 소리야, 그게?"

밑도 끝도 없는 소리, 뜬금없기까지 한 동생의 그 목소리가 우스워 태진이 또 웃었다. 취했나보다. 발음이 부정확하다.

"어른이 되면 인간이 되는 거라고 생각했거든. 나 양아치였잖아."

"그래. 너 좀 유명한 놈이었지."

씁쓸한 표정으로 맥주잔을 입가에 가져가는 태훈, 잔이 텅 비었다. 태진은 아까 그 직원을 불러 제 것까지 새 맥주를 주문했다.

"나 같은 놈이 또 있었을까? 지나가는 학생들 주머니 터는 건 예사였고, 술 담배에 절어 살던 놈 말이야."

"선생님, 술 한 잔 하실래요? 했다지? 엄마한테 들었어."

"노인네, 쓸데없는 소릴 하고 있어!"

고등학교 2학년, 1년밖에 남지 않은 수능시험을 앞두고 미친 듯 공부해야 할 나이에 태훈은 옆 학교 양아치들과 서열 싸움에만 매달렸다. 또한 승리의 기쁨에 취해 새벽까지 술을 마시다 제 정신이 아닌 몰골로 학교에 간 날이 셀 수 없을 만큼 많았다. 교문을 지키는 선생님에게 퇴근하면 한 잔 하자고 하질 않나, 한 손으론 어깨동무, 다른 손은 선생님의 따귀를 툭툭 때리다가 죽지 않을 만큼 맞기도 했다. 학교에 찾아온 엄마가 선생님들 앞에서 다시는 그러지 않겠다며 손이 발이 되도록 빌었지만 태훈은 변하지 않았다.

"남들은 군대 갔다 오면 인간이 된다던데, 난 그저 그랬어. 고등학교를 졸업하자마자 바로 입대했잖아. 제대하고 집에 누워있는데, 딱히 할 일이 없는 거야. 그제야 후회했지."

"야, 형이 학교에 있는 동안 얼마나 걱정했는지 알아?"

"왜? 사고 칠까봐?"

"그래. 뭐 하고 살았어?"

"절에 갔어."

"절? 무슨 절?"

"절이 절이지, 무슨 절이 어디에 있어?"

버스를 타고 아무 곳으로나 돌아다니던 태훈은 어딘지도 모르는 곳에서 내렸다. 그리고 산으로 올라갔다. 누군가에게 이끌리듯 무작정 올라간 거다.

"관세음보살 상(像)을 보고 그제야 거기가 절인 줄 알았던 거야. 인터넷엔 나오지도 않는 이름 없는 절이었지."

"설마 스님이 되겠다고 생각한 건 아니지?"

"미쳤어? 내가 수절을 하게?"

'수절(守節)'이라는 단어에 태진이 빵 터졌다. 제 표현이 그럴 듯 했는지 태훈이 또 키득키득 웃어댔다.

"마침 스님이 지나가더라고. 내가 이 스님을 가로막고 말했어. 스님, 저는 인간이 되고 싶습니다!"

"그래서?"

"이 땡중이 날 아래위로 꼴아보는 거야. '뭐 이런 미친놈이 다 있어?'하는 표정 알지?"

"스님이 그렇게 쳐다봤어?"

승려도 사람이니 황당했을 거다. 생판 모르는 놈이 찾아와 말 같지도 않은 소리를 늘어놓으니 말이다. 그런데 스님은 태훈이 전혀 생각하지 못한 한 마디를 남겼다.

"야, 이 미친놈아! 네가 짐승이냐? 인간이지!"

"정말 그랬어?"

"스님이 정색을 하더라고. '너, 이놈의 새끼야! 도대체 무슨 생각을 하는 거냐!?' 난 이 스님이 왜 화를 내는지 몰랐거든."

"그래서?"

"나더러 하는 말이, '넌 이미 인간이고, 동물이 아닌데 인간이 되고 싶다니? 그게 무슨 헛소리냐?' 하고는 휭, 가버리는 거야."

"……."

맥주를 꿀꺽꿀꺽 삼키는 태진을 따라 태훈도 진지해졌다. 취했지만 취하지 않은 표정, 형의 이런 모습을 태훈은 실로 오랜만에 본다. 컴퓨터 게임에만 몰두하던 폐인은 이미 온 데 간 데 없었다.

"난 그저 철이 들고 싶었을 뿐이야. 아무렇게나 살던 어린 시절을 버리고 어른이 되고 싶다는 뜻이었거든. 스님한테 욕먹고 한동안 멍청하게 서서 움직이지 못했어. 왜인 줄 알아?"

"스님이 원하는 대답을 해주지 않아서 섭섭했던 거야?"

"아니, 전혀."

다시 맥주가 왔다. 이미 취했지만 태훈은 계속 맥주를 들이켰다. 오늘은 술이 고픈 날이다.

"불교의 교리는 깨달음이야. 누가 좋은 말을 해서 개과천선하는 게 아니라 스스로 생각하고 알아차리는 것, 그게 바로 깨달음이라고!"

"그런 넌, 뭘 깨달았어?"

"어른이 되고 싶다, 인간이 되고 싶다. 이런 말을 했다는 건 이미 내가 어른이고, 인간이 됐다는 뜻이야. 인간이 아니고, 어른이 아닌 시절에는 그런 생각을 할 수가 없잖아."

"그렇지."

"과거를 후회하고 참회하여 앞으로 그러지 말자고 다짐한다는 건 그 시절에서 이미 탈피했기 때문이야. 알고 보니 난 그때부터 인간이었고, 어른이었어."

"이야! 내 동생, 양아치인줄로만 알았더니 멋진 놈이었네!"

두 형제가 서로를 보고 다시 웃는다. 술과 안주가 많이 줄어들었지만 또 주문을 해야 할지 고민이다.

"네가 시민 단체를 만들었을 때, 난 걱정스러웠어. 옛날을 버리려는 그 마음은 알겠지만 세상으로 나아가는 방법을 몰랐던 건 사실이잖아."

"그렇지."

"널 가르쳐야겠다는 생각이 들더라고. 그래서 나도 적극적으로 활동한 거야."

"그런데 왜 갑자기 탈퇴했어?"

"공 여사 때문이야."

"엄마가 왜?"

"아들 두 놈이 돈 벌 생각은 안 하고 무슨 봉사활동을 한다고 그래?"

공 여사의 목소리를 흉내 내는 태진의 구겨진 표정이 재미있다. 하여간 우리 엄마 치맛바람은 알아줘야 한다.

"비영리 단체라는 말을 괜히 했나봐. 속사포로 잔소리를 하는데…, 못 들어주겠더라."

"나는…."

아직 채 못한 말이 많다. 양아치로 살면서도 한편으로는 우등생, 수재 소리를 듣는 형처럼 되고 싶었다고. 그간 어른이 되고 싶었지만 방법을 몰라 헤맸다고. 술을 먹거나 담배를 피우거나 여자와 밤새 노닥거리는 것만이 어른은 아닐 거란 말을 하고 싶었다. 그런데 더 이상 입이 열리지 않는다. 눈꺼풀이 감기고, 몸에서 힘이 빠져 나간다. 졸리다. 이제 자고 싶다.

"태훈아, 취했니?"

"응? 아니, 나 안 취했어."

"취했네. 집에 가야겠다."

"형! 우리 할아버지 불쌍해! 아들은 진짜 나쁜 놈이야!"

느닷없이 소리치는 녀석의 슬픈 얼굴을 들여다보며 태진이 픽 웃었다. 삶의 전부인 양 열정적으로 꾸려왔던 친구(벗)를 잃고, 가깝게 지내던 현자(賢者)를 잃었다. 모두 내려놓고 떠나야 하는 녀석의 표정이 안타까워 태진은 그렇게 웃었다. 이 또한 어른이 되어가는 과정이리라. 모든 것을 겸허히 받아들이고 웃으며 물러서다 보면 언젠가는 비로소 어른이 되리라.

"야, 일어나! 집에 가야지!"

"……."

"으이그! 술도 약한 놈이 들이붓기는…."

테이블과 딱 들러붙어 아무리 흔들어도 깨어날 줄 모르는 태훈, 별 수 없다. 여전히 바쁘게 홀을 오가던 아까 그 직원을 불러 도와달라며 양해를 구하고 태진은 동생 놈을 등에 업는다.

"다 큰 줄 알았더니 아직 어리네. 술도 못 먹고…."

"나 어린애 아냐! 양아치 아니라고…."

잠꼬대인지 태훈이 업힌 채로 그렇게 웅얼거렸다. 다시 태진의 얼굴에 미소가 그려졌다. 그 미소는 오랫동안 사라지지 않았다.

가수 인순이, 윤수일, 윤미래, 탤런트 이유진. 이들은 모두 한국의 유명한 연예예술인이다. 예나 지금이나 활발한 방송활동으로 우리의 눈과 귀를 즐겁게 해주는 뛰어난 능력자들 말이다. 물론 우리나라엔 능력 있는 스타들이 아주 많다. 어린 나이에 데뷔하여 슈퍼맨처럼 무슨 일이든 척척 해내는 아이돌 그룹부터 머리가 하얗게 새고서도 나이가 무색할 만큼 꾸준하게 활약하는 노장 스타들까지 우리는 언제나 이들의 눈물과 미소를 따라 울고 웃는다. 그러나 좀 전에 열거한 이들에겐 여타 연예인들과는 조금 다른 공통점 한 가지가 있다. 바로 혼혈인이라는 사실이다. 폭발적인 가창력과 파워풀한 무대 매너로 관객의 혼을 쏙 빼놓는 인순이, 전 국민의 응원가 '아파트'를 부른 윤수일. 옛날에 어른들은 그들을 가리켜 '튀기'라고 했다. 네이버 국어사전에서 이 단어를 찾아봤더니 제일 먼저 '튀김'의 북한식 사투리라는 설명이 보인다. '뻥 과자'를 가리키는 '튀밥'의 북쪽 사투리이기도 했다. 또 다른 의미가 있어 클릭했더니 튀기란 '종이 다른 두 동물 사이에서 태어난 새끼'라고 쓰여 있다. 사자와 호랑이가 교배하여 태어난 라이거(liger), 서로 다른 두 마리의 개가 교배하여 태어난 믹스 견(Mix 犬) 등이 이에 해당하는 모양이었다. 그러나 한국에서 튀기란 흔히 '혼혈인'을 가리키는 말이다. 가수 인순이와 윤수일에게 평생을 짐짝처럼 달라붙어 있던 이 단어, 세상에! 그간 우리는 짐승을 가리키는 단어를 사람에게 붙여놓고 우리와 다르다며 깎아내렸다는 건가? 어째서 그들은, 도대체 무슨 이유로 짐승과도 같은 대우를 받으며 살아야 했을까? 그들에 대해 설명하려면 우리가 모르는 우리의 옛 시절을 다시 한 번 뒤져볼 필요가 있다.

아주 오랜 옛날부터 이민족의 침략을 수없이 받아온 나라, 오랑캐로 통칭했던 대륙의 손찌검에서 벗어났지만 결국 우리는 제국주의를 추구하던 나라의 식민지로 전락하고 말았다. 전 세계가 전쟁이란 광풍에 휩싸이고, 지배자는 도망치듯 떠나갔지만 핏줄간의 이념 싸움은 누구도 말릴 수 없었다. 이 땅을 지키겠답시고 찾아온 이방인, 미군들이 바로 슬픔의 원인이었다. 사랑이든 사랑이 아니었든 미군이 뿌리고 떠나간 씨앗은 태어나는 순간부터 서글픈 운명에 내던져져 있었다. 유난히 민족적 자긍심이 강했던 나라, 그간 이방인들로부터 한 많은 세월을 시달려온 우리는 그들의 핏줄을 가진 혼혈 아이들을 마치 괴물인 양 바라보았고, 제 아버지를 닮아 하얗거나 검은 얼굴의 혼혈 아이들은 그 잘난 민족의식으로 똘똘 뭉친 사회에서 줄곧 외톨이로 자라야 했다.

「너 피부색이 왜 그러니? 너도 우리 말 할 줄 알아? 너 한국사람 아니지? 너희 나라로 돌아가!」

가뜩이나 아빠 없이 자라 서러운데, 생김새 때문에 곤욕을 치러야 했던 혼혈 아이들은 속상한 마음을 엄마에게 하소연했을 것이다.

「날 왜 낳았나요? 왜 하필 나여야만 했나요? 날 아빠의 나라로 보내주세요!」

그러나 혼혈아를 낳은 여자들은 대부분 우리 사회의 약자들이었다. 그들 형편에 남편의 나라로 찾아간다는 건 꿈에서도 불가능했고, 그런 엄마의 모진 인생처럼 가난뱅이 혼혈아들은 어디에도 갈 수 없는 처량한 신세였다. 순수 혈통이 아니면 어울리고 싶어 하지 않았던 우리네 특유의 민족성, 소외된 혼혈 아이들에게 날아든 멸시와 조롱은 그들의 삶을 더욱 고통스럽게 만들었다. 그러나 우리는 정작 옛 시절 그들의 아픔을 전혀 몰랐다. 전쟁 이후 아무 것도 남지 않은 폐허 속에서 그래도 살아 보겠다며 버둥거리느라 혼혈 아이들의 속앓이를 도무지 알 겨를이 없었다. 나라의 어려운 살림만큼이나 끝을 알 수 없었던 고달픈 인생. 하지만 사람들은 흥 많은 민족답게 가끔은 술을 마시고 노래를 불렀다. 컬러텔레비전이 보급된 뒤로는 거기에 나오는 가수들처럼 즐기기 시작했다

「와! 노래 참 좋다! 목소리가 마음에 들어! 그런데 저 여자, 튀기라며?」

어느덧 여유가 생겨 축구 경기장, 야구 경기장에 찾아가 목이 터져라 응원하다가도,

「야, 저 가수 말이야. 엄마는 이북 사람이고, 아빠는 양키래! 튀기래! 흰둥이래!」

귓가를 간질이는 노래가 좋아서 흥청망청 까불다가도 정작 그 노래를 부

른 가수에 대해선 우리와 다르다며 무시하고 깎아 내리는 이중적인 행태라니! 베트남에서도 이와 비슷한 경우가 있었다. 혹시 라이따이한(Lai Taihan)이 무엇인지 아는가? 전쟁이 한창이던 시절, 치열한 전투가 계속되는 와중에도 간혹 여자를 찾아 망중한을 즐긴 철딱서니 없는 일부 한국 군인이 퍼뜨린 씨앗을 베트남에선 그렇게 부른다. 라이는 '오다(Lai 來)', 따이한은 '대한(Taihan 大韓)'의 베트남 식 발음이다. 그러니까 라이따이한은 '한국에서 오다'라는 뜻으로 한국과 베트남의 혼혈인을 가리킨다. 베트남의 그들도 유년시절엔 삶이 편안하지 않았다고 한다. 이유가 어찌되었건 침략자 미국을 따라 들어왔고, 제 삶의 터전을 짓밟은 이방인이었기에 그 씨로 자라난 혼혈 아이들을 조롱하고 박대하는 건 그들의 입장에선 어쩌면 당연한 수순이었을지 모른다.

「해외에 파병되면 책임지지 못할 씨는 뿌리고 오지 마세요.」

이는 인순이가 군으로 특강을 갔을 때 한 말이라고 한다. 과거의 부적절한 사건에서 비롯된 우리의 안타까운 어둠의 역사, 단지 정신상태 글러먹은 일부 군인의 도덕적 해이에서 비롯된 문제라지만 지금은 어떨지 궁금하다. 이제 전쟁은 우리에게 먼 나라의 이야기일 뿐이고, 그래서 혼혈 아이들을 박대하던 옛날에 비하여 지금은 인식이 달라졌을 거라는 생각이 들지도 모르겠다.

혹시라도 '옛날이니까 그랬겠지만 요즘은 절대 아닐 거야! 지금이 어떤 시대인데!'라고 반박하는 사람이 있다면 탤런트 이유진이 겪었던 사건을 부디 떠올려 보길 바란다. 온 나라를 시끄럽게 한 그녀의 혼혈 논란, 혼혈이 어째서 논란이 되어야 하는지 이해할 수 없었던 그때가 아마 2006년 봄 즈음이었을 거다. 하지만 그녀는 훨씬 오래전부터 이국적인 생김새 때문에 혼혈인일 거라는 세간의 의심에 시달려야 했다. 스페인계(界) 주한 미군과 사랑하여 예쁜 딸을 낳았지만 그녀의 어머니는 1년 만에 목숨 같던 사랑을 이유도 모른 채 떠나보내야 했다. 두 번 다시 만날 수 없었던 백인 남편. 그래서 엄마는 아이를 외할아버지의 호적에 올렸다. 법적으로 엄마와 딸은 자매지간이 되어버린 것이다. 사람들의 시선이 두려워 아이는 제 엄마를 엄마라고 부르지 못했다. 혼혈아라는 부정적인 인식이 연예 활동에도 지장을 줄 것 같아 혼혈인이 아니라며 본의 아닌 거짓말을 했다는 그녀, 오랫동안 자신을 괴롭혀온 출생의 비밀이 마음에 걸려 파혼까지 고려할 정도였다는 그녀. 우르르 몰려든 기자들의 플래시 세례를 받으며 그날 이유진은 펑펑 울음을 터뜨렸다.

타이거JK라는 든든한 힙합 전사를 남편으로 둔 윤미래는 앞서 열거한 세 명의 스타와 다르게 아버지의 존재를 잘 알고 있다. 가족을 너무나도 사랑했고, 그래서 그들을 반드시 지켜주고 싶었던 멋진 남자가 바로 그녀의 아버지였다. 하지만 그녀의 유년시절 역시 이 땅에선 결코 행복할 수 없었다. 군인 가장의 근무지를 따라 이동하느라 마냥 한 곳에 정착할 수 없었던 가족, 그래서 윤미래는 친구를 사귀는 게 쉽지 않았다고 한다. 다른 혼혈 아이들이 겪었듯 이방인 취급하는 친구들과 싸우느라 하루하루를 눈물로 지낸 외로운 아이. 그런 그녀를 버티게 한 것은 바로 음악이었다. 1997년 업타운(Uptown)이란 댄스 그룹으로 활동했을 때, 그녀는 또 한 번의 슬픔을 겪는다. 흑인 아버지의 피를 이어 받아 또래보다 조숙해 보여 그녀는 무려 다섯 살이 더 많은 '여자'로 만들어 버린 것이다. 겨우 열다섯 살 소녀에게 어른처럼 행동하라는 가혹한 명령이라니! 하지만 그녀는 음악이 있었기에 아픈 삶을 버텼고, 지난 세월을 바탕으로 지금은 누구도 넘보지 못할 슈퍼스타로 성장하였다.

혼혈 아이들을 차별하고 멸시하며 천대하던 우리네 사회 풍토, 예전엔 그랬지만 지금은 그렇지 않을 거란 생각은 도대체 어떤 근거에서 비롯된 것인가. 지금까지도 이 땅에서 혼혈 아이들이 냉대 받고 손가락질 받으며 살아가는 걸 보면 다문화 사회는 아직 한참이나 멀리 있는 것 같다. 이는 리틀 싸이 황민우만 봐도 알 수 있지 않은가! 싸이의 강남스타일 뮤직비디오 출연으로 한 순간에 스타가 되어버린 녀석. 그러나 정체를 알 수 없는 일부 네티즌의 악성 댓글은 녀석을 눈물짓게 했다.

「엄마가 베트남 사람이라 가난하니 한국에 들어와 사는 거지!」

「열등인종! 다문화 쓰레기!」

「베트남 아이가 왜 한국에서 활동하는가! 너희 나라로 돌아가!」

도대체 할 소리가 따로 있고 못할 소리가 따로 있지, 이제 겨우 아홉 살 먹은 어린 아이의 가슴에 과연 그렇게까지 대못을 받아야 했을까? 한국인은 다 죽이자고, 한국인은 다 나가라고 떠들어대는 일본 극우파와 무엇이 다르냐는 트위터의 어느 글을 보자마자 한숨을 쏟아낸 사람은 비단 나 혼자 뿐이었을까? TV 토크쇼에 출연하여 엄마 아빠를 끌어안은 채 사람들이 왜 그러느냐며 울었더라고 고백하던 황민우. 나쁜 말로 상처를 입었지만 지금은 참을 수 있다고 씩씩하게 웃으니 대인배가 따로 없다. 이 사건으로 황민우의 소속사는 연루된 사람들을 고발 조치하였고, 이후 잘못을 인정하고 용서를 구해온 사람들이 있어서 지금은 씁쓸한 해프닝으로 일단락되었지만 아직도 인터넷에는 끈질기게 녀석을 비난하는, 열등의식에 사로잡힌 이가 많은 것 같다.

세계화, 꽤 오래 전부터 우리는 세계화를 부르짖었다. 옛날의 사고방식을 버리지 못한 북한과 다르기에 굳이 민족성에 매달리지 않았고, 그래서 지금은 다문화 사회로 접어들어 모두 함께 살고 있다. 세계화란 숨어있던 우리가 세계로 진출하여 활약하는 데에만 국한되어 있지 않을 것이다. 우리를 알리고, 세계와 화합하여 소통하는 것, 그것이 세계화이다. 그런데 어째서 세계화를 외치고도 혼혈인을 받아들이려 하지 않는가? 우리 것만이 옳다고 주장하며 소통하려 들지 않았던 우리네 과거의 잘못된 편견이 지금까지 유전되어 죄 없는 아이들을 상처 입히고 있다. 모두 함께 살아가는 다문화 사회, 아직 늦지 않았으니 편견에서 벗어나 이제 새로운 세상을 창조해 보는 건 어떨까? 그들이 더 이상 상처 받지 않고 살아갈 수 있도록 우리가 도와주자. 더 이상 지석이가 엄마의 출신 때문에 울지 않도록, 황민우가 좀 더 기막힌 몸짓으로 춤 출 수 있도록, 더 많은 혼혈 아이들이 이 땅에서 눈물 없이 자라 다니엘 헤니와 데니스 오처럼 멋지게 변신할 수 있도록 우리가 그들을 도와주자. 온고지신(溫故知新)이라 하였다. 당연히 우리의 것은 간직하되, 새로우며 이로운 것도 함께 받아들여 모두가 어우러져 살아가는 사회. 세계화, 다문화란 바로 그런 것이다.

에필로그

1년 만에 태훈은 제자리로 돌아왔다. 그리고 예전보다 더 열정적으로 사회에 봉사하고 있다. 더 많은 친구들과 함께 하느라 제발 결혼하라고 다그치는 엄마의 잔소리를 귓등으로 무시하는 요즘 눈코 뜰 새 없이 바빠 다른 일을 도저히 생각하기 힘들다. 형은 1년 전에 입사한 회사에서 만난 여자와 결혼해 허니문 베이비를 가졌는데 말이다.

「카톡!」

“…?”

3호선 안국역 6번 출구로 나왔을 때 태훈은 주머니를 뒤져 스마트폰을 꺼냈다. 지석이 녀석이다.

「형아! 나 떨려! 아무 말이나 해서 재미있게 해줘!」

“요 녀석이…!”

태훈이 저도 모르게 웃음을 터뜨렸다. 1년 사이에 부쩍 자란 지석이, 하지만 여전히 귀여운 이 꼬마 녀석은 오늘 저녁 벗에서 있을 ‘꼬꼬마 외국어 자랑 대회'에 베트남어 대표로 출전할 예정이다. 그간 배운 베트남어 실력을 뽐내는 날, 영어 못지않은 솜씨에 엄마 응아이의 입이 귀 밑까지 걸렸다. 1등은 따 놓은 당상이라며 자신 있게 소리칠 땐 언제고 이제 와서 떨린다니…? 지금 옆에 있다면 꿀밤이라도 놓아주고 싶을 만큼 깜찍한 녀석이다.

"…?"

형이 지켜보고 있을 테니 걱정하지 말라는 답장을 쓰던 태훈, 문득 소란스러운 목소리들이 들려 가까이 다가가 보았다.

"여긴 일본 대사관이잖아?"

오늘이 수요일인 걸 잊고 있었다. 매주 수요일이면 어김없이 열리는 할머니들의 수요집회, 전쟁 이후 수십 년이 지났지만 여전히 일본은 할머니들의 기운 없는 외침에 묵묵부답이다. 다시 시작하는 벗, 독립하여 새로운 공간으로 이사하는 날짜에 맞춰 모든 세대와 함께 하는 '다세대 대화의 장'을 추진 중이다. 그때가 되면 아마 저기 저 소녀상 곁에 앉은 할머니들도 초대될 것이었다.

「야! 너 어디야?!」

전화를 받자마자 선우가 벌컥 화를 낸다. 일본대사관 앞이라고 했더니 그가 또 소리쳤다.

「거긴 뭐 하러 갔어? 안국역 바로 옆이라니까!」

"알았어. 금방 갈게."

「6번 출구 옆에 GS편의점이 있을 거야. 옆 건물 2층 커피숍이니까 빨리 와. 교수님 기다리신다!」

꼬마 녀석에게 답장해주다 그만 갈 길을 잃어버린 거였다. 새로운 프로젝트를 위해 대학 교수와 만나기로 한 날 하필 실수를 하다니, 수요집회에 참석한 할머니들의 모습을 아이패드에 옮기고 태훈은 얼른 왔던 길로 돌아가

횡단보도 앞에 섰다. 마침 신호가 떨어져 뛰기 시작한다. 그리고 마주 오는 인파에 파묻혀 태훈은 점점 보이지 않게 되었다.

후 기

주구장창 전쟁 이야기만 하자는 책이 아니다. 정치 이야기만 하자는 책도 아니며, 다문화를 논하자는 책 역시 아니다. 정치, 전쟁, 다문화가 소재는 될 수 있겠으나 주제는 분명 아니다. 본문에 있다시피 주인공은 벗이라는 시민 단체의 대표이다. 그가 가깝게 지내는 다문화 가정과 함께 하는 동안 느끼게 되는 '그동안 우리가 몰랐던 우리의 지난 이야기'를 하고, 과거의 잘 잘못을 떠나 그것을 받아들이는 우리의 모습을 따져 묻자는 것이다. 바로 그것이 이 책의 포인트이다. 아무리 그렇다고 해도 쓰고 싶지 않은 이야기였다. 내 능력으론 불가능해서 도저히 쓸 수 없는 이야기였다. 그간 전혀 관심 갖지 않았던 분야였고, 한 번도 겪어본 적 없는 이야기여서 결국 제대로 시작하기도 전에 원고를 덮어버렸다. 다른 이야기를 쓸 생각이었다. 그러다 안 되니 인터넷 연재용 팬픽에 매달렸으며, 그래도 안 되니 운동을 했다. 다이어트를 핑계로 시작한 운동은 3개월 만에 그만두었다. 뭔가에 홀린 듯 다시 원고를 펴들었고, 그 뒤론 미친 듯 써나갔다. 1년을 공부하고, 또 1년을 쓰느라 이전 작품이 출간된 지 2년 만에 원고를 완성했다.

나는 전쟁을 겪어본 적이 없다. 편안한 시절에 태어났고, 군대도 가본 적이 없다. 이 글에 등장하는 모든 군대 이야기와 전쟁 이야기는 귀동냥으로 해결한 결과다. 책을 뒤지고, 인터넷을 뒤지고, 그래도 부족해서 어른들을 귀찮게 했다. 지금의 한가한 세상과는 너무나 달라 이해할 수 없었던 그 시절의 이야기를 나는 억지로 들었다. 그런 나날도 있었구나. 받아들이는 데에 오랜 시간이 필요했고, 내 것으로 만드는 작업 또한 오래 걸렸다. 외국인 노동자들에 관한 문제들도 마찬가지다. 그간 이주 노동자들이 어떻게 살아왔는지, 무슨 일을 겪었는지 이번에 원고를 쓰면서 처음 알았다. 주인공 박태훈이 다름 아닌 내 모습이었던 지도 모르겠다. 어떻게 하면 어른이 될 수 있을까, 고민하는 세대 말이다. 어른이 되고 싶지만 지난날의 슬픈 어른들처럼 살지는 말자, 이런 생각으로 글을 풀어 나갔다. 물론 내가 쓴 이야기들이 모두 옳지는 않을 것이다. 하지만 세상엔 나와 같은 사람들은 분명 있을 것이고, 전혀 다른 입장의 사람들과도 함께 어우러지며 살고 싶은 내 마음이 시민단체 벗이라는 상징물로 다시 태어난 거다.

원고를 마무리 짓기 며칠 전, '달밤에 체조'라는 제목으로 성대하게 막을 올린 가수 싸이의 대형 콘서트를 보고 왔다. 주구장창 앉아 원고만 쓰느라 허리가 안 좋았는데, 스탠딩 석에서 세 시간을 뛰었더니 더 아프게 되어버렸다. 그래도 싸이는 여전히 즐겁다. 새로운 세상을 만들어갈 우리 세대의 또 하나의 상징물이기에 그는 언제나 사랑스러운 존재다.

이 글을 쓰기 위해 도움을 주신 분이 많다. 본문에 언급한 한류 스타 관련 이야기는 가수 김종국 팬클럽 파피투스 회원 이재현, 그리고 김서아가

도와주었다. 서아는 빅뱅의 팬클럽인줄 알고 열심히 정보를 공유했는데, 알고 보니 돈이 없어서 팬클럽에 가입을 못 했더란다. 덕분에 빅뱅의 이야기는 서아의 기억과 인터넷을 동시에 뒤져 쓰게 되었다. 애들아, 고마워! 그간 귀찮게 해서 미안해!

추위가 아직 채 가시지 않은 3.1절, 강원도 화천의 '베트남 참전 용사 만남의 장'에 다녀왔고, 가뜩이나 더운 한 여름에 더 더운 베트남에 다녀왔다. 화천 간동 농협 하나로마트 앞에서 기념관까지 차를 태워 주셨던, 이름도 채 묻기 전에 쿨하게 떠나신 남자 직원 분께 감사드린다. 별 볼 일 없는 무명작가임에도 베트남 현지에서 아무 것도 모른 채 그냥 넘길 뻔 했던 많은 모습들을 보여주시고, 좋은 말씀 전해주신 (주) 스핀 캡틴 쿡(SPIN CAPTAIN COOK)의 임장호 이사님과 호치민 가이드 박치호 차장님, 다낭 현지인 가이드 민한 씨, 하노이 가이드 이창욱 소장님께 깊은 감사 인사드린다.

| 참고 자료 |

방송 및 영화

KBS 2TV 추적 60분. 베트남 위령비의 진실 편
SBS TV 드라마 여인천하
왕의 남자

서적

하얀 전쟁 (안정효. 고려원)
지압 장군을 찾아서 (안정효. 들녘)
전쟁의 기억 기억의 전쟁 (김현아. 책갈피)
베트남, 잊혀진 전쟁의 상흔을 찾아서 (이용준. 조선일보사)
하노이에 별이 뜨다 (방현식. 해냄출판사)
미안해요, 베트남 (이규봉. 푸른 역사)
베트남 전쟁과 나 (채명신. 팔복원)
베트남 근현대사 (채병욱. 창비)
베트남 전래동화 원숭이 엉덩이는 빨개
세계 대표 전래 동화 50 (박영란. 대일출판사)
태국 전래 동화 금피군꽃 (박가비니 글. 강부효 그림. 정인출판사)
나마스테 (박범신. 한겨레 신문사)
누란 (현기영. 창비)
소설집 가면 (김연정. 순수 문학 출판부)

보도

베트남, 티우 대통령 사망에 냉담 (연합뉴스 2001. 10. 10)
무슬림의 기도 (연합뉴스 2008. 04. 25)
10월 유신 40년 유신 헌법 배경 (서울 신문 2012. 10. 27)
美 5.16 군사정변 보고 받고 장면 정부 막후 통치 검토 (조선일보 2013. 05. 17)
리비아, 20세기 초 이탈리아 식민지-2차 대전 때 격전장 (조선닷컴 블로그 학문의 즐거움)

네덜란드-인도네시아 식민 시절 학살 피해 유족에 보상금 (YTN 뉴스 2013. 08.09)
유럽 회의도 '다문화주의 실패론' 동의 (연합뉴스 정아란 기자 님 보도)
사르코지도 다문화 정책 실패 선언 (미디어 다음 최현미 기자 님 보도)
메르켈 "독일은 다문화 사회 구축에 실패했다." (뉴시스 우동성 기자 님 보도)
서래마을 영아 유기 용의자 프랑스인 긴급 체포 (YTN 김진우 기자 님 보도)
싸이 '독도 스타일' 없던 일로. K-POP 스타 끌어들일 수 없어. (노컷뉴스 보도)
싸이 반미 논란 미 네티즌 반응 "표현의 자유, 사과할 일 아냐." (네모판 연예 뉴스)
미국이 외면했던 미군 범죄도 환기시킨 싸이의 힘 (오마이 뉴스 하성태 기자 님 보도)

인터넷

▸ 베트남 주둔 한국군의 만행 논란 그리고 대통령의 사과와 그 사과에 대한 비난
유용원의 군사 세계

▸ 베트남 고엽제 사건
다음 카페
대한민국 고엽제 후유의증 전우회

▸ 베트남 참전 용사 만남의 장, 보이는 것에서 보이지 않는 것을 찾는다.
네이버 블로그
N. 노트

▸ 1975년 4월 30일 베트남 통일
다음 아고라
최후를 향하여 앞으로 님 글

▸ 베트남 잊혀진 왕국 참파
사진 작가 박호진의 오지의 사람들
parkhojin.co.kr

▸ 참파 왕국
네이버 지식인
ksunder39님 답변 글

▸ 사명을 다한 아브라함이 죽은 후 그의 아들 이삭, 이스마엘 그리고 그들의 후손에게 남겨진 과제

다음 카페
미스테리 연구 클럽

▸ 이삭의 후손과 이스마엘 후손들의 관계
네이버 블로그
광야에 외치는 소리

▸ 무슬림의 기도 모습
네이버 블로그
My Days In Canada

▸ 베트남 화산 이씨의 시조
네이버 블로그
전 호치민 한국 총 영사관 이철희 영사님 글

▸ 자유주의와 사회주의
네이버 블로그
철학 이야기

▸ 사회주의와 공산주의의 차이는 무엇인가.
글쓴이 리오 후버만. 콜 스위지
출처 '사회주의 사설' 먼슬리 리뷰

▸ 박정희 대통령을 비난하는 사람들의 이유는 무엇인가요?
▸ 만약 박정희 대통령이 베트남 파병을 하지 않았더라면?
▸ 박정희와 민족주의
▸ 박정희 한일 협정에 관하여
네이버 지식인

▸ 5.18 민주화 운동의 진실
다음 지식
비공개 님, 5.18 대국민 사기 님, 비채 님 의견

▸ 미 현실주의 그룹 이승만 제거 계획 아홉 번 세웠다.
다음 아고라
손자병법 님 글

▸ 4.19혁명
위키 백과

▸ 5.18 광주민주화운동/5.16 군사정변
위키 백과
네이버 블로그
이유와 상식 님 글

▸ 김대중 납치 사건
티스토리
몸부림 님 글

▸ 서울 수복과 1.4 후퇴
네이버 지식인
고수 님 답변 글

▸ 파로호 전투
다음 지식
크스심플 님 답변

▸ 어쩔 수 없는 소인배
백화종 칼럼

▸ 신수근의 선택. 딸인가? 누이인가?
다음 블로그
푸른 장미 님 글

▸ 연산군의 어머니 폐비 윤씨
다음 카페
언제나 그 자리에서
느림보 거북이 님 글

▸ 연산군 때문에 폐출된 두 여인. 거창군 부인 신씨와 단경왕후 신씨
다음 카페
내가 아는 카페 The cafe I know
묘진 님 글

▸ 독일의 분단 통일 과정
다음 아고라

▸ 헝가리/벨벳혁명/베트남의 역대 왕조
위키 백과

▸ 체코슬로바키아 민주화 운동
네이트 지식
amarok2 님 답변 글

▸ 폴란드 민주화 과정
네이버 블로그
꿈 이야기
하나를 꿈꾸며 님 글

▸ 헝가리 민주화 봉기 56년 10월 23일
네이버 블로그
월간 조선 님 글

▸ 히틀러가 유대인들을 대량 학살한 이유는?
네이버 지식인
바람신 님 답변 글

▸ 유대인
다음 백과사전

▸ 마우마우 봉기를 아시나요. 영국 정부 61년만에 사과와 배상 약속
딸기 21 블로그

▸ 유대인 학살 사죄하는 독일 총리
다음 카페
386세대 우리의 방

▸ 한국의 과학 수사 프랑스도 깜짝
네이버 카페
우리나라 사랑

▸ 태국 전통 의상
네이트 블로그
추억속의 재회
성지 님 글

▸ 아시안 하이웨이
다음 블로그
Kim Sang Soon
Pole77 님 글

▸ 인간의 양면성/양가감정(amvivalent feeling)
네이버 블로그

▸ 6월 13일 2002. 미군 장갑차에 여중생 사망
다음 카페
오디세이 국어 논술 클리닉

▸ 싸군 가사
싸이 5집 PSYFIVE 출처

▸ 전효성은 민주화의 뜻을 모르고 사용한 것이 틀림없다
다음 아고라
어소뷰들암 님 글

▸ 이유진이 혼혈이라는데...
다음 지식
헨델과 그레텔 님 글

▸ 윤미래, 혼혈이란 이유로 어딜 가나 이방인. 늘 외로웠다.
네이버 블로그
나무의 배움을 만나다

▸ 인순이씨의 아버지
다음 카페
서울 과학 기술 대학교 CADO 총 동문회
원창희 님 글

그 외

베트남 참전 용사 만남의 장
파로호 안보 전시관
여행사 스핀 캡틴 쿡
베트남 사회적 기업 아맙
(다음 카페 자유 게시판 535번 질문과 답글)